LENA GRÜNBAUM

ELANTHIA
Ruf der Vergangenheit

novum pro

Dieses Buch ist auch als
e-book
erhältlich.

www.novumverlag.com

Bibliografische Information
der Deutschen Nationalbibliothek:

Die Deutsche Nationalbibliothek
verzeichnet diese Publikation in
der Deutschen Nationalbibliografie.
Detaillierte bibliografische Daten
sind im Internet über
http://www.d-nb.de abrufbar.

© 2021 novum Verlag

ISBN 978-3-99107-416-8
Lektorat: Mag. Katrine Hütterer
Umschlagfotos: Dml5050,
Carlos Caetano, Olga Trifonova,
Lekcej | Dreamstime.com
Umschlaggestaltung, Layout & Satz:
novum Verlag

Gedruckt in der Europäischen Union
auf umweltfreundlichem, chlor- und
säurefrei gebleichtem Papier.

www.novumverlag.com

PROLOG

Der Fremde

Er lachte leise, als er sie unerkannt beobachtete. Seine scharlachroten Flügel hielten ihn problemlos in der Luft, während er Kronos' Methodik studierte und verinnerlichte. Die großen Palastfenster gestatteten ihm, einen Platz in der ersten Reihe einzunehmen, als der widerwärtige Mensch die Peitsche hob und auf ihren zarten Rücken zuschnellen ließ.

Nicht so umfassend wie das Ende einer Zivilisation, nicht so schmerzhaft wie der Verlust der großen Liebe und sicherlich nicht so wirkungsvoll wie der Diebstahl ganzer Erinnerungen. Dennoch …

Wer hätte gedacht, dass die große Elanthia durch die Hand eines Sterblichen fallen würde, durch eine solch … archaische Art und Weise brechen würde?

Keinerlei Finesse oder Ideenreichtum, doch durchaus effektiv.

Dieser kleine, wertlose König, dessen Machtgier die Seine noch bei Weitem übertraf, hatte sich als die perfekte Waffe erwiesen, um das Gör für eine Weile aus dem Weg zu räumen.

Nun konnte er sich endlich dem Rest seines Planes zuwenden und aus der Ferne verfolgen, wie seine größte Hürde ihrer Schwäche erlag. Und wenn sie einmal zu einem gebrochenen Nichts verkommen war, würde sie ihm gehören.

Mit einem kalten Lächeln auf den Lippen wandte er sich von dem befriedigenden Anblick ab und flog langsam Richtung Berge.

Die toxische Atmosphäre von Epsylon konnte ihm nicht schaden und ihn folglich auch nicht fernhalten. Immerhin existierte er schon weitaus länger in diesem Teil des weiten Universums als das Wesen, welches einst den abweisenden Schutzschild um den einsamen Planeten errichtet hatte.

Erneut lachte er leise auf. Es war beinahe schon zu leicht und dennoch gab es noch viel zu tun.

Seine Schachfiguren waren alle auf ihrem angedachten Platz und er war bereit für seinen nächsten Zug.

Der Gefallene

„Hast du etwas von unseren Männern auf Epsylon gehört?" Er wusste, dass seine Stimme leicht zitterte, doch nach all dieser Zeit, hatte er sie endlich wiedergefunden. Die andere Hälfte seiner malträtierten Seele.

„Tatsächlich habe ich das, mein Freund. Es scheint Elanthia gut zu gehen, wenn es auch nicht so wirkt als würde sie in nächster Zeit in die Heiligen Gefilde zurückkehren." Sein General, einst Hauptmann der Heerscharen, klang gleichgültig, doch er wusste, dass dem nicht so war. Xorus war es lediglich gewohnt, seine wahren Gefühle zu verbergen.

Er war überzeugt, dass Xorus Elanthia fast so sehr vermisste wie er selbst. Die beiden Freunde hatten sich einst sehr nahegestanden.

Der General war sogar derjenige gewesen, der Elanthia ihren lieblichen Spitznamen geschenkt hatte. Er musste lächeln, als er sich daran erinnerte, wie sehr Thia ihren vollen Namen gehasst hatte. ‚Elanthia' ist so sperrig, ein echter Zungenbrecher. Schrecklich, beinahe niemand kann das Wortungetüm richtig aussprechen.

Der Bericht seines Generals traf ihn zutiefst und Traurigkeit ließ sein sanftes Lächeln verschwinden.

Er hatte so sehr gehofft, Thia nach all der Zeit endlich wieder in den Armen halten zu können. Ihr gemeinsames Band mochte zerschlissen sein, beinahe nicht greifbar nach all diesen Jahren, doch er konnte sie noch immer tief in sich spüren. Ein fast verlorener Teil seiner selbst.

„Ich wünschte, ich könnte sie erreichen. Die Atmosphäre von Epsylon ist so abweisend, dass ich gerade einmal fühlen kann, dass sie noch am Leben ist."

Wäre dem nicht so, würde die Atmosphäre um Epsylon nicht beinahe jedwedes übernatürliche Wesen abwehren, so wäre er selbst dorthin gereist, statt seine Tremanen zu entsenden.

Er lachte bitter und strich mit seiner Hand über eine seiner weißen Schwingen. So nutzlos erschienen sie ihm in diesem Moment.

„Das ist alles seine Schuld." Zorn loderte in seinem Herzen wie eine glühend heiße Flamme.

Bald würde er sich am Allvater rächen und wenn es soweit war, würde er keinerlei Gnade walten lassen.

Bald. Bis dahin, jedoch …

„Ich erwarte wöchentlich einen Bericht zur Situation auf Epsylon." Vielleicht war Xorus' Prognose fehlerhaft und Thia würde doch zeitnah den Weg zu ihm zurückfinden.

„Natürlich, Lucifer."

Der Vergessene

Er konnte es nicht ertragen, wie ihre qualvollen Schreie durch den ganzen Palast hallten und wie leer, wie gleichgültig, die Blicke des restlichen Personals waren. Kein Mitgefühl für ihre neue Königin, die nicht mehr war als eine Gefangene.

Raphael wollte weinen, toben, brüllen.

Doch was würde es bringen? Ihm waren die Hände gebunden und er konnte nur versuchen, ihr beizustehen, gefangen in dem Körper eines Jungen.

Er wollte nach Hause, Thia an der Hand nehmen und einfach verschwinden. Doch er hatte ihr etwas versprochen. Sie zu beschützen und zu verbergen, vor den Freunden und der Familie, die sie vor langer Zeit zurückgelassen hatten.

Und so würde er ihr weiter zur Seite stehen, auch wenn er ihren Schmerz kaum verkraftete.

Die Gewissheit, dass ihr jetziges Leid nichts im Vergleich zu dem war, was hinter ihnen lag, war kaum ein Trost.

Denn ohne Erinnerung an ihn, an ihre gemeinsame, schmerzvolle Vergangenheit, war das Trauma, welches sie in diesem Moment erlitt, so viel schlimmer als alles, was sie kannte.

Erneut ertönte ihre Stimme in leiderfüllter Sinfonie und Raphael war versucht, seine Hände schützend über seine Ohren zu legen, um diese grausamen Klänge auszublenden.

Doch wenn Thia die eigentlichen Peitschenhiebe ertragen konnte, so durfte er nicht davor zurückscheuen, ihr Leid zu teilen.

Die Leidende

Königin. Herrscherin. Privilegierte. Ich fragte mich oft, ob das Personal, ob das Volk in dieser Art und Weise an mich dachte, oder ob sie sahen, was hinter den Palastwänden wirklich geschah.

Es hatte begonnen wie ein Traum.

Der Tag war hell, warm und inspirierend gewesen. Natürlich hatte ich diese Chance genutzt, mich in eine meiner liebsten

Parkanlagen ins Gras gesetzt, mein Notizbuch hervorgeholt und angefangen, an meinem neuen Roman zu schreiben. Mein mittlerweile viertes Werk im zarten Alter von achtzehn Jahren.

Alles war perfekt gewesen. Hela, eine kleine Stadt an der Grenze zwischen Hermelonien und Liona, und meine Heimat, hatte gesummt vor Leben im Lichte von Herezias Strahlen.

Auch wenn die allgegenwärtige Armut niemals in Vergessenheit geraten konnte. Sei es durch die Brüchigkeit der alten Fassaden, durch die Bettler an jeder zweiten Häuserecke oder durch die Umzäunung unserer einzigen Nahrungsquelle, dem Fluss ‚La vie‘, und der damit einhergehenden, kaum ausreichenden Rationierung des Wassers.

Dennoch hatte ich es geliebt, mich im Trubel der Menschen zu bewegen und mich hin und wieder mit Einheimischen sowie mit Touristen von der Erde auszutauschen.

Irdische Touristen kamen nicht oft in die Randgebiete von Hermelonien, doch wenn es sie dorthin trieb, hielt sie nichts davon ab, ihre Geschichten, ihre Kultur zu teilen. Nur von diesen Erzählungen wusste ich überhaupt, dass unser Planet Epsylon der Erde sehr ähnlich war.

Am erstaunlichsten war wohl, dass beide Planeten von Menschen bewohnt wurden, obwohl sie in unterschiedlichen Galaxien lagen.

Eine rätselhafte Entwicklung, die sich mir nie ganz erschlossen hatte.

An besagtem Tag waren keine Touristen zugegen, dennoch hatte ich verschiedenste Gespräche der Einheimischen wahrgenommen, die vergnügt über die Parkanlage spaziert waren und sich über den regen Handel mit der Erde unterhalten hatten.

Ja, alles war perfekt gewesen, bis ich seinen Blick auf mir gespürt hatte.

Neugierig hatte ich von meinem Notizbuch aufgeschaut, direkt in seine moosgrünen Augen.

Erschrocken war ich zurückgewichen, zu nah war er mir gekommen, ohne dass ich es gemerkt hatte.

„Entschuldigt bitte, ich wollte Euch nicht erschrecken." Seine Stimme hatte so warm und einladend geklungen.

„Ist schon in Ordnung. Kann ich Euch irgendwie behilflich sein, mein Herr?"

Ich konnte noch genau hören, wie sanft er darüber gelacht hatte und wie mein Herz einen leichten, entzückten Sprung gemacht hatte.

„Das könnt Ihr in der Tat, schönes Kind. Wie ist Euer Name, wenn ich so forsch sein darf?" Immer noch freundlich, immer noch charmant.

„Elanthia, mein Herr. Und wer seid Ihr?" Nur gerecht, hatte ich gedacht, wenn ich meinen Namen preisgeben musste.

„Ich bin Kronos." Natürlich kannte jeder Hermelonier diesen Namen und natürlich wusste niemand, welches Ungeheuer sich hinter diesem Namen verbarg.

Unbeholfen, beschämt war ich aufgesprungen. Geehrt hatte ich mich gefühlt.

„Eure Majestät", hatte ich ihn begrüßt und einen tiefen Knicks vollführt.

„Nicht doch, Elanthia. Setzt Euch nur wieder hin. Wir haben einiges zu besprechen." Mit diesen Worten hatte er sich ins sanfte Gras fallen lassen. Er hatte nahbar, menschlich, bodenständig gewirkt.

Zögerlich war ich seinem Beispiel gefolgt.

„Also, Elanthia, mich treibt keineswegs der Zufall in diese abgelegene Gegend meines Reiches. Ich habe Euch gesucht." Ein leichtes Lächeln hatte um seine schönen Lippen gespielt.

„Mich?" Ungläubig hatte ich mein Notizbuch geschlossen und die Hände im Schoß gefaltet.

„Euch. Denn Ihr, meine liebe Elanthia, werdet meine zukünftige Frau."

Der Anfang vom Ende meiner freien Existenz.

Ich hatte gelacht, hatte gedacht, er hätte einen Witz gemacht. Erst als er mich nach Hause begleitet hatte, um meinen Eltern die Nachricht unserer Verlobung zu überbringen, hatte ich begonnen, meine neue Realität zu erkennen und schließlich zu protestieren.

Doch Kronos war nicht unvorbereitet zu mir gekommen.

Er hatte mich um fünf Tage gebeten, um mich zu überzeugen und mir vor einer endgültigen Absage die Hauptstadt Gera zeigen zu dürfen. Chronisch neugierig wie ich war, hatte ich zugesagt und damit mein eigenes Schicksal besiegelt.

Im Palast angekommen, war seine zivilisierte Maske gefallen und seine Bitte war zu einer Drohung geworden. Würde ich nicht in die Ehe mit ihm einwilligen, würden meine Eltern mit ihrem Leben bezahlen.

Als ich das Monster hinter seiner charmanten Fassade erkannt hatte, war es leider bereits zu spät gewesen, um zu fliehen und so hatte ich zugestimmt.

Sieben Jahre später blickte ich noch immer zurück auf diesen Tag und suchte den Moment, als alles schiefgelaufen war.

Doch welchen Sinn hatte es über das „Was wäre, wenn …" nachzudenken?

Ändern würde sich dadurch nichts und so hoffte ich lediglich, dass eines Tages jemand kommen würde, um mich zu befreien.

Denn nach all den Jahren war ich nicht länger in der Lage dazu, meine Ketten aus eigener Kraft zu sprengen, und es auch nur zu versuchen, käme einem Todesurteil für meine Eltern gleich.

Und so verblieb ich Gefangene, Untergebene, Gebrochene.

Der Suchende

Mit klopfendem Herzen erwachte er aus seiner Vision.

Krieg würde seine Schwelle bald finden und er war allein im Angesicht dieses unbekannten Feindes, der bereits Chaos und Zwietracht gestreut hatte, wenn ihn seine Gabe nicht täuschte.

Eigentlich besaß er nicht die Fähigkeit, die nahe Zukunft zu sehen, war er doch schon mit dem Geschenk der Weitsicht beglückt worden.

Es musste sich um ein Entgegenkommen des Universums handeln. Ein Ausgleich für Thias Verschwinden und die große Lücke, die sie in seinen Reihen zurückgelassen hatte.

Ein Aufruf, seine engsten Freunde zu suchen, zu finden und an seine Seite zurückzuholen, sodass die Zukunft, die er gesehen hatte, niemals eintreten würde.

Nephariel, rief Primus die Generalin seiner Heerscharen im Geiste.

Ja, mein Herr?, Nephariels Antwort kam ohne Verzögerung. Primus' Generalin war es gewohnt, auf diese Art und Weise mit dem Telepathen zu kommunizieren.

Entsende eine Einheit zu Lucifers Reich. Es wird Zeit, dass der gefallene Engel nach Hause kommt. Primus schmunzelte leicht. Vermutlich würde Lucifer seinem Ruf nicht folgen, doch es würde ihn durchaus wachrütteln und warnen, dass etwas im Argen lag.

Er wird Eurem Anliegen nicht gewogen sein, mein Herr. Ich habe jedoch kürzlich Wort von Xorus erhalten. Unser früherer Hauptmann mag mit Lucifer gefallen sein, doch er ist noch immer auf unserer Seite. Er weiß, dass Lucifer falsch liegt. Nephariels Worte waren von Hoffnung erfüllt. Lucifers Fall hatte jedem von ihnen so unendlich viel geraubt. Freunde, Familie, Frieden.

Was spricht Xorus? Primus konnte seine Neugier kaum bändigen.

Sie haben Thia gefunden, mein Herr. Sie befindet sich auf einem Planeten namens Epsylon, gelegen in einer weit entfernten Galaxie. Echte Freude drang durch die telepathische Verbindung und Primus erkannte, dass Thia sehr vermisst wurde. Er selbst konnte gar nicht in Worte fassen, wie sehr sie ihm fehlte.

Es ist wohl so, dass der Planet von einem Schutzfeld umgeben ist, der Wesen wie uns abweist. Ich denke nicht, dass Ihr sie erreichen könnt, fuhr Nephariel zerknirschter fort.

Nicht, ohne ihre Kraftsignatur orten zu können. Immerhin wissen wir nun, wo sie ist. Ich werde einen Weg finden, sie zu kontaktieren. Sie hat sich lange genug vor ihrer Vergangenheit versteckt. Bis dahin haben wir einiges zu klären. Du weißt, was du zu tun hast. Mit diesen abschließenden Worten kappte Primus die telepathische Verbindung und richtete seine Gedanken auf die Weiten des Universums.

Epsylon zu finden war leicht. Die abstoßende Atmosphäre des Planeten weckte in ihm das Bedürfnis, ein heißes Bad zu nehmen. So sehr er auch versuchte, weiter in den Planeten einzudringen, es war unmöglich. Er hatte nichts, woran er sich festhalten konnte, nichts, woran sich sein Geist orientieren konnte.

Solange Thia nicht gefunden werden wollte, konnte er sie keineswegs erreichen.

Also würde er warten und weiterhin nach einer Lücke in der Abwehr des Planeten suchen, bis er Thia endlich wieder nach Hause geholt hatte.

Er war unsterblich. Er hatte Zeit.

1

Ich lebe nicht für Liebe, nicht für Träume, nicht für Glück.
Ich lebe für die Hoffnung, irgendwann geliebt zu werden,
irgendwann zu träumen, irgendwann glücklich zu sein. Ich lebe
in der Zukunft, doch nur so überlebe ich meine Gegenwart.
Thia

Wie immer genoss ich die Aussicht aus dem obersten Palastfenster. Blauer Himmel, die Häuser lagen in vollkommener Stille zu dieser frühen Morgenstunde und die Singvögel sangen ihre fröhliche Melodie. Und wie immer bildete diese Idylle einen riesigen Kontrast zu meinem Leben, das nur ein paar Stockwerke unter mir seinen Lauf nahm.

Wie in Zeitlupe zog ich mein Notizbuch vom Tisch, nahm es unter den Arm und ließ den einzig friedvollen Ort in diesem Palast hinter mir.

Ich verließ meine persönliche Bibliothek mit einem Gefühl der Ruhe und schlenderte langsam aus der Tür, das himmelblaue Seidenkleid elegant um mich drapiert, wie es sich für eine „Nicht-existente" Herrscherin gehörte. Die Wendeltreppe aus schwarzem Marmor führte mich in den vierten Stock hinunter und direkt zu den königlichen Schlafgemächern. Ganz der Etikette folgend, begab ich mich auf den Weg zu meinen Räumlichkeiten, um mich auf die „Audienz" bei Kronos, meinem Mann, meinem Peiniger, vorzubereiten. Ein Besuch am Tag war Pflicht, jeder weitere Besuch war optional und geschah lediglich auf seinen Befehl hin.

Gemächlich wanderte ich den dunklen Flur mit hoher Decke entlang und betrachtete zum gefühlt millionsten Mal die Bilder von Kronos' Vorfahren und die mit Goldfäden verwobenen Intarsien an den burgunder-farbenen Wänden. Als ich zu einer Gabelung kam, wählte ich die linke Abzweigung, die mich zu meinen Gemächern führte. Auch in diesem Gang herrschte

Dunkelheit und Stille. Nur wenig Licht drang durch die hochgelegenen Fenster, die so klein waren, dass man schon genau hinsehen musste, wenn man sie sehen wollte. Am Ende des Ganges empfing mich eine große Doppeltür aus massivem Eichenholz. Mit einem kräftigen Stoß öffnete ich sie. Die Türflügel schwangen auseinander und ich trat ein in meine persönliche Hölle. Trotz der mit Stuck verzierten Decke, trotz der makellosen Möbel und des riesigen Himmelbettes hasste ich es. Ich hasste alles, was dieser Luxus verkörperte: All die unerfüllten Träume, die mich heimsuchten; All den Schmerz, der in diesem Palast auf mich lauerte. Doch vor allem verabscheute ich es, in einem tristen, goldenen Käfig gefangen zu sein.

Mit einem schweren Seufzer ließ ich mich auf mein Bett sinken und legte das Notizbuch neben mich. Ich hatte noch eine knappe Viertelstunde, bevor ich meiner Pflicht nachgehen musste. Das bedeutete: Ich zog erst einmal etwas an, das Kronos auf keinen Fall gutheißen konnte. Wieso sollte ich einem Menschen, der mir nur Schmerz brachte, etwas Gutes tun?

Ich hielt mich für solche Gelegenheiten gerne an die Erdenmode. Die lässige Kleidung, wie Jeans und T-Shirt, ließ jegliche Eleganz verschwinden. Außerdem stellte sie klar, wie unzufrieden ich war. Wie schwer Kronos mich verletzte. Auch wenn es ihn letztlich nicht weiter kümmerte, wie ich mich fühlte. Er verabscheute es lediglich, wenn ich das Protokoll brach.

Das war vermutlich auch einer der vielen Gründe, weshalb ich so wenige Privilegien hatte. Die einzigen Räume, die ich betreten durfte, waren das Esszimmer, meine Räume, sowie meine Bibliothek und Kronos' Räume. Es war mir untersagt, den Palast zu verlassen, selbst der Garten war für mich tabu. Jedes Vergehen, jede kleinste Abweichung von Kronos' Regeln wurde hart bestraft.

Nur mit meinem Auftreten konnte ich meinem Mann zeigen, dass ich keine Kriminelle, sondern seine Frau war. Nicht, dass es ihn interessierte, denn Liebe gab es nicht. Sadistische, widerliche Lust war das Einzige, was er für mich empfand.

Es war mir ein Rätsel, weshalb er mich überhaupt geheiratet hatte. Vielleicht hatte es etwas mit meinem Beruf als Schriftstellerin zu tun gehabt. Vielleicht war ich ihm zu sehr aus der Reihe getanzt. Meine Unsicherheit quälte mich. Die Gründe, die Kronos mir für unsere Ehe genannt hatte, waren mir zutiefst suspekt. Ich glaubte ihm schlichtweg nicht, dass er mich nur wegen meiner früheren Tätigkeit immer an seiner grausamen Seite haben wollte. Doch ich konnte ihn nicht mit meinen Zweifeln konfrontieren. Selbst für meinen Trotz gab es Grenzen und ihn subtil als Lügner zu bezeichnen, wäre Selbstmord.

Was auch immer die Gründe für diese Ehe waren, letztlich war es irrelevant, denn ich konnte Kronos trotz allem keinesfalls verlassen. Nicht, dass ich etwas Anderes als Abscheu und Hass für ihn empfand. Vielmehr hatte er mich in eine Ecke gedrängt, der ich niemals entkommen konnte. Das Leben meiner Eltern war so viel wertvoller als mein eigenes Glück.

Mit wenig Eleganz ließ ich mich vom Bett sinken und verabschiedete mich von der roten Seidenbettwäsche. Ich ging auf meinen begehbaren Kleiderschrank zu und trat mit gemäßigten Schritten auf eine braune Holztruhe in der hinteren Ecke meiner Garderobe zu. Sie ließ sich nur schwer öffnen, ohne sie dauerhaft zu beschädigen und enthüllte von Jeanshosen bis Sweatshirts alles, was die Erdenmode zu bieten hatte. Wie gewöhnlich nahm ich mir ein graues T-Shirt mit V-Ausschnitt und schwarze Hot-Pants. Bei vierzig Grad im Schatten war es eine wahre Wohltat, für kurze Zeit das lange, elegante Kleid abzulegen.

Auf unserem Planeten herrschte das ganze Jahr eine unerträgliche Hitze. Die Menschen, die auf Epsylon lebten, waren im Gegensatz zu den Erdbewohnern nicht mit Jahreszeiten gesegnet, da der Planet einem Gasball namens Herezia, der doppelt so viel Wärme abstrahlte wie die Sonne, sehr nahe war.

Das war wohl auch sehr ausschlaggebend dafür, dass Schuhe keine Option für mich waren. Doch es war nicht der einzige Grund. Nein, ich liebte einfach das Gefühl von sich veränderndem Boden unter meinen nackten Fußsohlen und genoss die verschiedenen Empfindungen, die dabei auf mich einprasselten.

Aber, was noch dazu kam: Kronos hasste es am meisten, wenn ich barfuß vor ihm erschien.

Manche würden sich vermutlich fragen, weshalb ich mich so verhielt. Weshalb ich jemanden zusätzlich provozierte, der mir bereits so feindselig gesonnen war. Ich wusste es ehrlicherweise nicht, denn obwohl ich mich zumeist wie eine gebrochene Frau fühlte, hatte ich manchmal das Gefühl, dass ein kleiner, unverwüstlicher Funken Stärke in mir nicht sterben wollte und in eben solchen Momenten fand ich meinen Trotz.

Also machte ich auf dem Absatz kehrt, stolzierte auf meinen Spiegel zu und musterte meine Erscheinung: Goldblondes, welliges Haar, eisblaue Augen, kurvenreich und relativ klein. Dazu ein mausgraues Outfit und ein wenig schnell aufgetragene Wimperntusche und voilà, Kronos wurde zum Nervenbündel.

Mit einem selbstgefälligen Grinsen im Gesicht, wanderte ich zu meinem Nachttisch und läutete die Glocke, die sich stets darauf befand. Nach einigen Minuten erklang ein schüchternes Klopfen an der Schlafzimmertür. „Ja?", antwortete ich laut. Leise öffnete sich die Tür und ein junger Mann betrat den Raum. Raphael. Er war so etwas wie mein Bote. Er war derjenige, den ich losschickte, wenn ich etwas brauchte oder eine Nachricht übermitteln wollte. Mit seinen achtzehn Jahren war er der jüngste Mitarbeiter an diesem Ort, aber auch der zuverlässigste. Er war mir sofort aufgefallen, mit seinen pechschwarzen Haaren und den saphirblauen Augen. Kronos war nicht begeistert gewesen, als ich so ein Interesse an Raphael gezeigt hatte. Nicht, dass ich mich irgendwelchen Illusionen von Eifersucht oder dergleichen hingeben würde. Letztendlich war ich nur sein Eigentum und eben diese Besitzgier zwang mich oft dazu, ihm meine ungeteilte Aufmerksamkeit zukommen zu lassen. Mit Liebe oder jeglichen anderen warmen Gefühlen seinerseits hatte das überhaupt nichts zu tun.

Dennoch war Raphael mittlerweile mein engster Vertrauter und somit der Einzige in diesem grauenvollen Palast, dem ich mich öffnete. Vor ein paar Monaten erst hatte ich ihm eben jene Frage gestellt, die mich stets quälte: Wieso ich? Wieso hatte Kronos mich gewählt?

Doch auch er war angesichts meines Schicksals ratlos. Dennoch hatten seine unzureichenden Antworten in mir das Gefühl geweckt, dass er etwas vor mir verbarg. Wie ein nervtötender Juckreiz, der sich nicht bekämpfen ließ, rief sein Anblick jedes Mal eine bestimmte Emotion hervor. Misstrauen. Und obwohl ich diesen jungen Mann wahrhaftig mochte, so blieben mir leise Zweifel an seiner Aufrichtigkeit.

„Ihr habt geläutet, Eure Hoheit?", fragte Raphael mit einem unterwürfigen Tonfall in der Stimme und verbeugte sich kurz.

„Raphael, wie oft habe ich dich schon darum gebeten, mich einfach Thia zu nennen?" Seine saphirblauen Augen sahen mich ein wenig spitzbübisch an und er lächelte kurz.

„Was kann ich für Euch tun, *Thia?*", fragte er und seine Stimme triefte vor Sarkasmus. „Richte seiner Hoheit doch bitte aus, dass er mich in zehn Minuten in seinen Gemächern erwarten kann. Er befindet sich doch noch im Gespräch mit seinen Beratern, nicht wahr?"

„Gewiss. Seine Hoheit müsste in fünf Minuten fertig sein. Ich werde ihm Eure Nachricht überbringen, Thia", antwortete er höflich. Mit einer weiteren Verbeugung verabschiedete er sich und verließ den Raum. Raphael war der einzige Mensch in diesem Palast, der mir Freundlichkeit und Wärme entgegenbrachte. Ein toller junger Mann.

Lächelnd nahm ich mein Notizbuch vom Bett und trug es zu dem kleinen Tischchen neben der Badezimmertür.

Diese Räumlichkeiten hatten alles: Einen begehbaren Kleiderschrank, ein Badezimmer, einen kleinen Salon zum Entspannen mit einer Couch und einem Bücherregal, sowie einen großen Schlafbereich. Das Einzige, was hier wirklich fehlte, waren Fenster. Das Licht, das die großen Kronleuchter erzeugten, konnte dieses wunderschöne Gefühl von hereinströmendem Tageslicht einfach nicht ersetzen.

Ein wenig melancholisch dachte ich an die Zeit zurück, als ich noch in dem Haus nahe Liona gelebt hatte. Es war wirklich ein süßes kleines Häuschen gewesen, mit seiner braunen Fassade und den roten Dachziegeln. Eine „Herzlich Willkommen"-Matte hatte jeden Gast an der Eingangstür empfangen und mit den Blumenkästen auf jedem Fensterbrett hatte das Haus richtig idyllisch gewirkt. Der Garten war eine Mischung aus „der geheime Garten" und botanischem Garten gewesen, so unglaublich schön. Der Duft verschiedenster heimischer Blüten und Kräuter war den ganzen Tag durch mein Zimmer geströmt.

Es war mit seinen großen Fenstern und der Sicht auf den Fluss ‚La vie' mit Abstand der freundlichste Raum im ganzen Haus gewesen und ich hatte es über alles geliebt. Als ich zwölf Jahre alt geworden war, hatten meine Eltern und ich die Wände in einem schönen Lavendelton angestrichen und den Fußboden mit schwarzem Teppich ausgelegt. Zumindest war es mir so erzählt worden. Aufgrund eines tragischen Unfalls hatte ich im Alter von vierzehn Jahren mein Gedächtnis verloren und damit alle Erinnerungen an meine Kindheit. Doch trotz der Rastlosigkeit, die mich seit diesem Vorfall erfüllt hatte, war ich stets von Geborgenheit empfangen worden, sobald ich das Haus betreten hatte.

Dort zu leben war ein Traum gewesen und ich vermisste das Zusammensein mit meiner Familie unheimlich.

Meine Familie war immer ein Anker für mich gewesen, bis Kronos mir den Umgang mit dem „einfachen Volk" untersagt und meinen Liebsten den Kontakt zu mir für immer verweigert hatte.

Es war kurz nach unserer Hochzeit gewesen, als Kronos meinen Eltern nur zu deutlich gezeigt hatte, wie unerwünscht sie waren. Sie waren lediglich gekommen, um dem „glücklichen Brautpaar" zu gratulieren, nachdem Kronos sie von der Trauung ausgeschlossen hatte. Dort, auf der Türschwelle des Palastes, hatten sie voller Hoffnung gestanden und auf mich gewartet. Doch es hatte sie nur noch mehr Abweisung erwartet …

Jemand klopfte laut und fordernd an meine Tür und bat aufgeregt um Einlass. „Ja?", fragte ich ein wenig unsicher. Als sich die Tür öffnete und ein kleiner pausbäckiger Junge eintrat, war ich erst einmal ein wenig geschockt von den saphirblauen Augen, den pechschwarzen Haaren und dem dominanten Muttermal in Form einer Sanduhr an der Seite seines zarten Halses. Doch dann besann ich mich eines Besseren und lächelte freundlich auf ihn herab.

„Wie kann ich dir helfen, mein Kleiner?"

Er sah mich stirnrunzelnd an und erwiderte ein wenig forsch: „Ich bin weder klein, noch bin ich **Euer** Kleiner."

Als ich selbst anfing, die Stirn zu runzeln, wurde er rot und fing an zu stottern:

„Eeeeesss … tut mir wirklichhhh … leid … ähm … Eure Hoheit."

Verständnisvoll nickte ich ihm zu.

„Nein, ist schon in Ordnung. Es ist schön, endlich einmal von jemandem normal behandelt zu werden und nenn mich doch bitte Thia." Ich machte eine kurze Pause und sah ihn eindringlich an. „Also, wie kann ich dir helfen?"

„Ich wurde zu Euch geschickt, um Euch mitzuteilen, dass Eure Eltern sich momentan vor dem Palasttor befinden und eine Audienz bei ihrer Tochter verlangen." Mehr brauchte es nicht. Noch bevor er den Satz beendet hatte, eilte ich aus meinen Gemächern, rannte zahlreiche Flure entlang und stolperte beinahe über mein bodenlanges, aufgebauschtes Tüllkleid, als ich die ersten Stufen der Treppe hinunterstieg. Mehrere Diener und Putzkräfte sahen mir verblüfft und ein wenig schockiert nach. Ich hörte noch, wie der kleine Junge meinen Namen rief, aber das Einzige, was gerade meine Aufmerksamkeit verdiente, war die Nachricht, dass meine Familie hier war.

Mit tränenverschleiertem Blick stürzte ich jeden einzelnen Treppenabsatz hinunter, bis ich im Erdgeschoss angelangte. Die großen Eingangstore ragten wie eine undurchdringliche Barriere vor mir auf.

„Elanthia!!!", polterte eine laute Stimme hinter mir, noch bevor ich den ersten Schritt darauf zugehen konnte. Kalte Schauer liefen mir den Rücken hinunter bei diesem Klang. Kronos. Der einzige Mann, der mir solch eine angsterfüllte Reaktion abringen konnte. Mit zitternden Knien wandte ich mich um und starrte in sein wutverzerrtes Gesicht.

Wie üblich trug er nur schwarz. Schwarze Stoffhosen, schwarzes Seidenhemd, schwarze Lederschuhe und schwarzes Jackett. Selbst ich musste zugeben, dass das einzig Hässliche an ihm sein widerlicher Charakter war. Die moosgrünen Augen, das blonde Haar und die muskulöse Statur machten ihn zum schönsten Mann, den ich je gesehen hatte. Im Moment waren seine grünen Augen kalt wie Eis und sein Gesicht zu einer hässlichen Grimasse verzogen. Stocksteif stand er wenige Meter hinter mir und durchbohrte mich mit seinem Blick. Panik bahnte sich einen Weg von meinem Kopf *zu meinen Knien und noch bevor ich ein Wort sagen konnte, gaben meine Beine unter mir nach. Gedemütigt von meiner Schwäche, lenkte ich meinen Blick zum schwarzen Marmorboden. Ich hörte Kronos kaum, als er ein paar Schritte auf mich zumachte und direkt vor mir stehen blieb. Seine auf Hochglanz polierten Schuhe waren das Einzige, was ich von ihm sehen konnte.*

„Elanthia, sieh mich an!", forderte er mit kaum verhohlener Wut.

Ich konnte nicht. Ich wollte nicht sehen, wie er mich praktisch mit seinem Blick aufspießte, wollte nicht sehen, wie er sich überlegte, auf welche Art und Weise er mich für nichts und wieder nichts bestrafen konnte. Wir waren frisch verheiratet und er hatte mir schon mehr Leid zugefügt, als ich in meinem ganzen bisherigen Leben je erfahren hatte. Selbst die Hochzeitsnacht hatte beinahe an Vergewaltigung gegrenzt. Nicht, dass es ihn kümmern würde, aber Feingefühl besaß dieses Monster nicht. Kronos beugte sich zu mir herunter und legte beinahe sanft seinen Finger unter mein Kinn. Mit einer herrischen Geste zog er meinen Kopf nach oben, bis es knackte und mir nichts Anderes übrigblieb, als ihm in seine wild funkelnden Augen zu schauen. Mit einem selbstzufriedenen Grinsen richtete er sich wieder auf. Doch es dauerte nicht lange, bis dieses Lächeln verschwand.

„Elanthia, was bildest du dir ein? Rennst durch den Palast wie ein unterbezahlter Dienstjunge. So etwas gehört sich nicht für eine Königin." Nachdenklich massierte er sich den Nasenrücken und schloss seine Augen. Sein ganzer Körper signalisierte Wut und Anspannung, aber die Grimasse war mittlerweile einem gleichgültigen Gesichtsausdruck gewichen.

Es vergingen nur wenige Sekunden, bevor er seine Augen mit einem tiefen Seufzer wieder öffnete und mich stirnrunzelnd ansah, doch es fühlte sich an wie Stunden.

„Steh gefälligst auf und beantworte mir meine Fragen von Angesicht zu Angesicht."

Immer noch auf wackeligen Beinen gehorchte ich seinem Befehl. Als ich ihm wieder direkt gegenüberstand, machte ich einen kurzen Knicks und erwiderte zitternd: „Es tut mir wirklich leid, Kronos, aber mir wurde zugetragen, dass meine Eltern mich erwarten. Meine Freude war so groß und ich …"

„Und du konntest nicht an dich halten und musstest unbedingt durch meinen Palast stürmen", unterbrach er mich mit vor Sarkasmus triefender Stimme.

„Kronos, was erwartest du? Wann darf ich sie denn bitte sehen? Du hast nicht mal zugelassen, dass sie bei unserer Hochzeit zugegen waren." Ich wusste nicht, woher mein Trotz so plötzlich kam, doch mir war klar, dass meine Widerworte Konsequenzen haben würden.

Sein stürmischer Blick bohrte sich in meinen und ohne ein weiteres Wort drehte er sich um und rief: „Wachen!" Schneller als ein Mensch ihnen mit den Augen folgen konnte, waren wir von zahllosen Wachen umgeben. „Bringt die Königin in ihre Gemächer und bezieht davor Stellung. Sie wird ihre Räume heute nicht mehr verlassen. Und verscheucht dieses Bauernvolk gefälligst von meinem Grund und Boden! Ist das klar? Ich will sie hier nie wieder sehen." Mit einem scharfen Nicken bekundeten die Wachen ihr Verständnis. Mit einem zufriedenen Grinsen wandte sich Kronos wieder zu mir.

„Du wirst schon noch lernen, was es heißt, eine Königin zu sein, auch wenn es auf die harte Tour sein muss." Eine Königin? Eine Gefangene, meinte er wohl! Doch die Wut über diese Heuchelei hatte kaum Zeit, Fuß zu fassen, bevor mich das nackte Grauen packte. Er würde meine Eltern von dem Palastgrund verbannen und ich würde sie vermutlich nie wieder zu Gesicht bekommen.

Ich registrierte kaum, wie mich von hinten zwei Wachen packten. Meine ganze Aufmerksamkeit war auf das Geschehen vor mir gerichtet. Etwa zehn Wachen stürmten auf das Palasttor zu, rissen es auf und stürzten sich auf meine Eltern. Das Einzige, was ich von meinen Eltern sah, bevor ich umgedreht wurde, war ihr angsterfüllter Blick und dieser eine Blick brach mich letztendlich. In diesem Moment gab ich auf, denn ich hatte keine Kraft mehr, mich zu wehren: Ich war fertig, wollte nicht mehr, konnte nicht mehr. Er hatte mir meinen Anker und damit meine Stärke geraubt.

Bis heute hatte sich an meiner Einstellung nicht viel geändert. Ich ordnete mich unter, zeigte keinen sichtbaren Widerstand. Das Einzige, was von meiner früheren Stärke übrigblieb, war ein wenig Trotz. Und eines war mir schmerzlich bewusst: Der goldene Käfig, in dem ich hier saß, war kein Zuhause, er war ein Gefängnis, für eine Frau, die nicht mehr kämpfen konnte.

Traurig und niedergeschlagen verließ ich meine Gemächer und machte mich auf den Weg zu Kronos. Ich musste mich wirklich beeilen. Ich war schon ziemlich spät dran, weil ich nicht gemerkt hatte, wie ich mich in meinen Erinnerungen verloren hatte. Kronos war wahrscheinlich schon fertig mit seinem Gespräch und wartete missgelaunt auf mich.

Eilig hastete ich den dunklen Flur entlang, bis ich wieder zu der Gabelung kam und wählte diesmal den rechten Gang, der mich zu den Gemächern meines Mannes bringen sollte. Außerdem befand sich in diesem Gang noch das Konferenzzimmer und Kronos' Arbeitszimmer.

Im Großen und Ganzen war dieser Flur noch finsterer als die anderen. Denn statt Fenstern gab es hier nur ein paar Fackeln, die den Weg zu Kronos Räumen säumten.

Als ich hier eingezogen war, war ich zunächst geschockt gewesen, dass der Palast so altertümlich gestaltet war. Mit seinen dicken Steinmauern, die nur selten in normale Wände übergingen, fackelgesäumten Gängen und zahlreichen Wachen, wirkte dieser Bau mehr wie eine Festung und weniger wie ein Palast. Es war dieses Ambiente, dass mir nach sieben Jahren immer noch einen Schauer über den Rücken jagte. Genauso wie der Mann, der diese Mauern beherrschte. Mit einem flauen Gefühl näherte ich mich den großen Eichentüren, die meinen bis auf die letzte Schattierung glichen. Zwei Wachen beschützten den Eingang zu Kronos' Gemächern.

Kronos' Wachen waren einzigartig unter den Bewohnern Hermeloniens. Sie weckten Angst und Schrecken in denjenigen, die sie nicht kannten und einschätzen konnten und Respekt in denen, die mit ihnen vertraut waren. Stärke, übernatürliche Schnelligkeit und die Fähigkeit, Gedanken zu lesen, sorgten dafür, dass diese Gestalten in pechschwarzer Rüstung immer einen klaren Vorteil gegenüber ihren Feinden hatten. Doch was waren sie für Kreaturen? Menschen hatte ich vor langer Zeit ausgeschlossen. Mit ihren Gaben passten sie nicht in diese sterblich-normale Spezies. Sie waren ein Rätsel. Ein Rätsel, das ich gerne lösen würde. Doch ich wollte mich keinesfalls mit diesen Wesen anlegen und dabei wahrscheinlich noch Kronos' Zorn auf mich ziehen.

Als ich mich näherte, öffneten sie mir mit einer knappen Verbeugung die Tür und ließen mich eintreten. Mit einem dumpfen

Geräusch schlossen sich die großen Türflügel hinter mir wieder und meine Nervosität wurde in Kronos Salon beinahe greifbar.

„Elanthia? Wo warst du denn so lange, meine Königin?", fragte Kronos hörbar aufgebracht in seinem Schlafgemach. „Ich muss mich entschuldigen, mein König. Ich wurde ein wenig aufgehalten, doch nun bin ich hier und stehe dir voll und ganz zu Diensten", rief ich kleinlaut und unterwürfig. Ich hatte mich nicht von der Stelle bewegt und das würde ich auch nicht, bis Kronos mich zu sich rief oder aus seinem Schlafgemach auf mich zutrat.

„Komm zu mir, Elanthia. Ich werde dich für dein Vergehen nicht bestrafen." Mein Vergehen? Er übertrieb maßlos. Ich fragte mich, ob er sich dieser Tatsache überhaupt bewusst war oder ob seine Ignoranz ihn vollkommen eingenommen hatte. Mit einem zaghaften Lächeln betrat ich seine privaten Räume, doch innerlich kochte ich vor Wut.

Bis ich ihn sah.

Ich spürte förmlich, wie alle Farbe mein Gesicht verließ.

„Kronos, was in Herezias Namen ist mit dir geschehen?" Er saß auf der Bettkante des riesigen King-Size-Bettes und tat so, als wäre es alltäglich, dass sein ganzer Körper mit Blut befleckt war. Zahlreiche Schnitte, blaue Flecken und Ähnliches verunstalteten seinen Körper. Selbst sein blondes Haar war blutverkrustet und seine stürmisch dreinblickenden Augen verrieten ihn und seine lässige Körperhaltung.

„Du weißt doch. Ich liebe einen guten Kampf bei einer Exekution. Kein Grund sich so aufzuregen, meine Liebe." Exekution? Wer? Warum? Der Schock grub sich tief in meine Knochen. Sich dessen unbewusst, was in mir vorging, sprach Kronos weiter: „Weißt du, ich hatte doch diese Konferenz mit meinen Beratern und Informanten und wie ich unglücklicherweise erfahren musste, hattest du ein kleines Treffen mit einem Verleger aus Liona." Er spuckte diesen Namen förmlich aus. Kronos lag schon seit Jahren mit dem kleineren Teil von Epsylon im Krieg und hatte auch nicht vor, diesen Umstand in nächster Zeit zu ändern. Wie sagte er immer? „Lieber würde ich mich bei lebendigem Leib häuten lassen." Es brachte mich in eine unangenehme

Position, dass Kronos von diesem Treffen erfahren hatte. „Kronos, ich ...", versuchte ich meine Ausrede zu beginnen, doch er ließ mich nicht zu Wort kommen.

„Und anscheinend hast du sogar ein Buch veröffentlicht. Ein Buch, welches jetzt schon ein Bestseller ist und − als ob das noch nicht genug wäre! − nein, in dem Buch geht es um eine ferne Dimension, die von Dämonen bevölkert wird. Du widersetzt dich meinem Verbot, den Palast zu verlassen und verbreitest Märchen unter meinem leicht beeinflussbaren Volk", knurrte er zornig. „Du weißt, dass deine Zeit als Schriftstellerin in dem Moment vorbei war, als du mir dein Eheversprechen gegeben hast. Es ist mir unbegreiflich, wie ein so dummes Weibsstück wie du es überhaupt an den ganzen Wachen vorbei geschafft hat." Das war vermutlich nicht der richtige Moment, um ihm zu erklären, dass nicht ich bei dieser Verabredung gewesen war, sondern Raphael. Ich war überrascht, dass der Verleger den Jungen nicht verraten hatte.

Kronos würde Raphael ohne zu zögern ebenfalls exekutieren, wenn er die Wahrheit wüsste.

Und was seine Beleidigungen anging ... Die berührten mich schon lange nicht mehr. Sie waren vergleichsweise harmlos, wenn man bedachte, was er vermutlich als Strafe im Sinn hatte.

Mit einer abgehackten Bewegung richtete Kronos seinen funkelnden Blick auf mein Gesicht. Von dort wanderten seine Augen weiter über meinen Körper. Eine Gänsehaut wuchs dort, wo seine Blicke meinen Körper berührten und tiefer Abscheu verzerrte meine Gesichtszüge zu einer Grimasse. Doch er ignorierte meinen Widerwillen und wiederholte diesen Vorgang dreimal, bevor er langsam aufstand und auf seinen begehbaren Kleiderschrank zutrat. Ein fürchterliches Grauen erfüllte mich, als er es herausholte: Das Richtungskleid. Ein rückenfreies, weißes Kleid mit einigen kleinen roten Flecken hier und da. Es war eigens für mich entworfen worden und diente nur einem Zweck: Bestrafung.

Plötzlich waren meine Beine substanzlos und ich glitt schluchzend zu Boden, als die Wahrheit über die unmittelbare Zukunft mich erreichte. Die Panik hatte mich in ihrem unbarmherzigen

Griff und ein grausamer Phantomschmerz wanderte meinen gezeichneten Rücken hinab.

Fünf Jahre waren vergangen, seit ich dieses Kleid zuletzt getragen hatte und die Narben waren noch lange nicht verheilt. Dennoch würde ich Raphael niemals verraten, auch wenn es meine Strafe vermutlich erheblich mildern würde. Was waren ein paar Wundmale mehr, wenn ich damit sein Leben retten konnte. Er war mir ans Herz gewachsen, dieser tolle junge Mann und ihn verletzt oder gar sterben zu sehen für etwas, das ich ihm befohlen hatte, würde mir eben jenes brechen …

„Elanthia, du wusstest, was geschehen würde, wenn du dich mir widersetzt und trotzdem hast du es getan. Du hast kein Recht heulend vor mir auf dem Boden zu knien." Langsam hob ich mein tränenüberströmtes Gesicht und funkelte ihn wutentbrannt an.

„Du Monster! Wofür willst du mich bestrafen? Dafür, dass ich leben möchte?" Ich sah es nicht kommen, doch im nächsten Moment hielt ich meine brennende Wange. Schmerz ersetzte erneut meinen kurz aufgeflammten Zorn und Resignation erfüllte jede Zelle meines Körpers. Warum konnte ich nicht einmal in einer so verfahrenen Situation wie dieser hier meinen kümmerlichen Rest Trotz hinunterschlucken? Ich verdiente das, was jetzt folgen würde, beinahe schon. Es war Zeit, mich meinem Schicksal zu fügen. Also wartete ich, während Kronos sich allmählich von seinem Gewaltausbruch erholte. Er sah mich mit gekünstelter Enttäuschung an. „Es ist eine Schande, dass du nicht lernen willst. Du sollst wissen, dass es mir keineswegs Freude macht, dich zu bestrafen. Ich möchte doch, dass wir friedlich zusammenleben können, du nicht auch?" Es machte ihm keine Freude mich zu verletzen? Mich zu bestrafen? Das Glitzern in seinen Augen und sein erwartungsvolles Lächeln erzählten mir eine andere Geschichte. Doch ich schwieg.

Er nahm meine Hand und zog mich unsanft auf meine nach wie vor wackeligen Beine. Mit einer herrischen Geste deutete er auf das Kleid. Meine Hände zitterten, als ich es vom Boden auflas. Er hatte es kurz vor der Ohrfeige fallen lassen, um all seine Kraft in diesen einen Schlag legen zu können.

Wortlos schlurfte ich in Richtung Bad, doch Kronos packte mich brutal an meinen Armen und brachte mich so zum Stehen. Ich wusste nicht, was dieser Widerling jetzt noch von mir wollte, doch ich hatte gelernt immer mit dem Schlimmsten zu rechnen und wie sonst auch, wurde ich nicht enttäuscht.

„Wo willst du denn hin, Täubchen? Du hast nichts, was ich noch nicht gesehen habe. Zier dich doch nicht so vor deinem Mann." Erst drohte er mir, dann schlug er mich und nun sollte ich vor ihm dieses Foltergewand anziehen, während er seinen gierigen Blick über mich wandern ließ. Wie viel Demütigung wollte ich, konnte ich, musste ich noch ertragen?

Mit geübten, routinierten Handgriffen zog ich mich aus, bis ich in weißer Spitzenunterwäsche vor ihm stand. Mit jedem Kleidungsstück verschwand mehr von meiner Würde und er weidete sich an meiner Angst und Scham. Ich wollte ihm nicht mehr Anlass zur Freude geben als nötig, deshalb zog ich so schnell ich konnte das Richtungskleid über meinen Kopf und riss es an meinem Körper herunter, bis es meine Knöchel berührte.

Kronos schaute mich ein wenig ernüchtert an. Doch er sagte nur: „Du weißt, was du zu tun hast."

Mit einer fließenden Bewegung ließ ich mich auf die Knie sinken. Langsam beugte ich meinen Oberkörper nach vorne, bis mein Gesicht den schwarzen Marmorboden berührte. Meine Arme drückte ich eng an meinen Körper, bevor ich endgültig in dieser Position verharrte. Nun war mein Rücken Kronos schutzlos ausgeliefert und nur die Kühle des Bodens, der meine schmerzende Wange etwas betäubte, spendete mir ein wenig Trost. Ich brauchte gar nicht hinzusehen, um zu wissen, was Kronos als Nächstes tat. Erneut war der begehbare Kleiderschrank sein Ziel. Ich fühlte nichts, als ich hörte, wie er die Türen aufriss, in den hintersten Teil lief, die verborgene Schublade in seiner Kommode öffnete und das Folterinstrument herausholte, die Peitsche. Die Unausweichlichkeit der Situation ließ mich innerlich taub zurück.

„Vierundzwanzig Hiebe", sagte er in einem Tonfall, der keinen Widerspruch duldete. Doch ich konnte nicht anders. Trotz der Taubheit verspürte ich einen Funken Wut.

„Vierundzwanzig? Das war so nicht abgemacht, mein König", sagte ich in frostigem Tonfall.

„Ich weiß, dass für jedes Vergehen zwölf Hiebe angesetzt sind, Elanthia. So habe ich es vor sieben Jahren beschlossen und so wird es immer sein. Ich lasse es mir nicht gefallen, dass du mich anschreist und beleidigst. Vierundzwanzig und darüber diskutiere ich nun auch nicht mehr", sagte er ebenso frostig, als er auf mich zutrat. Nur mühsam unterdrückte ich das Inferno, das nach seinen Worten in mir tobte, und erinnerte mich an meine erste Bestrafung dieser Art, kurz nach unserer Vermählung.

Die Peitsche war eine Reliquie seiner Vorfahren, hatte mir Kronos damals erzählt. Ich glaube, seine genauen Worte lauteten: „Damals, als Bestrafung noch kein Verbrechen war, benutzten meine Vorväter dieses Stück aus feinstem Leder, um ihre Untertanen auf deren Platz zu verweisen. Gute Zeiten waren das damals. Gute Zeiten." Sein wehmütiges Lächeln, als er das sagte, hatte sich für immer in mein Gedächtnis eingebrannt. Nur ein Monster, wie er es war, konnte einer solch brutalen und blutigen Zeit hinterhertrauern. Noch heute wurde mir bei der Erinnerung an seine Worte schlecht. Doch diese Waffe gehörte in die Hände eines Tyrannen und genau dort lag sie jetzt.

Der Lederriemen, der aus dem eisernen Griff führte, war mit getrocknetem Blut befleckt. Das Eisen selbst trug die Inschrift: „La punition soit loué". Wörtlich übersetzt bedeutete dies: „Hoch gepriesen sei die Bestrafung", die Sprache war mir jedoch unbekannt. Kronos war der Meinung, es sei eine Erdensprache und er wüsste nicht, weshalb seine Vorfahren sie genutzt hatten. Ich glaubte ihm nicht.

Im Moment interessierte ich mich jedoch herzlich wenig für die Geschichte, die sich hinter diesem Folterinstrument verbarg. Diese Reise in die Vergangenheit sollte mich lediglich von dem Wissen ablenken, dass ich kaum mehr als zwölf Peitschenhiebe überleben würde.

Früher hatte ich wochenlang im Bett gelegen und hatte rund um die Uhr ärztliche Betreuung nötig gehabt, bis es mir auch nur annähernd bessergegangen war. Die meisten Schnitte waren so tief gewesen, dass sie genäht werden mussten.

Und dennoch hatte sich die Überzeugung in mir manifestiert, dass meine Heilung reibungsloser und schneller erfolgt war, als von meinen Ärzten prognostiziert.

Die Ärzte hatten damals zu Kronos gesagt, er solle mit den Peitschenhieben nicht übertreiben. Mehr, und ich würde entweder verbluten oder durch Schäden an der Wirbelsäule gelähmt sein.

Und nun verdoppelte er die Anzahl. Ich war nicht so naiv zu glauben, dass er mich liebte, doch er musste meinem Leben doch irgendeinen Wert beimessen.

Ein plötzlicher Schmerz riss mich aus meinen Gedanken. Todesangst erfüllte mich, als ich realisierte, was geschah. Es hatte begonnen.

2

*Unsere Vergangenheit prägt unsere Persönlichkeit, unsere
Werte, unser ganzes Sein. Wenn sie fehlt, was bleibt dann
noch? Wer bin ich, ohne meine Erinnerungen? Wer bin ich,
außer ein Schatten meiner selbst?*

Thia

Plötzlich ergriff ihn schreckliche Pein. Mit einem schmerzerfüllten Schrei öffnete Killian seine müden Augen. Wo war er? Was
war geschehen? Woher kam dieser Schmerz? Diese Fragen jag-
ten durch seine Gedanken, bis seine Augen sich an das schwache
Licht der Morgendämmerung gewöhnt hatten und er sein eigenes
Schlafzimmer mit seinen dunkelblauen Wänden, hohen Panora-
mafenstern und schwarzen Kommoden, erkennen konnte. Der
vertraute Anblick beruhigte ihn ein wenig, doch der schreckliche Schmerz wurde mit jeder Sekunde, die verging, immer intensiver. Es war beinahe unerträglich, wie sich diese Pein durch
seinen ganzen Körper zog. Ein Gefühl der Hilflosigkeit und Verzweiflung erfüllte ihn, welches er seit Jahrtausenden nicht mehr
empfunden hatte. Der Schmerz vernebelte ihm die Sinne und
es wurde immer schwieriger, einen klaren Gedanken zu fassen.
Deshalb dauerte es eine Weile, bis er bemerkte, dass er zusammengekrümmt auf dem Boden lag. Was geschah nur mit ihm?

Nur mit größter Mühe konnte ich meine Schreie unterdrücken.
Diesen Triumph wollte ich Kronos nicht geben. Verzweifelt versuchte ich, meine Lebenskraft festzuhalten, doch mit jedem Hieb
floss sie mehr aus mir heraus. Ich spürte, wie mein Bewusstsein
mit jeder stechenden Berührung der Peitsche mehr und mehr

schwand und wie eine sanfte Dunkelheit nach mir griff. Es war so verlockend, einfach loszulassen, nachzugeben, aber die Überlebenskünstlerin in mir wollte weiterkämpfen und so begann ich stattdessen, jeden einzelnen Hieb zu zählen. Neun, zehn, elf, zwölf, dreizehn …

„Killian!" Cara kam mit schreckgeweiteten Augen in den Raum gestürzt. Killian lag mittlerweile regungslos auf dem Boden und atmete nur noch flach.

„Verdammt, Killian! Du bist zwölftausend Jahre alt, du stirbst mir jetzt bestimmt nicht einfach weg!" Aggressiv und mit tränenüberströmtem Gesicht schlug sie mit ihrer Faust gegen seinen gekrümmten Rücken.

„Killian!", kreischte sie aufgeregt.

Panisch schlug Killian die Augen auf und versuchte, sich zu orientieren. Es war hell, doch gleichzeitig herrschte in ihm tiefste Finsternis. Was war geschehen? Nach einer kurzen Bestandsaufnahme wurde ihm eins bewusst: Es fehlte ihm rein körperlich nichts, doch Angst und Verwirrtheit machten sich in ihm breit.

Plötzlich legte sich eine Hand auf seine Schulter. Er lag immer noch auf dem Bauch und konnte das Gesicht zu dieser Hand nicht sehen. Er reagierte rein instinktiv.

Killian sprang auf, schlug die Hand beiseite und ging in Angriffsstellung. „Killian?", fragte eine zögerliche, leise Stimme. Er erkannte sie sofort. „Cara", flüsterte er und gab seine Offensivstellung augenblicklich auf. „Cara", flüsterte er erneut und schloss sie erleichtert in die Arme.

Ausnahmsweise machte ihm seine offene Gefühlsbekundung nichts aus. „Ich dachte, ich muss sterben. Die Schmerzen waren so grauenvoll. Ich habe mich so unglaublich machtlos gefühlt, wie noch nie zuvor. Cara, was stimmt nicht mit mir?" Sie sah ihn ratlos an und fing plötzlich an, hemmungslos zu weinen.

Schluchzend ließ sie ihren Kopf in die Hände sinken und verbarg ihr schönes Gesicht.

„Liebes, nicht weinen. Das war nicht meine Absicht. Es gibt bestimmt eine Erklärung für alles." Killian wusste, dass etwas nicht in Ordnung war und leise Dankbarkeit für Caras Sorge weckte in ihm den Wunsch, sie irgendwie zu trösten, auch wenn es nur leere Floskeln waren, die er ihr anbieten konnte.

Cara war noch so jung, gerade einmal zweihundert Lebensjahre zählte sie.

Für Killian war sie trotz ihrer Reife in körperlicher und geistiger Hinsicht nach wie vor ein Kind.

Dennoch würde er niemals vergessen, dass sie seine loyalste und treueste Gefährtin war. Umso mehr bekümmerte es ihn also, wenn er der Grund für ihre Tränen war.

„Cara, beruhige dich bitte. Mir geht es gut." Doch Cara schien ihn nicht zu hören.

In dem verzweifelten Versuch, ihre Gedanken in eine andere Richtung zu lenken, wechselte Killian hastig das Thema.

„Sag mir, wie sieht es aus? Sind wir unserem Ziel schon nähergekommen?" Angesichts seines plötzlichen Themenumschwungs verstummten Caras Schluchzer allmählich.

Langsam hob sie ihren Kopf und sah ihn erst verwirrt, dann wütend und schließlich geschockt an.

Es schien, als habe die Ablenkung gewirkt. Auch wenn Killian Caras schnelle Gefühlssprünge nicht recht nachvollziehen konnte, so war er doch froh, ihren Blick frei von Verzweiflung und Kummer zu sehen.

„Nein, sind wir nicht. Wir treten auf der Stelle, Killian. Wir forschen und forschen und forschen. Wir ziehen die ältesten Bücher beider Welten zu Rate, doch wir finden keine Lösung für diese Misere. Ich kann nicht sagen, ob es daran liegt, dass wir so gnadenlos unterbesetzt sind oder unsere Quellen unzureichend sind. Vielleicht liegt die Lösung auch direkt vor uns und wir sehen sie schlichtweg nicht. Was auch immer der Grund sein mag, wenn wir nicht bald ein paar Antworten finden, wird sich auch der Rest unserer Anhänger auf die Jagd begeben. Auf die Jagd nach derjenigen, die es bereits vermag, zwischen den Dimensionen zu wandeln. Und du weißt, was das bedeuten würde. Wenn die Forschung versagt, werden sie es mit Gewalt versuchen", erwiderte sie mit resignierter Stimme.

„Cara, sag so etwas nicht. Wir dürfen die Hoffnung noch nicht aufgeben. Wir werden eine Erklärung dafür finden, warum sie durch die Dimensionen wandeln kann und wir nicht. Auch ohne sie. Sie hat genug durchgemacht. Ich werde keine weiteren Opfer von ihr verlangen und ich werde sie mit allem beschützen, was ich habe." Entschlossenheit machte Killians Stimme rau und er merkte, wie sich seine alte Freundin, die Sehnsucht, einen Weg nach außen bahnte. Cara durfte Killian keinesfalls so weich und verletzlich erleben.

Er brauchte nun etwas Zeit für sich allein.

„Bitte, gehe jetzt. Ich lasse später nach dir schicken." Cara schenkte Killian ein schwaches Lächeln und begab sich langsam auf den Weg zur Tür. Mit der Hand am Türknauf hielt sie inne.

„Fast hätte ich es vergessen. Es gibt einen Grund, weshalb ich dich sehen wollte. Unser Kontaktmann hat mich vor wenigen Minuten aufgesucht." Caras Stimme klang seltsam hohl.

„Was wollte er? Gibt es Grund zur Besorgnis?"

Cara wandte ihm weiter den Rücken zu und ließ lange auf eine Antwort warten.

„Wie es aussieht, ist es dort nicht länger sicher für sie. Er möchte sie zurückbringen."

Killian runzelte angesichts dieser Nachricht verwirrt die Stirn. Die letzten Berichte hatten keinerlei Gefahr erahnen lassen.

„Wurde er konkreter?" Das würde eine Einschätzung der Lage einfacher machen.

„Leider nicht, doch die Dringlichkeit seiner Bitte war nicht zu überhören."

Killian seufzte unschlüssig. Er wünschte sich nichts sehnlicher als ihre Rückkehr, doch auch hier war ihre Sicherheit nicht garantiert.

„Was denkst du? Du sagtest, unsere Anhänger werden allmählich unruhig. Können wir es wagen, sie zurückzuholen, ohne sie womöglich in noch größere Gefahr zu manövrieren?"

Mit durchgestrecktem Rückgrat ließ Cara den Türknauf los und drehte sich zu Killian um. Ihr entschlossener Blick verriet bereits ihre Antwort.

„ER schien so zu denken, Killian. Du weißt so gut wie ich, dass er sie niemals leichtfertig einem Risiko aussetzen würde. So wie ich das sehe, haben wir keine Wahl. Wenigstens ist die Gefahr hier kalkulierbar. Wir wissen nicht, was dort drüben mit ihr geschieht. Die Berichte sind zu oberflächlich, um das einschätzen zu können. Wenn er sagt, sie muss zurückkehren, dann sollten wir dem Folge leisten. Immerhin gehört sie zur Familie."

Killian nickte nur. Sie hatte natürlich recht und auch wenn ihm Sorge die Eingeweide zerfraß, gab er nur zu gerne den Befehl.

„Hol' sie mir zurück, Cara. Hol' sie nach Hause."

Cara salutierte ironisch und Killian verdrehte angesichts ihrer gespielten Leichtigkeit die Augen. Dennoch stahl sich ein leichtes Lächeln auf seine Lippen.

Mit einem frechen Grinsen im Gesicht verließ Cara den Raum und überließ Killian seinen aufgewühlten Emotionen. Sorge und Angst lieferten sich mit Freude und Sehnsucht einen erbitterten Kampf. Er wollte, dass sie zurückkam. Das stand außer Frage. Doch er wollte sie auch in Sicherheit wissen.

Er wusste, er konnte sich auf Cara verlassen. Er wusste auch, dass er nicht selbst gehen konnte. Dafür vertrauten zu viele Leben darauf, dass er seine ganze Kraft auf eine Aufgabe konzentrierte. Den Schutz dieser Dimension. Allein dieser Tag hatte ihm fast die komplette Energie geraubt. In diesem Zustand hätte er sowieso nicht von Nutzen sein können. Da war es besser, sich für einige Stunden hinzulegen.

Als er sich zum Bett hinbewegte, geschah es. Mit einem beinahe greifbaren Geräusch rissen auf seinem Rücken vierundzwanzig längliche, tiefe Wunden auf und Blut lief an ihm hinunter. Schockiert riss er die Augen auf. Was passierte nun schon wieder? …

… einundzwanzig, zweiundzwanzig, dreiundzwanzig, vierundzwanzig. Beim letzten Hieb verließen mich meine Kräfte. Das Letzte, was ich hörte, bevor mich bodenlose Schwärze umfing, war Kronos' schadenfrohes, widerwärtiges Lachen und seine tiefe Stimme, die nur sagte: „Ein Sterblicher hätte das nicht überlebt, meine Liebe."

Ich wachte orientierungslos und voller Angst auf. Wo war ich? Wieso konnte ich mich nicht bewegen? Was bedeuteten diese Schmerzen?

Und dann durchlebte ich im Geiste den Horror der letzten Stunden erneut. Kronos, blutbefleckt. Vierundzwanzig brutale Peitschenhiebe. Kronos' hämische Stimme, die verwirrende Dinge von sich gab.

Ich wollte in diesem Moment einfach nur wieder von der ruhigen, warmen Finsternis der Bewusstlosigkeit umhüllt werden, doch ich wusste, dass Wunschdenken mir nicht helfen würde. Wenn ich diese Schmerzen nicht ertrug und mich dem Tod überließ oder schwach wurde, würde er sich jemanden anderen, jemanden Schwächeren suchen, den er quälen konnte. Wie meine Eltern.

„Sie ist stark, Eure Hoheit. Es ist ein Wunder, dass sie noch lebt und in so guter Verfassung ist. Dennoch wird sie die nächsten Tage noch das Bett hüten müssen. Trotz ihrer Stärke ist es momentan nicht ratsam, ihr jegliche Art von Bewegung zuzumuten", stellte eine ältere, sanfte Stimme nüchtern fest. Dr. Weihland, Kronos' Mann für alle medizinischen Notfälle. Ein kleiner, dicklicher Brillenträger mit Herz, der sich leider viel zu leicht von Kronos unterwerfen ließ.

Man musste Dr. Weihland zugutehalten, dass er derjenige gewesen war, der Kronos damals davor gewarnt hatte, es zu übertreiben. Es mochte nicht gewirkt haben, aber ich rechnete es ihm hoch an, dass er in diesem kurzen Augenblick seine eigene Angst vergessen hatte.

In meinen Gedanken ließ ich seine Diagnose noch einmal Revue passieren. Ich war in „guter Verfassung" und würde nicht sterben. Ich konnte jedoch nicht einmal meinen kleinen Finger anheben und ich hätte schon längst in die sanfte Umarmung des Todes fallen müssen.

Was stimmte nicht mit mir?

Vierundzwanzig Peitschenhiebe, ausgeführt mit Präzision und ohne Rücksicht, doch ich hatte überlebt. Und Kronos … Kronos schien das geahnt zu haben.

„Danke, Dr. Weihland, für diese ausführliche Erläuterung. Ich freue mich, dass meine Frau dies in so guter Manier überstanden hat, allerdings frage ich mich, wie das möglich ist? Diese Situation erscheint mir recht unglaublich. Ich habe erwachsene, starke Männer schon nach zehn kräftigen Hieben sterben sehen." Kronos' Neugier und Unwissenheit klangen zumindest teilweise aufrichtig, dennoch meinte ich einen merkwürdigen Unterton wahrzunehmen. Reine Genugtuung.

„Leider weiß ich auf diese Fragen keine Antworten, mein Herr. Ich werde jedoch eine gründliche Blutanalyse veranlassen. Vielleicht bringt dies Licht ins Dunkel." Mit diesen Worten verließ der Arzt den Raum. Ich hörte, wie sich seine schnellen Schritte entfernten und ein Teil der Anspannung, die sich unbemerkt aufgebaut hatte, verließ meinen Körper wieder.

Ich versuchte, mich weiterhin schlafend zu stellen, die Konfrontation fürchtend, die mich erwartete. Kronos, wenn auch auf der meinem Gesicht abgewandten Seite, war jedoch nicht dumm.

„Bemühe dich nicht, mein Liebling. Ich weiß, dass du wach bist." Es war unmöglich, seine Stimmung zu erahnen.

„Und, was denkst du? Hexe, Engel oder Dämon? Was sagt die Fantasy-Autorin in dir zu diesem Wunder? Ich persönlich denke, dass du einfach nur eine Missgeburt bist." Seine Worte waren erfüllt von tiefem Abscheu und bodenlosem Ekel.

Als er jedoch weitersprach, gesellte sich eine viel gefährlichere Emotion hinzu. Tatendrang.

„Nichtsdestotrotz könntest du mir vielleicht noch von Nutzen sein."

Leisen Schrittes trat er näher und brachte seinen Mund an mein Ohr. Ich lag oberkörperfrei und bäuchlings auf einem Krankenbett im isolierten Krankenflügel des Palastes. Nur das medizinische und wachhabende Personal hatte hier Zutritt.

„Weißt du", drang Kronos' tiefe Stimme nun an mein Ohr, „irgendwie bin ich plötzlich sehr froh, dich geheiratet zu haben. Das erste Mal nicht nur ausschließlich wegen deines so … ausdauernden Körpers. Nein, jetzt brauche ich deinen scheinbar vorhandenen Intellekt. Ich möchte, dass du dieses Mysterium löst, wenn du dich wieder erholt hast und mich über etwaige Entwicklungen bezüglich deiner Andersartigkeit unverzüglich informierst. Hast du verstanden, Schatz?" Das „Schatz" betonte er besonders und zeigte mir damit seine grenzenlose Überheblichkeit.

„Wieso erledigst du das nicht selbst oder setzt deine Gelehrten daran?" Erleichtert registrierte ich, dass meine körperliche Schwäche den Widerworten nicht die Stärke raubte.

Ein leises Lachen, bevor Kronos seine langen Finger in die Wunden bohrte. Schreiend vor Schmerz versuchte ich, zurückzuweichen, doch ich konnte mich noch immer nicht bewegen. Hilflos spürte ich, wie Blut die frischen Verbände durchnässte.

Allmählich bildeten sich schwarze Flecken vor meinen Augen und meine Stimme verlor an Kraft, bis ich nur noch leise wimmern konnte. Bevor ich endgültig der Ohnmacht erliegen konnte, zog Kronos seine Hand zurück und richtete sich hörbar auf.

„Ts, ts, ts. Wie unhöflich du bist." Viel schlimmer als seine Finger, die sich in mein Fleisch gepresst hatten, war die Gewissheit, dass ihn die ganze Situation im höchsten Maße amüsierte.

„Um deine Frage zu beantworten: Weil ich dich dafür habe und du mich niemals belügen würdest." Am Ende lachte er hämisch.

„Du scheinst davon sehr überzeugt zu sein", flüsterte ich mit rauer Stimme.

Mit falscher Sanftheit legte er mir seine Hand in den Nacken.

„Weshalb sollte ich auch daran zweifeln? Es mag nicht viele geben, aber ich weiß von den Menschen, die dir wichtig sind." Er hielt kurz inne und streichelte mit seiner freien Hand leicht über meinen schmerzenden Rücken. „Vergiss also nicht, meine Liebe: Ich bin Herrscher über dieses Land und mit meinen Gefolgsleuten kann ich tun, was ich möchte." Mit diesen Worten nahm er seine Hände von meinem Körper, lief um das Kopfende des Bettes und beugte sich zu mir herab, bis ich in seine vor Zufriedenheit funkelnden Augen blicken konnte.

„Hast du das nun endlich verstanden, mein Herz?", fragte er mit leisem Spott.

„Ja, Schatz!", antwortete ich spitz und zeigte meinerseits reine Verachtung gegenüber seiner Person. Kronos bedachte mich nur mit einem höhnischen Grinsen, drehte sich um und verließ den von Betten übersäten großen Saal. Auch noch die letzte Anspannung löste sich nun von meinem geschundenen Körper.

Dafür bahnten sich jedoch andere Gefühle ihren Weg. Schmerz, Kummer, Wut, Angst, doch intensiver als jedes andere Gefühl, spürte ich gnadenlose Entschlossenheit. Ich brauchte Zeit zum Nachdenken, allein, selbst wenn es nur einige Stunden waren. Ohne Wachen, die mich die ganze Zeit beobachteten. Es war mir ein Rätsel, weshalb Kronos mich mit solcher Verachtung bedachte, wenn er selbst diese unnatürlichen Kreaturen zu seinen Bediensteten zählte.

Sowohl innerhalb als auch vor der Krankenstation postiert, konnte ich nicht anders als ihr leises Getuschel zu hören. Manchmal spürte ich geradezu, wie sie mich anstarrten und über mich spotteten.

Nichtsdestotrotz konnte ich meine Augen nicht vor der Tatsache verschließen, dass ich bewegungsunfähig an dieses Bett gekettet war.

„Hey, Thia", begrüßte mich eine sanfte, scheinbar niedergeschlagene Stimme.

Erschrocken riss ich die erschöpften Augen auf. Ich musste wohl für einen Moment eingedöst sein.

„Raphael, es ist wirklich schön, deine Stimme zu hören, aber was in Herezias Namen suchst du hier?", flüsterte ich panisch.

Eigentlich hatte Raphael zu diesem Teil des Palastes aus „Sicherheitsgründen" keinen Zutritt. Im Moment brachte er sich in erhebliche Gefahr, indem er Kronos' Anweisungen missachtete. Sollte dieser davon erfahren, würde Raphaels Strafe schlimmer sein als jedwede Anzahl von Peitschenhieben. Kronos hatte ein Null-Toleranz-Prinzip bezüglich Befehlsverweigerung.

Und wo waren die Wachen, die ihn spätestens innerhalb der Räumlichkeiten hätten abfangen müssen?

„Du musst hier sofort verschwinden! Ich weiß nicht, wo sich die Wachen gerade befinden und weshalb sie nicht auf ihren Posten sind, doch sie kehren sicher bald zurück. Geh, sofort!", wies ich ihn daher ungestüm zurecht.

„Mach dir keine Gedanken, Thia. Diese Wesen sind anderweitig beschäftigt." Seine Antwort, wenn auch in lachhaftem Ton hervorgebracht, war doch recht ominös und dass er mich plötzlich so informell ansprach, machte die gesamte Situation noch merkwürdiger.

Noch bevor ich etwas dergleichen erwidern konnte, spürte ich, wie Raphael näherkam und langsam meine Hand nahm.

Schock machte sich in meinen Adern breit und unterdrückte für einen Moment die brennende Sorge um Raphaels Sicherheit. Er hatte mich noch nie berührt und ich musste zugeben, dass es mir mehr als unangenehm war. Ich ließ mich nicht gern berühren. Nicht, seit ich Kronos getroffen hatte.

Dass ich nicht zurückweichen konnte, beflügelte das Gefühl des Widerwillens noch.

„Oh, Entschuldigung. Ich wusste nicht, dass Berührungen dir so zuwider sind", sagte Raphael beschämt und zog seine Hand wieder zurück. Überrascht blinzelte ich mehrmals unkontrolliert. Woher wusste er das so plötzlich? Ich hatte nichts gesagt. Meine Mimik konnte er nicht gesehen haben, da er wie Kronos zuvor, auf der mir abgewandten Seite stand, die näher bei der Tür lag. Eine unwillkürliche, körperliche Reaktion war in meinem jetzigen Zustand ebenfalls nicht möglich. Woher also hatte Raphael meine Emotionen erahnt? Langsam überforderte mich diese Situation. „Thia, ich verstehe deine Überforderung. Wirklich.

Aber das ist alles ziemlich schwer zu erklären, also versuche bitte, mir zu vertrauen und komm einfach mit mir", forderte Raphael nervös. Dringlichkeit sprach aus jedem seiner Worte.

Vertrauen? Er war zwar ein sehr netter Mensch, aber ich wusste doch kaum etwas über ihn und momentan verhielt er sich wirklich seltsam. Keineswegs würde ich ihm irgendwohin folgen. Nicht, dass ich in meinem Zustand dazu überhaupt in der Lage wäre.

„Raphael, selbst wenn ich mich bewegen könnte, ich werde ganz sicher nicht mit irgendwem …"

„Dafür haben wir jetzt keine Zeit", unterbrach er mich hektisch.

Ich spürte einen kurzen Stich an meinem Hals, bevor sich eine bleierne Schwere über meinen Körper legte, die ich selbst durch den Schmerz hindurch fühlen konnte.

Als vor meinen Augen alles verschwamm und ich langsam, aber sicher das Bewusstsein verlor, wusste ich, dass dies mein Ende sein würde.

Ich hatte keine Angst. Alles war besser als diese jämmerliche Existenz, die ich führte.

Wenigstens war ich nicht schwach geworden, hatte mein Leben nicht selbst beendet.

„Stärke kommt von innen" war der Leitspruch von ganz Epsylon und dies war mein letzter Gedanke, bevor mich das zweite Mal an diesem Tag Schwärze umfing.

„Elanthia, wach auf! Bitte, du darfst jetzt nicht schlafen", drang eine müde, weibliche Stimme an mein Ohr.

„Ich wusste es! Du hast zu viel genommen!", schrie eine andere, wütende Stimme, die ich als die meines Vaters erkannte. Papa?

„Wenn sie aufwachen möchte, wird sie aufwachen …", antwortete Raphael kleinlaut. So sicher schien er sich jedoch nicht zu sein, denn er fuhr mit unsicherer Stimme fort: „Ich weiß jedoch nicht, wie es sich mit dem Sedativum und den Wunden verhält."

Jetzt reichte es mir endgültig.

„Ein Sedativum! Ihr habt mich betäubt?!", schrie ich aufgebracht. Hätte ich mich bewegen können, wäre ich innerhalb weniger Sekunden durch die Tür gewesen. Ein Sedativum? Wieso? Mein Vater, mein Bote und eine Fremde hatten mich mit einem Sedativum betäubt. Nun war ich vollends fertig mit den Nerven.

„Thia, Schatz, beruhige dich. Wir wollten dich nicht verletzen oder gegen deinen Willen mitnehmen, aber uns blieb keine Wahl. Wir haben geschworen, dich zu beschützen", versuchte mein Vater mich zu besänftigen, doch ich war zu wütend, fühlte mich verraten.

In diesem Moment fand ich sie wieder. Meine innere Stärke, die Kraft in meine Gliedmaßen sandte und mir die Freiheit gab, mich wieder vollständig zu bewegen. Wahrscheinlich hätte mir dies zu denken geben sollen, aber mein einziger Gedanke galt der Flucht. Ohne auf meine Umgebung zu achten, rannte ich durch die nächstgelegene Tür und fand mich in einer nachtschwarzen Wüste wieder. Ich sah keinen einzigen Lichtkörper am Himmel, doch ich lief weiter. Meine schnellen Schritte wühlten schwarzen Staub auf. Schwarz? Wo in Herezias Namen war ich hier gelandet? „Thia!", schrien drei aufgebrachte Stimmen zugleich. Raphael, mein Vater und die mir unbekannte Frau.

Ich hörte ihre Schritte hinter mir und hatte die Befürchtung, sie würden mich einholen. Doch ich lief weiter und ich hielt erst an, als die Stimmen meiner Entführer endgültig verklungen waren. Ich bekam kaum Luft. Panik und Unschlüssigkeit schnürten mir die Kehle zu. Ich wusste nicht, wie weit ich bereits gelaufen war, doch das Glück war auf meiner Seite.

Vor mir, in greifbarer Nähe, erstrahlten die Lichter einer Stadt. Irgendwie. Es sah mehr aus wie eine Stadt innerhalb einer Festung. Ich stand auf einem sehr hohen Hügel, der mir Gelegenheit dazu gab, von oben auf diesen Ort zu blicken, doch irgendetwas verschleierte mir den Blick auf die Häuser und deren Bewohner. Ich sah lediglich Lichter und die Festungsmauer.

Ein seltsames Gefühl des Wiedererkennens regte sich in mir, als wäre ich schon einmal hier gewesen, doch das konnte nicht sein. An einen solch einzigartigen Anblick würde ich mich sicherlich erinnern. Das war ohne Zweifel meiner Erleichterung und Freude darüber entsprungen, diesen Irren entkommen zu sein.

Und nun? Mein nächstes Ziel war es, wieder zurück in den Palast zu meinem Mann zu finden, oder nicht?

„Guten Tag, Killian", sagte Cara leise und ein wenig nervös. Nervös? Es war Killian ein Rätsel, weshalb Cara solche Gefühle in seiner Gegenwart zum Vorschein brachte. Er hatte sie anders erzogen. Seine Spezies folgte allgemein dem Grundsatz, keine Schwäche zu zeigen.

„Wir sind gescheitert", erklärte sie aufgewühlt.

Unbändige Wut regte sich in Killian und er konnte ihre Nervosität in diesem Moment tatsächlich nachvollziehen. Sie war die Person, welcher er am meisten vertraute. Wenn er schwierige Aufgaben hatte, war sie die Erste, an die er sich wandte. Doch sie hatte versagt.

„Warum? Ihr seid Dämonen! Dies war ein einfacher Auftrag, also weshalb habt ihr versagt?!", schrie Killian aufgebracht. Es war für ihn schlichtweg nicht nachvollziehbar.

„Wir hatten sie, Killian, doch als wir sie in Raphaels Haus gebracht hatten, ist sie getürmt." Caras Stimme zitterte leicht bei diesen Worten.

„Getürmt? Wieso sollte sie türmen, wenn sie freiwillig mitgekommen ist?", fragte er misstrauisch und das Schlimmste befürchtend.

„Naja, eigentlich ist es nicht wirklich freiwillig gewesen." Unsicher wrang Cara ihre Hände. Sie verheimlichte ihm etwas.

„Ihr habt sie entführt?", fragte Killian ungläubig. Wenn sie sich hier verirrte oder mit den falschen Leuten in Kontakt kam, war sie verloren.

„Weshalb ist sie nicht aus freien Stücken mit Raphael gegangen?", flüsterte Killian bedrohlich leise.

Cara runzelte die Stirn und schüttelte überrascht den Kopf.

„Ich weiß es nicht, Killian. Ich bin selbst erstaunt gewesen, Thia in einem sedierten Zustand vorzufinden. Raphael hat gesagt, er hatte keine andere Wahl gehabt, als sie zu betäuben und mitzunehmen." Unsicherheit erfüllte Caras sanfte Stimme. Zurecht, wie Killian fand. Wie hatte sie sich mit dieser Erklärung abfinden können?

Killian war nicht erstaunt, dass Cara Thia nicht gefolgt war. Cara war selbst noch ein junger und schwacher Dämon. Sie besaß weder die Gabe der Transformation noch die Gabe, sich an beliebigen Orten der Dämonenebene zu materialisieren. Dasselbe galt für Raphael, auch wenn der Dämon trotz seiner Schwäche über beneidenswerte Fähigkeiten verfügte.

Und Cara besaß zwar die Gabe der Verschleierung, konnte somit sich und leblose Objekte vor fremden Augen verbergen, doch diese Fähigkeit besaßen die meisten Dämonen und in einer Konfrontation wäre sie beinahe nutzlos.

Er verstand, weshalb die beiden Dämonen Thia nicht wieder aufgespürt hatten, doch er verstand nicht, weshalb Thia überhaupt geflohen war. Er musste sie schnellstens finden.

Cara sah wahrscheinlich nur noch ein leichtes Flimmern, früher war sie von der Verwandlung beinahe geblendet worden.

Im nächsten Moment, stand nicht mehr der menschliche Killian vor ihr, sondern der Dämon in seiner reinsten Form.

„Richte Raphael und den Adoptiveltern aus, dass ich diese Angelegenheit nun selbst in die Hand nehmen werde und, Cara?" Cara sah in seine blutroten Augen. „Wenn sie stirbt, lasse ich Herezias Feuer auf eure Köpfe regnen." Mit diesen Worten dematerialisierte er sich und war verschwunden.

Langsam und ein wenig ungelenk machte ich mich an den Abstieg. Es war ein wirklich bemerkenswert steiler Hügel und ich hatte ein wenig Sorge, dass ich ihn mehr rollend als laufend verlassen würde. Doch ich bewegte mich weiter abwärts, ohne zurückzuschauen.

Ungefähr bei der Hälfte wurde das vorher sorgfältig durchdachte Absteigen zu einem routinierten Ablauf und ich konnte mich geistig anderen Dingen zuwenden. Ganz oben auf meiner Liste der Fragen, auf die ich dringend eine Antwort finden musste, war die Frage, wo ich mich befand. Ich konnte natürlich nicht behaupten, dass ich mein Reich besonders gut kannte, jedoch konnte ich mir nicht vorstellen, dass dieser Ort noch zu Hermelonien gehörte. Auch die Idee, dass ich mich in Liona befand, verwarf ich sogleich wieder. Schließlich würden Raphael und meine Eltern es nie wagen, das Reich zu verlassen. Also musste ich doch irgendwo in Hermelonien sein, oder nicht?

Verwirrt und unschlüssig konzentrierte ich mich auf das nächste Problem. Wie kam ich wieder nach Hause? Erstens wusste ich nicht, wo ich war, zweitens kannte ich hier niemanden und drittens: Wollte ich überhaupt zurück? Zu Kronos und dessen Grausamkeit?

Ich hatte nie fliehen wollen, da ich immer die Verantwortung für meine Familie gespürt hatte und nicht gewollt hatte, dass Kronos in ihr ein schwächeres Opfer fand. Aber nun war ich fort. Vielleicht konnte ich an diesem seltsamen Ort neu anfangen und Hermelonien hinter mir lassen.

Andererseits war Hermelonien meine Heimat und Kronos mein Mann. Doch er war auch ein Sadist und würde mich, ohne mit der Wimper zu zucken, beseitigen. Gebrochen hatte er mich schließlich beinahe schon.

In meinem Kopf herrschte ein heilloses Durcheinander, und eine rationale Entscheidung schien fürs Erste unmöglich.

Doch, was nun? Ich hatte weder die Frage geklärt, wo ich war, noch, ob ich wieder nach Hause zurückkehren wollte.

Ich verschob diese Probleme auf einen späteren Zeitpunkt, da ich in diesem Moment das Ende des Hügels erreichte.

Letztendlich konnte ich der Versuchung nicht widerstehen und drehte mich um.

Entsetzen und Unglauben ließen mich die Augen weit aufreißen und auf der Stelle stehenbleiben. Vor mir erstreckte sich tiefste Schwärze, wo sich vorher der sehr reale Hügel und die schwarze Wüste befunden hatten.

Es gab kein Zurück, also drehte ich meinen Kopf in die einzige Richtung, die mir noch blieb: Vorwärts.

Und ich sah, dass ich mich geirrt hatte. Es gab keine Festung. Nur eine Stadt. Und diese glich eher einem Dorf. Es sah dem Dorf ähnlich, in dem ich aufgewachsen war und ich fühlte mich sofort wohl.

Frohen Mutes ging ich zum Eingang des Dorfes, der von einem kleinen Zollhäuschen flankiert wurde. Zoll? An diesem Ort?

Ich hatte weder Geld noch andere wertvolle Güter bei mir und so zerplatzte meine Hoffnung wie tausend kleine Seifenblasen.

Doch mir fiel im Leben nicht ein, aufzugeben und so setzte ich meinen Weg fort, bis ich schließlich vor dem kleinen Häuschen zum Stehen kam.

Ängstlich, doch auch entschlossen, klopfte ich an die Tür, die trotz des recht zerbrechlichen Eindrucks sehr robust war. Das Häuschen sah generell so aus, als würde es vom nächsten Lüftchen mitgerissen werden. Es bestand aus vier Holzwänden, mit einem Strohdach und einer Holztür. Es hatte keine Fenster und war vielleicht zwei Meter hoch, eineinhalb Meter lang und ebenso breit. Nicht gerade sehr respekteinflößend, im Gegensatz zu der Gestalt, die die Tür öffnete und sich vor mir aufbaute.

Es war ein Mann. Er hatte blonde, kurz geschnittene Haare, die ihm locker in die Stirn fielen, bernsteinfarbene Augen, ein kantiges Gesicht und war gebaut wie ein Bodybuilder. Ich musste zugeben, er war recht attraktiv, doch sein Blick zeigte, dass ihm das egal war. Er war ein Kämpfer, dem die Aufgabe zuteilwurde, das Dorf vor Eindringlingen zu schützen und diese Aufgabe nahm er sehr ernst.

„Ja?", fragte er herausfordernd und zog eine Augenbraue hoch, als er mich sah. Sofort nahm er eine weniger bedrohliche Haltung ein und musterte mich geschockt. „Elanthia?", fragte er aufgeregt.

Ich sah ihn verwirrt an. „Kennen wir uns?"

„Natürlich! Ich kenne dich schon seit du ein kleines Mädchen warst. Ich habe früher oft auf dich Acht gegeben", sagte der Kerl, der kein Jahr älter wirkte als ich.

„Ok? Entschuldigt, mein Herr. Ich kann mich nicht erinnern, Euch je getroffen zu haben. Ich habe mich verirrt und war auf der Suche nach Hilfe", erwiderte ich, peinlich berührt aufgrund dieser seltsamen Situation. Der Mann sah mich prüfend an und freudiges Verständnis zeichnete sich auf seinem Gesicht ab.

Mit einem knappen Nicken nahm er meinen Arm und zog mich in Richtung Dorfzentrum. „Hey!", rief ich, entsetzt über diesen körperlichen Angriff. Er bedachte mich mit einem besorgten Blick und sagte nur: „Du wolltest Hilfe, dann bekommst du sie auch."

Schlimmer konnte es fast nicht mehr werden, also folgte ich ihm mit schnellen Schritten. Als er bemerkte, dass ich ohne Murren mitkam, ließ er meinen Arm los und beschleunigte seinen Gang. Ich musste fast rennen, um mit ihm Schritt zu halten, doch schließlich bremste er ab und blieb stehen. Wir standen in der Mitte eines großen Platzes, um uns herum befanden sich identische, kleine Lehmhütten, die jedoch Behaglichkeit und Ruhe versprachen. „Erscheint!", befahl er in einem ziemlich barschen Tonfall. Ich wusste nicht, worauf er wartete. Ich spürte nur Leere, niemand außer uns beiden war hier zu sehen.

„Muss ich mich tatsächlich wiederholen? Erscheint!", schrie er diesmal wütend, da man seine Autorität scheinbar nicht anerkennen wollte und aus dem Nichts kamen Menschen, die uns wie ein großer Ring umgaben.

Ich schätzte, es waren um die zweihundert Dorfbewohner und sie waren so unterschiedlich, als lebten sie alle nur für sich allein. Doch wo kamen sie her? Es war, als wären sie einfach so aufgetaucht, als hätten sie sich vor unseren Augen manifestiert.

„Dies ist ein denkwürdiger Tag", setzte mein Begleiter an, „denn Elanthia ist zu uns zurückgekehrt." Zurückgekehrt? Denkwürdiger Tag?

Was stimmte mit diesem Kerl bloß nicht?

Gemurmel breitete sich unter der versammelten Menge aus.

„Ruhe!", brüllte der verrückte Kerl neben mir.

„Elanthia? Die einzig Wahre?", fragte eine skeptische Stimme und die Menge gab zustimmendes Gemurmel von sich. Auch ich war geneigt, dieser skeptischen Stimme zuzustimmen. Es musste sich um eine Verwechslung handeln. „Nate, wir reden hier von der Frau, die schon als Kind die Mächtigste unserer Art war", fuhr die Stimme fort. „Du weißt selbst, dass sie vor dreizehn Jahren verschwunden ist. Sie ist wahrscheinlich tot!"

„Gerüchten zufolge wurde sie nach Epsylon gebracht und hat dort dem unausweichlichen Tod eines jeden unserer Art ins Auge geblickt", warf nun eine zweite, zweifelnde Stimme ein. Für mich war dies alles zu unwirklich, um dem noch Beachtung zu schenken. Ich ließ die folgenden Diskussionen an mir vorüberziehen und schnappte lediglich kleine Gesprächsfetzen auf, in denen es um die Legende Elanthia ging. Weiblich, jung, mächtig, schön. Eindeutig nicht ich.

„Spürt ihr nicht, wie aus jeder Pore ihres Körpers grenzenlose Macht strömt?", fragte Nate erregt. Alle Augen richteten sich nun auf mich und wie auf ein stummes Zeichen breiteten alle gleichzeitig ihre Arme aus, als wollten sie mich in eine innige Umarmung schließen. Doch nichts dergleichen geschah. Aber plötzlich riss ein jeder seine Augen auf und wie eine Litanei wiederholten sie immer wieder: „Sie ist es! Sie ist es! Sie ist es!" „Brüder und Schwestern, sie ist zu uns zurückgekehrt und jetzt gehört sie endlich uns. Wir werden uns Epsylon holen, so wie es unser Recht ist. Wir leben auf diesem Planeten, seit er existiert, abgeschoben in diese Dimension." Bitterkeit sprach aus Nates Stimme und ein Rachedurst, der nie gestillt wurde.

„Sie wird unser Werkzeug zum Triumph sein."

Langsam dämmerte mir, dass Nates nette Art und seine Worte, die Hilfe versprochen hatten, mich in die Arme des nächsten Wahnsinnigen getrieben hatten und ich bekam Angst. Was nun? Ich hatte das Gefühl, diese Frage stellte ich mir in letzter Zeit viel zu oft.

Ausnahmsweise vergaß ich meine Tapferkeit und ignorierte meine Verbundenheit zu diesem Ort, drehte mich um und rannte los.

Doch ich kam nicht weit. Zwei starke Arme griffen nach meiner Taille und zogen mich in eine stählerne Umarmung.

„Vergiss es, Elanthia. Du gehörst mir", knurrte Nate triumphierend. „Das glaube ich nicht", antwortete eine tiefe, bedrohliche Stimme und plötzlich war ich überzeugt, dass ich frei sein würde.

Panik brach unter den Anwesenden aus. Wer auch immer gesprochen hatte, sie fürchteten ihn aus tiefstem Herzen. Auch Nate schmiss mich zu Boden und suchte das Weite. Und so lag ich dort auf schwarzem Grund und beobachtete, wie sich ein „Mensch" nach dem anderen auflöste.

Angst, Überraschung und Schock warfen sich wie ein unsichtbarer Schleier über das Dorf. Ausgelöst durch diesen Fremden, dessen Stimme mich beruhigte und auf eine Art berührte, die ich nicht verstand.

Doch ich konnte ihm nicht trauen und so stellte ich mich, dumm wie ich war, bewusstlos. In der Hoffnung, dass er verschwinden würde. Man konnte es als Kurzschlussreaktion oder Verzweiflungstat sehen. Letztendlich war es einfach unbedacht.

„Du kannst mich nicht täuschen, Thia", erklärte die tiefe Stimme sanft. Ich ließ mich von ihr ein wenig einlullen. Beinahe magisch wurde ich von ihr angezogen und ich verstand es nicht.

Doch plötzlich hatte ich Panik. Egal wie sehr diese zweifellos männliche Stimme mich anzog, ich wusste, ich durfte hier niemandem mehr vertrauen. Meine Naivität hatte mich gerade fast erneut zu einem Leben in Gefangenschaft verdammt. Ich musste vorsichtiger sein, besonnener handeln.

Ich spürte, wie der Fremde sich mir näherte und Hilflosigkeit stieg in mir auf. Hilflosigkeit und bodenlose Erschöpfung. Plötzlich drückten mich die Ereignisse des Tages nieder und meine tiefen Wunden machten sich allmählich wieder bemerkbar.

Es war ein Segen, als sich jetzt tatsächlich die Bewusstlosigkeit über mich legte und ich bezweifelte, dass ich das Licht des Tages je wieder erblicken würde.

Killian kochte vor Wut. Dreizehn Jahre waren vergangen. Zugegeben, beinahe unbedeutend für einen Dämon, doch er hätte gedacht, dass diese dämlichen Kreaturen endlich zur Vernunft gekommen wären und er Thia somit eine sichere Rückkehr garantieren konnte. Aber natürlich wurde diese Hoffnung gleich wieder zunichtegemacht und nur sein Ruf und seine Macht konnten Thia beschützen. Obwohl er deutlich spüren konnte, dass sie nicht beschützt werden wollte.

Sie hatte aus irgendeinem Grund ihr Leben aufgegeben, konnte kein Vertrauen mehr fassen. Das alles vermischte sich mit Angst und führte zu diesem recht lächerlichen Schauspiel, in dem sie sich bewusstlos stellte. Er war ein starker Empath und kannte Thia sehr gut, sie musste also nicht zwingend mit ihm sprechen. Er nahm auch so ein schwaches Echo ihrer aufgewühlten Emotionen wahr. Sie hatte jedoch starke geistige Mauern. Außergewöhnlich stark, weshalb ihm das wahre Ausmaß ihrer Gefühle verborgen blieb. Er hatte in seinen zwölftausend Jahren nichts Vergleichbares gesehen und er war viel herumgekommen. Er konnte sich irren, doch augenscheinlich war ihr mentaler Schutzwall seit ihrer letzten Begegnung sogar noch undurchdringlicher geworden. Was war mit ihr geschehen? „Thia? Komm, ich bring dich nach Hause", ermutigte er sie leise, doch sie rührte sich nicht. Sie war nicht mehr bei Bewusstsein.

Killian wusste nicht im Detail, wie ihr Leben die letzten Tage, Monate, Jahre verlaufen war, aber es war offensichtlich, dass ihr Geist das Geschehene im wachen Zustand nicht mehr verarbeiten konnte und mit Ohnmacht reagierte. Ihm sollte es recht sein. So war es deutlich einfacher, sie zu sich nach Hause in Sicherheit zu bringen.

Mit einem sorgenvollen Lächeln hob Killian sie auf die Arme. Dabei verdeckten ihre langen goldblonden Haare ihr Gesicht, doch er wusste auch so, wie schön sie war und dass sie keinen Tag älter als siebzehn aussah. Wie sehr er sie vermisst hatte …

Damit konnte er sich jetzt jedoch nicht befassen. Ohne Mühe breitete er seine Schwingen aus und hob ab.

Ich träumte selten bis gar nicht. Das hatte mir oft Sorgen bereitet, bis ich herausgefunden hatte, dass dies wahrscheinlich mit meinem Unfall zu tun hatte. Das wiederum führte dazu, dass ich jeden Traum als etwas Besonderes ansah und sei er noch so seltsam.

Doch dieser Traum verwirrte und faszinierte mich zugleich. Ich befand mich an einer kleinen Sandbank am Fluss ‚La vie' und verfolgte den Verlauf des Flusses mit großen Augen. Irgendetwas schockierte mich, doch ich sah nicht, was es war. Das klare, blaue Wasser schimmerte in dem frühen Morgenlicht und der Fluss war überwiegend verwaist. Nur ich verfolgte ungläubig den Flussverlauf. Ich starrte konzentriert auf das Wasser und da sah ich, was mich so bestürzte. Der Grund des Flusses.

Der Fluss war eigentlich mehrere Meter tief, er glich vielmehr einem reißenden Strom.

Dass ich den Grund sehen konnte, bedeutete, der Fluss trocknete aus. Und es ging schnell. Nach wenigen Minuten hatte jeglicher Tropfen Wasser das Flussbett verlassen.

„Thia? Thia? Kannst du mich hören? Bist du wach?" Eine leise Stimme drang an mein Ohr und riss mich aus meinem merkwürdigen Traum. Erinnerungen strömten auf mich ein. Raphael. Das Dorf. Diese tiefe dunkle Stimme. Und dies alles warf die Frage auf: Wo war ich?

„Komm schon, Thia. Hab' keine Angst!", meldete sich die leise Stimme erneut zu Wort. Ich hatte sie schon einmal gehört, konnte sie jedoch nicht einordnen. Angst machte sich in mir breit und schwoll schnell zu einer ausgewachsenen Panik an. Ein Zittern erfasste meinen Körper und sorgte dafür, dass ich endlich fühlte, was ich übersehen hatte. Mein Kopf war auf mehrere Kissen gebettet und eine weiche Matratze mit Seidenbettwäsche umschmeichelte meinen Rücken. Eine große, warme Bettdecke war über mich gebreitet und spendete Geborgenheit. Neben mir bog sich die Matratze leicht. Das bedeutete, dass sich dort wahrscheinlich, nach der Stimme zu urteilen, diese Frau niedergelassen hatte und über mich wachte.

Ein wenig beruhigter öffnete ich meine müden Augen und starrte in das Gesicht einer traumhaften Frau. Sie war beinahe perfekt, mit ihren langen, lockigen Haaren, feuerrot und unbezähmbar, türkisfarbenen Augen, die von langen dichten Wimpern umgeben waren und einer geraden Nase. Sie war beinahe zu schön, um wahr zu sein, und gleichzeitig befürchtete ich das Schlimmste. Sie war einer der Entführer gewesen, die mich aus dem Palast gestohlen hatten. Ich hatte sie nicht gesehen, doch aus irgendeinem Grund wusste ich es einfach.

Was nun? Schreien? Rennen? Wieder in die Bewusstlosigkeit fliehen? Ich wusste es nicht, ich konnte nichts mit mir anfangen und das machte mir mehr Angst als alles andere. Als Kronos' Gemahlin hatte ich gezwungenermaßen lernen müssen, mich anzupassen, zu schauspielern und gute Miene zum bösen Spiel zu machen. Ich war es gewohnt, Umgebungen und Personen zu analysieren, Schwächen und Stärken zu filtern und daraus einen Vorteil zu gewinnen.

Doch in dieser neuen Umgebung brauchte ich es gar nicht zu versuchen. Es gab keine Fluchtmöglichkeiten. Keine Fenster oder Türen, was mir sehr zu denken gab. Nur diese Frau, die mich weiterhin mitfühlend beobachtete. Mitgefühl? Auch sie schien eine hervorragende Schauspielerin zu sein.

Ohne jeglichen Ausweg griff ich auf meinen ersten Gedanken zurück und schrie, wie ich noch niemals in meinem Leben geschrien hatte. Ich wollte, dass alle hörten, welch schreckliche Angst ich hatte, sei es nun Freund oder Feind.

Die Fremde sprang erschrocken auf und sah mir mit schreckgeweiteten Augen zu, wie ich an den äußersten Rand des Bettes zurückwich, ohne eine Sekunde daran zu denken, mit dem Schreien aufzuhören.

Ich sah, wie ihre Lippen sich bewegten. Was sie mir wohl sagen wollte? Über mein Geschrei konnte ich keines ihrer Worte ausmachen, doch wahrscheinlich versuchte sie, mich zum

Schweigen zu bringen. Wieso wohl? Um zu verhindern, dass jemand zur Rettung herbeieilte? Unwahrscheinlich. Dafür war sie nicht panisch genug. Es sah ganz danach aus, dass sie hier lebte, sonst wäre sie nicht annähernd so entspannt.

Ich musste nicht aufhören zu schreien, um sie zu analysieren. Früher hatte ich auch immer bei Kronos' Bestrafungen geschrien und trotzdem war ich dazu fähig gewesen, jede seiner Bewegungen und seine Mimik genauestens zu studieren und zu deuten. Was er nun wohl machte? Ob er noch nach mir suchte? Oder hatte er sich bereits eine Neue besorgt? All diese Gedanken warfen eine andere Frage auf: Wie lange war ich eigentlich schon hier?

Ein heller Lichtblitz neben der fremden Frau brachte mich abrupt zum Verstummen. Plötzlich waren wir nicht mehr allein.

Er war wunderschön, anders konnte man ihn nicht beschreiben.

Schulterlanges Haar, schwarz wie die Nacht, groß und muskulös, mit breiten Schultern. Lange Beine, die in wohl proportionierten Hüften mündeten.

Augen, so grau, dass ich beim besten Willen keinen angemessenen Vergleich finden konnte, und ein Gesicht mit sanft geschwungenen Konturen, die jedoch so kantig waren, dass sie wie gemeißelt erschienen.

Das Einzige, was mich in diesem Moment beunruhigte, war der eindringliche Blick seiner überirdischen Augen, die auf mir ruhten und mich liebevoll musterten. Unwillkürlich wurde aus der Beunruhigung wieder Angst und ich begann erneut, zu schreien.

„Thia!", klar wie kühlender Regen, spülte seine Stimme über mich hinweg. Jede Pore meiner Haut reagierte auf den Klang seiner samtigen Stimme und ich erkannte sie. Er hatte mich gerettet. Vor Nate und den anderen Irren. Ein fremdes Gefühl floss durch meine Adern. Dasselbe Gefühl, dass ich empfunden hatte, als er mich gefunden hatte. Ich fühlte mich sicher, und das durfte ich unter keinerlei Umständen zulassen.

In dieser fremden Welt konnte ich niemandem trauen. In meiner Welt wusste ich wenigstens, woran ich war. Wenn es überhaupt möglich war, schrie ich noch lauter. Ich konnte einfach nicht mehr aufhören. Einsamkeit und Unsicherheit machten meine Gedanken träge und zähflüssig.

Im nächsten Moment stand der gutaussehende Fremde neben mir und legte seine große, weiche Hand sanft über meinen Mund. Zärtlich drehte er mein Gesicht zu sich und von jetzt auf gleich fiel ich in bodenlose Schwärze. Ich spürte nur noch, wie mich starke Arme auffingen und zurück ins Bett legten.

Ich wollte mich wehren, doch ich konnte nichts gegen ihn ausrichten.

Nur langsam kam ich wieder zu mir, in einer Welt, die mir fremder war als meine und ich fühlte seine Anwesenheit mit jeder Faser meines Körpers. Er streichelte mein Haar und flüsterte Worte in einer Sprache, die ich nicht verstand, die mir jedoch seltsam bekannt vorkam. Beinahe aggressiv schlug ich seine Hand weg und sprang aus dem Bett, doch da passierte es. Sie rissen wieder auf. Meine Wunden, die ich schon wieder verdrängt hatte, befeuchteten meinen Rücken mit frischem Blut. Ich wusste, dass er es nicht sehen konnte, aufgrund der mir fremden schwarzen Kleidung, die ich trug. Ein schwarzes T-Shirt, eine schwarze Stoffhose und schwarze Socken.

Schmerzen erfassten mich mitten im Sprung und verhinderten eine saubere Landung. Hart und laut knallte ich mit Knien und Händen auf den schwarzen Marmorboden. Ein Wimmern entwich meinen Lippen und verwandelte sich schnell in ein ausgewachsenes Schluchzen. Ich konnte es nicht stoppen, und meine Schwäche machte mich beinahe wahnsinnig.

„Thia? Was ist los, mein Herz? Was kann ich tun?", fragte der Fremde mit einschmeichelnder Stimme.

„Nichts! Ihr könnt nichts tun! Ich kenne Euch nicht!" Verzweiflung zerriss mich innerlich und ich verlor meine Selbstbeherrschung.

Es war seltsam. Sieben Jahre lang hatte ich gelernt, die Kontrolle über meine Handlungen und Emotionen zu behalten. In jeglicher Situation. Doch ich hatte das Gefühl, dass ich mich vor ihm nicht verstellen musste. Warum?

„Was? Thia, wir kennen uns doch schon ewig. Wieso sagst du sowas? Liebst du mich denn nicht mehr?" Der Fremde klang verwirrt und zutiefst verletzt, doch ich verstand ihn nicht. Wovon redete er? Liebe? Ich sollte Liebe für einen vollkommen fremden Mann empfinden?

„Ich kenne Euch nicht. Wer seid ihr? Wann sollen wir uns getroffen haben?

Vor oder nach meinem Unfall? Ich weiß nicht …", stammelte ich müde und schmerzerfüllt.

„Cara!", schrie er aufgebracht, ohne meine Fragen beantwortet zu haben und sah mich verständnislos, aber weiterhin zärtlich an.

An der mir gegenüberliegenden Wand erschien eine schlichte Holztür, durch welche die traumhafte Entführerin geradezu unterwürfig hindurchtrat. Sie schien nervös und ängstlich. Doch mein Blick wurde von der Tür gefesselt, deren Öffnung so plötzlich erschienen war. Wenn ich mich doch nur bewegen könnte …

„Ja, Killian?", fragte sie und lächelte mich dabei gezwungen an. So hieß er also. Killian. Ihr Name war Cara. Wie gewöhnlich diese Namen waren, für so ungewöhnliche Wesen.

„Sie erkennt mich nicht. Kann sich nicht daran erinnern, mich je getroffen zu haben", erwiderte er bitter. „Was ist mit ihr passiert? Hast du mir etwas vorenthalten, Cara?", fügte er drohend hinzu.

„Killian, ich weiß nichts. Ihre Adoptiveltern sagten, es wäre nichts passiert. Zumindest nichts Wichtiges." Als Killian etwas erwidern wollte, schüttelte sie den Kopf. Was auch immer sie zu sagen hatte, sie würde es nicht vor mir sagen. Killian nickte knapp, wandte sich mir zu und lächelte aufmunternd. Er reichte mir seine Hand, doch ich wich zurück. Wieder schoss mir Schmerz in den Rücken und ich musste ein Schluchzen unterdrücken. Er sah es trotzdem.

„Thia, alles klar?" Ich sah ihn aufmerksam an und griff auf meine Paradedisziplin zurück. Ich log.

„Ja, natürlich, ich bin nur müde. Kann ich ein wenig schlafen?" Er musterte mich und ich merkte, wie es in seinem Kopf arbeitete.

„Warum nicht? Cara und ich müssen uns sowieso um etwas kümmern,

Liebes. Du kannst dich wieder ins Bett legen und dich ausruhen."

„Danke", antwortete ich erleichtert. Sie würden gehen. Vielleicht schaffte ich es doch hier raus. Schließlich war ich selbst ziemlich ungewöhnlich.

Aber im Moment wollte ich wirklich einfach nur schlafen. Ich war müde, hatte Schmerzen und war nur noch verzweifelt. Diese zwei Personen verwirrten mich. Meine Gefühle fielen mir in den Rücken und die Schwärze des Schlafes war meine einzige Erlösung. Außerdem musste ich stark sein, für die kommende Flucht.

Killian beobachtete mich, während ich entmutigt grübelte, und wirkte besorgt.

Ich warf ihm einen trotzigen Blick zu und gab ihm zu verstehen, dass ich seine Sorge weder wollte noch nötig hatte.

Killian lachte leise und deutete mit einer schnellen Handbewegung auf das Bett. Mich langsam aufrichtend, schlurfte ich zum Bett und legte mich behutsam hinein. Doch trotz aller Vorsicht, schoss mir ein stechender Schmerz durch den Rücken. Mit einem leisen Aufschrei drehte ich mich auf den Bauch und vergrub das Gesicht in einem der vielen Kissen, um meine Tränen zu verbergen.

Ich spürte, wie Killian nähertrat und sanft über meine Haare strich.

„Schlaf, Thia", flüsterte er leise und eine tiefe, undurchdringliche Schwärze hüllte meinen Geist in vollkommene Stille. Seufzend ließ ich mich in die Dunkelheit fallen.

Ich sah auf den Grund von ‚La vie' und bekam Panik. Dieser Fluss war unsere einzige Nahrungsquelle.

Die Bewohner von Epsylon mussten nicht essen. Das Wasser dieses Flusses war anders als das Wasser der Erde. Mineralien, Kohlenhydrate, Proteine, Fette, Vitamine und andere Stoffe, die zum Überleben der Menschen notwendig waren, spickten dieses Wasser mit Leben und Energie. Aber nun war ‚La vie' ausgetrocknet, nicht ein einziger Tropfen war übrig. Es war vorbei. Letztendlich würden wir alle sterben.

Schweißgebadet und orientierungslos wachte ich auf und registrierte erstaunt, wie gut es mir ging. Die Wunden auf meinem Rücken brannten schrecklich, doch mein restlicher Körper war erholt und bereit für die Flucht.

Seufzend starrte ich an die schwarze Zimmerdecke. Eine recht ungewöhnliche Farbe für einen Anstrich.

Wo Killian und Cara wohl waren? Hoffentlich weit weg, dachte ich mir und schlug genervt die Augenlider nieder.

Es war alles zu viel, zu schwer zu verkraften. Selbst Kronos und der Palast schienen verlockend im Vergleich zu dieser Welt, in der unmögliche Dinge zur Wirklichkeit wurden. Ich hatte plötzlich … Heimweh. Mir fehlte der Alltag, die Normalität.

Mir war keineswegs entgangen, wie Killian und Cara von Adoptiveltern gesprochen hatten. Das konnte einfach nicht sein. Das wüsste ich doch. Die Liebe zu meinen Eltern war zu rein, zu echt, um nur eine Täuschung gewesen zu sein. Ich war nicht adoptiert worden. Diese Wesen wollten mich verunsichern, wollten mich manipulieren, und es funktionierte.

Ganz langsam spürte ich Zweifel in mir aufkeimen.

Ich musste unbedingt hier raus. Ich wusste nicht, was Killian mit mir vorhatte und wollte es auch nicht wissen.

Doch wie sollte ich fliehen? Keine Fenster, die Tür war mit Cara und Killian verschwunden, nur Wände überall. Ich war verloren.

3

Du kennst mich nicht, siehst nur den Fremden, die Gefahr. Doch ich, mein Herz, kenne dich besser als mich selbst und sehe dich in all deinen Farben, in all deinem Glanz. Ich liebe dich.
Killian

„Cara, es muss irgendetwas geschehen sein. Sie erinnert sich an nichts. Nicht an mich, nicht an dieses Haus, nicht an die Dämonenebene. Sie weiß nicht einmal, wer sie ist." Killian blickte schweigend mit gefurchter Stirn über die schwarze Wüste und seufzte tief und innig.

Der Zustand von Thia musste ihn schwer getroffen haben. Killian war keiner, der Schwäche tolerierte, wie Cara aus eigener Erfahrung wusste und so zarte Gefühle wie diese zu zeigen, war für Killian recht ungewöhnlich. Cara war sich nicht sicher, ob er sich seines Gefühlsausbruchs bewusst war, doch sie bezweifelte es.

Sie war wie eine Schwester für ihn, aber noch sehr jung, beinahe noch ein Kind in der Dämonenhierarchie und Killian blickte nur auf sie hinab. Er sah weder die Frau noch die Dämonin. Schließlich konnte Cara sich noch nicht einmal wandeln.

Dennoch vertraute er Cara, was ihr das Herz erwärmte.

Seinen Seelenzustand so offenzulegen, war nichtsdestotrotz sehr ungewöhnlich für den Dämon.

Aber es ging um Thia, die Killian so schmerzlich vermisst hatte und nun hatte sie ihn vergessen. Seine große Liebe, wie Cara bitter dachte, hatte keinerlei Erinnerungen an diesen komplizierten Mann.

Die beiden waren ein glückliches Paar gewesen, bevor Thia aufgrund von Intrigen und Missständen in der Dämonengemeinde verschwinden musste. Vor dreizehn Jahren war sie gegangen, nun war sie zurück. Doch was war in diesen dreizehn Jahren geschehen?

Raphael hatte Killian und Cara darüber informiert, dass sie den Menschen Kronos geheiratet hatte, doch nicht, weshalb oder wie es dazu gekommen war.

Nichtsdestotrotz hatte es Killian das Herz gebrochen, als er es erfahren hatte.

Nicht, dass es etwas an Killians Gefühlen geändert hätte. Cara seufzte innerlich.

Cara hegte keinen Groll gegen Thia, immerhin gehörte sie zur Familie, doch manchmal war es schwer, sie nicht für das zu hassen, was Killian ihr so freigiebig schenkte.

Raphael hatte ihnen Thias Alltag genauestens dargelegt, doch man hatte gespürt, dass er etwas verschwieg. Doch was hatte er ihnen vorenthalten? Nur, dass sie ihr Gedächtnis verloren hatte oder war da noch mehr? Es war Zeit geworden, ihn zu fragen.

„Wenn jemand weiß, was geschehen ist, dann ist es Raphael. Thias Adoptiveltern werden nicht mit uns reden. Sie wollen nicht, dass sie zurückkehrt, dafür haben sie sie zu liebgewonnen. Es ist ein Wunder, dass sie uns überhaupt geholfen haben, Thia auf die Dämonenebene zu bringen." Cara lachte sarkastisch. Diese Menschen waren zu seltsam, um sie zu verstehen.

Natürlich hätte Cara wissen müssen, dass Raphaels Erzählungen gravierende Lücken aufwiesen. Spätestens, als er mit Thia, die betäubt und bewusstlos gewesen war, auf der Dämonenebene angekommen war.

Als Killian ihr einen scharfen Blick zuwarf, besann sie sich wieder auf das Hier und Jetzt.

Killian hatte heute wirklich einen schlechten Tag und setzte seine Grenzen bezüglich der Angemessenheit ihrer Handlungen sehr willkürlich.

„Wunder oder Taktik? Was ist, wenn diese Menschen einfach nur dafür sorgen wollten, dass Thia Angst vor diesem Ort und uns bekommt? Was ist, wenn sie für ihren jetzigen Zustand verantwortlich sind?" Killians Stimme bebte vor Wut und seine Augen schimmerten rot.

Wenn Killians Vermutungen wirklich wahr sein sollten, wollte Cara nicht in der Haut dieser Menschen stecken. Killians Wut glich einem brodelnden Vulkan und wenn sie aus ihm ausbrach, dann konnte man jedwede Gnade getrost vergessen. Killian konnte auf eine zwölftausend Jahre lange Geschichte zurückblicken und Cara wusste, dass nur Thia ihn davon abgehalten hatte, sich selbst zu zerstören. Niemand durfte sie von ihm fernhalten, wenn ihm sein Leben lieb war.

„Killian, was hast du jetzt mit Thia vor? Wie soll sie sich an ihre Vergangenheit erinnern? Als wir sie damals gefunden haben … nicht einmal zu jener Zeit war ihr Gedächtnis intakt und nun …"

„Schweig!", unterbrach Killian sie barsch. „Ihr Unterbewusstsein erinnert sich an mich, das habe ich gespürt. Sie hat sich zu mir hingezogen gefühlt und Verwirrung hat ihr Herz erfüllt." Er sah Cara eindringlich an.

„Ihr Unterbewusstsein erinnert sich an mich", wiederholte er nach kurzem Schweigen, „und aus diesem Grund habe ich ihr einen Ausweg aufgezeigt. So wie ich sie einschätze, wird sie erkennen, dass es gewollt ist, dass sie entkommt. Sie wird sich dem Risiko, erneut gefangen zu werden, nichtsdestotrotz stellen."

Er lächelte verschmitzt, fügte jedoch bitter hinzu: „Schließlich will sie zurück nach Hause."

„Eine Falle? Killian, ich dachte, du willst ihr Vertrauen gewinnen und sie nicht sofort vertreiben!", schalt Cara ihn aufgebracht. Böser Fehler.

Killians Verschmitztheit wich bodenloser Feindseligkeit und Cara wusste, sie hätte lieber den Mund halten sollen.

Doch so schnell die Feindseligkeit gekommen war, so schnell verschwand sie wieder und wurde durch Müdigkeit und Trauer ersetzt. Wieder ließ Killian Cara hinter die Fassade aus Wut und Gleichgültigkeit blicken und was sie dort sah, bedrückte sie zutiefst.

„Es tut mir leid, dass du meine Stimmungsschwankungen so massiv ertragen musst, Cara. Ich weiß deine Sorge zu schätzen", flüsterte Killian leise, „doch du hast mich missverstanden. Diese ‚Falle' hat nichts damit zu tun, Thia hierzubehalten. Ganz im Gegenteil. Meine Absicht ist es, sie zurück nach Hause zu schicken, bis sie von selbst den Weg zu mir findet. Ihr Unterbewusstsein wird sie führen und ihr Gedächtnis wird zurückkommen.

Das kann ich dir versprechen, denn nichts kann Thia und mich trennen. Absolut nichts."

Cara merkte, dass Killians Verzweiflung Entschlossenheit gewichen war. Er hatte einen Plan und dieser Plan würde gelingen. Davon war er überzeugt.

Und er hatte sich entschuldigt, eine Premiere. Thia übte einen wahnsinnig großen Einfluss auf ihn aus. Man sah die Veränderungen an ihm, spürte wie seine Maske fiel. Cara lächelte traurig in sich hinein, während sie ihn weiter betrachtete. Leider war ihr selbst diese Verbindung zu Killian nicht vergönnt.

„Sagst du mir auch, worin dein Plan besteht?", fragte Cara vorsichtig.

Killian lächelte Cara verträumt an und schien mit seinen Gedanken ganz woanders zu sein. Wahrscheinlich bei Thia, dachte Cara verbittert.

Als er jedoch Caras analytischen Blick bemerkte, setzte er wieder eine gleichgültige Miene auf.

„Das wirst du noch früh genug sehen. Es ist nur eine Frage der Zeit, bis sie endgültig die Geduld verliert und nach der Freiheit greift. Risikofreudig und stark ist sie, meine Thia. Zumindest war sie das einmal." Zweifel schlich sich in seine Stimme und seine zuvor aufrechte Haltung fiel in sich zusammen.

„Killian, nicht. Dreizehn Jahre sind vergangen, nicht dreizehn Jahrhunderte. Niemand kennt Thia so gut wie du. Nicht dieser widerliche Mensch, den sie geheiratet hat. Nicht ihre Adoptiveltern. Du bist es, dessen Herz im selben Rhythmus wie ihr eigenes schlägt und dessen Seele sich im Einklang mit der ihren befindet. Lass dich nicht von Zweifeln aus der Bahn werfen, sondern umarme die Herausforderung." Cara musterte ihn eindringlich und versuchte, seinen Blick einzufangen. Sie wollte, dass Killian glücklich war und sie hatte schon lange akzeptiert, dass sie nicht die richtige Frau für den Dämon war.

Ganz langsam straffte Killian seine Schultern und hob den Kopf. Er schenkte Cara einen liebevollen Blick und setzte zu einer Erwiderung an, doch plötzlich knallte es.

„Es geht los!", sagte Killian aufgeregt und schon erklang der nächste Knall und der nächste und nach kurzer Zeit noch ein letzter Knall, bevor es plötzlich nur noch ohrenbetäubende Stille gab.

Killian lachte kurz auf und sah Cara auffordernd an.

„Los, Cara. Machen wir uns auf den Weg!" Rote Augen blitzten auf, als sich ein helles Licht um ihn bildete, in dem er verschwand. Den Bruchteil einer Sekunde später stand er in seiner Dämonengestalt vor ihr.

Er würde das wahrscheinlich nicht verstehen, aber in seiner Dämonengestalt war er sogar noch schöner als in seiner menschlichen Form.

„Komm her!", befahl Killian sanft. Langsam trat Cara auf ihn zu und drehte sich mit dem Rücken zu ihm. Killian schlang seine Arme um ihre Taille, was ihr einen Schauer über den Rücken jagte und öffnete die Balkontür ein Stück weiter, bevor er hinaustrat.

Er öffnete seine weiten Schwingen, hob mühelos mit ihr als Ballast ab und folgte dem verschwindenden Punkt am Horizont. Die schwarze Wüste breitete sich ewig unter ihnen aus und schluckte das wenige Licht, dass Herezia zu dieser späten Stunde noch abgab. Thia lief in Richtung Kolonialebene, wo ein Großteil der älteren Dämonen lebte. Jedoch lebten dort auch Nate und sein Gefolge. Was hatte Killian vor? Sie lief in ihr Verderben.

Killian war einer der ältesten, bekannten Dämonen und Thias Alter war ein Mysterium, sowie ihre Fähigkeit, die Dimensionen zu durchqueren. Während Cara und Killian sich in ihre Forschungen vertieften, um eben jenes Geheimnis zu lüften, wollte Nate Experimente an Thia durchführen und ihre Macht für seine Zwecke missbrauchen. Er wollte Epsylon und dafür war ihm jedes Mittel recht.

Zwei Minuten zuvor.

Ich war verloren. Ich würde hier sterben, meine Familie nie wiedersehen.

„Nein, ich darf jetzt nicht aufgeben. Ich bin Elanthia. Ich habe Kronos überlebt. Ich bin stark", flüsterte ich leise, und ganz behutsam verließ ich das weiche Bett und sah mich um. Es war stockfinster. Es gab kein Licht und keine Möglichkeit, sich an diesem seltsamen Ort zu orientieren.

Doch aus irgendeinem Grund führten mich meine Füße an die gegenüberliegende Wand. Dort war er. Ich konnte ihn fühlen. Den Lichtschalter. Doch woher hatte ich das gewusst? Verwirrt und ein wenig ängstlich schaltete ich das Licht an und prompt stockte mir der Atem.

Was für ein Raum. So groß wie meine Gemächer in Hermelonien, doch bis auf ein riesiges Bett war der Raum vollkommen leer.

Nichts außer einer einfachen Holztür unterbrach das sterile Weiß der Wände. Es war sehr merkwürdig, dass in diesem zuvor kahlen Raum, ohne Fenster, ohne Türen, plötzlich eine Tür erschien. Warum sollten Killian und Cara mich in diesem Zimmer mit dieser Fluchtmöglichkeit allein lassen? Es konnte nichts anderes als eine Falle sein. Die Frage war, wozu sie diente. Gefangen hatte Killian mich schließlich schon. Was hatte er also vor? Und würde ich es trotzdem riskieren, zu fliehen?

Die Antwort lautete: ja. Ich wollte hier weg und wenn der einzige Weg war, diese Falle als Fluchtmöglichkeit in Betracht zu ziehen, dann war es so. Ich hatte einen Mann geheiratet, der mich quälte und versuchte, mich zu brechen. Ein Monster in seiner reinsten Form. Ich lebte jeden Tag mit dem Risiko, zu sterben. Risiken einzugehen war für mich noch nie eine Herausforderung gewesen, es war einfach selbstverständlich.

Ich ging zu der schlichten, instabil wirkenden Holztür und klopfte dagegen. Keine Reaktion. Ich versuchte es noch einmal. Niemand antwortete.

Ich war also möglicherweise allein und hatte vielleicht eine Chance zu entkommen. So viele Risiken. Ich seufzte innerlich.

Wenig hoffnungsvoll drückte ich die Türklinke hinunter. Verschlossen. Mit einem resignierten Seufzer warf ich mich mit aller Kraft dagegen. Meine Muskeln schrien auf vor Schmerzen und ich spürte erneut, wie mir Blut den Rücken hinunterlief. Doch ich durfte nicht aufgeben. Beinahe verzweifelt warf ich mich erneut gegen die, wie ich feststellen musste, stabile Eichentür. Erleichtert spürte ich, wie die Tür nachgab. Einmal noch und ich hätte sie aufgebrochen. Ein letztes Mal sammelte ich all meine Kraft und schmiss mich dagegen. Die Tür flog auf. Ich hatte es geschafft. Die Türöffnung gab den Blick auf einen langen Flur mit weiteren Türen und eine Treppe am Ende des Ganges frei, die sich steil nach unten schlängelte.

Das konnte einfach nicht wahr sein. Was war ich für ein Wesen, dass ich tatsächlich diese massive Tür aufbrechen konnte? Nicht zum ersten Mal fragte ich mich, was mit mir nicht stimmte.

Abscheu stieg in mir auf, doch mit reiner Willenskraft schaffte ich es, ihn für den Moment zu unterdrücken und mich auf mein eigentliches Ziel zu konzentrieren. Die Flucht.

Fest entschlossen trat ich in den Flur und lauschte, ob sich Schritte näherten. Doch entweder hatte niemand den Lärm gehört oder das Haus war vollkommen leer. Was auch immer der Grund sein mochte, ich musste mich beeilen.

Schnellen Schrittes eilte ich den langen Flur entlang, dabei kam ich an sechs weiteren Türen vorbei, die mit goldenen Zahlen von eins bis sechs behangen waren und kümmerte mich nicht weiter um die Zimmer, die sich dahinter befanden. Mein einziges Ziel war die lange Treppe, die sich nun in vollendeter Pracht vor mir erstreckte. Soweit ich das beurteilen konnte, bestand sie komplett aus Glas. Mir wurde leicht schwindelig, als ich den Weg betrachtete, der vor mir lag. Die Treppe endete hier. Als ich mich leicht über das Geländer aus massivem Glas beugte, zählte ich mindestens fünf Stockwerke. Sonst sah ich nur bodenlose Schwärze. Jeder Schritt würde sich wie ein freier Fall anfühlen. Jeder Schritt würde mich viel Überwindung kosten.

Jeder Schritt brachte mich näher zur Freiheit. Ein wenig zittrig, aber dennoch entschlossen, machte ich mich vorsichtig daran, die Treppe hinunterzusteigen, doch selbst mit der Möglichkeit mich festzuhalten, rutschte ich schnell aus und so flog ich den kompletten ersten Treppenabsatz hinunter, bis ich ächzend auf dem Rücken liegend zum Stillstand kam. Keuchend rang ich nach Luft und blinzelte hektisch die Sternchen vor meinen Augen weg. Ich wusste, ich musste schnell weiter. Als ich versuchte, mich aufzusetzen, schoss ein gnadenloser Schmerz in meinen Rücken. Die frischen Wunden. Doch der Schmerz dieser Verletzungen war nichts im Vergleich zu den Schmerzen, die ich fühlen würde, wenn ich auf ewig hier gefangen wäre. Von einem mir wohl bekannten Gefängnis in ein völlig fremdes? Nein, danke. Lieber biss ich die Zähne zusammen und versuchte es erneut. Langsam setzte ich mich auf und als die Schmerzen dieser Bewegung abgeklungen waren, kam ich vorsichtig auf die Beine. Erschöpft durch diese körperliche und mentale Herausforderung, sah ich mich nach irgendwelchen Verfolgern um, doch nur die gläsernen Treppenstufen ragten hinter mir auf. Bestimmt dreißig an der Zahl. Dieser Sturz hätte mir das Genick brechen müssen. Stattdessen stand ich hier quicklebendig und kerngesund. Naja, mehr oder weniger.

Die Plattform, auf der ich stand, bestand aus massivem weißen Marmor und bildete für mich eine Art Halt. Das einzig Stabile in einem Treppenhaus aus Glas. Nichtsdestotrotz musste ich weiter. Es konnte mich vielleicht doch jemand gehört haben. Es erschien mir undenkbar, dass Killian und Cara hier allein lebten. Dafür war dieses Gebäude zu riesig, zu extravagant und so führte ich meinen Weg widerwillig fort, verließ meine Illusion von Sicherheit und betrat erneut die Glasstufen. Diesmal bemühte ich mich jedoch, vorsichtig und schnell zugleich zu sein.

Es war schon seltsam. Als ich aus dem Zimmer ausgebrochen war, hatte ich diese unmenschliche Stärke besessen, die mir die Flucht erheblich erleichtert hatte, doch sobald ich die Treppe erreicht hatte, übermannten mich Schwäche und Erschöpfung. Meine Kräfte kamen und gingen. Das bereitete mir mehr Sorgen als alles andere. Wie sollte ich je herausfinden, was ich war, wenn ich in dem einen Moment völlig menschlich und in dem anderen eine Missgeburt war?

Die restlichen Stockwerke überwand ich in einer Art Trance. Die negativen Gedanken und Gefühle drohten, mich zu überwältigen, doch mit letzter Kraft schaffte ich es, diesen Kampf auf später zu verschieben. Mehr als nur müde, wurde ich mir nach und nach wieder meiner Umgebung bewusst.

Ich fand mich in einem relativ kleinen Eingangsbereich wieder, als ich die letzte Treppenstufe hinter mir ließ. Es war einfach bezaubernd.

Über mir schwebte ein großer Kronleuchter, gemacht aus abertausend kleinen Kristallen und Kerzen. Die filigrane Goldfassung spiegelte das warme Licht der kleinen Kerzen wider und übertrug es auf den ganzen Raum. Die dunkelrot gestrichenen Wände erschienen dadurch in einem beinahe überirdischen Schimmer und gaben mir das Gefühl, ich befände mich in einem Traum. Unter meinen Füßen erstreckte sich ein schwarzer Plüschteppich, der danach schrie, barfuß erkundet zu werden.

In einem Moment der Schwäche verlor ich meinen Fokus, entledigte mich meiner Socken und vergrub meine Zehen tief in diesem wundervollen Stoff. Ein unwirkliches Gefühl ergriff mich.

Ich sollte mich eigentlich auf meine Flucht konzentrieren, aber in diesem Moment empfand ich das erste Mal seit langem reinen Genuss und für kurze Zeit konnte ich mich einfach nicht von diesem Gefühl losreißen, von dem Gefühl, auf Wolken zu stehen. Dem Gefühl, mich zu erinnern. An etwas, das schon lange zurücklag und versuchte, sich an die Oberfläche zu graben, aber es letztendlich doch nicht schaffte.

Eine Welle der Mutlosigkeit und des Schmerzes überkam mich so plötzlich, dass ich beinahe in die Knie ging. Ich verstand nicht, woher diese Gefühle kamen und was sie ausgelöst hatte, aber ich hatte mich schnell wieder im Griff.

Leider war der Augenblick des Genusses damit zu Ende und der Gedanke an Flucht drängte sich zurück in den Vordergrund. Ohne weiter auf die Empfindungen zu achten, die dieser Raum in mir weckte, ließ ich meinen Blick umherschweifen, bis ich schließlich die Tür fand.

Wie alles andere in diesem Raum war auch die Tür traumhaft schön. Sie bestand aus hellem alten Holz und war von oben bis unten mit Schnitzereien bedeckt, die wohl eine Geschichte erzählen sollten. Ich sah zwei Welten, einen Kampf und schließlich ein Tor, für immer verschlossen. Ich konnte nicht sagen, woher ich das wusste, aber diese Geschichte war real. Sie war wirklich geschehen und hatte vielen das Leben gekostet. Mein Herz schmerzte bei dieser Vorstellung. So viele ungelebte Leben, so viel Verlust und kaum jemand übrig, der es bezeugen konnte. So wurde die Geschichte an dieser Tür jedenfalls dargestellt. Was auch immer geschehen war, ich war kein Teil davon und trotzdem überkam mich erneut eine heftige Welle des Schmerzes und der Mutlosigkeit. Dieses Mal war es deutlich schwerer, die Gefühle zurückzudrängen. Mein Unterbewusstsein wollte mir irgendetwas sagen, aber es sprach zu undeutlich, als dass ich es hätte verstehen können. Ich musste mich endlich wieder auf mein Ziel konzentrieren und durfte mich nicht ständig ablenken lassen.

Entschlossen zur Flucht, überbrückte ich den Abstand zwischen mir und der Tür und nahm den goldenen Knauf in die Hand. Hoffnungsvoll drehte ich ihn nach rechts und drückte. Abgeschlossen. Verdammt. Wut sammelte sich in meinem Bauch und strahlte von dort in jede Region meines Körpers aus. Ohne darüber nachzudenken, setzte ich zu einem hohen Tritt an. Es fühlte sich beinahe natürlich an, als mein Fuß die wunderschöne Tür traf und aus ihren Angeln riss. Obwohl ich dies zum ersten Mal tat, hatte ich ein seltsames Gefühl des Wiedererkennens. Es ähnelte einem Déjà-vu, war jedoch unbeständiger. Von jetzt auf gleich war es wieder verschwunden.

Ein kalter Windhauch streifte meine Wange. Mein Kopf ruckte hoch und ich konnte es kaum glauben. Da war sie. Die Freiheit. Im schwachen Licht von Herezia wirkte die schwarze Wüste beinahe schön und friedlich. Ich sah mich nochmals prüfend um. Niemand zu sehen. Vorsichtig machte ich einen Schritt nach draußen und noch einen und als nichts passierte, machte ich noch drei weitere. Ich drehte mich ein letztes Mal um und sah … nichts. Nur die Weite der schwarzen Wüste. Kein fünfstöckiges Herrenhaus, keine am Boden liegende Tür. Nur schwarzer Sand. Mit diesem Ort stimmte so einiges nicht. Davon war ich überzeugt. Ich wollte einfach zurück nach Hause. Zurück in den Palast, ja, ich wollte sogar zurück zu Kronos. Er war mir wenigstens nicht fremd. Von diesem Gedanken ermutigt, sah ich mich um. Auf den ersten Blick erschien mir alles gleich, doch plötzlich wusste ich, wo ich hinmusste.

Mein Unterbewusstsein zeigte mir den Weg nach Hause. Mir war egal, woher mein Innerstes den Weg kannte, ich rannte einfach los, dem Horizont entgegen.

Killian war beeindruckt. Thia rannte mittlerweile seit gut zwanzig Minuten in einem irrsinnigen Tempo Richtung Kolonialebene. Er hatte keine Ahnung, wie sie diese Geschwindigkeit durchhalten konnte, ohne einmal Pause zu machen. Herezias Strahlen waren mittlerweile zu einem leichten Schimmer verblasst. Wie jede Nacht waren keine Lichtkörper am Himmel zu sehen. Nur die Berge in der Ferne gaben ein unnatürliches Strahlen ab, welches Thia den Weg erhellte. Killian hatte eine ausgezeichnete Nachtsicht, er brauchte solche Hilfsmittel nicht, um seinen Weg zu finden.

Cara lag merkwürdig ruhig in seinen Armen. Sie machte sich wahrscheinlich wirklich große Sorgen um Thias Schicksal. Das brauchte sie nicht. Thia würde nie in dem gefährlichen Teil der Kolonialebene ankommen, dafür würde er sorgen. Er würde sie nach Hause schicken, sobald er seine vorerst letzten Worte an sie gerichtet hatte. In nicht allzu ferner Zukunft würde sie zurückkommen, dessen war er sich sicher. Ihre Kräfte machten sich das erste Mal seit hundertdreiundsechzig Jahren richtig bemerkbar. Vor dreizehn Jahren hatte sie gerade mal auf die grundlegendsten Gaben zurückgreifen können. Das war ein gutes Zeichen. Vielleicht würden Cara und Killian endlich erfahren, wer sie war, wie alt sie war und weshalb sie zwischen den Dimensionen wandeln konnte.

Damals, als sie Thia gefunden hatten, war sie nicht allein gewesen. Raphael hatte sich an ihrer Seite befunden und hatte versucht, sie vor jedweder Gefahr zu beschützen. Als er schließlich erkannt hatte, dass Killian und Cara keine Feinde waren, sondern nur helfen wollten, hatte er ihnen erzählt, wer er war.

Raphael war Thias Wächter und ein niederer Dämon, kaum mächtiger als ein Mensch. Zu diesem Zeitpunkt hatte Thia seinen Schutz wohl auch wirklich nötig gehabt. Die Gefahr war scheinbar so unausweichlich gewesen, hatte Raphael berichtet, dass Thia aus Selbstschutz dazu gezwungen war, sich in ein Kind zu verwandeln. Er hatte nicht gewusst, welche Bedrohung Thia zu diesem Schritt bewogen hatte, aber es war ihm auch gleichgültig gewesen. Er hatte das Gefühl gewonnen, dass es seine Pflicht wäre, auf sie Acht zu geben.

Jeder Dämon war dazu fähig, sein Aussehen zu verändern. Aber diese Fähigkeit hatte ihre Grenzen. Es war dabei möglich, sich auf einer menschlichen Lebensschiene zu bewegen. Man konnte älter oder jünger erscheinen, mehr aber auch nicht. Man konnte weder sein Geschlecht ändern, noch konnte man das Gesicht eines anderen annehmen.

Thias Gestalt hatte sich mit den Jahren verändert. Wie ein Mensch war sie älter geworden. Mit siebzehn Jahren hatte sie allerdings aufgehört zu altern. Zu diesem Zeitpunkt waren Raphael, Cara, Thia und Killian bereits zwölf Jahre zusammen gewesen und hatten sich ebenso lange umeinander gekümmert. Jedoch waren Raphael und Thia relativ zurückhaltend gewesen, was ihre Vergangenheit betroffen hatte und bis heute versuchte Killian, das Mysterium Elanthia zu entschlüsseln. Ohne Erfolg.

Andere Dämonen fürchteten diese Frau bis heute. Wie Thia offensichtlich beabsichtigt hatte, hatten diese Kreaturen sie für ein Kind gehalten. Doch dieses Kind hatte mehr Macht in sich gehabt, als alle diese Wesen zusammen und das hatte zwangsläufig zu einer Panik geführt. Nach hundertfünfzig Jahren Glück und Liebe, hatte Killian Thia ziehen lassen und sie nach Epsylon geschickt, wo sie vorerst in Sicherheit vor Intrigen und Machenschaften sein sollte, welche die Dämonenebene zu dieser Zeit geprägt hatten. Ohne ihre Kräfte wäre Thia vollkommen hilflos gewesen und Raphael und Killian konnten sie leider nicht vor allem beschützen. Allerdings hatte Killian damals noch nichts von Thias Fähigkeit gewusst, die Dimensionen zu durchwandern und hatte um ihr Leben gefürchtet.

Raphael hatte ihm versichert, dass Thia nichts geschehen würde und er sorge schon dafür, dass sie sicher bei ihren Adoptiveltern ankäme. Es war ein glücklicher Zufall, dass Raphaels Haus eine Schleuse war. Ein Ort, der in beiden Dimensionen existierte und es damit ermöglichte, wiederholt mit Thias Adoptiveltern und Raphael in Kontakt zu treten, der trotz seines niedrigen Status ebenfalls ein Dimensionenwandler war. Der Einzige neben Thia.

Dennoch hatte er darauf bestanden, Thia durch die Dimensionenschleuse nach Epsylon zu bringen. Er hatte behauptet, dass es zu schwierig sei, die Fähigkeit bewusst in ihr zu wecken, dass sie jedoch problemlos durch die Türe nach Epsylon treten könnte. Ein gewöhnlicher Dämon würde bei diesem Unterfangen den Tod finden. Umgekehrt galt dies auch für die Menschen, die versucht wären, die Dämonenebene zu betreten.

Urplötzlich wurde Killian aus seinen Gedanken gerissen. Cara stieß ein erschrockenes Keuchen aus, als sie den Anblick in sich aufnahm, der sich ihr bot. Abgebrannte Häuser bedeckten eine gut hundert Hektar große Fläche. Killian konnte dieses Ausmaß an Zerstörung kaum überblicken. Er wollte sich nicht vorstellen, was Thia empfand, als sie stocksteif vor der Verwüstung innehielt. Die einst so prächtige Kolonialebene war zu einem Häufchen Asche zerfallen.

Dies war der Beweis dafür, dass es die einzig richtige Entscheidung gewesen war, Thia nach Epsylon zu schicken, denn dieses Chaos war das Resultat von Wut und Frustration der machtbesessenen Dämonen, die sich hinter Nate versammelt hatten. Dies war das Ergebnis von absolutem Wahnsinn.

Als Thia vor dreizehn Jahren einfach verschwunden war und damit all die Hoffnungen, Wünsche und Träume von Nates Gefolge mit sich genommen hatte, waren diese Dämonen dem Wahnsinn verfallen und hatten die Kolonialebene angegriffen. Die Ältesten unter den Bewohnern der Kolonialebene hatten dem Angriff standgehalten. Sie hatten sich gegen Nate und seine Armee, die etwa achttausend Dämonen umfasst hatte, durchgesetzt, obwohl sie ihnen um das Achtfache an der Zahl unterlegen gewesen waren. Nate hatte gewusst, er würde die Mächtigsten ihrer Art nie unterkriegen und hatte ihnen einen Pakt vorgeschlagen.

Er würde ihre Häuser, ihre Heime in Frieden lassen und damit auch ihre wehrlosen Kinder verschonen, wenn sie ihn in der Zerstörung der restlichen Kolonialebene unterstützen würden. Darauf war wohl die widerlichste Entscheidung in der ganzen Dämonengeschichte gefolgt. Die Ältesten hatten zugestimmt und so hatten tausende Dämonen ihr Leben verloren. Ein Großteil der Kolonialebene war zerstört worden, nur ein kleiner Teil war erhalten geblieben, in dem bis heute Nate, seine unmittelbarsten Verbündeten und die Ältesten lebten. Die Überlebenden des Krieges, die Nate nicht hatten dienen wollen, waren in die Berge geflohen und hatten sich seit dreizehn Jahren nicht mehr aus ihrem Versteck gewagt. Tausende Dämonen, verschollen.

Killian hatte Cara diesen Ort nie sehen lassen, obwohl sie die Geschichte natürlich kannte. Eigentlich ließ er sie nicht einmal in die Nähe dieses Kriegsschauplatzes. Es war einfach zu gefährlich, hier allein herumzuwandern. Nates Schergen lauerten überall.

Cara hatte ihn oft gefragt, weshalb er damals nicht eingegriffen hatte. Es klang jedes Mal wie ein Vorwurf und er konnte immer wieder nur beteuern, dass es nichts gebracht hätte. Killian war zwar einer der ältesten Dämonen, von denen man wusste und damit auch einer der Mächtigsten, doch nicht einmal er konnte gegen achttausend gewöhnliche Dämonen und zusätzlich noch gegen die Ältesten antreten. Es stimmte, dass die Dämonen ihn fürchteten und er kam gegen eine Vielzahl von Gegnern an, aber er war nicht allmächtig.

Zudem hätte sein Tod fatale Folgen für die Dämonenrasse, da die Atmosphäre, die Herezias Strahlen abwehrte und den Dämonen das Leben ermöglichte, durch die Gaben seiner Familie getragen wurde. Cara zeigte trotz fehlender Blutverwandtschaft erste Anzeichen, dass sie diese Bürde eines Tages übernehmen würde. Bis dahin, war es Killians Aufgabe die Dämonenebene zu schützen.

Damals, als der Bürgerkrieg ausgebrochen war, hatte er lediglich Cara beschützen können. Damals hatte er versagt.

Nate wagte nicht, ihn anzugreifen. Was würde es nutzen, viele seiner Soldaten einzubüßen und mit geminderter Schlagkraft in Epsilon einzumarschieren? Killians Macht über das Feuerelement, sowie seine geringfügige Affinität für das Luftelement würden dafür sorgen, dass er einige von Nates Männern mit in den Tod reißen würde. Aber Cara, Cara war angreifbar, sie würde immer in Gefahr schweben und war das perfekte Druckmittel gegen ihn. Für seine Ziehschwester würde er einfach alles tun.

Hätte er damals eingegriffen, wäre Nate weit in seinen Plänen zurückgeworfen worden, doch Killian wäre tot und Cara wäre die nächste gewesen.

Trotz seiner unglaublichen Macht konnte er nichts tun.

Doch es gab noch einen kleinen Hoffnungsschimmer und der hieß Elanthia. Sie war mächtiger als alle Dämonen und Ältesten zusammen. Sie würde das Blatt wenden, Nate in seine Schranken weisen und Frieden über die Dämonenebene bringen. Er allein konnte die Dämonen unter Nates Führung nicht davon abhalten, für Unruhe zu sorgen, Chaos zu verbreiten, die Überlebenden zu jagen und gleichzeitig Caras ständigen Schutz garantieren. Die Gabe, sich zu vervielfältigen hatte er in zwölftausend Jahren leider nicht erworben. Er machte das Unmögliche möglich und beherrschte zwei Elemente, wohingegen andere froh sein konnten, wenn sie die Fähigkeit besaßen, über ein Element zu gebieten, aber er schaffte es einfach nicht, seine Welt zu retten und seine Familie zu beschützen. Leider ging Cara für ihn vor und das würde auch so bleiben, solange niemand mehr starb.

Denn bei einem waren Killian und Cara sich absolut einig, sollte das Töten wieder beginnen, musste Killian alle Vorsicht vergessen und sowohl sein als auch Caras Leben riskieren, um die weniger mächtigen Dämonen zu beschützen.

Aber bis dahin war er vielleicht doch nicht so viel besser als die anderen Ältesten, die tausende Leben für das Leben ihrer Kinder geopfert hatten. Etwas musste sich gewaltig verändern.

Ich war völlig starr vor Entsetzen. Ein solches Maß an Zerstörung konnte ich mir nicht einmal in meinen wildesten Träumen vorstellen. Es war einfach unfassbar. Eine riesige Fläche, zu groß, um vollkommen überblickt zu werden, war bedeckt von tausenden abgebrannten Häusern. Der schwarze Wüstenboden wurde von Bergen an grauer Asche bedeckt und über dem ganzen Ort hing eine Grabesstille, die mir Gänsehaut bereitete. Hier gab es nichts außer Tod und Verderben. Doch was war hier nur geschehen?

„Das sind die Folgen von Wahnsinn und Machthunger", sagte eine sanfte, niedergeschlagene Stimme hinter mir. Ich erkannte sie sofort. Es war die Stimme von Killian. Es war wohl tatsächlich eine Falle gewesen.

„Ich habe mir schon gedacht, dass es lediglich eine Falle ist. Doch wozu, frage ich mich. Was willst du noch von mir? Du hattest mich doch bereits oder bereitet dir die Jagd auf hilflose, junge Frauen etwa Spaß, du Widerling?"

Mit diesen geknurrten Worten, die sowohl meine unverhohlene Wut als auch meine unendliche Verzweiflung zum Ausdruck brachten, drehte ich mich mit einer fließenden Bewegung um und was ich dann erblickte, ließ die nächsten gehässigen Worte auf meinen Lippen ersterben.

Er war wunderschön. Andere würden bei seinem Anblick wahrscheinlich das Weite suchen, doch ich tat das nicht, denn ich erinnerte mich. Ich erinnerte mich daran, wie seine starken, muskulösen Arme, die mit ledriger, schwarzer Haut überzogen waren, wie auch der Rest seines Körpers, mich mehr als nur einmal über die Schwelle zu einem gusseiserenen Balkon trugen, wie er seine prachtvollen Flügel ausbreitete, die trotz ihrer ledrigen Beschaffenheit weich und kräftig zugleich waren, und wie er sich mit mir in die Lüfte erhob, um das Wunder des Fliegens zu genießen, die Berge zu betrachten oder Herezias Strahlen zu spüren, die oft von Wolken verborgen wurden.

Ky. Mein Ky. Ich erinnerte mich endlich an ihn. Nicht an Cara oder Nate oder die anderen, aber an ihn und ich schämte mich abgrundtief dafür, ihn vergessen gehabt zu haben.

„Ky?", fragte ich unsicher und bekümmert.

Und erneut überfiel mich die Ohnmacht. Eine schwache Angewohnheit, die ich mir schnellstens wieder abgewöhnen wollte.

Der Ansturm der Erinnerungen und die damit einhergehenden Gefühle waren zu viel für meinen erschöpften Geist. Ich ertrank.

Raphael folgte Caras emotionaler Signatur zu einem der zahllosen Räume im Obergeschoss des Herrenhauses. Er konnte spüren, dass Thia schlief und seine Anwesenheit im Augenblick nicht notwendig war.

Als er vor der Tür mit der Nummer fünf zum Stehen kam, klopfte er dreimal leise dagegen und war überrascht, als ein unbekannter, halbnackter, männlicher Dämon mit genervtem Blick die Tür öffnete.

Raphael störte sich nicht an dem Anblick. Cara war seit über hundertfünfzig Jahren seine engste Freundin, doch mehr hatte sich zwischen den beiden nie entwickelt.

Im Gegensatz zu Killian war es Raphael nicht vergönnt, seine empathischen Fähigkeiten abstellen zu können. Er hatte über die Jahre gelernt, die Gefühle anderer auszublenden, doch er konnte sich nicht vollkommen davor verstecken.

Er wusste also, dass Cara trotz ihrer Freundschaft zu Raphael immer etwas misstrauisch und vorsichtig war, wenn sie sich in seiner Nähe befand.

Und er wusste auch, dass Killian ganz andere Gefühle in ihr hervorrief. Gefühle, die über schwesterliche Liebe hinausgingen.

Raphael verstand nicht, warum Killian das nicht spürte. Insbesondere den Schmerz, den Cara empfand, wann immer sie Killian und Thia gemeinsam sah.

Schmerz war jedoch nicht die Emotion, die Raphael fühlen konnte, als Cara ihn mit hochgezogener Augenbraue ansah.

Der unbekannte Dämon zog sich ein am Boden liegendes T-Shirt über den Kopf und eilte an Raphael vorbei, während Cara Raphael weiterhin mit wütend funkelnden Augen fixierte.

„Ich dachte immer, man soll Arbeit und Vergnügen nicht vermischen", sagte Raphael amüsiert. Es konnte sich nur um einen Dämon aus Caras Forschungsteam handeln.

„Das musst du gerade sagen. Hast du nicht immer jedem Rock hinterhergeschaut wie ein lüsterner Halbwüchsiger?", konterte Cara.

Raphael zwinkerte ihr verschmitzt zu.

„Ach, was, du weißt doch, ich hatte immer nur Augen für dich." Caras Augenrollen war beinahe hörbar.

Dennoch fühlte Raphael, dass die Wut, die er ursprünglich gespürt hatte, wieder an Kraft gewann.

„Sag mir, Raphael, weshalb hast du uns nicht erzählt, dass Thia erneut ihr Gedächtnis verloren hat?", knurrte Cara verärgert.

Weil ihr ihre Adoptiveltern dafür getötet hättet, antwortete Raphael stumm. Er konnte der Dämonin die Wahrheit nicht offenbaren.

Thias Adoptiveltern hatten die junge Frau schnell ins Herz geschlossen und eines Tages, als Raphael anderweitig beschäftigt gewesen war, war der Wahnsinn über sie gekommen und sie hatten das damals vierzehnjährige Mädchen in ‚La vie' gestoßen. Der Gedächtnisverlust war eine Folge des ungewöhnlichen Flusswassers.

Als Raphael die zwei Menschen mit ihrer Tat konfrontiert hatte, hatten sie sich selbst nicht mehr erklären können, was sie zu diesem Handeln getrieben hatte. Raphael hatte gewusst, dass Killian die Menschen für dieses Vergehen bestrafen wollen würde und bei der nächsten Gelegenheit hätten Thias Adoptiveltern mit ihrem Leben bezahlt. Deswegen hatte Raphael geschwiegen und das würde er auch weiterhin tun.

„Hätte es etwas geändert?", fragte er ausweichend.

Cara schüttelte ungläubig den Kopf.

„Natürlich nicht, doch es hätte uns viel Schmerz erspart. Du weißt doch selbst, wie verletzt Killian gewesen ist, als er von Thias Vermählung erfahren hat. Hätten wir gewusst, dass sie keinerlei Erinnerung an uns hat …", bevor sie ihre Überlegungen zu Ende bringen konnte, unterbrach Raphael sie augenrollend.

„Hätte euch das nicht getroffen? Dass sie euch vergessen hat? Ich gebe zu, dass ich vielleicht einen Fehler gemacht habe, aber es bringt nichts, sich Gedanken darüber zu machen, wie es hätte laufen können." Raphael musste dieses Gespräch im Keim ersticken, bevor sich Zweifel in Caras Herz schleichen konnten.

„Ich werde jetzt nach Thia sehen. Die Überführung in diese Welt muss sehr schwer für sie gewesen sein." Raphael konnte förmlich sehen, wie Cara dachte ‚Es wäre einfacher gewesen, wenn du uns die Wahrheit gesagt hättest', doch er wandte sich nur kopfschüttelnd ab und verließ das kleine Labor, welches sich seiner bescheidenen Meinung nach nicht für Treffen privater Natur eignete.

4

Die Narben, die du siehst, sind harmlos im
Angesicht der Narben, die dir verborgen bleiben.
Du kannst nicht verstehen. Du wirst nicht verstehen.
Ich gehöre nur mir, bin nicht länger ein Teil von dir.
Thia

Auch dieses Mal erwachte ich wieder in einem fremden Schlafzimmer, jedoch weckte mich diesmal nicht Caras sanfte Stimme, sondern eine zärtliche Hand, die mir über meine langen
Haare strich.

Erschrocken wich ich zurück und fiel prompt aus dem Bett.
Die Haut an meinem Rücken spannte schmerzhaft und ich hatte Glück, dass die Wunden nicht wieder aufrissen.

„Thia? Ist alles in Ordnung?", fragte mich eine besorgte Stimme. Ich erkannte sie sofort. Killian.

Wie hatte ich ihn nur vergessen können? Diesen Mann, den
ich einst über alles geliebt hatte. Jedes Mal, wenn er das Wort an
mich gerichtet hatte, hatte mein Unterbewusstsein ihn erkannt
und versucht, mir zu helfen, mich an ihn zu erinnern. Doch ich
hatte nicht hingehört, zu sehr gefangen in meiner Angst und Panik.

„Nein, Ky. Wie könnte es auch? Ich habe dich vergessen, dabei hätte ich dich sofort erkennen müssen. Doch erst, als ich dich
dort stehen sah, in deiner wahren Gestalt, konnte ich wieder spüren, wie die Luft meinen Körper umspielte und wie die Berge
lauschend an uns vorüberzogen. Spüren, wie ich mit dir flog."
Tränen brannten in meinen müden Augen. „Es tut mir so unendlich leid. Ich habe dich behandelt wie einen Fremden." Als ein
Schluchzen meiner Kehle entrann, fühlte ich, wie sich ein starker Arm um meine Taille legte und mich sanft auf die Füße zog.

Mein erster Impuls, mich dieser Fesseln zu entreißen, zerfloss
im Nichts als ich Kys würzigen Geruch in mich aufnahm und
Kronos' drohenden Schatten fürs Erste aus meinen Gedanken

verbannte. Dennoch konnte ich Ky nicht in die Augen sehen. Die Scham fraß mich innerlich auf und Enttäuschung über mein von Lücken übersätes Gedächtnis ließ mich beinahe erneut auf die Knie sinken. Es war bestürzend und verwirrend zugleich, dass nur die Erinnerung an meine Verbindung zu Ky zurückkam, nicht jedoch Erinnerungen an diesen Ort, an Cara oder Nate.

Die Verzweiflung und die Hoffnungslosigkeit, die ich verspürte, waren tiefgehend und schmerzvoll. Schmerzvoller, als es die Situation verlangte. Doch nach all den Jahren, in denen ich einsam und allein unter Kronos' Herrschaft gelitten hatte, war endlich ein Stückchen Geborgenheit in mein Leben zurückgekehrt.

Und ich konnte mich nicht einmal daran erinnern.

Die Tränen liefen mir mittlerweile ungehindert und unaufhaltsam über das Gesicht, und ein neuerliches Schluchzen ließ mein Innerstes erbeben.

Von einem Moment auf den nächsten stand ich nicht mehr mit abgewandtem Haupt vor Killians imposanter Gestalt, sondern lag mit ihm in einem weichen Kissenmeer, mein Gesicht an seine Brust gedrückt, meine Taille von seinen starken Armen umfangen.

Ein Käfig … Panik stieg in mir auf, doch Ky schien nicht zu merken, wie mein Körper sich fluchtbereit anspannte.

„Thia, bitte hör auf zu weinen. Du hast nichts falsch gemacht. Deine Reaktion war absolut verständlich. Du hattest doch keinen Grund, mir zu vertrauen. Du hast mich wie einen Fremden behandelt, das ist richtig, aber nur deshalb, weil ich genau das für dich war. Das Wichtigste ist, dass du dich nun an alles erinnerst, und dass du endlich zu mir zurückgekehrt bist. Du bist wieder dort, wo du hingehörst. Zuhause. Bei Cara und mir." Seine Stimme war sanft und so unendlich liebevoll. Langsam verschwand die aufsteigende Angst und mein Körper entspannte sich wieder, doch der Schmerz blieb. Ich war beinahe dazu geneigt, für Ky die Tränen und die Verzweiflung zu unterdrücken, weil ich spürte, welche Pein es ihm bereitete, mich so zu sehen. Doch wie konnte ich, wenn er sich irrte, wenn er bereits der nächsten Enttäuschung entgegensah?

„Ky, du irrst dich", flüsterte ich. „Ich erinnere mich an uns. An das, was wir waren. Ich erinnere mich weder an Cara noch an diesen Ort. Ich habe vergessen, wer und was ich bin." Ich wollte ihn nicht noch mehr verletzen, wollte mich wirklich erinnern, um ihn glücklich zu machen, doch mein Kopf blieb leer.

„Beruhige dich, Thia. Ich werde versuchen, dir so viel von deiner Geschichte zu erzählen, wie ich kann, doch du musst dich erst beruhigen. Du darfst dich nicht von diesen Gefühlen auffressen lassen. Ich liebe dich und nichts kann daran etwas ändern, ob dein Gedächtnis nun vollständig ist oder nicht." Er löste seinen linken Arm von meiner Taille, führte seine Hand an meinen Hinterkopf und hob mein Gesicht sanft von seiner Brust, bis ich ihm in seine von Liebe erfüllten grauen Augen sah. In diesem Moment war ich mir absolut sicher, dass ich diesen Anblick für nichts auf dieser Welt aufgeben wollte, auch wenn sich diese Emotion seltsam schal anfühlte. Dennoch versiegten meine Tränen und ich lächelte Ky zaghaft an.

„Ky, ich liebe dich auch", obwohl es die Wahrheit sein sollte, fühlte es sich an, wie eine Lüge, weshalb mir die Worte nur schwer über die Lippen gingen.

In diesem Moment erkannte ich erst das Ausmaß des Schadens, den ich durch Kronos erlitten hatte.

Emotional verkrüppelt. Anders konnte ich es kaum nennen. Doch Ky durfte das nicht sehen. Zu groß war die Wahrscheinlichkeit, dass er sich dafür die Schuld geben würde.

„Ich bin wirklich froh, dass ich dich wiedergefunden habe." Es stimmte. Ich spürte, dass ich hier bei ihm meine Antworten finden würde. Doch er missdeutete meine Worte, wie ich es beabsichtigt hatte. Als sich seine Lippen zu einem atemberaubenden Lächeln verzogen, brach mir beinahe das Herz.

Als er mir dieses Mal über die Haare strich, wich ich nicht zurück, aus Sorge, ihn zu verletzen.

Doch als sich sein Gesicht dem meinen näherte, war ich erfüllt von Angst.

Erst war es Angst, dass ich nichts fühlen würde, obwohl ich es so gern wollte. Als seine Lippen jedoch die meinen berührten, überfiel mich bodenlose Panik. Panik aufgrund seiner Berührung. Eine Berührung, die Erinnerungen an andere Berührungen weckte, die weder sanft noch liebevoll gewesen waren, sondern sadistisch und schmerzhaft. Kronos' Berührungen.

Meine Lippen begannen zu zittern und erneut füllten Tränen meine Augen. Ich lag nicht mehr in Killians Armen, sondern befand mich woanders, zu einem anderen Zeitpunkt. In Kronos' unnachgiebigem Griff. Ich spürte, wie seine Hände mich schmerzhaft erkundeten und ich fühlte, wie er hart und unnachgiebig in mich eindrang, wie ich nicht vor Vergnügen, sondern vor Schmerz schrie.

„Thia, was ist?" Killians Stimme holte mich wieder ins Hier und Jetzt zurück. Ich hatte mich in Embryonalstellung zusammengekrümmt und mich von ihm abgewandt. Mein Körper zitterte unkontrollierbar und mein Herz schlug schnell und unstet. Meine Panik war in diesem Raum beinahe greifbar. Was sollte ich Killian bitte sagen? Die Wahrheit? Dass ich ein Monster geheiratet hatte, weil Kronos sonst meine Familie umgebracht hätte? Dass er mich misshandelt und missbraucht hatte? Dass Berührungen mein Feind waren? Dass er mich überfordert hatte, als er seine Lippen auf meine gepresst hatte? Dass ich mir nicht einmal sicher war, ob ich diese Art von Intimität mit ihm wollte?

„Thia, bitte, rede mit mir. Ist es wegen diesem menschlichen Mann, den du geheiratet hast?" Überraschung erfüllte mich bei diesen Worten.

„Du weißt von Kronos? Wie?" Ich war zutiefst entsetzt. Kaum vorstellbar, wie er sich fühlen musste. Ich erinnerte mich mittlerweile wieder gut daran, wie schwer es Ky damals gefallen war, mich gehen zu lassen. Doch sein Wunsch, mich zu beschützen, war stärker gewesen, als seine Angst, mich zu verlieren.

Wie schmerzhaft musste der Gedanke gewesen sein, dass er mich am Ende doch verloren hatte? An einen anderen Mann?

Und dennoch klang seine Stimme keineswegs anklagend, sondern liebe- und verständnisvoll wie eh und je.

„Ich habe dich nie aus den Augen verloren, mein Herz. Ich werde immer auf dich Acht geben. Egal, was passiert." Schuldgefühle zerfraßen meine Eingeweide wie Säure, als seine Worte wirkungslos von mir abprallten. Nichtsdestotrotz hatte ich das tiefe Bedürfnis, mich zu erklären.

„Ky, ich hatte keine Wahl, das musst du verstehen. Er hätte meine Familie getötet, wenn ich ihn nicht geheiratet hätte. Das konnte ich nicht zulassen." Erneut erfüllte mich quälende Angst als die Erinnerungen in mir hochkochten, doch Killian ließ nicht zu, dass dieses Gefühl Fuß fasste.

„Thia, du wusstest doch gar nicht, dass ich existiere. Soweit du wusstest, warst du ungebunden. Treue und Loyalität waren für dich schon seit jeher die oberste Maxime, deshalb überrascht es mich auch nicht, dass du vor mir zurückgewichen bist. Du bist verheiratet und du bist deinem Mann treu, das verstehe ich, aber ich kann sehen, dass du ihn nicht liebst."

Ein Gefühl der Verärgerung überschwemmte mich. Er schien mir nicht richtig zugehört zu haben, wenn er tatsächlich dachte, Loyalität band mich an meinen Mann. Vielleicht wollte Ky es auch nicht wirklich hören.

Sollte ich ihn in dem Glauben lassen, dass mich Ehrgefühl davon abhielt, mich ihm hinzugeben?

Nein, ich wollte ihn nicht belügen. Nicht mehr, als ich es bereits tat.

Doch Ehrlichkeit hatte immer ihren Preis und ich war mir fast sicher, dass Ky diesen nicht zahlen wollen würde.

Ich konnte ihm nicht sagen, was es mich gekostet hatte, die letzten Jahre zu überleben.

Dass mein Herz nach und nach abgestorben war, bis ich kaum dazu fähig war, über den Schmerz hinwegzusehen.

Doch ich konnte ihm durchaus erzählen, wie es so weit hatte kommen können. In der Hoffnung, dass er es zukünftig missverstand, wenn ich vor ihm zurückwich. Und wer wusste schon, ob ich nicht irgendwann genug geheilt sein würde, um ihn wieder zu lieben. Vielleicht machte es die Situation einfacher, auch mich selbst zu belügen. Einfacher, mit mir weiterzuleben.

„Wenn es doch nur so wäre", murmelte ich bedrückt. „Ich werde dir nicht jedes grausige Detail meiner Ehe mit Kronos offenbaren. Dafür bin ich nicht stark genug. Nur so viel: Berührungen sind seit nunmehr sieben Jahren mein Feind. Die seelischen Narben, die ich erlitten habe, sind zu tief, um geheilt zu werden und ich würde es verstehen …" Ich musste mich kurz unterbrechen, weil mich bodenlose Scham angesichts meiner plötzlichen Feigheit überschwemmte, dennoch sprach ich mit starker Stimme weiter.

„Ich würde verstehen, wenn du mein gebrochenes Ich nicht mehr an deiner Seite haben wollen würdest. Ich würde verstehen, wenn du mich verlässt." Müde strich ich mir über mein Gesicht, rau und trocken vom Salz meiner Tränen. Was für eine Farce.

„Dieses Schwein!", rief Killian erbost. „Wenn ich dieses Monster in die Hände bekomme, wird er den Tag seiner Geburt verdammt nochmal bereuen. Ich hätte dich vor dreizehn Jahren nicht wegschicken dürfen. Das ist alles meine Schuld." Sein Ausbruch verwunderte mich sehr, war Ky früher doch sehr ausgeglichen und besonnen gewesen. Zumindest, wenn er mit mir zusammen gewesen war. Doch seine tiefen Schuldgefühle überraschten mich keineswegs. Zu beschützen lag in seiner Natur und in seinen Augen hatte er versagt.

„Es tut mir leid, was du durchmachen musstest. Es tut mir leid, dass ich nicht für dich da war. Du kannst dir absolut sicher sein, dass ich nicht ruhen werde, bis ich dich geheilt habe, möge es noch so lange dauern. Ich werde jedes einzelne, so kostbare Teil, das dich ausmacht, zurück an seinen Platz setzen, bis du wieder unbeschwert bist und frei. Frei, Berührungen zu erleben, die dir keinen Schmerz bereiten. Ich werde dich niemals verlassen. Ich liebe dich, Thia."

Erneut brach mir das Herz. Seine offene Zuneigung war beinahe unerträglich und diese Worte, die meinem alten Ich wohl Frieden gebracht hätten, erfüllten mich nun mit Schmerz.

Ich zweifelte daran, dass es Heilung für mich gab. Es war nicht gerecht, ihm etwas vorzuspielen und wenn ich nicht wüsste, dass es ihn zerstören würde, so hätte ich ihm die Wahrheit längst offenbart.

Doch für Ky hatte ich mich dazu entschieden, die Lüge zu leben, auch wenn es mich zutiefst schmerzte.

Der Schmerz war ein altbekannter Freund.

Zögerlich hob ich meine Hände an sein Gesicht und strich über die weiche Haut an seinen Wangen. Seine Augen weiteten sich, als sich mein Gesicht dem seinen näherte, als meine Lippen seine streiften.

Erneut überfiel mich Panik, doch diesmal behielt ich die Kontrolle. Ich unterdrückte den Impuls, zurückzuweichen, so gut ich es eben konnte.

Ky blieb ganz still, als ich ihn sanft küsste. Er wartete, bis ich mich wohl genug fühlte, um seine Berührungen, und sei es auch nur für einen kurzen Moment, zu ertragen. Er überließ mir die Kontrolle. Eine Kontrolle, die ich vor sieben Jahren aufgeben musste. Dafür war ich ihm dankbar, auch wenn ich ihm mein Herz nicht mehr geben konnte.

Seufzend löste ich mich von ihm und erkannte schuldbewusst die Hoffnung in seinen glänzenden Augen.

„Ich wünschte, ich wäre stark genug all die Grausamkeiten der letzten Jahre hinter mir zu lassen und dir das zu geben, was du dir verdient hast. Eine Frau, die voll und ganz zu dir gehört. Ich wünschte, ich wäre mehr als der Schatten meiner selbst, aber …" Auch diesen Ausweg ignorierte Ky vollkommen.

„Thia, du bist hier. Bei mir. Mehr brauche ich nicht, um glücklich zu sein. Dieser Kuss, den du mir gerade eben geschenkt hast, war mehr als ich je von dir verlangen werde. Ich kann warten, mein Herz. Seien es Jahre, Jahrzehnte oder Jahrhunderte", unterbrach er mich entschlossen und ich stutzte angesichts seiner zärtlichen Worte. Er hatte sich in den letzten Jahren sehr verändert. Früher war er zaghafter mit Gefühlsbekundungen gewesen, selbst, wenn wir allein und für uns gewesen waren.

Es würde schwer werden, in die Rolle der Geliebten zu schlüpfen, ohne dass Ky Verdacht schöpfte und Zweifel an meiner Aufrichtigkeit entwickelte.

Doch dieses Problem musste ich zu gegebener Zeit lösen.

Es war an der Zeit, das Thema zu wechseln und die Antworten einzufordern, die ich schon so lange suchte.

„Es ist gerade wahrscheinlich ein ungünstiger Moment, aber die Fragen zerreißen mich innerlich …", wisperte ich gespielt unsicher.

„Ist schon gut, Thia. Stell deine Fragen. Ich werde versuchen, sie so gut wie möglich zu beantworten." Killian blickte mich geduldig an und lächelte aufmunternd.

„Ky, wer bin ich?" Meine Stimme zitterte leicht. Zu lange hatte ich ohne Vergangenheit gelebt. Zu lange die gebrochene Frau, die ich nun war, als mein wahres Ich akzeptiert.

„Ich weiß nicht besonders viel über deine Vergangenheit. Aber das, was ich dir sagen kann, könnte momentan vielleicht zu viel für dich sein. Bist du sicher, dass du dieses Gespräch gerade jetzt führen möchtest?"

Kys Warnung war eindeutig. Die Wahrheit würde nicht einfach sein und dennoch würde ich nicht davor zurückschrecken. Ich hatte die Ungewissheit satt. Zu wissen, wer ich war, war der erste Schritt meiner Heilung. Vielleicht würde ich nun endlich all die unerklärlichen Ereignisse in meinem Leben verstehen.

„Ja, das bin ich. Bitte, erzähl mir, was du weißt."

Als ich ihm in die Augen blickte, sah ich Stolz und bodenlose Verehrung. Seufzend senkte ich für einen Augenblick die Lider. Es war unerträglich. Das Gefühl von Schuld war kurz davor, mich zu erdrücken.

Stolz erfüllte Killian bei Thias Worten. Sein tapferes Mädchen, so stark, so mutig. Trotz allem, was sie scheinbar in den letzten Jahren hatte durchmachen müssen, trotz der seelischen Schmerzen, die er in ihren Augen sehen konnte.

Ihre geistigen Mauern waren nach wie vor sehr stark und er konnte lediglich ein schwaches Echo der Pein spüren, die sie fühlen musste. Andere, tieferliegende Emotionen blieben ihm verborgen.

Es machte ihn fertig, zu wissen, dass er ihr Leid nicht verhindert hatte. Dass er nicht da gewesen war, als sie ihn am meisten gebraucht hatte.

„Ich bin kein Mensch, daran erinnerst du sich sicherlich. Ich bin ein Dämon, mit einer Primäraffinität für das Feuerelement und einer nachgelagerten Begabung für das Luftelement. Was du nicht mehr weißt, ist, dass du ebenfalls ein Dämon bist." An dieser Stelle unterbrach sich Killian und wartete bis Thias Verstand seine Worte verarbeitet hatte. Er konnte förmlich sehen, wie der Schock sich einen Weg durch ihren Körper bahnte.

Er wusste nicht, wie er ihr all die unglaublichen Dinge erklären sollte, die für ihn so normal waren und die es für sie einst auch gewesen waren.

„Am besten, ich beginne ganz von vorne. Cara und ich, wir haben dich vor hundertdreiundsechzig Jahren gefunden und bei uns aufgenommen. Zu diesem Zeitpunkt hatten wir noch nicht geahnt, wie sehr du alles verändern würdest."

Hundertdreiundsechzig Jahre zuvor, einige Kilometer nördlich von Killians Herrenhaus.

„Warum wolltest du nochmal auf Patrouille gehen?", fragte Cara genervt. Killian verstand nur zu gut. In den letzten Jahren war kaum etwas geschehen. Die Dämonen waren friedlich, beinahe zahm. Natürlich gab es kleinere Konflikte, diese waren jedoch im Nu beigelegt. Seine und Caras Einmischung war schon lange nicht mehr von Nöten gewesen.

Doch heute hatte ihn irgendetwas nervös gemacht. Er hatte dieses untrügliche Gefühl, dass sich an diesem Tag irgendetwas gravierend verändern würde und seine Intuition, sein Bauchgefühl, hatte ihn noch nie im Stich gelassen.

Zügig erklommen sie den nächsten Hügel. Aus mehr bestand diese schwarze Wüste nicht. Hügel und Täler, eintönig und deprimierend. Doch nicht jeder Ort der Dämonenebene war so trist. Der Beweis dafür lag gleich hinter der nächsten Hügelkette. Die Salzhöhlen. Wunderschöne, geradezu bezaubernde Grotten aus Salzkristallen, die das von außen eindringende Licht bis in die letzte Spalte reflektierten und dem ganzen Ort eine magische Anziehungskraft verliehen. Killian liebte diese Höhlen, liebte die Harmonie und das Gefühl von Wärme, das sie ihm vermittelten. Wenn er dort war, fühlte er sich nie allein. Geborgenheit erfüllte jede Pore seines Körpers und nur, wenn er dort war, ließ er ein wenig Verletzlichkeit zu, öffnete sich seinen Sorgen und Ängsten.

Heute riefen die Höhlen nach ihm und er konnte nicht nach Hause zurückkehren, ohne diesem Ruf gefolgt zu sein. Als Cara und er also die nächste Hügelkette erklommen und eben jene atemberaubenden Höhlen in Sicht kamen, steuerte er geradewegs darauf zu.

„Killian? Killian!", Cara versuchte Killians Aufmerksamkeit auf sich zu ziehen, doch dieser hörte sie kaum, als er zielstrebig auf die größte der gut zwanzig Salzhöhlen zulief. Als er näherkam blieb er jedoch abrupt stehen. Unsanft stieß Cara gegen seinen steifen Rücken. „Was zum …?" Mit einer abgehackten Handbewegung signalisierte Killian seiner jungen Begleiterin, still zu sein. Ein leises Wimmern trat an Killians empfindliche Ohren und ein tiefes Stirnrunzeln erschien in seinem sonst so gefassten Gesicht. Außer ihm betrat diesen Ort fast niemand. Die meisten glaubten, die Höhlen seien verflucht und hielten sich deshalb von ihnen fern.

Doch es war mehr die kindliche Stimme, die dieses Wimmern ausstieß, welche Killian so bestürzte. Es hatte in den letzten siebenunddreißig Jahren neben Cara keinen Dämonennachwuchs mehr gegeben. Irgendetwas stimmte hier nicht.

Killian bedeutete Cara, zu warten und schlich sich leise an den Höhleneingang heran. Das Wimmern brach abrupt ab und er befürchtete, ertappt worden zu sein, doch kurze Zeit später vernahm er eine männliche Stimme, die leise, aber bestimmt auf das Kind einredete.

„Bitte, Thia, du musst dich beruhigen. Es ist alles gut. Ich werde dir nichts tun, das spürst du doch, oder?" Killian hörte, wie eine kindliche Stimme antwortete, konnte die Worte jedoch nicht ausmachen, da in diesem Moment ein Knirschen hinter ihm seine Aufmerksamkeit erregte. Kampfbereit drehte er sich um, war jedoch wenig überrascht, als er Caras schlanke Form erkannte. Genervt seufzte er auf. Er wollte sie gerade wieder wegschicken, als ein weiteres Knirschen ihn dazu zwang,

herumzuwirbeln. Er ging in Verteidigungsstellung und war auf alles gefasst, bis auf diesen Anblick.

Ein kleines Mädchen, mit blonden langen Haaren und großen blauen Augen, starrte ihn mit tränenüberströmtem Gesicht erschrocken an. Er erkannte sofort, dass es eine Dämonin sein musste und eine mächtige noch dazu. Allerdings verstand er nicht, wie ein Mädchen von so zartem Alter – es war vielleicht fünf Jahre alt – solche Macht ausstrahlen konnte.

Die Kleine fing sofort wieder an zu weinen, was den Besitzer der männlichen Stimme herbeilockte.

„Thia, was ist denn …?" Der junge Mann verstummte abrupt, als er Killians imposante Gestalt in sich aufnahm. Killian musterte den Beschützer der Kleinen skeptisch. Er war ebenfalls ein Dämon, geringfügig mächtig, kein Vergleich zu dem Mädchen. Er hatte tiefschwarzes Haar, saphirblaue Augen und war etwa einen Kopf kleiner als Killian. Killian war nicht gerade beeindruckt und war gespannt, was der junge Mann als nächstes tun würde. Ob er wohl einen Grund hätte, dem Kerl zu zeigen, wer der versiertere Kämpfer war? Killian schmunzelte innerlich.

Dem Kerl war die Angst förmlich ins Gesicht geschrieben. Der würde nichts versuchen.

„Wir wollen keinen Ärger, ok? Bitte, lasst uns einfach in Frieden." Der junge Mann nahm die Kleine bei der Hand und zog sich langsam Richtung Höhle zurück.

„Halt!", forderte Killian gebieterisch. Der junge Mann blieb sofort stehen und schaute ängstlich auf die zwei Dämonen zurück. Cara war auffällig still. Als er sich kurz nach ihr umsah, überraschte ihn die Zärtlichkeit in ihrem Blick zutiefst. Er folgte diesem Blick geradewegs zu dem kleinen Mädchen und war überrascht, als die Kleine seinen Blick unverwandt erwiderte.

„Wer seid Ihr und was wollt Ihr hier?", fragte die Kleine mit einer musikalischen Stimme, die Killian den Atem raubte. So eine wunderschöne Stimme.

„Es wäre an uns, diese Frage zu stellen", konterte Killian sanft. Es war schon verblüffend. Er spürte weder Angst noch Panik bei dem kleinen Mädchen. Vielmehr strahlte es Gelassenheit und Ruhe aus. Als wären Killian und Cara nicht mehr als ein mildes Ärgernis.

„Ich habe zuerst gefragt. Habt Ihr denn überhaupt keine Manieren?", blaffte die Kleine verstimmt. Killian schmunzelte innerlich. Bei jedem anderen wäre er mittlerweile vermutlich explodiert, doch dieses winzige Würmchen berührte in ihm etwas, das schon seit vielen Jahren geschlafen hatte.

Es entging ihm nicht, wie der Beschützer ihr einen kleinen Stoß gegen die Schulter gab. Eine subtile Aufforderung den Mund zu halten. Nicht ganz so subtil war die Reaktion des kleinen Mädchens. Blitzschnell nahm es Schwung und trat dem armen Kerl gegen das Schienbein. Killian lachte auf, als der junge Mann sich ans Schienbein langte und auf einem Bein auf und ab hüpfte. Wüste Flüche entrangen sich seiner Kehle und sein bohrender Blick, mit dem er das kleine Biest bedachte, versprach Rache. Das Mädchen ignorierte ihn jedoch vollkommen. Sein ganzer Fokus lag auf Killian und Cara, die seltsam ruhig hinter ihm stand.

„Also, wer seid Ihr und was wollt Ihr hier?", wiederholte sie ihre Frage gelassen. Killian haderte mit sich selbst. Einerseits waren diese beiden Dämonen Fremde an diesem Ort und äußerste Vorsicht war geboten. Andererseits würde ihm das kleine Biest ohne jegliche Zugeständnisse kein Stück entgegenkommen, daran hatte er keinerlei Zweifel. Seufzend gab er nach.

„Mein Name ist Killian und das stumme Lämmchen hinter mir ist meine kleine Schwester Cara." Er spürte Caras stechenden Blick und lachte in sich hinein. Sie hasste es, wenn er sie Lämmchen nannte. Das machte er, seit er sie vor fast vierzig Jahren bei sich aufgenommen hatte. Niemand wusste, wer Caras Eltern waren und weshalb sie das kleine Bündel vor all diesen Jahren auf der Türschwelle seines Herrenhauses ausgesetzt hatten. Doch auch wenn Killian im Allgemeinen nichts von gefühlsduseligen Wesen hielt, war er in diesem Moment selbst von Gefühlen übermannt worden.

Er erinnerte sich noch genau an diesen Tag. Seine Eltern waren gerade erst im Kampf gefallen und Killian hatte es sich zur Aufgabe gemacht, ihre Mörder zu finden und zur Strecke zu bringen. Doch bevor es ihm möglich gewesen war, seinen Rachefeldzug in die Tat umzusetzen, hatte es am Eingangsportal laut geklopft.

Ungeduld hatte ihn wie ein eisiger Wind durchströmt, deshalb war es keine Überraschung, dass er die Tür beim Öffnen beinahe aus den Angeln riss. Und dort, dort hatte ein kleines Bündel gelegen, dass sich als Baby herausgestellt hatte. Cara. Er hatte sich natürlich in der Gegend umgesehen, nachdem er das kleine Lämmchen in sein Haus gebracht hatte, doch von den Wesen, die sie zu ihm gebracht hatten, gab es keine Spur. Deshalb hatte er beschlossen, diese unschuldige Dämonin bei sich aufzunehmen. Schließlich war sie genauso allein gewesen, wie er und mittlerweile war sie seine engste Vertraute.

Wie überrascht er gewesen war, als sie vor wenigen Jahren die Veranlagung gezeigt hatte, eines Tages seine Bürde zu übernehmen.

Killians Familie war bereits seit über zwölfeinhalbtausend Jahren Hüter der Dämonenebene. Die ausgeprägte Affinität zu den Elementen Feuer und Luft wurde von Generation zu Generation weitergetragen und erfüllte einen ganz bestimmten Zweck. Herezias Hitze abzuwehren.

Die Dämonenebene hatte keine Atmosphäre per se. Leben in dieser Ödnis war nur deshalb möglich, weil Killians Familie seit Jahrtausenden eine künstliche Schutzblase aufrecht erhielt, die verhinderte, dass Herezia sie alle zu Asche verbrannte.

Killian hatte gedacht, dass diese ermüdende und beschwerliche Aufgabe eines Tages seinen Kindern zufallen würde. Doch Cara besaß sowohl zum Luft- als auch zum Feuerelement eine Primäraffinität und würde ihn eines Tages als Hüterin der Dämonenebene bei Weitem übertreffen.

Ein lautes Räuspern riss ihn aus seinen Gedanken. Er hatte nicht gemerkt, wie sehr er sich in der Vergangenheit verloren hatte.

Das kleine Biest musterte ihn skeptisch und er hatte den leisen Verdacht, dass es jeden Moment wieder etwas Unhöfliches zu ihm sagen würde.

„Wie ist es möglich, im Stehen einzuschlafen? Aber immerhin hast du es noch geschafft, eine meiner Fragen zu beantworten, bevor du im Land der Träume verschwunden bist. Herzlichen Glückwunsch dafür." Leise lachend sah die Kleine ihn an. Diese strahlend blauen Augen leuchteten voller Schalk und aus irgendeinem Grund entschädigte ihn dieses fröhliche Glänzen für all ihre Unverschämtheiten und ihre Respektlosigkeit.

Lächelnd ging Killian vor ihr auf die Knie. Ihr Beschützer machte einen kleinen Schritt auf seinen Schützling zu und warf ihm einen misstrauischen Blick zu, doch Killian schenkte ihm keinerlei Beachtung. Seine ganze Aufmerksamkeit galt dem Mädchen vor ihm.

„Ich lebe in dieser Gegend seit zwölftausend Jahren und euch habe ich hier noch nie gesehen. Deshalb möchte ich jetzt ein paar Antworten. Hast du das verstanden, kleines Biest?" Killian verzog seine Miene in einer gespielt bedrohlichen Grimasse. Er achtete darauf, den Blick des Mädchens vollkommen einzufangen. Das machte es ihm einfacher, seine empathischen Fähigkeiten einzusetzen, um der Kleinen unterschwellig Vertrauen und Nachgiebigkeit einzuflößen.

Das dachte er zumindest, bis er auf massive mentale Schutzschilde traf, die ihn schmerzhaft aus ihrer Gefühlswelt warfen.

Kurzzeitig orientierungslos, registrierte er die Faust nicht, die auf sein Gesicht zuflog.

Die Kraft des Schlages schleuderte ihn zu Boden, und Überraschung machte sich in ihm breit. Es war eine Weile her, dass jemand einen Treffer bei ihm landen konnte, und er kam nicht umhin, die Stärke hinter dem Schlag zu bewundern. Dennoch spürte er, wie Wut in ihm hochkochte. Wer hatte es gewagt?

„Sag mal, was stimmt mit dir nicht?", schrie Cara aufgebracht und stürzte auf den Beschützer der Kleinen zu. Wütend schlug sie auf ihn ein. Es war offensichtlich, dass der junge Mann von Caras Angriff vollkommen überrumpelt war. Stoisch ließ er die Schläge über sich ergehen, doch als ihre Faust direkt auf sein Gesicht zuflog, fing er diese mit Leichtigkeit ab und schob Cara von sich.

„Es reicht", flüsterte Killian aufgebracht. Mühelos erhob er sich vom sandigen Boden und durchbohrte den schwarzhaarigen Kerl mit einem wütenden Blick.

„Sieh mich nicht so an. Du bist selbst schuld. Was fällt dir ein, den Versuch zu unternehmen, in Elanthias Kopf einzudringen?!", der junge Mann lief puterrot an. Doch falls er dachte, das schlechte Gewissen würde Killian jetzt plagen, hatte er sich geirrt. Nicht nur dieser Kerl hatte jemanden in seinem Leben, den er beschützen musste.

Elanthia – was für ein ungewöhnlicher Name – schien die ganze Situation zu amüsieren. Sie lächelte Killian verschmitzt an und zwinkerte ihm zu. Killian konnte der Situation nichts Lustiges abgewinnen. Er hatte nun auch endgültig genug von diesem Theater. Es wurde Zeit, Antworten zu verlangen und wenn er sie schon nicht durch seine üblichen Methoden bekam, dann musste er es auf einem direkteren Weg versuchen.

„Killian, bitte nicht. Sie ist doch noch ein kleines Kind", flehte Cara ihn leise an. Er war sich nicht sicher, was sie gerade dachte. Dass er Elanthia foltern würde? So grausam war er nicht, außerdem fand er das kleine Biest auf seltsame Art und Weise sehr unterhaltsam und ein kleines bisschen mochte Killian Elanthia vielleicht sogar.

Abschätzend betrachtete er die zwei Fremden vor sich und entschied, dass Feuer sein stärkster Verbündeter in diesem Kampf war. Mit vollkommener Konzentration tauchte er tief in sein Innerstes zum Kern seiner Macht und kanalisierte all seine Wut wegen des Schlages, sowie all seine Verwirrung wegen des Mädchens in sein bevorzugtes Element.

Elanthia und deren Beschützer schrien auf, als sie plötzlich ein Ring aus Feuer umgab und sie damit an Ort und Stelle fixierte. Cara verdrehte theatralisch die Augen. Killian wusste, sie fand diese Aktion unnötig und übertrieben. Doch so war gewährleistet, dass ihm die beiden Rede und Antwort standen und nicht fliehen konnten.

Elanthia sah ihn genervt an, doch das kümmerte ihn wenig. Er hatte die beiden dort, wo er sie haben wollte und jetzt würde er sich seine Antworten holen.

„Ich habe endgültig genug von diesen verdammten Spielchen. Ihr bleibt solange hier, bis ihr mir gesagt habt, was ihr hier wollt und woher ihr verdammt nochmal gekommen seid." Killian bedachte die beiden mit einem stechenden Blick und wartete.

Plötzlich fing Elanthia an, hemmungslos zu schluchzen und ihre Emotionen trafen Killian mit voller Wucht. Wut, Angst, Verwirrung und bodenlose Verzweiflung. Sie sah ihn durch die Flammen hinweg mit tränennassen Augen an.

Killian war sich beinahe sicher, dass sie ihre Gefühle projizierte, sodass er sie spüren konnte, als wären es seine eigenen.

„Du hast doch keine Ahnung!", brüllte sie mit ihrer glockenhellen Stimme, „es ist erst wenige Wochen her, dass Raphael mich in dieser Höhle gefunden hat. Allein, orientierungslos und ohne jedwede Erinnerung an meine Vergangenheit. Du weißt nicht, wie das ist, sich vollkommen hilflos zu fühlen. An einem Ort zu erwachen, der einem so fremd ist. Also entschuldige bitte, wenn ich mir nicht die Mühe gemacht habe, dir und deiner Schwester meine Situation darzulegen, Fremden mein Herz auszuschütten. Und jetzt lass uns verdammt nochmal hier raus!" Den letzten Satz schrie sie ihm entgegen, und er spürte mehr als er sah, wie Cara hinter ihm zusammenzuckte. Für so ein zartes Wesen, hatte das Mädchen ein unglaublich lautes Organ.

Killian erschien die ganze Geschichte unglaubwürdig. Diese Erklärung war zu einfach, zu bequem. Dennoch waren Elanthias Emotionen echt und er konnte sich schlichtweg nicht vorstellen, dass das kleine Biest sich das alles ausgedacht hatte. Solch eine hinterhältige Taktik konnte, wenn überhaupt, nur von einem älteren, erfahreneren Geist stammen. Sein Blick schoss zu Elanthias Beschützer. Er fragte sich …

„Und was genau ist deine Rolle in dieser Geschichte?", Killian durchbohrte den jungen Mann mit einem Blick und forderte ihn praktisch dazu heraus, sich an einer Lüge zu versuchen. Der Beschützer erwiderte seinen Blick mit Gleichgültigkeit. Seine Lässigkeit machte Killian stutzig. Entweder er hatte einen versierten Lügner vor sich oder er würde nun nichts als die Wahrheit hören.

„Ich habe sie vor etwa einem Monat in dieser großen Salzhöhle dort gefunden. Sie war hinter einem starken Schutzzauber verborgen, den ich nur fühlen konnte, weil ich eine besonders starke Begabung für Verhüllungszauber habe. Es kostete mich viel Kraft, den Zauber aufzuheben und ich war wie vom Donner gerührt, als ich sie dort liegen sah. Vollkommen regungslos, in eine warme Decke eingehüllt und ganz und gar allein." Der junge Mann schluckte schwer. Es fiel ihm scheinbar nicht leicht, Cara und Killian davon zu erzählen. Elanthia griff nach der Hand ihres Beschützers und hielt sie fest umklammert. Der junge Mann sah auf sie hinab und lächelte wenig überzeugend. Killian spürte eine tiefe Verbundenheit zwischen den beiden und wunderte sich über die Beklemmung, die in ihm aufstieg. Weshalb hatte er das Mädchen nicht gefunden? Weshalb hatte er den Schutzzauber nicht wahrgenommen? Es war ihm ein Rätsel und er schüttelte ratlos den Kopf.

Elanthias Beschützer räusperte sich kurz und fuhr in seinen Ausführungen fort.

„Ich dachte zunächst, sie wäre tot. Ihr Atem ging so flach, dass es eine Weile dauerte, bis ich sah, dass sich ihre Bauchdecke bewegte. Ich kann mich noch genau daran erinnern, wie mich heftige Erleichterung durchflutete. Immerhin war sie ja noch so jung. Zumindest dachte ich das zu jenem Zeitpunkt. Später stellte ich allerdings fest, dass sie ein schwarzes Mal auf der Handfläche trug. Es hatte die Form einer Sanduhr." An dieser Stelle unterbrach sich der junge Mann kurz und ließ seine Worte auf Cara und Killian wirken. Killians anfängliche Überraschung verwandelte sich schnell in Verständnis. Er hatte sich gewundert, dass so ein kleines Mädchen eine dermaßen enorme Macht ausstrahlte. Das Zeichen erklärte alles. Die Sanduhr symbolisierte Vergänglichkeit und Unvergänglichkeit zugleich. Dieses Mal erschien nur, wenn sich ein Dämon einer Gabe bediente, welche jeder Dämon, wie schwach er auch sein mochte, besaß. Dank dieser Fertigkeit konnte ein Dämon sein Aussehen verändern, allerdings war diese Fähigkeit an Bedingungen geknüpft. Man konnte lediglich altern oder jünger werden. Es war weder möglich, sich in eine vollkommen andere Person zu verwandeln, noch sein Geschlecht zu ändern. Aber die wohl wichtigste Einschränkung war die Zeitspanne, derer sich diese Gabe bediente. Ein Menschenleben. Darüber hinaus versagte die Verwandlung.

Den meisten erschein diese Gabe relativ nutzlos, doch wenn man erst einmal ein paar Jahrhunderte gelebt hatte, verlangte es einem nach Veränderung. Jedoch griff der Großteil der Dämonen lediglich auf diese Gabe zurück, wenn sie Gefahr witterten.

Schließlich war es keine schlechte Tarnung.

Killian war beinahe zu hundert Prozent davon überzeugt, dass Elanthia sich mit ihrer Verwandlung selbst hatte schützen wollen, denn wenn man das Mal nicht sah, konnte man sie tatsächlich für ein kleines Mädchen halten. Doch vor welcher Gefahr wollte sich Elanthia bloß verbergen?

Killian blickte zu dem kleinen Biest und fragte sich, wer ihm schaden könnte? Die Macht, welche die Kleine ausstrahlte, war unvergleichlich und dennoch hatte sie sich zu diesem Schritt entschlossen. Seltsam.

Plötzlich meldete sich Cara zu Wort: „Und, wie ging es weiter? Was ist dann passiert?" Killian konnte die Neugier in ihrer Stimme hören, doch er nahm noch eine weitere Emotion wahr. Mitgefühl?

„Ich war mir nun sicher, dass ich es hier mit einer alten und mächtigen Dämonin zu tun hatte. Ich hätte sie vermutlich dort liegen lassen sollen, doch ich konnte es einfach nicht. Aus diesem Grund versuchte ich, sie aufzuwecken, aber egal, was ich tat, sie schlief seelenruhig weiter. Ich beschloss, bei ihr zu bleiben und zu warten, bis sie aufwachte. Tagsüber ging ich auf Nahrungssuche, um mir etwas zu essen zu besorgen und nachts wachte ich neben ihr.

Eine Woche nachdem ich sie gefunden hatte, wachte sie plötzlich auf. Sie schrie wie am Spieß und es kostete mich viel Mühe, sie zu beruhigen, denn wir stellten schnell fest, dass sie ihr Gedächtnis verloren hatte. Sie wusste nicht, wer sie war, wo sie herkam und wo sie sich nun befand. Das Einzige, was sie mir sagen konnte, war ihr Name. Elanthia." Der junge Mann atmete tief durch und drückte Elanthias Hand. Diese erwiderte den Druck schweigend und sah bedrückt zu Boden.

„Killian, lass verdammt nochmal den Schutzwall fallen!", brüllte Cara dicht an seinem Ohr. Nur mühsam unterdrückte Killian eine Grimasse. Eine leichte Wut stieg in ihm auf angesichts der Lautstärke, doch diese verflog, sobald er die Tränen in ihren Augen erblickte. Seufzend rief er die Flammen zurück und ließ Elanthia und ihren Beschützer frei. Doch die beiden rührten sich nicht vom Fleck und Killian erkannte, dass der Schutzwall nicht nötig gewesen war. Die beiden konnten nirgendwo sonst hin.

Cara ließ sich nicht von der Reglosigkeit der Fremden irritieren und rannte die wenigen Meter auf sie zu.

„Verdammt, Cara", murmelte Killian genervt. Sorge schnürte ihm kurzzeitig die Kehle zu, obwohl er sich fast sicher war, dass er von den beiden Dämonen nichts zu befürchten hatte.

Leise weinend griff Cara nach Elanthias Handgelenk und schloss sie in ihre Arme.

„Alles wird wieder gut. Du bist jetzt nicht mehr allein", schluchzte sie. Um Killians Herz legte sich ein eisernes Band. Caras Emotionen überforderten ihn zutiefst, doch er verstand, was ihren Ausbruch verursacht hatte. Auch sie war allein gewesen. Auch sie war abhängig von der Gnade anderer und auch sie wusste, wie es war, keine Vergangenheit zu haben, keine Wurzeln.

Elanthia sah Killian über Caras Schulter hinweg verblüfft an. Vergessen waren die Verzweiflung und Trauer, die sie gequält hatten. Stattdessen war sie erfüllt von Geborgenheit und Wärme. Killian erinnerte sich an dieses Gefühl, das ihn durchströmte. Er hatte es jedes Mal gefühlt, wenn er die Salzhöhlen betreten hatte. Das war sie gewesen. Dieses kleine, zarte Mädchen. Diese mächtige Dämonin.

Elanthia vergrub ihr Gesicht in Caras Schulter, ließ die Hand ihres Beschützers los und versuchte Caras Taille zu umfassen. Sie wollte Cara trösten, wollte, dass Cara wusste, dass sie verstand, dass sie dasselbe empfand. Doch so herzzerreißend dieser Anblick auch war, Killian hatte nach wie vor einige offene Fragen, auf die er Antworten haben wollte. Er räusperte sich lautstark. Drei Augenpaare richteten sich auf ihn. In jedem las er eine andere Emotion. Sorge bei Elanthias Beschützer, Wut bei Cara und Neugier bei dem kleinen Biest.

„Es gibt noch ein paar Dinge, die ich gerne wissen würde." Killian spürte Caras missbilligenden Blick, ignorierte sie jedoch vollkommen und legte seinen ganzen Fokus auf Elanthias Beschützer.

„Ich weiß jetzt, woher sie gekommen ist", sagte Killian sachlich und deutete auf Elanthia, „auch wenn die Geschichte zunächst ein wenig unglaubwürdig wirkte. Doch momentan interessiert mich vielmehr, wer du eigentlich bist und was du hier möchtest." Elanthias Beschützer bedachte ihn mit einem gleichmütigen Blick und seufzte.

„Ich heiße Raphael und komme aus der roten Wüste." Schock durchzuckte Killian bei diesen Worten. Die rote Wüste war eine der gefährlichsten Regionen der Dämonenebene. Er hätte nie gedacht, dass er je einem Bewohner dieser weit entfernten Gegend begegnen würde. Allerdings fand er nicht, dass Raphael wie ein gefährliches Clanmitglied wirkte.

„Ich weiß ganz genau, was du jetzt denkst. Ich kann die Skepsis in deinem Blick förmlich mit Händen greifen, doch es ist wahr. Meine Eltern haben genau dasselbe gedacht. Ich passe nicht in deren Welt. Jeden Tag eine neue Schlacht. Jeden Tag wieder ein Clanmitglied tot. Die Clankriege haben so viele Opfer gefordert, dass unser Clan, der Schwarzdorn-Clan, beinahe eliminiert wurde. Kurz bevor der Rotklingen-Clan meine Eltern tötete, drängte meine Mutter mich zur Flucht, doch ich ging erst, nachdem ich hatte zusehen müssen, wie eine Rotklinge meine Eltern seelenruhig niederstreckte. Einen Schwertstreich, mehr hatte es nicht gebraucht. Ich war feige und rannte, so schnell mich meine Beine tragen konnten. Ich schäme mich so dafür, doch was hätte ich tun sollen? Dortbleiben und mich töten lassen? Wie dem auch sei, es dauerte einige Tage, doch irgendwann erblickte ich nachtschwarzen Sand und ich wusste, ich hatte es geschafft. Die schwarze Wüste. Mitunter die friedlichste Region in der Dämonenebene. Nach einigen Stunden erblickte ich diese Höhlen und, naja, den Rest der Geschichte kennt ihr." Raphael sah betreten zu Boden und Killian spürte seinen Schmerz wie einen Stich ins Herz, doch irgendetwas störte ihn an dieser Geschichte. Raphaels Schmerz wirkte beinahe unverhältnismäßig. Die Emotion fühlte sich nicht … frisch an, vielmehr spürte Killian einen jahrhundertealten Schmerz. Trotz seiner Zweifel konnte er jedoch nicht bestreiten, dass Raphael aufrichtig wirkte, und auch wenn ihn viele für grausam hielten, er wollte nicht weiter nachbohren.

Cara löste sich von Elanthia, die sie immer noch fest umklammert hielt und wandte sich zu Raphael, ging auf ihn zu und zog ihn in ihre Arme. Killian war kein gefühlsbetonter Dämon, deshalb nervte ihn Caras Herzlichkeit, auch wenn er sie verstand.

„Killian, wir müssen sie mit zu uns nehmen", Caras Stimme duldete keine Widerrede, doch sie sprachen hier schließlich über sein Zuhause.

„Weshalb? Du willst Fremde in unser Heim einladen?"

„Ganz genau. Verdammt, Killian, sie können doch nirgendwo sonst hin. Willst du sie etwa in diesen Salzhöhlen verrotten lassen?" Sie wurde lauter und er konnte ihre Wut deutlich spüren, doch er würde nicht nachgeben.

Bevor er zu einer Erwiderung ansetzen konnte, spürte er, wie eine kleine Hand ihn am Bein berührte. Verblüfft sah er an sich herunter und direkt in Elanthias blaue Augen.

„Bitte, Killian, bitte. Ich möchte nicht in dieser Höhle bleiben." Killians Herz brach beinahe, als er die Tränen sah, die ihr schlankes Gesicht hinabliefen und ihm wurde bewusst, dass Elanthia ohne ihr Gedächtnis nicht viel mehr war als ein fünfjähriges, obdachloses Mädchen.

Also gab er letztendlich doch nach.

„Am Ende warst du es selbst, die mich dazu gebracht hat, euch bei uns aufzunehmen. In all den Jahren, die ihr bei uns gelebt habt, habe ich diese Entscheidung nie bereut." Killian blickte über meinen Kopf hinweg in die Ferne und lachte laut auf.

„Du warst damals wirklich ein kleines Biest." Ich wollte in sein Lachen einstimmen, doch ich konnte es nicht. Eine tiefe Trauer hatte mich während seiner Erzählung ergriffen. Ich hatte nicht nur ihn vergessen, sondern auch Raphael, den ich jeden

Tag sah und Cara, deren Herzensgüte mir damals vermutlich ein tristes Leben in der Wüste erspart hatte. Doch am meisten bedrückte mich die Tatsache, dass es wohl mein Schicksal war, ohne Vergangenheit leben zu müssen. Niemand wusste, woher ich kam, wer ich war und welche Gaben ich besaß. Mein Leben war ein schwarzes Loch und statt Antworten hatte ich nun nur noch mehr Fragen.

Killian legte vorsichtig eine Hand an meine Wange und lächelte, als ich nicht zurückzuckte. Hoffnung war ein Gift, welches langsam in ihm wütete.

Was sollte ich nur tun? Wie konnte ich ihn von mir befreien?

„Das Mal ist verschwunden, als du siebzehn wurdest und deine Gaben kamen sporadisch zurück. Du scheinst den Großteil deiner Fähigkeiten mit deinem Gedächtnis abgelegt zu haben", seine Stimme stockte leicht, als er langsam weitersprach.

„Ich muss jedoch sagen, dass deine Reifekräfte gerade rechtzeitig zurückgekommen sind."

Killian runzelte in dunkler Erinnerung die Stirn und ich sah ihn verständnislos an.

„Wie meinst du das?" Ich wusste, dass er meine Verwirrung spüren konnte. Vieles von dem, was er mir erzählt hatte, war mir unbegreiflich.

Ich vermutete, dass er sich mit seinen Worten auf die Gabe bezog, das körperliche Alter beliebig zu verändern. Doch seine düstere Stimmung war für mich nicht nachvollziehbar.

Killians Stirnrunzeln wurde tiefer, als er sich mehr und mehr in der Vergangenheit verlor. Eine Vergangenheit, die mir größtenteils noch fehlte.

„Wir haben es viele Jahre geschafft, dich zu schützen, indem wir deine Macht verhüllt haben. Doch Nate, mein ehemals bester Freund, hatte schon ganz zu Beginn deines Lebens bei uns den Verdacht, dass etwas nicht stimmte." Wut verzerrte sein schönes Gesicht zu einer hässlichen Grimasse.

„In den ersten Jahren gab es viele Aufstände, und Cara, Raphael und ich mussten oft fort, um diese im Keim zu ersticken. Nate war der Einzige, dem ich deine Sicherheit anvertrauen konnte.

Das hatte ich zumindest geglaubt. Sobald ihr allein wart, hat er dich heimlich mit seiner Macht abgetastet. Dank seiner besonderen Gabe spürte er schnell, dass sich hinter deiner zierlichen Fassade etwas verbarg." Killian lachte gequält.

„Es dauerte weitere hundert Jahre, bis er hinter unser Geheimnis kam. Als du älter wurdest, wurde es schwieriger, deine Macht zu verbergen. Wir denken, es lag daran, dass deine Fähigkeiten allmählich aus ihrem Schlummer erwachten. Als Nate herausfand, welche Macht in dir steckt, drehte er plötzlich vollkommen durch. Er war der festen Überzeugung, dass du der Schlüssel warst, um diese Dimension zu verlassen und nach Epsylon zu gelangen. Diesen Traum haben Dämonen schon seit Jahrtausenden, allerdings wenden sich die meisten von uns der Forschung zu. Nate hatte andere Pläne. Er versuchte jahrzehntelang, dich für Experimente zu gewinnen, doch seine Bemühungen blieben ohne Erfolg. Das machte ihn wahnsinnig und vor dreizehn Jahren versuchte er schließlich, dich zu entführen, als Cara und ich für wenige Stunden auf Patrouille waren. Es war jedoch eine ruhige Nacht, deshalb kehrten Cara und ich früh zurück und wir konnten die Entführung gerade so verhindern." Killian unterbrach sich kurz und atmete tief durch. Ich konnte mir vorstellen, dass es nicht einfach für ihn war, darüber zu reden. Der Schmerz klang in jedem seiner Worte mit und ich war versucht, ihn davon abzuhalten, weiterzusprechen. Doch ich wollte endlich Antworten. Ich wollte einen Sinn finden, für all das Leid, welches ich durch Kronos' Hände erlitten hatte.

Deshalb wartete ich, bis sich dieser sonst so unverwüstliche Mann wieder unter Kontrolle hatte. Ungeachtet des Leids, welches er nun empfinden musste.

Ky atmete wiederholt langsam ein und aus, strich sich durch das dunkle Haar und sprach gefasster weiter: „Wir wollten dich bei uns behalten, nicht mehr auf Patrouille gehen und stattdessen auf dich aufpassen. Doch du, du sagtest, wir könnten die Dämonen nicht sich selbst überlassen. Du wolltest fort, an einen Ort, an dem du sicher wärst, ohne uns zur Last zu fallen. Niemand konnte dich von deiner Entscheidung abbringen. Das einzige

Zugeständnis, das du uns gemacht hast, war, dass Raphael mitkommen durfte." Erneut lachte Killian gequält auf, seine Hände zu Fäusten geballt.

„Ich wollte mit dir gehen, doch Raphaels Vorschlag brachte meine Proteste zum Verstummen. Epsylon. Jeder Dämon weiß, es bedeutet den Tod, die Dimensionensperre zu umgehen. Doch Raphael versicherte uns, es bestünde keine Gefahr. Er sei ein Dimensionenwandler und du besäßest diese Gabe ebenfalls. Er konnte uns jedoch nicht sagen, woher er das wusste. Das macht mich bis heute stutzig. Dennoch habe ich es zugelassen."

Dimensionenwandler. Irgendetwas regte sich in mir, als ich das hörte. Ein kleiner Funken des Wiedererkennens. Doch, bevor ich dem näher nachspüren konnte, sprach Ky bereits weiter.

„Bevor du deine Reise antreten konntest, wollten wir dafür sorgen, dass deine Adoptiveltern, die Raphael einige Tage vor eurer Abreise instruiert hatte, dich leichter akzeptieren konnten. Deshalb musstest du deine Reifekräfte einsetzen, um dich erneut in eine jüngere Version deiner selbst zu verwandeln. Nach zahlreichen fehlgeschlagenen Versuchen hast du es letztendlich geschafft, die Gestalt deines zwölfjährigen Ichs anzunehmen."

Trauer färbte Killians Stimme und sein Blick ging in weite Ferne.

„Der Tag darauf wurde zum schwersten meines Lebens. Ich musste dich gehen lassen, nach wie vor besorgt, dass du es nicht überstehen würdest. Doch du hast es überlebt, auch wenn dein Leben dort nicht viel sicherer war als dein Leben hier." Die letzten Worte flüsterte er nur noch und ich wusste, er machte sich schreckliche Vorwürfe. Das würde er immer.

Kronos' Taten hatten nun auch ihn mit Narben gezeichnet.

„Raphael besitzt ein Haus, welches zugleich eine Dimensionenschleuse ist, und so konnten wir deine Adoptiveltern und Raphael treffen. Er brachte uns Bücher, in denen wir mehr über Epsylon und die Menschen dort lernen konnten, in der Überzeugung, dass eine friedliche Koexistenz möglich wäre, falls wir jemals in die andere Welt gelangen würden. Deine Adoptiveltern hingegen hielten uns bezüglich deines Alltags auf dem Laufenden,

auch wenn ihre Ausführungen über die Jahre immer oberfläch-
licher wurden." Ein Stich durchfuhr mich jedes Mal, wenn er
meine Eltern erwähnte. Ich konnte es immer noch nicht fassen,
dass sie mich all die Jahre angelogen hatten. Sie hatten meinen
Gedächtnisverlust ohne jeglichen Skrupel ausgenutzt. Dieser Verrat schmerzte umso mehr, da ich nur für sie dieses Monster geheiratet hatte.

Eine unbändige Wut erfüllte mich bei dem Gedanken an all
die Peitschenhiebe, all die aufgezwungenen Berührungen und die
endlose Demütigung. Es würde schwer werden, dorthin zurückzukehren und diesen friedlichen Ort wieder zu verlassen. Tränen
schossen mir in die Augen, doch ich schämte mich nicht für sie.
Sie waren meiner Angst und Unzufriedenheit geschuldet. Die
Überzeugung, dass ich hier ein Zuhause hatte, wog schwer. Es
mochte sein, dass ich Ky nicht länger lieben konnte, mich noch
immer nicht an Cara erinnerte und dass Raphael für mich nach
wie vor nur der freundliche junge Mann aus dem Palast war,
doch diese drei Dämonen waren einst meine Familie gewesen.

Solange ich noch hier war, konnte ich Kys Herz erleichtern
und die Liebe genießen, die er so freimütig gab. Doch zugleich
wusste ich, dass ich bald zurückkehren musste. Nach Epsylon,
zu Kronos.

Killian wischte meine Tränen mit seinen Daumen sanft fort
und ein dezentes Lächeln spielte um seine Lippen. Ich versuchte angestrengt, das Lächeln zu erwidern, doch ich wusste, dass
es keinen Sinn hatte. Mir war einfach nicht danach. Ich wollte
mein Gesicht an seiner Schulter vergraben und meine Verzweiflung herausschreien, wollte meinen Schmerz loslassen, um endlich wieder unbeschwert atmen zu können. Doch was würde es
mir bringen? Auf Epsylon wartete noch mehr Schmerz, noch
mehr Verzweiflung. Dort wartete fürs Erste meine Zukunft,
auch wenn hier neben mir ein Teil meiner Vergangenheit lag.

Ich mochte jetzt wissen, was ich war, doch wer ich war würde
bis auf weiteres ein Rätsel bleiben. Ich mochte wissen, dass ich
eine Dämonin war – so unglaublich dies auch erschien –, doch
über meine Fähigkeiten konnten die meisten nur spekulieren.

Meine Suche ging demnach weiter, meine Suche nach Antworten und nach meiner Vergangenheit.

Ich spürte, wie Killian meine Hand nahm und sie leicht drückte. Resigniert kam ich in das Hier und Jetzt zurück, ich hatte nicht gemerkt, wie ich mich in dem Strudel meiner negativen Gedanken verloren hatte. Kys Augen leuchteten erneut voller Hoffnung.

„Keine Sorge, die Zeit der Tränen ist vorbei. Hier bist du sicher vor diesem Monster. Hier bist du zu Hause, für immer." Killians Stimme war erfüllt von Wärme, doch seine Worte umfassten mein Herz wie eine kalte Faust. Wie sollte ich ihm nur beibringen, dass ich nicht bleiben konnte? Dass ich in mein altes Leben zurückkehren musste?

Ich war so müde. Die Vielzahl an Emotionen, die mich in den letzten Stunden überkommen waren, hatten mich vollkommen ausgelaugt.

Ich liebte Ky nicht länger, dazu war ich schlichtweg nicht mehr fähig. Doch er war mir nach wie vor wichtig und ihm das Herz zu brechen, fiel mir nicht leicht.

Ich hatte mir nur etwas vorgemacht, als ich mir vorgestellt hatte, hierbleiben zu können und seine Geliebte zu spielen. Um ihn glücklich zu machen, und mir ein wenig Frieden zu gönnen. Es war an der Zeit, ehrlich zu sein. Ihm und mir zuliebe.

„Ich kann nicht hierbleiben", murmelte ich leise.

„Wie bitte? Ich habe dich nicht richtig verstanden", erwiderte Killian amüsiert. „Dein sonst so lautes Organ scheint einen Defekt zu haben." Er lachte über seinen schlechten Witz und strich sich durch das glänzende Haar. Beklemmung stieg langsam in mir hoch.

„Ich kann nicht hierbleiben!", schrie ich verzweifelt. Sein Lachen erstarb. Kurz zeichnete sich Überraschung auf seinem Gesicht ab, bevor bodenlose Wut ihn überkam. Seine Gesichtszüge verhärteten sich und aufgebracht sprang er vom Bett.

Angst schnürte mir die Kehle zu. Immer wieder schob sich Kronos' Bild vor meine Augen. Panisch kauerte ich mich in der hintersten Ecke des Bettes zusammen, doch diesmal nahm Killian keinerlei Rücksicht auf meinen jämmerlichen Zustand.

„Was soll das verdammt nochmal heißen, du kannst nicht hierbleiben? Natürlich wirst du hierbleiben!", brüllte er und machte einen Schritt auf mich zu. Verzweifelt versuchte ich, mich noch kleiner zu machen, noch weniger Angriffsfläche zu bieten, doch er blieb am Fuß des Bettes stehen und sah mich lediglich mit einem zornigen Funkeln in den Augen an.

„Es geht nicht anders", flüsterte ich leise, „er würde meine Eltern umbringen, nachdem er sich ein neues Opfer gesucht hat. Ich muss zurückkehren." Ich versuchte, die Dringlichkeit meiner Absicht in jedes Wort zu legen. Killian, jedoch, schien taub für jedwede Einwände meinerseits.

„Deine Eltern? Deine Eltern!", seine Stimme hallte von den Wänden wider und traf schmerzhaft auf mein Gehör. Resigniert schlug ich mir die Hände über die Ohren und wartete den Rest seiner Tirade ab.

„Das sind nicht deine Eltern! Diese elenden Menschen haben dich die ganze Zeit belogen und du willst ihr wertloses Leben retten?" Die Feindseligkeit in seinen Worten schockierte mich zutiefst. Ich verstand, dass er aufgebracht war, doch ich hatte ihn nicht so hasserfüllt in Erinnerung, so abwertend.

„Es mag stimmen, dass sie nicht meine leiblichen Eltern sind, doch sie sind die einzigen Eltern, die ich kenne und sie haben gut für mich gesorgt. Ich liebe sie trotz all der Lügen, trotz all der Geheimnisse und ich werde sie nicht sterben lassen!", die letzten Worte schrie ich fast. Meine Angst war für den Moment verflogen. Was blieb, war abgrundtiefer Zorn und völliges Unverständnis für Killians Kaltherzigkeit.

„Ich erkenne dich nicht wieder. Was soll das?" Aufgebracht richtete ich mich auf und sah ihn dabei unverwandt an.

„Was das soll? Du willst zu einem Mann zurückkehren, der dich missbraucht und misshandelt! Nur um ein paar schwache Menschen zu retten! Das glaube ich dir nicht! Dir gefällt es doch, Königin zu sein, alles hinterher getragen zu bekommen und von allen bewundert zu werden!" Seine Stimme triefte vor Abscheu. Dieser Vorwurf war schlimmer als ein Schlag ins Gesicht. Egal wie wütend er war, er hatte nicht das Recht, mich so zu verletzen.

Nicht auch noch er. Doch bevor ich zu einer Antwort ansetzen konnte, wurden wir von einer erzürnten Stimme unterbrochen.

„Killian, es reicht! Wie kannst du es wagen, so mit ihr zu sprechen? Wie kannst du es wagen, solche Behauptungen in den Raum zu stellen?" Raphael stand vor Wut bebend in der Tür und durchbohrte Killian mit einem strafenden Blick. Eiligen Schrittes ging er auf mich zu und zog mich auf die Beine. Ohne ein weiteres Wort drehte er mich um und zog mein schwarzes T-Shirt behutsam nach oben. Er hatte jedoch nicht bedacht, dass der Stoff an den Wunden klebte und er diese mit seiner Tat wieder aufreißen würde.

Ein schrecklicher Schmerz fuhr mir durch Mark und Bein und ein kleiner Schrei drang durch meine Lippen.

„Es tut mir leid, Thia. Ich habe nicht nachgedacht", entschuldigte sich Raphael sofort. Doch ich war sogar ein wenig erleichtert, da der Schmerz die Panik davon abhielt, aufzusteigen. Die Panik vor Berührungen jedweder Art.

„Dennoch", fuhr Raphael mit lauter Stimme fort, „hast du nicht gesehen, was er ihr angetan hat, als du sie in diese Klamotten gesteckt hast?" Killian stockte hörbar der Atem, als er all die frischen Wunden und alten Narben sah. Auch mir war es unangenehm, meinen geschundenen Körper auf diese Art und Weise zu präsentieren. Natürlich wusste ich, was Raphael damit bezwecken wollte und ein kleiner Teil von mir war dankbar für seine Unterstützung. Der größere Teil jedoch, ertrank in Scham.

Vorsichtig zog Raphael mein Shirt wieder hinunter und wandte sich Killian zu. Ich wusste, er wartete auf eine Form der Rechtfertigung für Killians Ausbruch, doch die kam nicht. Raphael ballte wütend die Fäuste und war kurz davor, auf Killians schweigende Form zuzugehen, als sich eine weitere Stimme zu Wort meldete.

„Er konnte es nicht wissen. Ich habe Thia umgezogen und nur ich habe die Wundmale gesehen. Ich entschied, dass es klüger war, Killian nichts davon zu erzählen. Es war Thias Geschichte und daher nicht an mir, ihren Leidensweg zu offenbaren", Cara trat selbstbewusst in den Raum und bedachte Killian und mich mit einem entnervten Blick. Als ihre Augen jedoch Raphael ins Visier nahmen, füllten sie sich mit Zorn.

„Du! Du hättest etwas unternehmen müssen! Du hättest ihn aufhalten müssen! Stattdessen hast du zugesehen, wie er sie gefoltert hat!" Caras zierliche Form strahlte rohe Gewalt aus, als sie wütend auf Raphael zuschritt und ihm eine schallende Ohrfeige verpasste.

Ich war völlig perplex. Mir war nie in den Sinn gekommen, dass er hätte helfen können. Schließlich hatte ich ihn für einen einfachen Jungen gehalten. Doch jetzt, da ich die Wahrheit kannte, traf mich seine Tatenlosigkeit zutiefst.

Raphael sah Cara vollkommen entgeistert an und fasste vorsichtig an seine rote Wange. Er zuckte zusammen, als seine Hand mit der getroffenen Stelle in Berührung kam. Für einen Moment war ich überrascht von dieser recht heftigen Reaktion auf Caras Schlag. Schließlich wirkte sie nicht übermäßig kräftig mit ihrer schlanken Statur. Ich hatte beinahe schon wieder vergessen, dass Cara eine Dämonin war.

Killian versuchte scheinbar nach wie vor, seinen Schock zu überwinden, denn er schenkte dem Schauspiel zwischen Cara und Raphael keinerlei Beachtung. Er starrte mich lediglich regungslos an und schien angestrengt über etwas nachzudenken.

„Deshalb also", murmelte er. „Deshalb ist es mir vor drei Tagen plötzlich so schlecht gegangen. Es war dein Schmerz, deine Hoffnungslosigkeit, die mich durchzuckt haben. Deshalb sind all diese Wunden auf meinem Rücken erschienen. Er hat dir das angetan?" Killians Stimme war erfüllt von tiefster Beschämung. Ich wusste nicht, wovon er sprach, doch ich sah die Erkenntnis in seinen Augen, als er sich an die giftigen Worte erinnerte, die er mir an den Kopf geworfen hatte. Verzweifelt versuchte er, sich für sein Verhalten zu entschuldigen, aber ich stellte mich taub für seine Ausflüchte. Wichtigere Dinge beschäftigten meinen aufgewühlten Geist.

Drei Tage. Ich war seit drei Tagen hier. Angst stieg in mir auf.

„Ich muss sofort hier weg." Panisch bahnte ich mir einen Weg zur Tür. Ich war beinahe dort angekommen, als eine starke Hand mich am Arm zurückriss. Killian.

„Bitte, Thia, du kannst nicht dorthin zurück. Nicht mit so einem jämmerlichen Beschützer, wie er es ist", die letzten Worte richtete er an Raphael, dessen wachsende Wut in dem großen Raum beinahe greifbar war.

„Verdammt nochmal, ich konnte nichts tun! Ihr wisst so gut wie ich, dass ich keine nennenswerten Fähigkeiten besitze. Ich hatte gegen Kronos' Wachen keine Chance! Ich habe euch von ihnen erzählt, oder nicht? Diese Wesen stehen einem Dämon in nichts nach. Sollte ich mich und Thia zum Tode verurteilen? Thia, deren Selbstheilungskräfte sich nur zeigen, wenn ihnen danach ist? Und im Gegensatz zu dir, Killian, bin ich beinahe so sterblich wie ein Mensch. Mir blieb nichts anderes übrig, als meine Tarnung aufrecht zu erhalten. So konnte ich Thia wenigstens im Auge behalten. Hätte ich die leiseste Vermutung gehabt, dass sie in tödlicher Gefahr schwebt, hätte ich versucht einzugreifen, doch sie ist stark und Kronos ist zwar ein brutales Monster, doch ich denke nicht, dass Thia durch seine Hand sterben wird. Ihr könnt eure Vorwürfe getrost vergessen", konterte Raphael mit bebender Stimme. Sein Blick wirkte gehetzt und ich hatte das Gefühl, dass er sich für seine Machtlosigkeit verabscheute.

Seine Beweggründe klangen nachvollziehbar, dennoch ließ mich irgendetwas zögern, seine Worte als wahr anzuerkennen.

Doch auch wenn er die Wahrheit sprach, blieb das Gefühl, verraten worden zu sein, obwohl ich ihm keineswegs die Schuld an meinem Schicksal gab.

In diesem Moment erschienen mir all diese Wesen, denen ich mich nahe fühlen sollte, weit entfernt. Raphael, der als Beschützer versagt hatte. Cara, von deren Herzlichkeit in diesem Moment nichts zu spüren war, und Killian, dessen Hass und Abscheu in mir Zweifel erweckt hatten. Zweifel daran, ob in ihm nicht auch ein Monster steckte. Es quälte mich, diesen Gedanken auch nur in Erwägung zu ziehen, doch Kronos' Grausamkeiten hatten mich eines gelehrt: Hinter der schönsten Maske konnte eine hässliche Kreatur lauern. Ich vertraute Killian, das wusste ich, doch vielleicht vertraute ich lediglich meiner einzigen Erinnerung. Denn, falls dies sein wahres Gesicht sein sollte, würde ich mich lediglich für das geringere Übel entscheiden, falls ich hierblieb.

Für den Moment waren diese Überlegungen jedoch irrelevant. Wenn ich nicht bald in den Palast zurückkehrte, würden meine Eltern sterben. Wenn sie nicht schon längst tot waren. Der Gedanke versetzte mir einen Stich. Natürlich schmerzte es, dass sie mich belogen hatten, dass sie all diese Dinge vor mir verborgen hatten, doch sie waren gute Eltern. Eltern, die mich bedingungslos geliebt und nach meinem Unfall mühevoll wiederaufgerichtet hatten.

‚La vie‘ mochte die Lebensgrundlage unserer Zivilisation sein, doch der Fluss barg viele Gefahren. Zwei volle Gläser des prickelnden Wassers und ein Mensch war für eine ganze Woche vollständig gesättigt. Schon die ersten Menschen, die sich auf Epsylon ein Leben aufgebaut hatten, hatten sich dieses Wunder zunutze gemacht. Dennoch wurde schnell offensichtlich, dass man diesen Fluss nur auf eigene Gefahr betrat, denn kam man mit zu viel Wasser in Berührung, verlor man jedwede Erinnerung an sein altes Leben. Die Menschen scheuten das Risiko jedoch nicht und über die Jahrhunderte wurde es für menschliche Mägen beinahe unmöglich, normale Nahrung zu verdauen. Bis zum heutigen Tag hatte sich der Verdauungstrakt der Menschen auf Epsylon soweit zurückgebildet, dass sie neben dem Wasser des Flusses, nur noch sehr kleine Mengen an Fleisch vertrugen. Andere Nahrungsmittel, wie importiertes Obst oder Gemüse von der Erde, konnte der Körper nicht mehr verarbeiten.

Als ich vierzehn geworden war, hatte ich am Flussufer mit den wenigen Freunden, die ich damals gehabt hatte, Herezias Wärme genossen. Meine Eltern hatten mir nie erklärt, warum ich den Fluss nicht betreten durfte, sondern lediglich ein Verbot diesbezüglich ausgesprochen. An diesem Tag hatte ich mich scheinbar, neugierig wie ich war, zu weit über den Fluss gebeugt und das Gleichgewicht verloren. Meine Freunde hatten mich nicht rechtzeitig erreicht und ich war ins Wasser gefallen. Seitdem waren die Erinnerungen an mein früheres Leben fort.

Meine Eltern hatten mir von diesem Tag erzählt, und wie froh sie darüber gewesen waren, dass meine Begabung für das

Schreiben mich über den Verlust meines Gedächtnisses ein wenig hinweggetröstet hatte.

Sie waren immer für mich da gewesen und ich würde niemals zulassen, dass ihnen irgendetwas geschah.

„Lass sie gehen", meldete sich Cara plötzlich zu Wort und riss mich damit aus meinen Gedanken. Die Dämonin wirkte müde und resigniert. Ich konnte mir nicht vorstellen, dass sie Killian häufig widersprach.

„Wieso?", fragte Killian verzweifelt. Er musste vollkommen die Kontrolle verlieren, andernfalls hätte man seine Emotionen nicht so deutlich sehen können.

Cara schien ungerührt von dieser Zurschaustellung von Gefühlen.

„Du weißt, warum", erwiderte sie schlicht und bedachte Killian mit einem strafenden Blick. Doch dieser wurde erneut von Wut übermannt.

„Vergiss es! Ich lasse sie nicht gehen, nur damit sie zwei jämmerliche Menschenleben retten kann. Ihr Leben ist so viel mehr wert und an diesem Ort wird daraus lediglich ein miserabler Tanz mit dem Tod." Seine Stimme. Sie klang so anders, wenn sie von Wut und Abscheu erfüllt war. Er wirkte anders. Bedrohlich, wie das Monster, für das Menschen ihn aufgrund seiner Abstammung halten würden. Trauer versetzte meinem Herzen einen qualvollen Stich. Die letzten dreizehn Jahre hatten ihren Tribut gefordert und aus dem starken, sanften und liebevollen Killian war eine kalte, jähzornige Kreatur geworden, die ich nicht wiedererkannte. Es war sinnlos, sich an einer Erinnerung festzuklammern, sich an dem Gefühl festzuklammern, welches sie auslöste. Es war Zeit, der Wahrheit ins Gesicht zu sehen. Mein Vertrauen und meine Wertschätzung galten einem Mann, der nicht mehr existierte. Mein Herz schmerzte, als ich erkannte, dass ich dieses starke Gefühl loslassen musste. Gleichzeitig fühlte ich mich seltsam befreit.

Wenigstens musste ich ihm nun nichts mehr vorspielen, wenigstens konnte ich ihn jetzt voll und ganz gehen lassen.

Seufzend griff ich nach Killians Hand und löste sie von meinem Oberarm. Es kümmerte mich nicht, woher meine Stärke so plötzlich gekommen war. Ich registrierte kaum, wie sich Unglauben auf Caras und Killians Gesicht abzeichnete, denn mein ganzer Fokus lag auf Raphael.

„Lass uns von hier verschwinden. Fürs Erste haben wir hier nichts mehr zu suchen." Die letzten Worte richtete ich direkt an Killian, auch wenn ich wusste, dass sie ihn in Rage versetzen würden. Er musste begreifen, dass wir uns verändert hatten. Ich, genauso stark wie er, doch sein neues Selbst versetzte mich in Angst und deshalb musste ich ihn verlassen. Das sollte er zumindest denken.

In diesem Augenblick wollte ich nur zurück in den Palast, auch wenn das gleichsam bedeutete, Kronos gegenüberzutreten. Hier konnte ich weder meine Gedanken noch meine Gefühle sortieren, und nach diesen aufwühlenden Tagen war das dringend notwendig.

„Ich sage das jetzt zum letzten Mal! Du wirst nirgendwo hingehen!", schrie Killian mir ins Ohr. Meine Trommelfelle platzten beinahe angesichts der enormen Lautstärke und instinktiv legte ich mir die Hände schützend auf die Ohren. Zum zweiten Mal an diesem Tag erhob er seine Stimme in diesem Maße gegen mich und langsam, aber sicher hatte ich genug.

„Du hast mir nicht zu sagen, wohin ich gehen darf und wohin nicht. Wenn ich gehen möchte, dann werde ich verdammt nochmal auch gehen und du wirst mich nicht aufhalten, sonst – und das verspreche ich dir – werde ich nie wieder auch nur ein einzelnes Wort mit dir reden. Ich habe es so satt, von den Männern in meinem Leben herumgeschubst zu werden und es verletzt mich zutiefst, wie du dich mir gegenüber verhältst. Also, wenn hinter all der Wut noch ein Fünkchen Liebe für mich steckt, dann hältst du mich nicht auf, wenn ich durch diese Tür verschwinde." Mit einer herrischen Geste deutete ich auf die Türöffnung hinter mir und wartete. Seine Reaktion kam prompt.

„Nein." Killian sagte dieses Wort vollkommen ruhig und emotionslos. Doch ich wusste, was sich hinter dieser aufgesetzten Lässigkeit verbarg. Die Ruhe vor dem Sturm.

Mein Herz brach entzwei. Es war mir unbegreiflich, dass er einfach nicht verstand. Natürlich wusste ich, dass all seine

Ausbrüche in seiner Sorge um mich wurzelten, dennoch schmerzte seine Gleichgültigkeit bezüglich meiner Gefühle und Wünsche zutiefst. So viel zu dem Ort, der einst mein Zuhause gewesen war.

Aus Liebe war Obsession geworden und, wie Kronos, wollte mich Killian in die Unterwürfigkeit zwingen. Genug war genug. Ich hatte nicht vor, mich hier einsperren zu lassen. Auf Epsylon wartete bereits ein anderer Käfig auf mich und auch wenn Killian mir Geltungssucht vorgeworfen hatte, war ich wenig erpicht darauf, dorthin zurückzukehren. Doch es musste sein.

Ich hatte längst akzeptiert, dass es wenig Sinn hatte, noch weiter mit ihm zu sprechen. Es wurde Zeit, zu handeln.

Schon seit Beginn dieser Auseinandersetzung hatte ich gespürt, wie sich etwas in mir aufbaute. Eine Kraft, die genutzt werden wollte. Jetzt, da ich wusste, dass auch ich ein Dämon war, fürchtete ich diese Macht nicht mehr. Sie war genauso ein Teil von mir wie meine Arme und Beine.

Ohne Killian eines weiteren Blickes zu würdigen, schloss ich die Augen, richtete meine Aufmerksamkeit nach innen und suchte nach dem Kern dieser geheimnisvollen Macht. Nach wenigen Sekunden hatte ich ihn gefunden. Ich musste lächeln, als sich in meinem Geist ein wunderschönes Bild formte. Tiefblaues, helles Licht erleuchtete das Zentrum eines großen, pulsierenden Balles aus schwarzem Feuer und ließ die Flammen beinahe lebendig wirken. Dieses Bild war so surreal und dennoch strahlte es eine Wärme aus, welche mich wie eine tröstende Decke umgab. Plötzlich war ich erfüllt von Ruhe, Geborgenheit und der Gewissheit, dass mir nichts passieren würde, wenn ich nach dieser Macht griff.

Mit einem unwirklichen Gefühl streckte ich meinen Geist danach aus, und keuchte auf, als mich eiskalte Wellen durchströmten. Ich hörte kaum, wie Cara und Raphael meinen Namen riefen, bevor ich in einem Strudel aus blauem Licht verschwand. Ich beobachtete durch meine geschlossenen Augenlider hindurch fasziniert, wie das blaue Licht eine grünliche und anschließend eine rötliche Färbung annahm. Erst als einige Minuten vergangen waren, schlug das Rot in einen warmen Gelbton um und verharrte dort. Ich war wohl an meinem Ziel angekommen.

Als ich meine Augen langsam öffnete, begegnete mein leicht orientierungsloser Blick funkelnden, moosgrünen Augen.

Kronos.

5

Du lachst endlich wieder. Wie sehr mir dieser Klang gefehlt hat.
Du bist noch immer von Dunkelheit umgeben, doch endlich
sehe ich auch wieder ein wenig Licht.
Danke für die Hoffnung, die du mir schenkst.
Raphael

Raphael blickte entgeistert zu der Stelle, an der Thia bis vor wenigen Augenblicken noch gestanden hatte.

Thia. Auch nach hundertdreiundsechzig Jahren fiel es ihm noch immer schwer, sie mit diesem Namen anzusprechen, geschweige denn, in dieser Form an sie zu denken.

Ihre gemeinsame Geschichte reichte so viel weiter zurück und in längst vergangener Zeit war diese starke Frau durchaus mehr für ihn gewesen als eine Fremde.

Hoffnung ließ Raphael verzagt lächeln, auch wenn er ihrer gemeinsamen Vergangenheit nachtrauerte.

Thia war gesprungen. Er wusste nicht, wohin oder wie weit sie gesprungen war, doch dass sie es wieder konnte, sprach dafür, dass Thias Kräfte zurückkehrten.

Und wer konnte schon sagen, ob mit ihren Kräften nicht auch ihre Erinnerungen wiederkamen.

Wenn das Universum ihm gewogen war, konnten sie diesen Ort vielleicht endlich verlassen. Endlich nach Hause zurückkehren. Endlich ihre Freunde und Familie wiedersehen.

Vielleicht konnte es Thia nach all dieser Zeit endlich verkraften, sich ihrer Vergangenheit und ihrem Schmerz zu stellen. Immerhin hatte sie mittlerweile Übung darin, ihre Qualen zu ertragen.

Raphael runzelte zornig die Stirn.

Gebunden an unsichtbare Gesetze, konnte er Kronos nicht für das bestrafen, was er Thia antat.

Gebunden an einen längst vergessenen Schwur, durfte er nicht offenbaren, wer oder was er war.

Es kostete ihn viel Energie, seine wahre Macht zu verschleiern und damit seine und Thias Identität zu schützen.

Doch er hatte es Thia versprochen. Er würde sie nicht verraten.

Dennoch brachte es ihn beinahe um, tatenlos zuzusehen wie Thia litt und auch wenn es stimmte, was Raphael Killian erzählt hatte, dass Kronos schlichtweg nicht in der Lage war, Thia zu töten, so änderte sich dadurch nichts an Thias seelischem Schmerz. Sichtbar gemacht durch ihre nicht verheilenden Wunden.

Seufzend sah Raphael zu Cara und Killian, die sich heftig zankten.

Killians Sorge und Wut waren im Raum deutlich zu spüren und Raphael wusste, dass Killian Thias Verschwinden nicht ohne Weiteres auf sich beruhen lassen konnte.

Raphael war versucht, ebenfalls einfach zu gehen, Thia zu suchen und Killian schmoren zu lassen. Killians Verhalten Thia gegenüber war unverzeihlich gewesen.

Doch als er Caras tränennassen Blick sah, besann er sich eines Besseren, wenn auch nur der jungen Dämonin zuliebe.

„Ich werde sie aufspüren. Wenn ich etwas weiß, melde ich mich bei euch."

Wut und Abscheu drangen aus jedem seiner Worte. Nicht Cara gegenüber. Niemals Cara gegenüber.

Nein, seine ganze Abneigung galt dem Dämon, der Thia erneut in Fesseln schlagen hatte wollen, obwohl er sie angeblich so sehr liebte. Raphael hätte Thias Rückkehr nie in einem solchen Maße forciert, wenn er gewusst hätte, wie sehr Killian sich verändert hatte.

Raphael würde sich niemals verzeihen, dass er nicht bei ihr gewesen war, als sie in ‚La vie' gestürzt war, um schließlich erneut ihr Gedächtnis zu verlieren.

Er hatte gehofft, wenn er sie zurück zur Dämonenebene und zu ihren alten Freunden brächte, dass zumindest dieser Teil ihrer Erinnerungen zurückkehren würde und sie sich für ein Leben jenseits von Kronos und dessen Sadismus entscheiden würde.

Seit er beschlossen hatte, Thia wieder in die Welt der Dämonen zu entführen, hatte Raphael beständig nach einer Lösung gesucht, um Thias Eltern vor Kronos zu beschützen. Und um Thia ein glückliches Leben zu ermöglichen, hätte er weitergesucht, bis er einen für sie akzeptablen Weg gefunden hätte.

Doch Nate hatte seine finsteren Ziele noch immer nicht aufgegeben und Killians Charakter hatte eine für Thia gefährliche Entwicklung durchgemacht. Eine Entwicklung, die diese starke Frau erneut zur Flucht gezwungen hatte. Es schien beinahe so, als wäre ihnen kein Zuhause wahrlich vergönnt, als müssten sie stets weiterziehen, um dem Schmerz zu entkommen.

Caras glänzende Augen strahlten Raphael angesichts seines Versprechens dankbar an und bevor Killian den Moment mit den hässlichen Worten vergiften konnte, die Raphael bereits in seinem Blick lesen konnte, sprang er in die andere Dimension.

In der Hoffnung Thia dort zu finden, wo es sie am wahrscheinlichsten hinführte. Im Palast.

Ich konnte es nicht fassen. Irgendwie hatte ich es geschafft, die Dämonenebene aus eigener Kraft wieder zu verlassen und unverhofft in Kronos' Gemächern zu erscheinen.

Doch weshalb war ich ausgerechnet hierher gekommen? Mein letzter Gedanke bevor ich gesprungen war, hatte meinen Eltern gegolten. Warum also hatte mich meine Gabe in den Palast und nicht nach Hause geführt? Ich wusste es nicht. Überraschung und Verwirrung erfüllten mein Herz.

Meine lähmende Verblüffung wich jedoch schnell Angst, als mich Kronos' wutentbrannter Blick traf und ich mir der kritischen Lage bewusstwurde, in der ich mich dank meiner unkontrollierbaren Gaben befand.

„Wo bist du gewesen?", brüllte er und kam auf mich zu. Er hatte am Fenster seines Salons gestanden, als ich mich wie aus dem Nichts direkt neben der Schlafzimmertür materialisiert hatte und überbrückte den kurzen Abstand zu meiner zitternden Form mit drei langen Schritten. Noch im Gehen ballte er seine Hand zur Faust, zog seinen Arm zurück und schlug mir mit ungebremster Wucht gegen das Kinn.

Schmerz explodierte in meinem Kiefer und Dunkelheit schob sich in mein Sichtfeld. Nur mit größter Mühe gelang es mir, die Ohnmacht zurückzudrängen. Wer wusste schon, was geschehen würde, wenn ich in diesem Augenblick das Bewusstsein verlor.

„Ich werde nicht nochmal fragen", knurrte Kronos aufgebracht. Er musste sich sichtlich anstrengen, seine Wut im Zaum zu halten.

Ich konnte spüren, wie mein Kinn langsam anschwoll. Zu allem Überfluss war meine Lippe aufgeplatzt, was mir beim Sprechen zusätzliche Schmerzen bereiten würde und dennoch musste ich antworten, denn die Konsequenzen, falls ich nichts sagte, wollte ich mir nicht einmal in meinen schlimmsten Albträumen vorstellen.

Doch was sollte ich ihm erzählen? Die Wahrheit? Eine spontane Lüge?

Eine wirkliche Wahl hatte ich nicht. Schließlich war die Wahrheit höchst unglaubwürdig und gefährlich für all jene, die in diese bizarre Geschichte verwickelt waren.

Doch Kronos zu täuschen, ihn zu belügen, war beinahe unmöglich. Es war, als könnte er die Wahrheit stets in meinen Augen lesen.

Daher wandte ich meinen Blick gespielt unterwürfig gen Boden, um so Kronos' analytischen Fähigkeiten zu entgehen.

„Ich … ich kann mich nicht erinnern", murmelte ich wenig überzeugend. Der Schmerz machte meinen Kiefer steif und die Worte kamen mir nur undeutlich über die Lippen. Doch Kronos hatte mich verstanden.

„Natürlich. Du kannst dich nicht erinnern", seine Stimme triefte vor Spott, „aber weißt du, Liebes, das ist alles gar kein Problem. Ich werde deinem Gedächtnis gerne auf die Sprünge helfen."

Mit einem widerwärtigen Grinsen im Gesicht, packte er mich am Arm und schleifte mich in sein Schlafgemach.

Panik durchzuckte mich, als er auf sein riesiges Bett zusteuerte, welches mitten in dem spartanisch eingerichteten Raum stand.

„Bitte, Kronos, ich schwöre dir, ich kann mich nicht erinnern. Das ist die Wahrheit! Ich weiß nur noch, dass ich im Krankenflügel lag. Die Zeit danach ist wie ausgelöscht. Da ist nur Schwärze", flehte ich ihn an. Ich wusste natürlich, dass ihm das unheimlich gefiel, dennoch war es notwendig, um die Lüge aufrechtzuerhalten.

Doch letztendlich hätte ich mir die Scharade sparen können, denn Kronos ignorierte mein Betteln vollkommen und schmiss mich unsanft auf die schwarzen Satinlaken.

„Warum machst du es dir immer so schwer, Elanthia?", schnurrte er vergnügt, „wenn du mir einfach die Wahrheit sagen würdest, wäre ich möglicherweise nicht so hart zu dir."

Vielleicht hätte ich nachgegeben, wenn ich diesen Mann nicht so gut gekannt hätte. Wenn ich nicht überzeugt gewesen wäre, dass eine Bestrafung unausweichlich war.

Womöglich wäre es dennoch klüger gewesen, ihm die Wahrheit zu sagen. Schließlich war es sein eigener Wunsch herauszufinden, was ich war, um mich gegen seine Feinde einzusetzen. Wie auch immer er sich das vorstellte.

Doch zum einen würde ich weder Raphael noch Cara noch Killian ans Messer liefern und zum anderen wusste ich noch immer zu wenig, um Kronos zufriedenzustellen.

Es gab nichts, was er weniger tolerierte, als den Fehler zu begehen, seine Erwartungen zu enttäuschen. Aus diesem Grund, und weil die Wahrheit mich dieses Mal nicht befreien würde, schwieg ich.

Theatralisch seufzend knöpfte Kronos seine schwarze Stoffhose auf und blickte mich dabei unverwandt an. Bei dem Glitzern in seinen eiskalten, grünen Augen drehte sich mir förmlich der Magen um.

„Du weißt, es macht mir keine Freude dich zu bestrafen." Kronos reumütiger Blick konnte mich nicht täuschen und trotz der brennenden Panik, die mich innerlich kalt zurückließ, verdrehte ich im Geiste die Augen. Wie oft er diese falschen Worte schon gesprochen hatte.

Kronos strich sich mit den Händen durch das blonde Haar und sprach freudig aufgeregt weiter.

„Wer nicht lernen will, muss bekanntlich fühlen. Du kannst froh sein, dass ich Geduld bewiesen habe, sonst wären deine geliebten Eltern längst tot." Er lächelte mich hämisch an. „Und deinen Boten hätte ich gleich neben ihnen begraben."

Sorge schnürte mir die Kehle zu. Ich wusste, dass Raphael bis auf Weiteres in Sicherheit war, dennoch lief mir bei Kronos' unterschwelliger Drohung ein Schauer über den Rücken.

Es beunruhigte mich zutiefst, dass Kronos um Raphaels wichtige Rolle in meinem Leben wusste, auch wenn er die Tiefe unserer Verbindung nicht erahnen konnte.

Zugleich durchflutete mich Erleichterung bei der Nachricht, dass meine Eltern noch lebten. Dass ich rechtzeitig zurückgekehrt war.

Ohne es zu wissen, hatte Kronos mir eine dünne Rettungsleine zugeworfen. Mit der Gewissheit, dass meine Eltern wohlauf waren, konnte ich dem kommenden Leid mit neuer Kraft entgegensehen.

Geboren aus Liebe und meinem tief verwurzelten Beschützerinstinkt ließ mich dieser Funken Stärke die Misshandlungen hoffentlich erneut überstehen.

„Bist du sicher, dass du deine Geschichte nicht doch ändern möchtest?" Scheinheilig wie er war, lächelte Kronos mir gespielt ermutigend zu.

Wütend presste ich die schmerzenden Kiefer zusammen. Seine Häme und Selbstgefälligkeit waren mir nicht neu, doch an diesem Tag trafen sie mich besonders. Nichtsdestotrotz schwieg ich beharrlich weiter.

„Wie du meinst", sagte Kronos vergnügt und kam mit langsamen Schritten auf mich zu. Mit jedem Schritt wuchs meine Panik, bis ich spürte, wie erneut die Dunkelheit nach mir griff. Nur zu gern hätte ich mich fallen lassen, jetzt da ich die Strafe kannte, doch Kronos hatte andere Pläne.

„Da will sich wohl jemand seiner Bestrafung entziehen", lachte Kronos höhnisch.

Mit einer schallenden Ohrfeige vertrieb er die rettende Schwärze. Erneut flammte Schmerz in meinem Gesicht auf und es fiel mehr schwer, einen Aufschrei zurückzuhalten. Dennoch, diese Freude würde ich ihm nicht machen.

„So nicht, Elanthia. Denkst du, ich kann deine Feigheit nicht sehen?" Kronos lächelte amüsiert, als er meine schmerzverzerrte Miene sah. Er genoss es, mir beim Leiden zuzusehen. Noch mehr genoss er es, wenn er die Ursache meines Leids war.

Mit raubtierhafter Eleganz kroch Kronos zu mir ins Bett. Er griff über meinen schlotternden Leib hinweg zu seinem schwarzen Nachttisch und öffnete die obere Schublade. Seine Augen füllten sich mit Lust, als er ein langes, robustes Stück Seil ergriff und die Schublade mit einem harten Stoß schloss.

Langsam wandte er sich mir zu. Das Lächeln war verschwunden, stattdessen bildeten seine Lippen einen dünnen Strich. Ungeduld ließ seine Muskeln versteifen und Gewalt trat aus jeder seiner Poren.

Aggressiv packte Kronos meine Handgelenke und hob sie über meinen Kopf. Mit präzisen, geübten Bewegungen band er sie an seinem Bettgestell fest. Das Seil schnitt mir schmerzhaft in die Haut, doch das war in diesem Augenblick meine kleinste Sorge.

Panisch versuchte ich, meine Hände wieder freizubekommen, auch wenn ich wusste, dass es keinen Sinn hatte. Kronos lachte kurz auf und bedachte mich mit einem amüsierten Blick. Auch er wusste, dass meine Fluchtversuche reiner Instinkt waren. Schließlich hatten wir dieses Spiel schon mehr als einmal gespielt.

Mit einer fließenden Bewegung stand Kronos auf, beugte sich über mich und begann, mich qualvoll auszuziehen. Er entledigte mich zuerst meines T-Shirts, indem er es mir sauber vom Körper riss.

Ich schrie, als meine Wunden aufrissen und wieder anfingen zu bluten. Der Schmerz war beinahe unerträglich.

„Wie schade, dass die weißen Laken gerade in der Wäsche sind", sinnierte Kronos und klang geradezu enttäuscht.

Ekel verzerrte mein schmerzendes Gesicht zu einer hässlichen Grimasse.

Ungerührt machte er mit seinem Vorhaben weiter, bis ich vollkommen nackt vor ihm lag.

Erst jetzt wurde mir bewusst, dass Cara den Wundverband entfernt haben musste, als sie mich in die nun ruinierte schwarze Kleidung gesteckt hatte.

Der Gedanke an Cara tat weh. Noch vor kurzem hatte ich mich in scheinbarem Frieden von Kronos' Taten erholt und nun war ich erneut an einem Punkt angelangt, an dem mir jedwede Wärme und Geborgenheit entrissen wurden.

Als ich zu meinem Mann blickte, erschütterte mich die Tiefe meines Hasses.

Doch Kronos schien das nicht einmal zu bemerken. Stattdessen richtete er sich, zufrieden mit seinem Werk, wieder auf.

„Weißt du, wenn du nicht so eine verdammte Plage wärst, hätten wir beide keinerlei Probleme miteinander und könnten die einfachen Dinge des Lebens so viel mehr genießen." Widerwärtiger Bastard. Die einfachen Dinge des Lebens genießen. Mir wurde schlecht, bei der Lust, die sich in seinem Gesicht abzeichnete. Schlecht, bei dem Gedanken an das, was jetzt kommen würde.

Ungeduld machte Kronos' Bewegungen unbeholfen, als er sich seiner Kleidung entledigte. Wäre die Situation nicht so ernst gewesen, hätte ich bei diesem Anblick vielleicht gelacht.

Doch angesichts der schmerzhaften Realität, war mir vielmehr nach Weinen zumute.

Kronos' Erregung war dank seiner Nacktheit deutlich zu sehen und es widerte mich an, dass meine offenkundige Panik und die Vorfreude auf meine Qualen diese Reaktion hervorgerufen hatten.

Mit dem Blick eines Jägers, der erfolgreich seine Beute erlegt hatte, setzte sich Kronos rittlings auf meine Beine und begann systematisch auf mich einzuschlagen. Erst war mein Gesicht dran, dann meine Arme, mein Bauch und schließlich meine Beine. Mit jedem Schlag wuchs seine Erregung, mit jedem Fausthieb wuchs mein Schmerz ins Unermessliche, doch er war erst zufrieden, als er sicher war, dass ich für die nächsten Tage grün und blau sein würde und dass jeder meiner Schritte mich an meine Verfehlung erinnern würde.

Trotz des Schmerzes, trotz all der Wundmale, war es nicht dieser Teil der Bestrafung, der mich so in Panik versetzte.

Kronos war nie in den Sinn gekommen, dass ich mich an seine Schläge gewöhnen könnte, dass mich etwas Anderes dazu brachte, vor Angst unaufhörlich zu zittern.

Er dachte wirklich, ich würde es genießen, wenn er mich missbrauchte und ich würde seine Erregung sogar teilen. Stattdessen verspürte ich jedes Mal unbändige Angst, wenn er mich berührte. Auch dieses Mal war es nicht anders, dabei hatte das Schauspiel noch gar nicht richtig angefangen.

Kronos tastete meinen Körper mit seinen Augen ab und überprüfte sein Werk. Ein zufriedenes Lächeln erhellte seine Gesichtszüge, als er all die Blutergüsse bewunderte, die sich bereits bildeten.

„Nun gut, meine Schöne, den schlimmen Teil hast du nun hinter dir. Kommen wir doch jetzt zu den einfachen Dingen des Lebens, von denen ich vorhin gesprochen habe." Mit glasigen Augen richtete er sich auf und spreizte meine Beine, bis ich das Gefühl hatte, er würde mich glatt entzweireißen.

„Dann wollen wir mal", murmelte Kronos lüstern.

Ich hingegen zog mich in die hinterste Ecke meines Geistes zurück und schloss die Realität vollständig aus. Nun hieß es schlichtweg abwarten.

Sinnierend beobachtete er, wie Elanthia weinend und nur in eine dünne Decke gehüllt an ihm vorbeihuschte.

Die Schatten verbargen seine Gestalt vor ihrem sonst so wachen Geist.

Die Schmerzen, die sie angesichts der letzten Stunden verspüren musste, trugen wohl zusätzlich dazu bei, dass sie ihn nicht wahrnehmen konnte.

Ein Lächeln stahl sich auf seine Lippen, als ihn echte Freude durchströmte.

Auch nach sieben Jahren wurde er es nicht müde, Elanthia leiden zu sehen.

Als der Stachel in der Unendlichkeit seiner Existenz in den weiten, dunklen Gängen des Palastes verschwunden war, trat der Fremde in das wärmende Licht der wenigen Fackeln.

Die Wachen vor Kronos' Gemächern verbeugten sich tief und ehrerbietig.

Der Fremde lachte versonnen. Seine Leihgabe an den machthungrigen König sah lächerlich aus in den schwarzen Rüstungen.

Diese illoyalen Kreaturen waren durchaus brauchbare Spione, weshalb der Fremde stets bemüht war seine Geheimnisse und Pläne nicht vor ihnen zu verraten. Wer wusste schon, wer ihr nächster Herr sein würde. Auch der Fremde war bereits der zweite Lehnsherr, dem diese Wesen aus einer Laune heraus ihre Treue geschworen hatten, als er sie vor all den Jahren herumstreunend und suchend gefunden hatte.

Als sich die Wachen wieder aufrichteten, öffneten sie ohne Aufforderung sogleich die Türflügel, um dem Fremden Einlass zu gewähren.

Bedacht darauf, den empfindlichsten Teil seines Körpers zu schützen, faltete er seine mächtigen Schwingen nah am Rücken ein. Die scharlachroten Federn vibrierten vor ungenutzter Energie.

„Wer wagt es, ohne Erlaubnis einzutreten?", brüllte Kronos aufgebracht aus dem angrenzenden Schlafgemach.

Das Temperament des Königs war ein gut gehütetes Geheimnis, welches dem Volk Hermeloniens verborgen blieb. Auch wenn diesbezügliche Gerüchte und die forcierte Armut dem Ansehen des jungen Herrschers nicht zuträglich waren.

Nur in eine schwarze Hose gekleidet, kam Kronos in den Salon gestürmt und blieb wie angewurzelt stehen, als er das Gesicht des Fremden erblickte.

„Ihr seid es." Kleinlaut vergrub der König seine Hände in den Hosentaschen, doch der Fremde wusste, dass das kleine Menschlein innerlich kochte. Es trieb Kronos zur Weißglut, dass er angesichts seiner scheinbaren Macht doch so machtlos war, und dass der Fremde ihn jedes Mal daran erinnerte.

Der Fremde spürte, wie die Augen des Königs neidisch über seine Flügel streiften. Kronos bedachte nicht, dass er damit verriet, wie klein und unbedeutend er sich in diesem Moment fühlte. Der Fremde liebte es, diese Emotionen in Kronos' ausdrucksstarkem Gesicht zu lesen. Schwacher Mensch.

Sichtbar bemüht, die Fassung zu bewahren, blickte Kronos dem Fremden direkt in die goldenen, unnachgiebigen Augen.

„Was führt Euch hierher? Habt Ihr keinerlei Sorge, entdeckt zu werden?" Herablassung sprach aus Kronos' Worten. Wie verzweifelt er nach Fehlern in den Handlungen des Fremden suchte.

„Du vergisst dich, Kronos. Denk daran, mit wem du sprichst, wem du die Erfüllung deiner Wünsche und Ziele anvertraut hast." Der Fremde blieb ruhig, geradezu gelassen. Die Ruhe vor dem Sturm.

Kronos fuhr sich nervös durch die Haare und trat vorsichtig näher. Es schien ihn sichtlich zu ärgern, dass er zu dem Fremden aufsehen musste, der knapp einen Kopf größer war.

„Verzeiht mir. Ich bin wohl noch etwas aufgebracht angesichts der vergangenen Stunden mit meiner uneinsichtigen Frau." Dem Fremden entging der betonte Besitzanspruch keineswegs und er war versucht, in einem Anflug von Belustigung die Augen zu verdrehen. Er wusste nicht, wie tiefgehend die Illusionen gingen, die sich Kronos in seinem Kampf um Macht und Anerkennung täglich machte, doch er wusste durchaus, wie er dieses Streben nach Mehr ausnutzen konnte.

„Ich hoffe, du hast deine Aufgabe nicht so sehr vernachlässigt, wie es die vergangenen Tage vermuten lassen." Die Stimme des Fremden blieb weiterhin sanft, doch innerlich fing es an, in ihm zu brodeln.

„Wie meint Ihr das?" Kronos Verwirrung schien glaubwürdig.

„Wie lange hat es gedauert, bis du gemerkt hast, dass Elanthia verschwunden war?" Endlich konnte der Fremde den Grund für sein plötzliches Auftauchen offenbaren.

Kronos versteifte sich und runzelte die Stirn. Angst lag schwer in der Luft.

„Viellicht zwei Stunden", erwiderte er leise, „doch ich hatte mehrere Wachen zurückgelassen, um sie zu beobachten. Ich weiß nicht, weshalb Eure Kreaturen nicht auf ihrem Posten verblieben sind. Jedenfalls hielt ich es nicht für nötig, früher nach meiner Frau zu sehen." Gegen Ende seiner Ausführungen wurde Kronos zunehmend trotziger. Der Fremde ballte wütend die Fäuste.

„Du hast nur eine Aufgabe, Kronos: Elanthia zu brechen und hier zu behalten. Wie ist es also möglich, dass sie drei Tage spurlos verschwindet und du sie nicht einmal suchst?" Der Fremde begann langsam auf und ab zu gehen.

„Sie wird immer zu mir zurückkehren! Sie gehört mir!", schrie Kronos erzürnt.

Wie anmaßend. Kronos hatte keinerlei Vorstellung davon, wer Elanthia wirklich war und wie viel Schaden sie anrichten konnte.

Leise lachend blieb der Fremde vor Kronos stehen und holte mit der flachen Hand aus. Die Ohrfeige ließ das zerbrechliche Menschlein durch den ganzen Raum fliegen und hörbar von der gegenüberliegenden Wand abprallen.

Ächzend blieb Kronos am Boden liegen und sah den Fremden mit hasserfüllten Augen an.

„Du scheinst zunehmend deinen Platz zu vergessen, du dummer Mensch. Du kannst froh sein, dass meine Pläne durch deine Nachlässigkeit keinen Schaden erlitten haben." Genervt massierte sich der Fremde die Schläfen. Es war anstrengend, sich mit diesem kümmerlichen König abzugeben.

„Das nächste Mal kommst du mir nicht so glimpflich davon, Kronos. Erinnere dich daran, wer du bist und wo du hingehörst." Mit diesen Worten wandte sich der Fremde ab und steuerte auf die Tür zu.

Bevor er hinaustrat, drehte er sich ein letztes Mal zu Kronos um. Dieser versuchte gerade, sich an der Wand hochzuziehen und würdigte den Fremden keines Blickes mehr.

„Hier. Solltest du das Gefühl haben, dass Elanthia erneut verschwinden möchte, lege ihr diese Halskette an. So kannst du sicher sein, dass sie zurückkehren muss." Als Kronos zweifelnd aufsah, warf der Fremde ihm eine in braunes Papier gehüllte Schachtel zu.

„Auf Wiedersehen, Kronos." Der Fremde trat zurück in den schwach beleuchteten Flur. Er spürte noch den von Rachedurst erfüllten Blick, mit dem Kronos ihn förmlich aufspießte, bevor sich die Türflügel leise hinter ihm schlossen.

„Behaltet Elanthia im Auge. Sie darf die Dämonenebene nicht mehr betreten. Habt ihr das verstanden?" Der Fremde hatte die Lügen vernommen, die Elanthia Kronos erzählt hatte, doch den Fremden konnte sie nicht täuschen. Er würde sie überall finden.

Die Wachen nickten ergeben.

„Und bringt mir das Gesindel, dass es nicht einmal vermag auf ein schwaches Weibsbild aufzupassen!" Er brauchte Kronos noch, deshalb war es ihm nicht möglich, seine Wut an ihm auszulassen.

Doch es hielt ihn nichts davon ab, diesen niederen Kreaturen ihre Verfehlungen aufzuzeigen.

Resigniert betrachtete ich mein Spiegelbild.

Kronos war ein Meister seines Faches. Es war beinahe unmöglich, all die blauen Flecken zu verdecken.

Tränen der Demütigung liefen mir das Gesicht hinab, als ich meinen geschundenen Körper begutachtete und eine kurze Bestandsaufnahme durchführte.

Es war glücklicherweise nichts gebrochen, doch die Prellungen schmerzten bei jedem Schritt, wie Kronos es beabsichtigt hatte. Mein linkes Auge nahm zunehmend eine dunkelblaue Färbung an und schwoll allmählich zu. Meine aufgeplatzte Lippe pochte unaufhörlich im Takt meines schmerzenden Kiefers.

Am schlimmsten war jedoch die Stelle zwischen meinen Beinen, die so wund und malträtiert war, dass ich es kaum aushielt, zu stehen.

Zwei Stunden hatte Kronos mich in seinem Schlafzimmer festgehalten. Zwei Stunden in denen ich geschlagen, missbraucht und befragt wurde.

Selbst nachdem er mit mir fertig gewesen war, wollte Kronos mir meine Geschichte nicht glauben, doch es war mir gelungen, ihn nach weiteren fünfzehn Minuten davon zu überzeugen, dass ich die Wahrheit gesagt hatte.

Wäre meine Geschichte gelogen gewesen, so hätte ich meine Bestrafung mit ehrlichen Worten jederzeit beenden können, hatte ich ihm mit schwacher Stimme erklärt.

Kronos, der von seinen Fähigkeiten als Foltermeister überzeugt war und das Konzept der Loyalität nicht verstand, hatte schließlich widerstrebend eingelenkt.

Dennoch hatte er mir gedroht, dass er dieser Sache auf den Grund gehen würde und mich anschließend in meine Gemächer entlassen.

Nur in eine dünne Decke gehüllt, war ich mit tränennassen Augen die dunklen Flure entlanggerannt und in meine Räume gestürmt.

Dort stand ich nun schon seit geschlagenen zehn Minuten regungslos vor meinem Spiegel. Es war mir gleichgültig, dass jederzeit ein Diener hereinkommen und mich in all meiner nackten Pracht sehen könnte. Es war mir gleichgültig, dass Kronos Wachen vor meiner Tür postiert hatte und es war mir gleichgültig, dass ich nicht wusste, ob Raphael wohlauf war. Ich hatte Schmerzen, war müde und hatte all die Lügen satt.

Mit einem schweren Seufzer drehte ich meinem gezeichneten Körper den Rücken zu und verließ mein Badezimmer mit einem Gefühl der Leere. Ich wollte nur noch schlafen, nie wieder aufwachen und einfach alles vergessen, was geschehen war. Dennoch wusste ich, irgendwann musste ich mich mit den Geschehnissen der letzten drei Tage auseinandersetzen.

Für den Moment entschied ich jedoch, meinem Körper und meinem Geist ein wenig Ruhe zu gönnen.

Zielstrebig trat ich in mein Schlafzimmer, begab mich zu meinem begehbaren Kleiderschrank und griff nach ein paar ausgetragenen, weißen Baumwollshorts und einem hellblauen, leichten Top.

Mit stockenden Bewegungen zog ich die Shorts über meine geschundenen Beine und knirschte angestrengt mit den Zähnen. Diese verdammten Schmerzen.

Das Top war noch schlimmer. Nur die Arme anzuheben war beinahe schon unerträglich, doch es ging nicht anders.

Ich musste mich immer wieder daran erinnern, dass die Qual notwendig war. Nicht nur mein eigenes Leben hing von meiner Unterwürfigkeit und meinem Schweigen ab.

Nur aus diesem Grund konnte ich all das ertragen.

Erschöpft schleppte ich mich zu meinem Bett und stellte überrascht fest, dass auf meinem Nachttisch ein Glas Wasser stand, daneben ein kleiner Teller mit ein wenig gebratenem Fleisch.

Ich konnte mich nicht daran erinnern, wann ich das letzte Mal etwas zu mir genommen hatte, deshalb war es wenig verwunderlich, dass sich mein leerer Magen plötzlich zu Wort meldete. Eilig schlang ich das nährstoffreiche Flusswasser und das Fleisch hinunter und fragte mich in einer kleinen Ecke meines Geistes, wer mir das Essen unaufgefordert gebracht hatte. Kronos konnte es keinesfalls gewesen sein. Er ließ mich lieber verhungern, als mir auch nur einen Funken Nettigkeit entgegenzubringen. Raphael womöglich?

Diese Erklärung war so gut wie jede andere.

Mit schmerzenden Gliedern stellte ich den leeren Teller und das leere Glas auf meinen Nachttisch und schlüpfte unter die kühle Bettdecke.

Es war nicht weiter überraschend, dass ich keine bequeme Schlafposition fand, die mir zugleich die Schmerzen ersparte.

Dennoch überkam mich beinahe sofort eine bleierne Schwere.

Erleichtert ließ ich meine Augen zufallen und ergab mich der sanften Umarmung des Schlafes.

Ich stand wieder am Ufer von ‚La vie‘ und starrte auf das ausgetrocknete Flussbett.

Diesmal jedoch waren beide Uferseiten übersäht mit zahllosen Leichen.

Tausende Menschen, qualvoll verhungert, und alle starrten sie mich mit ihren leeren, toten Augen beinahe vorwurfsvoll an. Als hätte ich es verhindern können, als wäre es meine Schuld, dass sie alle dahingesiecht waren.

„Was soll ich tun?“, schrie ich verzweifelt. „Wie kann ich euch retten?“ Natürlich bekam ich keine Antwort, und Panik erfüllte mich bei dem Gedanken, dass so unsere Zukunft aussehen sollte. Doch wie konnte ich diese Geschehnisse verhindern?

Plötzlich erregte etwas in der Ferne meine Aufmerksamkeit. Dort, am Gipfel des höchsten Berges der westlichen Bergkette, glänzte etwas auffallend hell. Bevor ich mir das jedoch näher ansehen konnte, fuhr mir ein schrecklicher Schmerz durch die rechte Schulter. Die Szenerie um mich herum verschwamm langsam, bis sie schließlich vollkommen verschwand.

Schreiend erwachte ich aus diesem bizarren Traum und griff sofort an meine rechte Schulter, die schmerzhaft pochte. Angst durchzuckte mich, als meine Hand auf lange schmale Finger traf und hektisch wich ich an den gegenüberliegenden Bettrand zurück. Voller Sorge, dass Kronos mich womöglich für eine zweite Runde aufgesucht hatte, schlug ich mir die Hände schützend vor das Gesicht. Doch meine Angst war unbegründet.

„Thia?“, flüsterte eine ruhige Stimme sanft. Überraschung durchflutete mich, als ich meine Hände hastig fallen ließ und die Person sah, die im Schein meiner Nachttischlampe auf mich herabblickte.

„Raphael?“, murmelte ich erleichtert. Es ging ihm gut. Bis zu diesem Augenblick hatte ich nicht realisiert, wie sehr mich die

Sorge um den jungen Dämon belastet hatte. Ich hätte es mir nie verziehen, wenn ihm aufgrund meiner impulsiven Tat irgendetwas zugestoßen wäre.

Dennoch hielt meine Erleichterung nicht lange an, da ich nach einem kurzen Blick auf die Uhr, erschrocken feststellen musste, dass Raphael in größter Gefahr schwebte. Der junge Mann geriet von einer brenzligen Situation übergangslos in die nächste.

„Was machst du hier? Du weißt was geschieht, wenn du um diese Zeit hier erwischt wirst." Panik erfüllte meine müde Stimme. Wenn eine der Wachen oder Kronos selbst Raphael in meinen Gemächern erblicken würde, drohte ihm die Exekution.

Es gab keinen triftigen Grund, um drei Uhr nachts im Schlafgemach der Königin herumzuschleichen, es sei denn, es handelte sich um einen Liebhaber oder um einen Attentäter. Im ersten Fall würde Kronos nicht zögern, Raphaels Kopf einzufordern. Im zweiten Fall würde der Dämon vermutlich nochmal mit einer Verwarnung davonkommen.

Raphaels Gedankenlosigkeit und Nichtachtung seines Lebens machten mich wütend. Es gab keine sinnvolle Rechtfertigung für seinen spätnächtlichen Besuch und keinen Grund dafür, dieses enorme Risiko einzugehen. Raphael jedoch, schien anderer Meinung zu sein.

„Dachtest du wirklich, ich würde nicht mehr nach dir sehen? Du hast dich einfach in Luft aufgelöst, Thia. Keiner von uns konnte sagen, wohin du gesprungen warst, deshalb war ich mehr als erleichtert, als ich gehört habe, dass du hier bist. Ein untrainierter Dimensionenwandler läuft immer Gefahr, an den seltsamsten Orten aufzuschlagen." Raphael verdrehte die Augen und schenkte mir ein leichtes Lächeln. Wie schön, dass er dieser Situation noch irgendetwas Amüsantes abgewinnen konnte. Für einen erfahrenen Dämon wie ihn musste meine Unerfahrenheit zum Schreien komisch sein.

Als er meine versteinerte Miene registrierte, bemühte sich Raphael angestrengt, sein Lächeln zu unterdrücken, doch es gelang ihm lediglich, seine Heiterkeit ein wenig zu dimmen. Genervt runzelte ich die Stirn.

Dieser dämliche Kerl erkannte schlichtweg den Ernst der Lage nicht, deshalb war ich auch nicht weiter verwundert, als er unbekümmert in seinen Ausführungen fortfuhr.

„Cara hatte alle Hände voll damit zu tun, einen fuchsteufelswilden Killian zu beruhigen, während ich mich auf die Suche nach dir gemacht habe." Seine Stimme nahm einen düsteren Unterton an und mein Herz zog sich bei der Erwähnung von Killians Namen schmerzhaft zusammen. Ich wollte mir gar nicht vorstellen, wie dieser aufbrausende Mann auf mein Verschwinden reagiert hatte. Wie sollte Cara dagegen ankommen?

Raphael schien weniger besorgt als vielmehr wütend angesichts der Aggressivität, die Killian an den Tag gelegt hatte. Aufgebracht fuhr er sich durch die rabenschwarzen Haare und erzählte mir den Rest der Geschichte.

„Ich dachte mir, dass du dich wahrscheinlich auf Epsylon materialisiert hast, doch allein Hermelonien nach dir abzusuchen, hätte Ewigkeiten gedauert." Ein leichtes Lächeln schlich sich auf seine Lippen. „Es war recht naheliegend im Palast zu beginnen. Ich hatte die Hoffnung, dass dich dein erster eigenständiger Dimensionensprung an einen vertrauten Ort führen würde und glücklicherweise hatte ich Recht."

Raphaels Blick wurde traurig, als er mein Gesicht betrachtete. Ich wusste, was er sah. Eine geschlagene, gebrochene Frau. So fühlte es sich zumindest für mich an. Beschämt blickte ich auf meine Hände, dennoch sah ich aus dem Augenwinkel, wie Raphael sich mit einer langsamen Bewegung auf mein Bett setzte. Vorsichtig, um mich nicht zu verschrecken, griff er nach meiner Hand und drückte sie sanft. Erschöpft starrte ich ihn hinter einem Vorhang aus Haaren an und erkannte überrascht, dass mich diese kleinen Berührungen seinerseits nicht länger störten.

Nichtsdestotrotz hatte ich nach wie vor die Sorge, dass ihn jemand hier finden könnte, deshalb entriss ich ihm meine kalten Finger und ging so weit auf Abstand, wie das Bett es zuließ.

„Wie bist du eigentlich an den Wachen vorbeigekommen?", fragte ich nervös, in dem Versuch, die aufkommende, peinliche Stille zu füllen.

„Das war kein Problem. Ich bin einfach von meinem Zimmer im Dienstbotentrakt direkt in dein Schlafgemach gesprungen. Das ist ein Kinderspiel für einen erfahrenen Wandler." Beim letzten Satz zwinkerte er mir spitzbübisch zu und ein kleines Lächeln stahl sich auf meine Lippen. Dieser Mann, nein, dieser Dämon, war schon etwas Besonderes. Plötzlich wog sein Verrat, seine Tatenlosigkeit nicht mehr ganz so schwer.

„Ich verstehe. Das beruhigt mich etwas." Völlig erschöpft kroch ich zurück unter die Decke und bettete meinen Kopf auf die zahlreichen, weichen Kissen. Dabei blieb mein Blick an dem leeren Teller und Glas auf meinem Nachttisch hängen.

„Hast du damit irgendetwas zu tun?" Mein schmerzender Arm zitterte leicht, als ich auf das Geschirr deutete.

Raphael runzelte die Stirn und schüttelte leicht den Kopf.

„Nein, ich bin heute noch nicht in deinen Gemächern gewesen." Verwirrung erfüllte mich angesichts seiner Worte und auch auf meiner Stirn erschien ein tiefes Stirnrunzeln. Niemanden sonst kümmerte es, ob ich lebte oder starb, ob ich verhungerte oder satt war. Also, wer hatte sich meiner erbarmt?

Müde rieb ich mir die Augen und beschloss, dass nun nicht der richtige Zeitpunkt war, um über diese Frage nachzudenken. Gähnend suchte ich Raphaels Blick, um ihn dazu aufzufordern, mich endlich schlafen zu lassen, doch dieser war bereits anderweitig beschäftigt.

Sein Blick war erneut an meinen Verletzungen hängen geblieben und seine Hände waren zu Fäusten geballt.

„Er war nicht glücklich darüber, dass du so lange fort warst, nicht wahr?", murmelte Raphael grimmig. Verschwunden war jede Spur von Humor und Leichtigkeit. Wut ließ seine blauen Augen beinahe schwarz erscheinen. Ich wusste nicht, was er erwartet hatte, denn er kannte Kronos, er kannte seine Grausamkeit, seine Erbarmungslosigkeit. Weshalb also, stellte er mir diese lächerliche Frage?

„Raphael, lass es gut sein", murmelte ich resigniert. „Mein Platz ist nun mal hier. Ich weiß, für wen und warum ich das alles ertrage. Es ist in Ordnung, so wie es jetzt ist, und so wie ich das sehe, ist die Alternative nicht viel besser." Bitterkeit ließ mich die letzten Worte beinahe hinausschreien, doch der Gedanke an hereinstürmende Wachen, sorgte dafür, dass ich die Kontrolle über meine Stimme behielt.

Raphaels Augen füllten sich mit Trauer und Wut. Ich sah, dass er verstanden hatte und dennoch schüttelte ich hastig den Kopf, als er zu einer Erwiderung ansetzte. Ich konnte mir schon denken, was er sagen würde und ich war einfach noch nicht bereit dazu, über Killian und Cara zu sprechen.

Müdigkeit und Erschöpfung machten meinen Geist träge und meine Emotionen unvorhersehbar. Ich war ein wandelndes Wrack und gleichzeitig eine tickende Zeitbombe.

Im Moment wollte ich einfach nur weiterschlafen. Schlafen und vergessen.

Natürlich hatte ich Angst, dass mich erneut dieser Albtraum überkommen würde, doch im Vergleich zur Realität war mir schlichtweg alles lieber.

Raphaels nächste Worte überraschten mich zutiefst.

„Ich werde jetzt gehen, damit du dich etwas ausruhen kannst, Thia." Sorge sprach aus jedem seiner Worte und ich fragte mich allmählich, ob auch er eine Begabung für Empathie besaß, so wie … Killian.

Behutsam überbrückte Raphael den Abstand zwischen uns beiden und gab mir einen Kuss auf die Wange. Schock und Wärme durchfluteten mich bei dieser unerwarteten Berührung, doch bevor ich auf irgendeine Art und Weise reagieren konnte, zog sich Raphael bereits wieder zurück.

„Schlaf gut, Thia. Ich werde morgen wieder nach dir sehen." Er lächelte zaghaft und verschwand.

Meine Gedankengänge waren zu schwerfällig, um über Raphaels Besuch nachzudenken, dennoch war mir die Absurdität dieser Situation durchaus bewusst. Ein Dämon sprang nachts unangekündigt in mein Schlafzimmer, um nach mir zu sehen. Ich schüttelte den Kopf und fragte mich, wann mein Leben so surreal geworden war. Seufzend streckte ich meinen Arm nach der Nachttischlampe aus und schaltete sie ab. Ich musste unbedingt etwas schlafen, denn nur ein wacher Geist war produktiv. Außerdem brauchte mein Körper viel Ruhe, um vollständig zu heilen.

Doch meine Gedanken kreisten und es fiel mir schwer, mich dem Schlaf zu ergeben.

Traurig lächelnd dachte ich an meine Eltern, meinen Anker, trotz all der Lügen. Sie waren leidenschaftliche Sänger und obwohl ich immer älter geworden war, hatten sie mich jede Nacht in den Schlaf gesungen. Bis zu dem Tag, an dem Kronos mich gefunden hatte. Mein Herz brach ein kleines bisschen, als ich mir ihre beruhigenden Melodien ins Gedächtnis rief. Dennoch hielt ich mich daran fest, ließ mich von ihrer Wärme und Liebe durchfluten und mit dem Bild meiner singenden, lachenden Eltern vor Augen, schlief ich endlich ein.

Die nächsten Wochen verliefen relativ ereignislos.

In den ersten Tagen nach Kronos' Malträtierung, verlangte er stündlich nach meiner Anwesenheit, um sich ausgiebig an meinem Leid zu ergötzen. Dies ließ jedoch schnell nach, als wir beide überrascht feststellen mussten, dass meine Blutergüsse unverhältnismäßig schnell heilten. Nach einer Woche waren sie bereits vollständig verblasst. Kronos' Wut und Entrüstung waren im gesamten Palast zu spüren und er erinnerte mich wiederholt im schärfsten Tonfall daran, dass es meine Aufgabe war, diesem unerklärlichen Phänomen auf die Spur zu gehen. Er konnte schließlich nicht wissen, welch seltsame Hintergründe meine Selbstheilungskräfte hatten. Selbst mir fiel es noch schwer, zu akzeptieren, dass ich eine Dämonin sein sollte.

Raphaels ständige, unangemeldete Besuche bewiesen mir jedoch, dass dies nun meine Realität war. Bis zu dreimal am Tag sprang er in meine Gemächer, brachte mir Bücher aus der Palastbibliothek und erzählte mir witzige Anekdoten aus seinem Dienstboten-Alltag. So auch heute wieder.

„Hallo, Thia", trällerte er fröhlich und tippte mir auf die nackte Schulter. Erschrocken schrie ich auf. Warum gerade jetzt? Hastig zog ich mir das luftige, fliederfarbene Kleid über den Kopf, welches ich locker in den Händen gehalten hatte und blieb prompt stecken. Verdammt nochmal.

„Ich werde dir mal kurz zur Hand gehen." Raphaels Stimme war getränkt von unterdrücktem Lachen, als er den Saum des knielangen Kleides griff und kräftig daran zog. Ich atmete erleichtert auf, als das Kleid wie von selbst an seinen rechtmäßigen Platz rutschte und ich endlich wieder Luft bekam. Dennoch trieb mir Raphaels Anblick die Schamesröte ins Gesicht, als ich mich gemächlich zu ihm umdrehte.

„Raphael! Wie oft denn noch? Es ist helllichter Tag, die Wachen durften schon vor Wochen abtreten. Warum also kommst du nicht einfach durch die Tür? Bevorzugt mit vorangegangenem Anklopfen!" Raphael lachte, als sich meine Stimme gegen Ende aufgeregt überschlug. Genervt rieb ich mir die Augen, irgendwann würde dieser Kerl noch mein Tod sein.

„Ach, was, wo läge denn der Spaß darin? Außerdem habe ich überhaupt nichts gesehen", log Raphael ungeniert. Ich verdrehte die Augen, doch spürte zugleich, wie sich meine Lippen zu einem kleinen Lächeln verzogen.

Mit langsamen Schritten ging ich um den Dämon herum und steuerte auf das Sofa in meinem Salon zu. Ich hörte mehr, als dass ich sah, wie Raphael mir unaufgefordert folgte. Mein Lächeln wuchs.

„Also, was führt dich an diesem frühen Morgen zu mir?", fragte ich gespielt überrascht und ließ mich in die weichen, schwarzen Polster sinken. Raphael durchschaute meine Scharade sofort und spielte nur zu gerne mit, wie sein vergnügtes Schmunzeln verriet.

„Ich dachte mir, da wir uns so selten sehen", sinnierte er und zwinkerte mir zu, „könnten wir heute zur Abwechslung mal ein wenig Zeit miteinander verbringen." Mit einem frechen Grinsen im Gesicht ließ er sich neben mich fallen und legte mir seinen langen Arm über die Schultern.

Seine lässige Art brachte mich zum Lachen und ich war selbst überrascht von meiner ausgelassenen Reaktion, doch nicht annähernd so schockiert wie Raphael. Peinlich berührt senkte ich den Blick. Mir war durchaus bewusst, wie eingerostet und ungeübt mein Lachen klang, deshalb wunderte es mich auch nicht, als Raphael seinen Arm entsetzt zurückzog.

Mein Lachen erstarb unverzüglich und auch jede Spur eines Lächelns verschwand von meinem Gesicht. Unsicherheit machte sich in mir breit, als Schweigen das Zimmer erfüllte.

Mir stockte der Atem, als ein Finger sich unter mein Kinn legte und langsam mein Gesicht anhob. Raphaels schockierte Miene war Sanftheit gewichen und seine blauen Augen glänzten verdächtig.

„Verdammt, es ist so schön, dich nach all den Jahren endlich mal wieder so befreit Lachen zu sehen." Traurig lächelnd schüttelte er den Kopf und zog seine Hand zurück.

„Ich habe tatsächlich gedacht, ich würde es nie wieder hören, nicht nach all dieser Zeit. Dabei bin ich doch so lustig und charmant", witzelte er unbeholfen. Ich schenkte ihm ein wackeliges Lächeln und griff nach seiner leicht zittrigen Hand. Seine heftige Reaktion verwirrte und wärmte mich zugleich.

„Sag mir, Raphael, was für eine abenteuerliche Geschichte hast du heute für mich?" Mein Versuch, das Thema zu wechseln, war nicht zu übersehen.

Dankbarkeit erfüllte Raphaels Blick und er ging bereitwillig darauf ein.

„Habe ich dir von dem Tag erzählt, als ich Kronos' Unterkleider pink gefärbt habe?" Mit großen Augen schüttelte ich heftig den Kopf. Die peinliche Situation von zuvor war vollkommen vergessen.

Raphael feixte vergnügt.

„Ich erinnere mich, als wäre es gestern gewesen. Kronos hat mal wieder einen seiner berühmten Patrouillengänge gemacht. Begleitet von zehn oder zwölf Wachen, ist er durch den Palast marschiert und hat das Personal in Angst und Schrecken versetzt. Er hat mit Entlassung und Exekution gedroht, wenn auch nur ein Bild schief hing. Da ist es nicht weiter verwunderlich gewesen, dass auch ich dran glauben musste. Ich bin gerade dabei gewesen dir einige der schönsten Blumen aus dem Palastgarten zu bringen, um dir eine kleine Freude zu machen, als ich Kronos in die Arme gelaufen bin. Dieser ist mehr als erzürnt darüber gewesen, dass ich seine importierte Ware berührt hatte. Stundenlang, so ist es mir vorgekommen, hat er mir einen Vortrag darüber gehalten, wie teuer es war, Rosensamen von der Erde einfliegen zu lassen. Ich muss allerdings zugeben, dass ich den Großteil seiner Rede nicht mitbekommen habe, da ich damit beschäftigt gewesen bin mir vorzustellen, wie sein Kopf vor Wut platzt, doch die Kernaussage ist angekommen." An dieser Stelle lachte Raphael kurz auf und auch ich musste bei dem Bild, das er zeichnete, ein wenig schmunzeln.

„Jedenfalls hat er einer seiner Wachen befohlen, mir die Blumen abzunehmen und anschließend darauf herumzutreten, bis nichts mehr von ihrer früheren Schönheit zu sehen war. Du kannst dir vielleicht vorstellen, dass mich das echt wütend gemacht hat, ganz besonders, als Kronos und seine Schergen mit einem selbstgefälligen Grinsen im Gesicht abgezogen sind. So wütend, dass ich das schlichtweg nicht auf mir sitzen lassen konnte.

Glücklicherweise ist Waschtag gewesen und obwohl wir Hermelonier in den meisten Bereichen recht zurückgeblieben sind, kann es sich Kronos nicht nehmen lassen, mit seinen technischen Errungenschaften zu prahlen. Aber das weißt du natürlich." Ja, das wusste ich nur zu gut. Kronos liebte seine kleinen Spielzeuge, die selbstständig den Palast putzten, den Garten pflegten und die Wäsche wuschen und trockneten. Dennoch hielt Kronos starrsinnig an der Vergangenheit und an Traditionen fest. Nur aus diesem Grund beschäftigte er Personal, bevorzugte Bücher und verfasste handschriftliche Briefe. An sich war diese Charaktereigenschaft eine seiner angenehmeren, doch sein Volk, welches von den technischen Errungenschaften der Erde und von Epsylon selbst, profitieren könnte, lebte an der absoluten Armutsgrenze. Es war Glück, dass er den Menschen nicht längst die Nahrungsrationen gestrichen hatte.

„Streng genommen ist Kronos selbst schuld gewesen", fuhr Raphael amüsiert fort. „Hätte er vor drei Jahren nicht diese Maschine angeschafft, die selbstständig wäscht, trocknet und zusammenlegt, wäre es für mich nicht so einfach gewesen, ein scharlachrotes Tuch in die weiße Wäsche zu schmuggeln." Er lachte. „Hast du dich nie gefragt, weshalb Kronos vor ein paar Jahren urplötzlich begonnen hat, seine gesamte weiße Kleidung zu entsorgen?" Jetzt, da er es sagte. Nein, eigentlich nicht. Schon zu Beginn unserer Ehe war es eher die Seltenheit gewesen, Kronos in etwas anderem anzutreffen als in reinem Schwarz. Auch wenn ich zugeben musste, dass ich es schon etwas merkwürdig gefunden hatte, als seine sonst so blütenweißen Unterkleider ebenfalls undurchdringlichem Schwarz weichen mussten.

„Dein Blick spricht Bände. Ich hätte ganz ehrlich auch nicht erwartet, dass seine Reaktion ganz so extrem ausfallen würde. Ich meine, natürlich werde ich niemals den Ausdruck in seinen Augen vergessen, als ich ihm seine rosa Unterwäsche gebracht habe. Er hat zunächst gedacht, ich würde ihn auf den Arm nehmen und ihm etwas von deiner Kleidung bringen, doch als er seine königliche Insignie sowohl am Kragen seiner Unterhemden als auch am Bund seiner Unterhosen sah, erkannte er schnell, dass es keinerlei Irrtum gab. Es fiel mir so verflucht schwer, nicht in schallendes Gelächter auszubrechen, als er zur weiteren Überprüfung ganz kurz in die rosafarbenen Unterkleider geschlüpft ist." Raphaels Wangen färbten sich rot, als er sein aufkeimendes Gelächter mühevoll unterdrückte. Ich hatte nicht ganz so viel Erfolg und prustete laut los, als sich dieses Bild in meinem Kopf formte. Kronos, in seiner Männlichkeit verletzt, während er rosa Kleidung trug. Das war zu viel. Raphael schmunzelte über meinen Ausbruch und erzählte die Geschichte unbekümmert zu Ende.

„Nachdem Kronos keinen Zweifel mehr daran hatte, dass es sich um seine Kleidung handelte, marschierte er wutentbrannt durch den Palast. Er hat vollkommen vergessen, dass er nichts weiter anhatte als seine verwaschenen Unterkleider. Leider hast du zu diesem Zeitpunkt noch tief und fest geschlafen, es ist schließlich erst zehn Uhr morgens gewesen. Andernfalls hättest du schnell festgestellt, dass sich dieser Tag zum besten Tag entwickelt hat, den das Personal je erleben durfte. Ganz ehrlich, es wundert mich, dass Kronos die Maschine nicht einfach abgeschafft hat. Schließlich kann dieses Gerät scheinbar die Wäsche nicht richtig trennen." Raphael grinste und zwinkerte mir zu. Ich für meinen Teil hatte mein Gelächter nach wie vor nicht in den Griff bekommen und Tränen liefen mein fröhliches Gesicht hinunter. Diese Aktion hätte ihm den Kopf kosten können und dennoch hatte er nicht gezögert, sich in dieser tristen und miserablen Welt ein kleines bisschen Spaß zu gönnen.

„Du bist unglaublich", murmelte ich und mein Lachen ebbte allmählich ab. „Und Kronos hat nie herausgefunden, dass du dafür verantwortlich warst?"

„Verantwortlich wofür?", antwortete Raphael scheinbar ahnungslos.

„Nochmal, es ist doch nicht mein Fehler, wenn dieses Ding unfähig ist, die Wäsche richtig zu trennen." Augenrollend erwiderte ich sein freches Grinsen und gab ihm einen leichten Klaps auf die Schulter. Gespielt schmerzerfüllt griff Raphael sich an die getroffene Stelle.

„Meine Schulter! Meine zarte, verletzliche Schulter! Tod, bist du das, den ich da kommen sehe?" Erneut lachte ich auf und ich spürte, heute würde ein guter Tag werden.

Schockiert starrte ich auf die illustrierten Seiten des aufgeschlagenen Buches. Als Raphael zum wiederholten Male Bücher aus der Palastbibliothek entwendet und vor einigen Stunden hier zurückgelassen hatte, hatte ich nicht damit gerechnet, auf solch brisante Informationen zu stoßen.

Fasziniert hatte ich den riesigen Stapel Lesestoff durchgesehen, um letztendlich überrascht feststellen zu müssen, dass all diese Werke nur ein Thema behandelten. Die Erde.

Für jemanden, der Erdenmode bevorzugte, schon recht interessant. Doch eigentlich war mir nicht wirklich danach gewesen, zehn dicke Wälzer über diesen fremden Planeten zu lesen. Das hatte ich zumindest gedacht, bis ein bestimmtes Buch mein Interesse geweckt hatte. *Die Geschichte der Menschheit: Vom niederen Neandertaler bis zum Galaxienwanderer.*

Speziell bei dem Wort ‚Galaxienwanderer‘ waren in meinem Kopf sämtliche Alarmglocken losgegangen und ich war nicht enttäuscht worden:

Wir schreiben das Jahr 2020, in dem Teleportation und fliegende Transportmittel längst kein Mythos mehr sind. Doch nur die wenigsten Menschen wissen, dass bereits vor über zwölftausend Jahren der erste Schritt zur Erforschung des Universums getan worden ist, als sich hunderte mutige Kolonisten aus fünf verschiedenen Ländern aufgemacht haben, um die sagenumwobene Omega-Galaxie zu erforschen.

In einem Spaceshuttle der neuen Generation haben es die Siedler geschafft, einen erdähnlichen Planeten zu finden, dessen Atmosphäre das Leben von Pflanzen, Tieren und Menschen dort ermöglicht.

Es ist zu geringfügigen Komplikationen gekommen, als eine beheimatete Lebensform versucht hat, die vermeintlichen Eindringlinge zu verjagen.

Bei diesem Angriff sind die deutschen, englischen und italienischen Siedler unglücklicherweise ums Leben gekommen. Lediglich die Franzosen der Familie de Guerre und die Amerikaner der Familie Jones haben überlebt.

Sie haben den Planeten auf den Namen Epsylon getauft und damit den Grundstein für die florierende Zivilisation geschaffen, welche bis zum heutigen Tag dort existiert.

Ich konnte es einfach nicht fassen. Immer wieder hatte Kronos damit geprahlt, dass Hermelonier den Menschen von der Erde überlegen wären, dass wir mit diesen niederen Wesen nichts gemein hatten. Dennoch sei der Handel mit der Erde wichtig, um Rohstoffe zu erhalten, die es hier nicht gab. Wiederholt hatte er betont, dass die Handelsbeziehungen notwendig waren, er diese Wesen jedoch verabscheute. Wer hätte gedacht, dass Kronos so ein versierter Lügner war? Für gewöhnlich war er zu arrogant, um irgendwelche Lügenmärchen zu erfinden.

Ich allerdings hatte zu viel erlebt, um an Zufälle zu glauben und auch wenn Kronos sich wahnsinnig viel auf die Einzigartigkeit seines Vornamens einbildete, trug er denselben Nachnamen wie all seine Vorfahren.

Mit vollständigem Namen hieß dieses Monster Kronos Parzival de Guerre.

Es mag also stimmen, dass seine Familie schon von Anfang an hier regiert hatte, doch wenn dies der Fall war, so redeten wir nicht von erhabeneren Wesen, sondern von irdischen Menschen.

Ich lachte auf, als ich darüber nachdachte. Für mich war es schon immer unwahrscheinlich gewesen, dass sich auf zwei verschiedenen Planeten dieselben Wesen entwickelt hatten. Soweit ich das erkennen konnte, unterschieden sich die beiden Planeten selbst nicht so sehr. Unsere Vegetation und unser Tierreich waren sich sehr ähnlich, auch wenn wir Menschen uns hier anders entwickelt hatten, als es auf der Erde der Fall gewesen wäre.

Übergewicht oder Mangelernährung war hier kein Problem, dafür sorgte ‚La vie‘, doch normale Nahrung war für uns leider größtenteils unverdaulich.

Auch unsere technischen Errungenschaften verdankten wir größtenteils dem regen Handel mit den Erdenbewohnern.

Und was das Regierungssystem anging, waren uns die irdischen Menschen weit voraus. Monarchie gab es dort nur noch sporadisch.

Ich seufzte. Es war schon seltsam, dass es weder hier noch in Liona je zu einem Regentenwechsel gekommen war.

Den Namen Eric Jones kannte jeder Hermelonier. Schließlich war er, als Herrscher über Liona, der einzige Mensch, der Kronos auch nur den geringsten Widerstand leisten konnte. Dennoch befürchtete ich, hatte mein verhasster Mann noch ein Ass im Ärmel und Liona würde es nicht mehr lange geben.

Ein Gähnen unterbrach meine Überlegungen und überrascht blickte ich auf die Uhr. Es war bereits nach Mitternacht.

Müde schlug ich das Buch zu und legte es auf den Couchtisch neben die anderen. Mit einem schwerfälligen Grunzen — sehr elegant — erhob ich mich aus den bequemen Polstern und begab mich zu meinem Kleiderschrank. Ohne weiter darauf zu achten, langte ich in meine Holztruhe und griff nach einer beliebigen kurzen Hose und einem ausgeleierten T-Shirt.

Mit unbeholfenen Bewegungen zog ich mich rasch um und begab mich ins Bett. Mein Kopf wog schwer nach all den Enthüllungen des Tages und es fiel mir wie immer nicht leicht, einzuschlafen, deshalb rief ich mir all die wundervollen Bilder von der Erde ins Gedächtnis, die ich heute gesehen hatte.

Die Schönheit der Landschaft schickte mich ins Reich der Träume. Wäre ich doch nur wach geblieben.

6

Ein Wegweiser zeigt mir nun unverhofft den richtigen Pfad.
Am Ziel warten Erinnerungen und ein Selbst,
welches mir entfallen war.
Doch ist es den Schmerz wert, den ich bereits kommen sehe?
Wie viel kann ich noch geben,
bevor ich dem Nichts entgegenblicke?
Thia

Der Traum begann wie jedes Mal. Ich blickte entsetzt auf den Grund von ‚La vie', allein und orientierungslos. Es war mir nicht klar, wo genau ich mich befand, nur dass ich am Ufer des Flusses stand, der für uns alle zugleich Lebensgrundlage als auch Todesurteil sein konnte. Am Ufer des Flusses, der nunmehr vollkommen ausgetrocknet war.

Momentan sah ich schwarz für unsere Zukunft. Ich sah schwarz für tausende Existenzen, sah schwarz für diesen Planeten.

Tränen liefen mir über das windumwehte, kalte Gesicht. Es waren Tränen der Verzweiflung, doch auch Tränen der Wut. Denn, obwohl ich immer wieder über die Bedeutung des Wortes „Gerechtigkeit" sinniert hatte, wenn Kronos mich gequält und gedemütigt hatte, so war mir die Abwesenheit eben jener nie so klar vor Augen gestanden wie in diesem Moment. Was hatte diese Welt nur verbrochen, dass sie so zugrunde gehen musste?

Ich lachte bitter auf. Was hatte ich verbrochen, dass ich es verdient hatte, an einen solch grausamen Mann gekettet zu sein? Es war sinnlos, sich Fragen zu stellen, auf die es sowieso keine schlüssigen Antworten gab und dennoch konnte die Menschheit, konnte ich, nicht anders, als von Neugier und Wissensdurst getrieben durch das Leben zu schreiten, selbst wenn am Ende dieses Weges lediglich ein weiteres Mysterium wartete.

Und eben jener Lebensfunke, jenes tiefverwurzelte Feuer, sollte so plötzlich erlöschen? Grundlos, sinnlos? Es musste doch einen Weg geben, dieses düstere Schicksal abzuwenden, oder etwa nicht?

Verzweifelt hob ich meinen tränenverschleierten Blick und suchte in der Ferne nach Antworten, die es nicht geben würde. Nach einer Lösung, die mir verwehrt bleiben würde. Doch was für ein Mensch wäre ich, wenn ich aufgeben würde, zu hoffen? Was für ein Mensch wäre ich, wenn ich all die Jahre für mich hatte weiterkämpfen können, doch die Menschheit im Stich ließ?

Ich war so versunken in meinen Überlegungen, dass ich die schemenhafte Gestalt beinahe übersah, die unvermittelt am Horizont erschien und langsam auf mich zukam. Herezias verblassende Strahlen im Hintergrund machten jedwede Bemühungen meinerseits, mehr als einen Umriss zu erkennen, zunichte, dennoch war schnell ersichtlich, dass es sich keineswegs um einen Menschen handeln konnte, denn welcher Mensch besaß solch gewaltige Schwingen?

War es möglicherweise ein Dämon, der die Gabe besaß, in meine Träume einzudringen? War es womöglich Killian, gekommen, um die Wogen zu glätten? Oder Nate, um mich für seine dunklen Zwecke zu missbrauchen? Jede dieser Möglichkeiten brachte ganz eigene Probleme und Emotionen mit sich. Unbehagen, Erschöpfung, Angst.

Letztere siegte und mit zittrigen Beinen trat ich einige Schritte zurück, bis nicht nur das leere Flussbett zwischen mir und der unbekannten Gefahr lag, sondern mehrere Meter fruchtbarer, grasbewachsener Boden, typisch für die Ufergegend um ‚La vie'.

Ich beobachtete, wie sich die dunkle Gestalt allmählich dem gegenüberliegenden Flussufer näherte und kurz davor stehenblieb. Tief in mir schrie mich mein Fluchtinstinkt panisch an, so schnell wie möglich das Weite zu suchen, doch meine Beine versagten mir den Dienst. Es war, als wüsste mein Körper, mein Unterbewusstsein, etwas, das ich mit meinem wachen Geist noch nicht greifen konnte.

Langsam verloren sich die letzten von Herezias Strahlen in den weit entfernten Bergen und mit einem Mal war es schwärzeste Nacht, lediglich durchbrochen von dem zarten Strahlen kleiner Himmelskörper. So erschien es mir zumindest auf den ersten Blick, bis ein anderes Leuchten meine Aufmerksamkeit fesselte.

Ein überraschtes Keuchen entrang sich meiner Kehle, als ich erkannte, dass ich die schemenhafte Gestalt nunmehr vollständig sehen konnte, da sie von innen heraus zu strahlen schien.

Erleichterung ergriff mich, als offensichtlich wurde, dass es sich bei diesem Wesen um keinen mir bekannten Dämon handelte. Natürlich konnte ich es immer noch mit einem von Nates Schergen zu tun haben, doch aus irgendeinem Grund glaubte ich das nicht. Ich war sogar beinahe überzeugt davon, dass diese Gestalt, wenn auch übermenschlich, kein Dämon war. Schließlich war mir noch kein Dämon mit federbesetzten, nachtschwarzen Flügeln untergekommen. Zugegeben, mein Gedächtnis war bestenfalls lückenhaft und meine Zeit auf der Dämonenebene war zu kurz gewesen, um mich mit diesen Wesen genauestens vertraut zu machen. Dennoch glaubte ich mich zu erinnern, dass Killian mal gesagt hatte, nur die ältesten und mächtigsten der Dämonen hätten Flügel. Die Schwingen würden allerdings auch nur in Dämonenform zutage treten, nicht in menschlicher Gestalt.

Das Wesen mir gegenüber hatte menschliche, wenn auch verschwommene Gesichtszüge, menschliche Gliedmaßen und menschliche Kleidung am Körper. Es konnte sich keinesfalls um einen Dämon handeln. Doch was in Herezias Namen war es dann?

„Sei gegrüßt, Elanthia", umgab mich eine tiefe, wohlklingende Stimme und ohne Vorwarnung begann sich die fremde Kreatur plötzlich vor meinen Augen zu verändern. Ich beobachtete, wie das Leuchten beinahe unerträglich stärker wurde und nur mit Mühe gelang es mir, nicht instinktiv den Blick abzuwenden. Ich wollte keinesfalls etwas von diesem Spektakel verpassen. Wieder kam mir der Gedanke, dass es vermutlich klüger wäre, zu fliehen. Hier konnte genauso gut der Tod warten, auch wenn mich dieses Licht mit einem Gefühl des puren Lebens erfüllte.

Ein geradezu schneidender Wind kam auf, trieb mir die Tränen in die Augen und peitschte mir meine langen Haare ins Gesicht. Ich spürte mehr, als ich sah, wie das warme Licht allmählich schwächer wurde, bis nur noch ein zartes Glimmen übrigblieb. Klein und schwach versuchte es, gegen den immer stärker werdenden Wind anzukommen, doch als sich auch noch dunkle

Wolken vor den Nachthimmel schoben und sich ein undurchdringlicher Vorhang aus Regen über die Weite des Landes ergoss, verlor es den Kampf und erlosch. Von dem Fremden keine Spur mehr. Es war, als hätte ihn das Licht verschlungen, als wäre er nie da gewesen und hätte nie meinen Namen geflüstert.

Verwirrung erfüllte meinen durchnässten Körper und ich nahm beinahe nicht wahr, wie der Sturm immer stärker wurde. So stark, dass ich mich nur mit Mühe auf dem Boden halten konnte. Panisch suchte ich nach einem Ort, an dem ich vor diesem Inferno Schutz finden konnte, doch wohin ich auch blickte, sah ich nichts als Regen und Nebel. Selbst die riesige, westliche Bergkette war zu einem schwarzen Schemen in einer düsteren Landschaft geworden, auch wenn ich mir einbildete, erneut dieses seltsame Glänzen zu sehen, welches mich schon einmal so stutzig gemacht hatte.

Konzentriert versuchte ich, mehr zu erkennen, wenigstens ein Rätsel zu lösen, doch es war vergebens. Der Nebel war zu dicht und das Glänzen bereits wieder verschwunden.

Frustriert und zugegebenermaßen auch ein wenig resigniert, fokussierte ich mich wieder auf das aktuelle, sehr viel schwerwiegendere Problem. Wie rettete ich mich vor einem tobenden Sturm, wenn es weit und breit keine Zuflucht gab?

Natürlich war mir nach wie vor bewusst, dass ich träumte, dass nichts von all dem real war und die Bedrohung somit nicht echt. Doch zum einen änderte diese Tatsache nichts an meinen sehr realen Gefühlen und zum anderen war mir, als hätte ich die Kontrolle über diesen Traum verloren. Andernfalls wäre es mir ja wohl ein Leichtes gewesen, diesem Albtraum zu entfliehen und in den Albtraum meines wachen Lebens zurückzukehren.

Ich schrie auf, als unweit von mir ein leuchtend greller Blitz in einen kahlen Baum einschlug und dieser plötzlich von tiefblauen Flammen eingehüllt wurde, die ihn seltsamerweise nicht zu verbrennen schienen. Noch merkwürdiger war jedoch, dass der strömende Regen dem Feuer absolut nichts anhaben konnte, als stünde dieser Baum abseits jedweder Naturgesetze. Neugierig trat ich näher an dieses unerklärliche Phänomen, zuckte jedoch erschrocken zurück, als ein tiefes Grollen aus den Tiefen der hellen Flammen ertönte. Es klang fast wie … herzhaftes Gelächter?

„Wenn du dich sehen könntest. Es ist, als hättest du ein Gespenst gesehen", erklang eine amüsierte Stimme. Ich kannte diese Stimme. Es war die des Fremden, der sich noch vor wenigen Minuten an der gegenüberliegenden Seite in Luft aufgelöst hatte. Doch das war nicht möglich. Es konnte einfach nicht sein. Verfiel ich nun bereits dem Wahnsinn? Hatten mich Kronos' Taten nun schon so weit gebracht, dass ich in meinen Träumen mit Bäumen, ja, gar mit brennenden Bäumen sprach? Hektisch schüttelte ich den Kopf. Ich musste mir das eingebildet haben. Es gab bestimmt für alles eine plausible Erklärung.

Der Baum war einfach sehr robust und deshalb dauerte es nun mal länger, bis er heruntergebrannt war. Möglicherweise hatte er irgendwelche seltsamen Stoffe in sich, die das Feuer blau färbten und bei Menschen Halluzinationen verursachten. Ja, womöglich sogar extreme Wahnvorstellungen bei Dämonen hervorriefen.

Diese Erklärung wäre so gut wie jede andere, wenn ich nicht gerade träumen würde. In Träumen galten andere Gesetze. In diesem Reich, welches sich unser müder Geist schafft, verarbeiten wir lediglich Dinge, die uns beschäftigen und die Erfahrungen der letzten Wochen hatten einfach dafür gesorgt, dass sich mein Geist solch seltsame Zusammenhänge ausdachte. Vielleicht wollte er mir damit zeigen, dass ich vor dem Ungewöhnlichen keine Angst haben musste, denn selbst in meinen Träumen fand ich immer Antworten auf unerklärliche Fragestellungen.

Oder ich wurde doch wahnsinnig. Man konnte nie wissen. Welches vernunftbegabte Wesen hatte schon solch wirre Gedankengänge wie ich, in diesem Moment?

„Es ist schön zu sehen, dass du dich keineswegs verändert hast, Elanthia. Du bist nach wie vor die beste Mischung aus Rationalität und Emotionalität. Doch ich versichere dir, dies ist kein gewöhnlicher Traum und du hast auch keine Wahnvorstellungen. Am wichtigsten jedoch, liebe Elanthia, ist, dass du ganz sicher nicht wahnsinnig bist", unterbrach die seltsame Stimme meine wüsten, aufgewühlten Gedanken und brachte mein Gerüst aus logischen Erklärungen und beruhigenden Worten jäh zum Einstürzen.

Panisch wich ich vor dem blauen Inferno zurück und schüttelte erneut auf das Heftigste den Kopf.

„Ihr seid nicht echt. Das hier ist nicht real. Verschwindet!" Verwirrung und Angst ließen meinen Ausruf kleinlauter wirken als beabsichtigt, deshalb wunderte es mich nicht weiter, dass ich mit einem erheiterten Auflachen belohnt wurde.

„So sehr ich es auch genieße, dir dabei zuzusehen, wie du versuchst, die Wahrheit mit allen Mitteln von dir zu stoßen, dafür haben wir leider keine Zeit." Es war beinahe greifbar, wie sich die Stimmung schlagartig änderte. Verschwunden war jedweder Humor, selbst die Flammen nahmen eine dunklere Farbe an und wirkten beinahe schwarz im Auge des Sturms, der nach wie vor sein Unwesen trieb. Auch wenn es mir so vorkam, als umgäbe mich in der Nähe des düsteren Feuers ein Kokon aus Wärme und Sicherheit. Ich war, wie zuvor schon einmal, von einem Gefühl der Lebendigkeit, einem Gefühl der … Menschlichkeit erfüllt. Was war dieses Wesen, dass es in mir solch Emotionen hervorrief?

„Elanthia, hör mir zu!" Meine ganze Aufmerksamkeit richtete sich schlagartig wieder auf die energische, laute Stimme und auf das wütende Auflodern der dunklen Flammen. Angst durchzuckte meine durchnässte Form und nur mit Mühe konnte ich das leichte Zittern unterdrücken, welches mich überkommen wollte. Es war nicht nur die bodenlose Macht, die in dieser Stimme mitschwang, die solche Emotionen in mir hervorrief. Vielmehr ängstigte mich die Tatsache, dass diese Kreatur, was immer sie auch war, meinen Namen, ja, es schien sogar, meine tiefsten Gedanken kannte und ich hingegen nicht den leisesten Hauch einer Ahnung hatte, womit oder mit wem es hier zu tun hatte.

In meiner Zeit auf diesem Planeten hatte ich vor allem eine wichtige Lektion gelernt: Wissen war Macht, Macht verlieh Stärke und Stärke machte einen unbesiegbar.

Ich war schwach. Schwach angesichts meiner Unwissenheit. Schwach angesichts meiner Machtlosigkeit.

„Elanthia, es reicht!" Ungeduld und Zorn erfüllten diese Worte und ich zuckte schuldbewusst zusammen, als ich erkannte, dass ich mich erneut in meinen düsteren Gedanken verloren hatte. Doch wer konnte mir das in dieser Situation denn auch verübeln?

Mit einem tiefen Seufzer nahm ich meinen kläglichen Rest Mut zusammen und richtete meinen Blick auf das pulsierende Herz des beinahe schwarzen Feuers.

„Ich höre zu, doch bitte sagt mir zuvor, wer Ihr seid und was Ihr von mir wollt?" Ich bemerkte stolz, dass meine Stimme trotz meiner Angst und Unsicherheit stark und unnachgiebig klang.

Erleichterung schlich sich in mein Herz, als ich mitverfolgte, wie die Flammen zunächst wieder in ein dunkles Blau und schließlich in ein strahlendes Hellblau umschlugen.

„Du kannst mich Primus nennen. Fürs Erste. Doch bevor ich dir erzähle, weshalb ich auf solch grobe Weise in deine Träume eingedrungen bin, lass mich meine tiefste Entschuldigung aussprechen." Ich staunte nicht schlecht, als sich der Rand der Flammen angesichts seines Bedauerns leicht violett färbte.

„Wofür?", ich hielt meinen Ton bewusst neutral. Denn obwohl sich die allgemeine Stimmung deutlich verändert hatte, war mir die ganze Situation nicht geheuer.

„Es war nicht meine Absicht, dich zu verängstigen, doch es war mir nicht möglich, meine natürliche Gestalt auf diese Entfernung länger als die wenigen Sekunden am Anfang unserer Begegnung zu halten. Ich war gezwungen, in eine ursprünglichere, substanzlose Erscheinung zu wechseln." An dieser Stelle unterbrach sich Primus kurz und ich spürte, wie die nähere Umgebung des Baumes sich zunehmend aufheizte. Mir war nicht bewusst, was er damit bezweckte, bis ich überrascht feststellte, dass der Wind schwächer wurde und auch der Regen allmählich nachließ. Selbst die dunklen Wolken verzogen sich wieder und gaben den Blick auf einen hell erleuchteten, nachtblauen Himmel frei.

„So ist es, denke ich, besser." Primus' Stimme klang angestrengt, geradezu müde und ich fragte mich, wieviel Kraft es ihn gekostet hatte, den Sturm zurückzurufen.

„Das ist jetzt nicht weiter von Bedeutung, Elanthia, und ja, ich höre deine Gedanken so klar wie Quellwasser", beantwortete er meine unausgesprochenen Gedanken.

„Deine geistigen Mauern sind stark", fuhr Primus ungerührt fort, „doch meine Kräfte sind stärker. Es hat keinen Sinn, über solch banale Dinge zu sinnieren. Es gibt Wichtigeres zu besprechen." Ich schnaubte genervt. Er konnte diese „banalen Dinge" selbstverständlich einfach zur Seite wischen. Doch ich war neu in dieser Welt der Gedankenleser, Empathen und Elementare. In dieser Welt, in der scheinbar nichts mehr heilig war, nicht einmal die tiefsten, geheimsten Gedanken eines Lebewesens.

Nichtsdestotrotz kam ich seinem Wunsch nach und vernachlässigte diese neuen, beängstigenden Informationen. Schließlich beschäftigte mich nach wie vor vordergründig die Frage, was er von mir wollte.

„Was gibt es so Wichtiges, dass Ihr in meine Träume eindringt und mir die Kontrolle über jene Traumlandschaft ungerührt entreißt?" Bis zu diesem Zeitpunkt hatte ich nicht gemerkt, wie erzürnt ich über diese respektlose Handlung war. Meine Träume mögen rar gesät und zumeist recht apokalyptisch sein, doch es waren MEINE Träume und niemand hatte das Recht, sich auf diese Art und Weise Zutritt zu diesem Reich zu verschaffen.

„Elanthia, du musst mich verstehen. Mir blieb keine andere Wahl, es war nicht möglich, dich anders zu erreichen und es war unabdingbar, dass du meine Botschaft erhältst." Seufzend räumte ich innerlich ein, dass seine Stimme aufrichtig und bedauernd klang.

„Welche Botschaft soll das sein?", erwiderte ich deshalb nachgiebig.

„Du musst zur Erde kommen, sofort." Schock erfüllte mich bei diesen Worten. Für einen Moment war ich fast davon überzeugt, ich hätte ihn missverstanden.

„Du hast mich weder missverstanden, noch war es ein Scherz oder dergleichen. Du musst zur Erde kommen."

„Weshalb?" Verwirrung ließ meine Stimme leicht zittern, doch ich hatte nicht genug Kraft, um mich für dieses offensichtliche Zeichen von Schwäche zu schämen.

„Es wird Zeit, dass du dich erinnerst. Es wird Zeit, dass du nach Hause kommst." Primus' Antwort wirbelte nur noch mehr Fragen auf. Warum lag der Schlüssel zu meinen Erinnerungen auf der Erde? Warum sollte die Erde mein Zuhause sein? Und wer in Herezias Namen war Primus, dass er so etwas in den Raum stellen konnte?

„Du wirst auf all deine Fragen eine Antwort erhalten, doch nicht hier. Du musst zu deinen Wurzeln zurückkehren, zur Erde, das ist von größter Dringlichkeit, Elanthia. Bitte, du musst mir vertrauen."

Schlagartig schlug meine Verwirrung in unbändige Wut um.

„Vertrauen? Wenn es nach mir geht, seid Ihr nichts weiter als ein Hirngespinst, dass sich mein wirrer Geist auf der Suche nach Antworten ausgedacht hat." Das wäre immer noch besser als die Alternative, nämlich dass Primus wirklich die Macht hatte, in meinen schlafenden Geist einzudringen, um mir diese abstruse Botschaft zu überbringen.

„Elanthia, bitte. Uns bleibt keine Zeit mehr. Nimm dies als Beweis dafür, dass dies kein simpler Traum war." Erschrocken versuchte ich zurückzuweichen als eine Flammenzunge auf mich zuschoss und mein rechtes Handgelenk umfasste. Instinktiv schrie ich auf, den Schmerz erwartend, der nie kam. Stattdessen umgab mich eine wohlige Wärme und es dauerte nur wenige Sekunden, bis sich das Feuer wieder zurückzog.

Verwirrt blickte ich auf mein prickelndes Handgelenk und keuchte überrascht auf, als ich das dunkelgoldene Band erblickte, dass sich dort abbildete. Es bestand aus zwei federbesetzten Flügeln, die sich am höchsten Punkt des Handgelenkes kreuzten und das beinahe übernatürliche Leuchten, welches von diesem Kunstwerk ausging, wärmte mich bis in die Tiefe meiner Seele.

„Was ist das?", fragte ich Primus verwundert. Kopfschüttelnd hob ich meinen Blick und sah erneut zu dem brennenden Baum. Doch dieser war verschwunden und mit ihm jede Spur von Primus.

„Dies ist dein Beweis. Ich erwarte dich", vernahm ich Primus' Stimme von überall und nirgendwo, bevor wieder absolute Stille herrschte.

„Wo seid Ihr?" Ich erhielt keine Antwort. Primus war verschwunden und das Einzige, was mir von ihm blieb, war mein neuestes Accessoire und unzählige Fragen, auf die es wie immer keine Antworten gab. Zumindest nicht hier.

Seufzend wandte ich mich zum Flussbett und registrierte enttäuscht, dass sich nichts verändert hatte, bis auf die Flussufer, die nun wieder mit Bergen über Bergen an Leichen gesäumt waren. Das verhieß nichts Gutes.

Bevor ich mich erneut auf die Suche nach Antworten machen konnte, erschütterte ein leichtes Beben meine Traumlandschaft und mit einem resignierten Kopfschütteln ließ ich meinen Traum verblassen und begab mich auf den Weg in mein waches Leben.

Nur langsam kam ich wieder zur Besinnung. Ich registrierte die weichen Kissen und glatte Seidenbettwäsche meines riesigen Himmelbettes und suchte gleichzeitig nach der Ursache meines unsanften Erwachens. Es dauerte nicht lange, bis ich sie fand. Ein lautes, wiederholtes Klopfen ließ die Eingangstür zu meinen Gemächern erbeben und Angst schnürte mir sofort die Kehle zu. Kronos. Welche Tageszeit hatten wir? Panisch schlug ich die Augen auf und schaltete hastig meine Nachttischlampe an. Hektisch griff ich nach meiner Uhr und registrierte erschrocken, dass es schon später Nachmittag war. Ich hatte den ganzen Tag verschlafen, kein Bediensteter hatte es für nötig gehalten, mich zu wecken. Es war, als erfreuten sich diese Menschen an meinem Leid, als würden sie es geradezu zu ihrem Vergnügen heraufbeschwören. Schließlich hatten sie dafür gesorgt, dass ich meine Audienz bei Kronos verschlafen hatte.

Hastig sprang ich aus meinem Bett und stürmte zu meinem Kleiderschrank. Beinahe ungelenk griff ich nach dem Türgriff und riss erstaunt die Augen auf. Da war es. Das goldene Band aus meinem Traum. Genau dort wo Primus es platziert hatte.

Zwei überkreuzte Flügel. Es war tatsächlich real gewesen. Alles. Ein erneutes, energisches Klopfen riss mich aus meinen Überlegungen. Dafür war jetzt keine Zeit. Eilig holte ich eines meiner elegantesten Seidenkleider aus dem großen Kleiderschrank. Es war von einem tiefen Weinrot, hatte einen züchtigen Herzausschnitt, war an den Schultern ausgeschnitten und bodenlang. Eine schwarze Schleife zierte die rechte Hüfte und ein fülliger Tüllrock vervollständigte das wunderschöne Ensemble. Es war Kronos' Lieblingsstück und würde ihn hoffentlich ein wenig besänftigen.

Mit hektischen Bewegungen entledigte ich mich meines Nachtgewandes und schlüpfte in das weiche Material meines Kleides.

Meine Kleiderwahl hatte einen weiteren, sehr viel pragmatischeren Grund als Kronos' Präferenzen. Denn die langen, enganliegenden Ärmel verbargen meine Handgelenke vor neugierigen und kritischen Blicken.

Ich konnte nicht über dieses Wunder sprechen, solange ich nicht genug Zeit gehabt hatte, um über die neu gewonnenen Erkenntnisse nachzudenken.

Das wiederholte Poltern an meiner Tür trieb mich zur Tat. Mit schnellen Schritten ging ich auf den Eingang meiner Gemächer zu und wunderte mich zunächst darüber, dass Kronos' nicht längst hereingestürmt war. Bis ich mich erinnerte. Ich hatte letzte Nacht, während ich all die Geschichten über die Welt der Erde gelesen hatte, meine Zimmertür abgesperrt, in dem Bewusstsein, dass ich etwas Verbotenes tat.

Seufzend drehte ich den Schlüssel in dem alten Schloss und vernahm mit wachsender Panik das mechanische Klicken als sich die Tür für die Außenwelt öffnete.

Zittrig trat ich einige Schritte zurück.

„Herein!" Meine Stimme klang kleinlaut, doch immerhin zitterte sie nicht.

Hektisch wurde die Tür aufgerissen und mit einem Mal sah ich in Funkelnde … saphirblaue Augen? Raphael. Herezia sei Dank.

„Elanthia!" Mit diesem Aufschrei schlug er die Tür hinter sich zu und stürmte zu mir herüber. Kritisch ließ er seinen Blick erst über meine Gemächer und schließlich über meine Erscheinung wandern, ging sogar einmal um mich herum und ignorierte meinen verwirrten Blick dabei vollkommen. Anscheinend fand der verrückte Kerl nichts zu beanstanden und schloss mich in seine starken Arme.

„Was ist denn nur los mit dir?", murmelte ich in seine Brust.

„Mit mir? Du warst den ganzen Tag nicht ansprechbar, hattest deine Zimmertür abgesperrt und sogar deine Audienz bei Kronos verpasst. Ich konnte doch nicht mit Sicherheit wissen, dass dir nichts geschehen ist. Bei diesem Ehemann. Ich hatte mit dem Schlimmsten gerechnet. Ich hatte Angst, er wäre gestern nochmal zu dir gekommen und hätte dich unwiderruflich geschädigt. Zumindest solange, bis er zu mir kam und mich fragte, wo du denn bliebest. Dein Besuch sei schon längst überfällig. Zum Glück hat er mir geglaubt, als ich sagte, du hättest mir anvertraut, du wärst den ganzen Tag in Recherchen vertieft. Herezia sei es gedankt, dass er seine falschen Schlüsse daraus gezogen hat." Ich lauschte Raphaels Schilderungen mit Wärme im Herzen. Wenigstens er hatte sich Gedanken um mich gemacht, sonst schien es ja niemanden interessiert zu haben, dass ich mehr oder minder unauffindbar war. Kronos' hatte vermutlich nur wieder nach einer Rechtfertigung gesucht, um mich zu bestrafen.

„Dann jedoch kam mir ein viel schlimmerer Gedanke", fuhr Raphael aufgebracht fort, „was, wenn du einen unkontrollierten Dimensionensprung gemacht hättest und zwischen den Dimensionen hängen geblieben oder an einem völlig fremden Ort gelandet wärst?" Seufzend fuhr er sich durch die bereits zerwühlten schwarzen Haare und lachte bitter auf.

„Ich konnte ja schlecht wissen, dass du den ganzen Tag verschläfst."

Vorsichtig schob Raphael meine zierliche Gestalt von sich und hielt mich auf Armeslänge.

„Was sollte das, Thia?" Die Wut in Raphaels Stimme ließ mich lediglich erahnen, welche Ängste er ausgestanden hatte und erneut war ich von einer tiefen Zuneigung gegenüber diesem jungen Dämon erfüllt.

Dennoch musste ich mich irgendwie erklären, doch ich wusste nicht, wie. Wie sollte ich ihm die Geschichte mit Primus darlegen, obwohl ich sie selbst nicht wirklich verstand? Er würde mich für wahnsinnig halten.

Aus diesem Grund beschloss ich, mit meinem Entschluss zu beginnen, der schon seit ich aufgewacht war, in mir heranreifte.

„Ich muss zur Erde reisen."

7

Alles befindet sich im Umbruch. Die Vergangenheit greift plötzlich in die Gegenwart ein und ich kann sie vor den Folgen nicht länger schützen. Ich wünsche mir so sehr, dass sie stark genug ist, es zu überstehen und dass sie dann endlich zu mir zurückkehrt.
Raphael

Raphael stockte der Atem. Die Sorge um Thias Wohlergehen hatte ihn nach dem kurzen Gespräch mit Kronos rastlos und unruhig werden lassen. Als er sich anschließend so schnell wie möglich auf den Weg zu ihren Gemächern gemacht hatte, war ihm nicht einmal in den Sinn gekommen, dass ihm der Zugang verwehrt sein würde. Die verschlossene Tür wäre kein Hindernis für ihn gewesen, war er doch dazu in der Lage, jede Distanz durch einen Dimensionensprung zu überwinden, selbst wenn er ihn innerhalb derselben Ebene vollführte.

Doch der Schutzwall aus reiner Energie, der ihn bei dem Versuch, sich in Thias Räume zu materialisieren, zurückgeworfen hatte, hatte seinen Plan sogleich zunichte gemacht.

Aus Sorge war Panik geworden. Es gab nur ein Wesen, welches zum aktuellen Zeitpunkt solch ein Energiefeld erzeugen konnte.

Verzweifelt hatte Raphael versucht, dennoch hineinzugelangen, doch es war zwecklos. Natürlich hatte er gewusst, dass Thia nichts geschehen würde. Primus war sicherlich nicht gekommen, um sie zu verletzen. Was war jedoch, wenn er sie einfach mitnahm? Würde Raphael ihnen folgen können?

Er hätte ihr die Wahrheit sagen sollen, schon vor langer Zeit. Doch wenn sie ihm nicht geglaubt hätte, vielleicht sogar vor ihm geflohen wäre, wie hätte er sie dann noch beschützen können?

Verlustängste hatten ihn wiederholt gequält und auch erneut kurz bevor sich der Energiewall gelöst hatte. Deshalb war es wohl auch nicht weiter verwunderlich, dass Wut ihn erfüllte, als Thias Worte ihn erreichten.

Verschiedenste Emotionen huschten im Bruchteil einer Sekunde über Raphaels Miene. Überraschung, Verwirrung, Schock und schließlich Wut.

„Was in Herezias Namen hat das bitte mit deinem rücksichtslosen Verhalten heute zu tun? Das ist als würde ich fragen: ‚Wie geht es dir?‘ und du würdest antworten: ‚Schönes Wetter heute‘!" Raphaels Stimme wurde gegen Ende immer lauter und in diesem Moment machte er mir beinahe Angst. Natürlich verstand ich seinen Zorn und sein Unverständnis, ich hätte in solch einer Situation vermutlich genauso reagiert. Nichtsdestotrotz kam ich nicht umhin festzustellen, wie fest er meine Schultern packte. Dieses subtile Anzeichen seines Kontrollverlustes versetzte mich in einen leichten Panikzustand und es fiel mir zunehmend schwerer, mich daran zu erinnern, dass es Raphael war, der hier vor mir stand. Raphael, der mich nie verletzen würde. Raphael, der lediglich von Sorge um mein Wohlbefinden getrieben wurde.

Ich atmete zittrig tief ein und aus. Es half mir dabei, meine Emotionen zu ordnen und wieder zur Besinnung zu kommen. Raphael war nicht Kronos und er würde nie so sein wie dieses Monster.

Neuen Mut fassend, erzählte ich Raphael von meinem seltsamen Traum.

Angefangen von der verstörenden, apokalyptischen Vision, die sich beinahe nächtlich wiederholte, über Primus' überraschendes Erscheinen, bis hin zu meinem neuesten Accessoire.

Während meiner ausführlichen Schilderung wurden Raphaels Augen immer größer und sein Griff um meine Schultern beinahe schwächlich.

„Darf ich es sehen?", fragte er mit leiser Stimme. Ich wusste sofort, wovon er sprach. Ohne langes Hinauszögern schob ich meinen rechten Ärmel zurück und offenbarte die zwei goldenen Flügel, die mein Handgelenk umschlossen.

Zärtlich nahm Raphael meine Hand in seine und betrachtete Primus' Signatur eingehend von allen Seiten. Ein trauriges

Lächeln blitzte kurz in seinem Gesicht auf, hätte ich seine Mimik nicht genauestens studiert, wäre es mir vermutlich entgangen.

„Was ist mit dir?" Ich entzog ihm meine Hand und legte sie an seine Wange. Jegliche Wut, jegliche Überraschung, waren verschwunden. Geblieben war ein kaum greifbarer Hauch Traurigkeit, der ihn wie ein unsichtbarer Schleier umgab.

„Es ist nichts, Thia. Ich bin einfach froh, dass es dir gut geht." Raphaels Worte wirkten ehrlich, doch ich ahnte, dass sich mehr hinter diesem plötzlichen Stimmungsumschwung verbarg. Dennoch verzichtete ich darauf, weiter nachzuhaken, schließlich gab es nun Wichtigeres zu besprechen.

„Verstehst du denn jetzt zumindest, weshalb ich schnellstmöglich zur Erde reisen muss? Dort liegen meine Antworten. Nicht hier in Hermelonien oder auf der Dämonenebene." Ich versuchte, so viel Dringlichkeit und Überzeugung in meine Stimme zu legen, wie möglich. Primus musste gewusst haben, dass mich dieser recht permanente Beweis seiner Existenz, geradezu dazu drängen würde, mich zu diesem fremden Planeten aufzumachen.

„Ich verstehe es und ehrlicherweise begrüße ich deine Entscheidung sogar, egal wie übereilt sie auch scheinen mag." Bevor ich mich über Raphaels schnelle Zustimmung wundern konnte, fuhr er bereits fort: „Dennoch frage ich mich, wie du das Kronos beibringen möchtest. Du glaubst doch nicht etwa, er würde dich einfach gehen lassen."

Innerlich verdrehte ich die Augen. Nein, natürlich glaubte ich das nicht.

Seit ich diesen Entschluss gefasst hatte, dachte ich nur noch daran, wie Kronos reagieren würde, wenn ich ihm davon erzählte.

Jedes Szenario, welches ich mir vorstellte, endete schlecht. Für mich. Doch diese Konfrontation war unausweichlich. Ohne ihn war mir der Weg zur Erde versperrt und ich hasste es zutiefst, dass ich geradezu auf ihn angewiesen war.

Raphaels plötzliches Auflachen riss mich aus meinen düsteren Überlegungen. Verdutzt sah ich ihn an und wartete darauf, dass er mir den Grund seiner offensichtlichen Erheiterung mitteilte.

„Thia, du brauchst Kronos nichts zu sagen."

„Natürlich muss ich ihm etwas sagen. Er hat als einziger in diesem verdammten Palast Zutritt zu den Teleportationskammern." Skepsis ließ meine Stimme tiefer klingen als sonst. Raphaels Aussage war wahnwitzig.

Natürlich gab es jede Menge Shuttles, die zwischen der Erde und Epsylon pendelten. Schließlich musste der rege Handel zwischen den beiden Planeten am Leben gehalten werden, doch eine solche Reise kostete Crew und Mitreisende Monate an Zeit.

Die Teleportationskammern jedoch ermöglichten die Überbrückung solch einer Distanz in wenigen Minuten. Diese Art Technologie war mir fremd und ich wusste nicht, wie so etwas funktionieren konnte. Das Einzige, was ich wusste, war, dass der Zugang zu diesen Kammern strengstens bewacht war und nur wenige Menschen in diesem Palast die Befähigung hatten, diese Maschinen zu bedienen.

Folglich schieden Shuttles aus, die Reise über die Teleportationskammern erforderte Kronos' Zustimmung und eine andere Möglichkeit gab es nicht, wie ich Raphael auch in unmissverständlichen Worten vor Augen führte.

Ich hatte alle Alternativen mehr als einmal im Geiste durchgespielt, deshalb erschien mir Raphaels Einwurf umso abstruser.

Raphael seufzte tief, fasste mich wieder an den Schultern und schüttelte mich leicht.

„Elanthia, du bist eine Dämonin", Raphaels Stimme stockte leicht, bevor er lauter weitersprach, „eine Dimensionenwandlerin noch dazu. Egal wie oft ich dich auch daran erinnern muss, deine Magie, deine Gaben sind nun ein Teil von dir. Du brauchst weder irgendwelche Shuttles noch solch seltsame Erfindungen der Menschen. Springen wir doch einfach zur Erde." Aufregung klang in jedem von Raphaels Sätzen mit. Ich hingegen wusste nicht, wo ich anfangen sollte, seine Argumentation auseinander zu nehmen. Bei meinen unausgereiften Gaben? Bei dem „wir" in seinem letzten Satz? Oder vielleicht bei dem eigentlichen Grund, weshalb kein Weg an Kronos vorbeiführte?

„Raphael. Ich kann nicht. Was ist mit meinen Eltern?" Da war sie. Kronos' Handhabe gegen mich. Meine unsichtbare Kette an diesen Mann. Was würde Kronos meinen Eltern antun, wenn ich einfach verschwand? Er würde sie nicht nur töten, davon war ich überzeugt. Er würde sie quälen, bis sie um Erlösung bettelten, bis sie sich nach tödlicher Schwärze verzehrten.

Ungeachtet dessen, dass Raphael recht hatte, dass ich tatsächlich erneut meine wahre Identität vergessen hatte, konnte ich das einfach nicht riskieren.

Doch Raphael wusste das und er schien auch bereits eine Lösung erdacht zu haben.

„Ich weiß, Killian hat dir von meinem zweiten Zuhause erzählt, dem Schleusenportal. Selbstverständlich weiß Kronos nichts von diesem Ort. Wir könnten deine Adoptiveltern dort verstecken, dort wären sie sicher." Noch bevor Raphael sein letztes Wort gesprochen hatte, schüttelte ich bereits vehement den Kopf.

„Nein, Raphael, er wird sie finden. Dieses Monster ist zu allem fähig, zu allem. Du kennst ihn nicht so wie ich, du weißt nicht, wie er ist, wenn er etwas wirklich will. Egal, wie lang es dauert, egal, wie viele Menschen dabei zu Schaden kommen, er würde meine Eltern finden und er würde sie töten." Gegen Ende brach meine ohnehin schon müde Stimme. Im Gegensatz zu Raphael hatte ich mich schon längst mit dem Unausweichlichen abgefunden.

„Lass es gut sein, Raphael. Bitte." Mit sanften Fingern schob ich seine Hände von mir und verließ den Salon mit hängenden Schultern.

In meinem Schlafgemach griff ich nach den blutroten Haarnadeln auf meiner kleinen Kommode und schlang meine Haare in einen eleganten Knoten, bevor ich sie mit den Nadeln fixierte. Kronos liebte es, wenn ich mein Haar hochsteckte. So konnte er die Blessuren in meinem Gesicht besser sehen, wenn er mich mal wieder verprügelte.

Raphael war mir gefolgt und stand nun in meinem breiten Türrahmen. Er beobachtete meine geübten Handbewegungen mit hilfloser Miene. Ich wusste, er wünschte sich auch, es gäbe einen anderen Weg. Er hatte panische Angst vor Kronos' Reaktion. Genauso wie ich. Allerdings hatte ich immerhin noch ein kleines Fünkchen Hoffnung.

Der manische Wissensdurst meines Mannes würde mein Vorhaben hoffentlich unterstützen. Dass ich bis jetzt noch keine zufriedenstellende Antwort liefern konnte, was meine Herkunft und meine Gaben betraf, brachte ihn zunehmend zur Weißglut. Kronos wollte endlich die Möglichkeit haben, mich zu benutzen, um Jones zu zerstören und sollte sich herausstellen, dass er mich zu diesem Zwecke nicht gebrauchen konnte, so hatte er wenigstens wieder einmal einen Grund, mich für meine „Vergehen" zu bestrafen.

„Du kannst jetzt gehen, Raphael. Ich brauche noch ein paar Minuten für mich. Danke, dass du nach mir gesehen hast. Du weißt gar nicht, wie viel mir das bedeutet." Mit schnellen Schritten ging ich auf ihn zu und schlang die Arme um seine großgewachsene Gestalt. Ohne zu zögern erwiderte er die Geste und drückte mich fest an sich.

„Pass auf dich auf, Thia. Du weißt, du musst nur läuten, wenn du etwas von mir brauchst." Mit diesen Worten löste er sich aus der Umarmung und sah mich vielsagend an. Ich hatte das dumpfe Gefühl, dass ich ihn schneller brauchen würde, als erhofft.

Zitternd stand ich vor den mir so vertrauten Eichentüren. Kronos' Wachen hatten mich wie üblich ignoriert und lediglich respektvoll den Kopf geneigt. Falls sie sich darüber wunderten, dass ich nicht längst eingetreten war, so zeigten sie es nicht.

Ich wusste nicht, weshalb ich versuchte, das Unvermeidliche hinauszuzögern.

Angst trieb mir Schweißperlen auf die Stirn, Panik schnürte mir die ohnehin trockene Kehle zu und Widerwillen saß wie ein kalter Knoten in meinem Magen. Doch ich wusste, was von dieser Konfrontation abhing. Ich wusste, dass Antworten auf mich warteten. Antworten und meine verlorengeglaubten Erinnerungen.

Händeringend trat ich auf den Eingang zu Kronos' Gemächern zu und nahm kaum wahr, wie die Wachen die Türen öffneten und hinter meiner beinahe wimmernden Gestalt wieder schlossen. Kronos stand wartend am gegenüberliegenden Fenster und schien keineswegs überrascht angesichts meines unerwarteten Besuchs.

„Elanthia", begrüßte mich mein Mann knapp. Seine Stimmung erschien ungewiss. Er war nicht wütend oder aggressiv, doch das konnte sich sekündlich ändern.

„Mein König", murmelte ich und machte einen tiefen Knicks. Als ich mich wieder erhob, bemerkte ich, dass Kronos wenige Schritte nähergekommen war und mich lüstern anblickte. Ekel machte sich in mir breit und es kostete mich viel Mühe, meine Miene neutral zu halten. Ich wollte ihn keinesfalls verärgern. Von diesem Gespräch und seiner Entscheidung hing so viel ab.

„Was führt dich zu mir? Haben deine Recherchen etwas hervorgebracht?" Kronos' Stimme klang belegt und obwohl ich eben diese Reaktion mit meinem Aufzug bewirken wollte, wurde mir bei diesem Klang schlecht und unbehaglich.

Aus diesem Grund dauerte es auch ein wenig, bis ich seine Worte verstand und mich an Raphaels Erzählung erinnerte. Raphael hatte mich lediglich decken wollen und mir damit unbeabsichtigt einen logischen Grund für dieses Gespräch gegeben. Statt Kronos mit meinen seltsamen Träumen zu konfrontieren, konnte ich mich nun auf meine sehr viel rationaleren Nachforschungen beziehen. Herezia sei Dank.

„Ja, mein König, so ist es. Nach vielen Stunden intensiver Nachforschungen, komme ich nun zu dem Schluss, dass ich hier nicht die Antworten finden werde, die wir suchen." Ich versuchte bewusst, meine Erläuterungen zunächst oberflächlich und allgemein zu halten. So vermied ich es, diesen impulsiven, unberechenbaren Mann zu überrumpeln.

„Ist das so? Und wo möchtest du deine Recherchen fortsetzen, wenn nicht hier? Bitte erleuchte mich, meine Liebe." Kronos' Stimme wurde zunehmend kälter. Es war offensichtlich, wie unzufrieden ihn meine nicht existenten Ergebnisse machten und es kostete mich alle Kraft, nicht an Ort und Stelle in Panik auszubrechen. Für den weiteren Verlauf des Gesprächs schwante mir nichts Gutes.

„Es hat sich ergeben, dass die Wurzeln dieses Mysteriums wohl auf der Erde liegen." Die letzten Worte murmelte ich lediglich, doch Kronos verstand mich klar und deutlich.

„Auf der Erde? Du möchtest mir also erzählen, dass es keine Möglichkeit gibt, das Rätsel um deine unnatürlichen Gaben hier zu lösen?" Kronos lachte lauthals auf und begann hektisch auf- und abzulaufen. Er sah aus wie ein Wahnsinniger.

Ihr Aufzug hatte Kronos zunächst verwirrt. Elanthia war selten bemüht, ihm eine Freude zu machen. Doch ihre vorsichtig gesprochenen Worte ließen keinen Zweifel daran, dass es reine Taktik war, sich so ansprechend für ihn zu kleiden.

Sie war ohne Zweifel eine schöne Frau und das tiefe Weinrot des Kleides unterstrich diese Schönheit noch. Es war beinahe bedauerlich, dass sie solch eine Missgeburt war.

Kronos hasste es, dieses Weib zu begehren, besitzen zu wollen. Er hasste es, dass sie ihm aufgebürdet worden war und er keine andere Wahl hatte, als sie tagtäglich zu sehen. Stets im Zwiespalt, gefangen zwischen Lust und Ekel.

Doch, dass sie lebte, schwach und gebrochen, würde seinen Zielen zuträglich sein und mit der Zeit würde er auch noch den letzten Funken Trotz in ihr zerstören.

Es war ein berauschendes Gefühl, dass ihr Leben ihm gehörte. Wo sie schlief, was sie trug, was sie las, all das gehörte ihm und all das konnte Kronos ihr jederzeit entreißen.

Als sie vor sieben Jahren zu ihm gekommen war, hätte er sie einfach ins Verlies werfen können. Als König hatte er sich beizeiten eine Frau nehmen müssen, um die Erbfolge zu erhalten, doch dem Volk wäre es gleich gewesen, was mit dessen Königin geschah. Es gab nur einen Herrscher.

Doch es war Kronos' Auftrag gewesen, Elanthia zu brechen und auch wenn die Dunkelheit eines verkommenen, dreckigen

Loches dies vielleicht geschafft hätte, so war es viel befriedigender, Elanthia Tag für Tag ihre Machtlosigkeit aufzuzeigen.

Wenn sie in ihrer persönlichen Bibliothek säße, erfüllt von Frieden, würde eine kleine Stimme sie immer daran erinnern, dass Kronos auf sie wartete.

Wenn sie eines ihrer Kleider anzog, würde ihr Unterbewusstsein ihr stets zuflüstern, dass Kronos es gewaltsam herunterreißen würde.

Wenn sie sich in ihrem eleganten Spiegel betrachtete, würde ihre Reflexion sie anschreien, dass sie bald von Blutergüssen übersät wäre.

Elanthias Leben gehörte ihm. Nur ihm hatte die Missgeburt es zu verdanken, dass sie noch unter Menschen wandeln durfte.

Und nun wollte sein Eigentum ihn tatsächlich verlassen.

Sie hatte keine andere Wahl, als zu ihm zurückzukehren. Daran bestand kein Zweifel.

Und sie für eine Weile loszuwerden, wäre sicherlich befreiend. Immerhin war sie eine stetige Erinnerung daran, wer seine Zukunft in den Händen hielt.

Hass auf die geflügelte Kreatur, die sein Schicksal lenkte, stieg in ihm auf. Nie gab er Kronos Antworten oder erklärte ihm, weshalb Elanthia so besonders war.

Doch Kronos war ein König. Wenn er Antworten wollte, würde er sie bekommen.

Elanthia war sein Werkzeug, sein Besitz, sein Spielzeug.

Er lächelte erheitert und hielt wenige Schritte von Elanthias gespielt unterwürfiger Gestalt entfernt inne. Spielzeuge waren zum Spielen da.

„Das ist nicht zufällig nur eine List von dir, um für immer aus meiner Reichweite zu verschwinden, oder, meine Liebe?" Kronos ließ unterschwellige Aggression durchklingen, die er nicht fühlte. Doch er liebte es, wie sie sich vor Angst und Nervosität wand.

„Nein, mein König. Ich weiß, du magst es nicht, wenn ich von dieser Zeit spreche, doch meine Recherchen haben mich daran erinnert, dass ich die Inspiration für meine Romane oft von Mythen und Geschichten bezogen habe, die irdische Touristen mir erzählt haben." Unglaubwürdig, fadenscheinig. Elanthia hielt sich für eine gute Lügnerin, doch dass sie die Augen von seinem Gesicht abwandte, verriet sie.

Sie war so dumm. Sie glaubte wirklich, es hätte ihn gekümmert, was sie seinem Volk für Geschichten aufgetischt hatte und dass er sie deshalb geheiratet hätte. Lächerlich.

Er war König über Hermelonien. Sein Wort war Gesetz. Sein Volk glaubte, was er ihm erlaubte zu glauben.

Und wenn er sich wirklich an Elanthias geschriebenem Unsinn gestört hätte, hätte er sie einfach exekutiert.

Nein, Kronos war ein Gefangener. Um seine Ziele zu erreichen, hatte er sich einem anderen Monster untergeordnet. Für den Moment.

Erneut kochte Hass in ihm hoch und er ballte wütend die Fäuste.

Elanthia kauerte sich panisch zusammen und er lachte innerlich. Dieses Weib war so schwach. Dass gerade sie mit übernatürlichen Kräften gesegnet worden war …

Es war beinahe bewundernswert, dass sie den Mut fand, weiterzusprechen. Auch wenn Kronos spürte, wie überwältigende Wut in ihm hochstieg. Wenn sie nur endlich ihren Kampfgeist verlieren würde, dann könnte er nach langer Zeit seine Ketten sprengen …

„Ich bin mir sicher, dass ich auf der Erde Antworten finden werde, die deine Ziele vorantreiben werden. Meine Nachforschungen auf Epsylon werden mich nicht viel weiterbringen." Ihre Stimme klang tatsächlich aufrichtig und er war fast versucht, ihr die Halskette anzulegen und sie auf ihre Reise zu entlassen. Nur, damit er sie nicht mehr ansehen musste. Die Lust vernebelte nach wie vor seinen Geist. Ebenso wie der Hass.

Doch Kronos wollte sie noch ein wenig bestrafen, für ihre Lügen, ihre Unfähigkeit, ihre reine Existenz.

„Du hast meine ursprüngliche Frage unzureichend beantwortet, Elanthia. Ist dies nur eine List, um mir zu entkommen?" Nicht, dass es ihr gelingen würde, falls sie es wirklich versuchen wollte.

„Du weißt ganz genau, dass mir dieser Gedanke niemals kommen würde", erwiderte sie bemüht beschwichtigend.

Kronos schüttelte innerlich den Kopf. Der Gedanke war ihr sicherlich schon gekommen, doch sie würde diese Pläne niemals in die Tat umsetzen. Dafür war das Weib zu weich, zu sanftmütig. Dennoch …

„Weiß ich das? Kann ich denn mit Sicherheit sagen, dass dir deine Flucht nicht viel mehr bedeutet als das Wohl deiner Familie? Wer weiß, vielleicht bist du ja ein kleines selbstsüchtiges Miststück?" Er sah den Hass in ihren Augen, den sie nur bedingt zügeln konnte. Kronos badete in dem Gefühl, dass sie ihn verabscheute. Es machte die Gewissheit, dass sie unwiderruflich an ihn gekettet war, umso süßer.

Selbst wenn die geflügelte Missgeburt ihm Elanthia eines Tages entreißen sollte, würden ihre Erinnerungen von Kronos beherrscht werden. Sie gehörte ihm.

„Sei gewiss, mein König, ich werde nicht fliehen", erklang ihre tonlose Stimme und Kronos konnte sich nicht vorstellen, wie sehr es sie schmerzen musste, die Worte auszusprechen, die er bereits tief in sich trug. „Ich gehöre dir, mein König." Er lächelte erfreut. Ihr Leid war so herrlich wohltuend.

Ob ihr Stolz sich wohl jemals wieder davon erholen würde? Kronos' Lächeln wuchs.

Mit langsamen Schritten ging Kronos auf Elanthia zu und beobachtete, wie ihr Körper in ein unkontrollierbares Zittern verfiel. Ein lieblicher Anblick.

„Du möchtest also, dass ich dich zur Erde reisen lasse? Habe ich das richtig verstanden?" Kronos' Blick bohrte sich in ihren und er weidete sich an ihrem Unbehagen.

„Ja, ich erbitte deine Erlaubnis, die Erde besuchen zu dürfen, um endlich Antworten zu finden. Ich …", ihre Stimme versagte ihr den Dienst.

Kronos ahnte, was sie als Nächstes sagen wollte. Es würde sie innerlich zerreißen, diese Worte auszusprechen. Ein erfreulicher Gedanke.

„Ja? Es tut mir leid, aber ich glaube, den letzten Satz habe ich nicht ganz verstanden. Was wolltest du mir sagen?" Er packte Elanthia an den Handgelenken und drückte schmerzhaft fest zu.

Er war nicht länger wütend, es machte ihm einfach nur Spaß, sie auf allen erdenklichen Ebenen zu quälen.

„Ich … flehe dich an, Kronos. Bitte, lass mich gehen. Ich werde wiederkommen, ich schwöre es." Elanthia legte jegliche Unterwürfigkeit, die sie aufbringen konnte, in ihre zitternde Stimme. Wer hätte gedacht, dass sie so zahm sein konnte, wenn sie etwas wirklich wollte?

Kronos beobachtete Elanthia genau, während er sie auf eine Antwort warten ließ. Er wusste, dass sie etwas vor ihm verbarg und für gewöhnlich hätte er dieses Wissen mit allen Mitteln aus ihr herausgeholt.

Doch die Gewissheit, dass sie keine andere Wahl hätte, als zu ihm zurückzukehren und der Wunsch, dem geflügelten Bastard zu beweisen, welche Macht Kronos besaß, machten ihm die Entscheidung sehr leicht.

Ihre Geheimnisse konnte Kronos auch lüften, wenn sie zurückgekehrt war.

Fürs Erste galt es, einige Vorkehrungen zu treffen.

Kronos ließ lange auf eine Antwort warten. Er beobachtete mich währenddessen mit seinen analytischen, kalten Augen und erhöhte den Druck an meinen Handgelenken dermaßen, dass ich einen kurzen Aufschrei nicht unterdrücken konnte.

Ein leichtes Lächeln stahl sich auf Kronos' Lippen.

Ich wusste, dass meine Erklärungen unzureichend gewesen waren.

Die Lügen, die ich ihm als Wahrheit offenbart hatte, waren nichts weiter als mein kläglicher Versuch, eine Reise zu diesem weit entfernten Planeten zu rechtfertigen.

Ich wusste nicht einmal, ob die irdische Kultur wirklich von Mythen geprägt war. Die Inspiration, zu schreiben, hatte ich, wie ich plötzlich erkannte, von meinen unterdrückten Erinnerungen an die Dämonenebene gewonnen, nicht von irgendwelchen irdischen Touristen.

Ich seufzte innerlich. Er würde mich niemals gehen lassen.

Kronos neigte leicht den Kopf und sah mich noch lange unverwandt an, bis er endlich zu einer Erwiderung ansetzte.

„Nun gut." Überraschung und Erleichterung erfüllten mein Herz angesichts seiner schnellen Zustimmung, allerdings nur so lange, bis Kronos weitersprach: „Du darfst gehen, meine Liebe. Doch da ich nichts von deinen lächerlichen Versprechen und Beteuerungen halte, wirst du nicht allein gehen. Meine Wachen werden dich begleiten." Seine Entscheidung unterstrich er mit einem neuerlichen schmerzhaften Druck auf meine ohnehin schon pochenden Handgelenke.

Wachen. Ich hätte es wissen oder wenigstens erahnen müssen. Kronos würde mich eine solche Reise nie völlig außerhalb seiner Kontrolle machen lassen. Doch wie sollte ich mich mit Primus treffen, ja, ihn zunächst einmal überhaupt finden, wenn ich ununterbrochen unter Bewachung stand?

Stirnrunzelnd hing ich meinen Gedanken nach und vergaß beinahe, dass ich schon jetzt eingehend beobachtet wurde.

„Das gefällt dir wohl nicht, meine Schöne. Was ist es, was dich so stört?

Mein mangelndes Vertrauen oder deine vereitelten Fluchtpläne?" Kronos' Worte ließen seine Stimmung nicht erahnen und das machte mir Sorgen. Ich konnte nicht sagen, ob er wütend, gleichgültig oder gar belustigt war. Wie sollte ich in solch einer Situation angemessen reagieren?

„Es ist nichts, mein König. Deine Entscheidung klingt wohldurchdacht und weise." Für gewöhnlich reichten ein paar schmeichelnde Worte und Kronos vergaß alles andere. Diesmal jedoch schien alles anders zu sein.

„Ich habe genug von deiner Speichelleckerei. Du tauchst hier auf in meinem Lieblingskleid, mit meiner Lieblingsfrisur und einer Unterwürfigkeit, wie ich sie viel zu selten bei dir erlebe. Ich habe verstanden, Elanthia, diese Reise ist wichtig und ich hoffe sehr für dich, dass sich diese enorme Bedeutung auch auf meine Zwecke erstreckt." Es verwunderte mich nicht, dass Kronos mich durchschaut hatte, dennoch war ich überrascht, dass er dies so offen aussprach.

„Die Wachen kommen mit. Sie werden auf mein Eigentum aufpassen. Doch das reicht mir nicht. Denn wer, bitte, passt auf meine Wachen auf?" Verwirrt runzelte ich angesichts dieser Aussage die Stirn. Erstens war Kronos das Wohlergehen seiner Wachen vollkommen gleichgültig, schließlich hatte er sie angestellt, damit sie schlimmstenfalls für ihn in den Tod gingen. Und zweitens vor wem oder was wollte Kronos diese gruseligen Gestalten schützen? Wusste er etwas, was ich nicht wusste?

Mit einer herrischen Bewegung riss Kronos mich an seine Brust.

„Wer weiß, was du Missgeburt ihnen antust, wenn du deine Antworten endlich gefunden hast", flüsterte er gehässig in mein Ohr.

„Deshalb", fuhr er lauter fort und schubste mich von sich, „habe ich hier ein kleines Geschenk für dich." Gemächlich wanderte er zu dem kleinen Tisch neben den großen Eichentüren und erst jetzt sah ich das kleine, unscheinbare Päckchen, welches sich darauf befand.

„Was ist das?", fragte ich zögerlich.

„Das ist meine Garantie, dass du auch wirklich wieder zurückkommst",

erwiderte Kronos ausweichend.

Das Päckchen in die großen, groben Hände nehmend, machte er sich allmählich daran, es auszupacken. Achtlos ließ er die dunkelbraune, zerknitterte Verpackung zu Boden fallen und präsentierte mir eine samtbezogene, blaue Schachtel. Mit einer abgehackten Kopfbewegung bedeutete er mir, sie zu öffnen.

Mit zittrigen Händen kam ich seiner Aufforderung nach und keuchte überrascht auf, als ich sah, was sich in der eleganten Schachtel verbarg.

Eine noch elegantere, goldene Halskette mit seltsamen, reflektierenden violetten Steinen. Was in Herezias Namen hatte das zu bedeuten? Mit fragendem Blick sah ich zu dem Mann, der für mich ein wandelndes Enigma war.

„Sieh mich nicht so an, meine Liebe. Keine Sorge. Meine Gefühle dir gegenüber haben sich keineswegs geändert." Sein Zynismus war unüberhörbar. Der Abscheu beruhte also weiterhin auf Gegenseitigkeit. Wie beruhigend.

Kronos berührte die wunderschöne Halskette beinahe liebevoll und ich fragte mich allmählich, ob ich wohl nie aus meinen Träumen aufgewacht war. Die ganze Situation wurde zunehmend bizarrer.

„Leg sie doch bitte an, Elanthia." Kronos klang abwesend, während er diese Bitte äußerte. Deshalb war es nicht weiter verwunderlich, dass ich nicht sofort reagierte und ihn stattdessen weiterhin skeptisch beobachtete, wie er das Schmuckstück betrachtete, als wäre es wertvoller als all seine Reichtümer zusammen.

Kronos jedoch hielt wenig von meinem offensichtlichen Zögern.

„Leg sie an!", brüllte er mich ungeduldig an.

Angst ließ mich heftig schlucken. Dies war der Mann, den ich kannte und fürchtete. Ich konnte nicht sagen, dass ich ihn vermisst hatte.

Mit zittrigen Gliedern griff ich nach der Kette, achtete jedoch peinlichst darauf, dass meine Ärmel nicht hochrutschten und mehr verrieten, als ich preisgeben wollte.

Glatt und kühl lag das Schmuckstück in meinen schwachen Fingern. Ich staunte über die filigrane Handwerkskunst und den feinen Schliff der seltsamen, tropfenförmigen Steine, die die Kette reihum zierten.

Man konnte beinahe vergessen, dass dies kein simples Geschenk war, dass dies nicht aus Liebe gegeben wurde.

Mit einem kaum wahrnehmbaren Seufzen setzte ich dazu an, mir die Halskette anzulegen. Doch Kronos schien die Warterei leid zu sein.

„Bist du selbst für solch eine einfache Aufgabenstellung zu beschränkt?" Schneller, als ich ihm mit den Augen folgen konnte, hatte er mir brutal die Kette aus den Händen gerissen und mich herumgewirbelt, sodass ich nun mit meinem Rücken zu ihm stand.

„Gut, dass du deine Haare wenigstens hochgesteckt hast", murmelte Kronos genervt, griff um mich herum und hielt die geöffnete Kette nun unweit von meinem Hals, bereit, sie mir anzulegen.

Es war merkwürdig, doch es war, als würde sich Kronos Laune mit jedem Zentimeter, den das Schmuckstück auf mich zu schwebte, zunehmend verbessern. Ich konnte das hämische Grinsen in seinem Gesicht förmlich vor mir sehen, nichtsdestotrotz versuchte ich, nicht mit dem Schlimmsten zu rechnen. Doch was wäre in dieser bizarren Situation überhaupt der schlimmste anzunehmende Ausgang?

Das metallische Einschnappen des Verschlusses und das ungewohnte Gewicht an meinem Hals waren die einzige Warnung, die ich bekam.

Plötzlich fühlte ich mich seltsam schwach, sodass mir meine Beine prompt den Dienst verweigerten. Ungebremst stürzte ich auf die kalten, weißen Fliesen von Kronos' Salon. Doch der Schmerz des Aufpralls war nichts im Vergleich zu dem heftigen Stechen, welches mein Herz durchschoss.

Mein schmerzerfülltes Keuchen quittierte Kronos mit einem erheiterten, geradezu euphorischen Lachen.

„Es scheint zu funktionieren, wie beruhigend." Selbst seine Stimme klang leichter und unbeschwerter als sonst. Hätte ich die Kraft dazu aufbringen können, wäre mein Hass in diesem Moment vermutlich ins Unermessliche gestiegen. Doch ich schaffte es gerade noch so, eine Ohnmacht fernzuhalten.

„Was", wimmerte ich, „hat das zu bedeuten?"

„Wie ich dir bereits sagte, meine Liebe, ist dieses kleine Schmuckstück meine Garantie, dass du auch wirklich zurückkommst." Er strich sich die blonden Haare aus dem Gesicht und fuhr, von meinem funkelnden Blick unberührt, in seinen Ausführungen fort.

„Dieses unscheinbare Ding hat eine überaus nützliche Fähigkeit. Nämlich dich von deinen unnatürlichen Fähigkeiten abzuschneiden." Kronos schien sehr stolz auf sich zu sein. Ich bezweifelte jedoch sehr, dass diese neuerliche Untat seinem „Intellekt" entsprungen war.

Es dauerte einen Augenblick, bis ich diese schockierende Information verdaut hatte, aber selbst, nachdem ich das Gesagte vollkommen verinnerlicht hatte, wagte ich es nicht, etwas zu erwidern. Natürlich brannte mir die Frage auf der Zunge, woher er dieses schreckliche Objekt hatte. Natürlich wollte ich wissen, wie weit diese grauenvolle Fähigkeit reichte.

Doch mein erster Impuls bestand darin, diese Kette, im wahrsten Sinne des Wortes, von meinem Hals zu reißen. Als meine Finger das kalte Metall jedoch berührten, durchfuhr mich ein quälend intensiver Schlag und mit einem leisen Aufschrei zog ich meine Hand wieder zurück.

Verständnislos sah ich zu Kronos und ignorierte das hellrote Blut, welches von meinen Fingerspitzen auf den weißen Fliesenboden tropfte.

Mein Mann lächelte milde auf mich herab. Ich hatte beinahe vergessen, dass ich nach wie vor gekrümmt zu seinen Füßen lag.

„Glaubst du, es wäre so einfach? Der Einzige, der dich von deinem neuesten Accessoire befreien kann, bin ich und daran solltest du vielleicht denken, falls dir während deiner kleinen Reise auch nur für einen kurzen Moment der Gedanke an Flucht kommen sollte." Kronos beugte sich zu mir herab, packte mich an den bebenden Armen und riss mich auf die immer noch wackeligen Beine.

„Und jetzt, geh! Ich denke, es gibt noch einiges zu tun, bevor du morgen aufbrichst."

„Morgen?", fragte ich, ohne nachzudenken.

Kronos verdrehte die Augen und stieß mich geradezu sanft von sich. Beide Aktionen recht untypisch für dieses aufbrausende Monster.

„Selbstverständlich, ich werde sogleich den zuständigen Ingenieur auf der Erde informieren lassen. Die dort liegende Teleportationskammer befindet sich, soweit ich weiß, in Berlin. Ich hoffe sehr für dich, dass du weißt, wie es von dort aus weiter gehen soll, oder bist du auch dafür zu dumm?"

In diesem Augenblick fühlte ich mich wirklich geradezu bescheuert. Ich hatte weder bedacht, dass es auf jedem menschenbesiedelten Planeten lediglich eine Teleportationskammer gab, noch, dass ich keinerlei Orientierung auf diesem fremden Planeten hatte. Primus hatte mich mit nichts zurückgelassen. Das konnte ich Kronos jedoch schlecht gestehen. Mir blieb nichts anderes übrig, als die wahren Verhältnisse zu verschleiern.

„Natürlich, mein König. Ich habe im Zuge meiner Recherchen alles genau geplant." Ich beließ es bei dieser vagen Aussage, in der Gewissheit, dass Kronos im Allgemeinen wenig für Planung und Nachforschungen übrighatte.

Ich hatte mich nicht getäuscht.

„Nun gut, geh jetzt. Ich lasse morgen nach dir schicken, wenn es Zeit ist für dich, zu verschwinden. Doch vergiss nicht: Du gehörst mir und du hast es nur meiner Gutmütigkeit zu verdanken, dass ich dich Missgeburt überhaupt noch unter uns Menschen wandeln lasse." Wie sollte ich, wenn er mich jedes Mal daran erinnerte?

Mit einem letzten hasserfüllten Blick riss ich die riesigen Eichentüren auf und verschwand.

„Ich verstehe das einfach nicht", murmelte ich verzweifelt. Wiederholt hatte ich versucht, die Verbindung zu der mir innewohnenden Kraftquelle herzustellen, doch es war, als wäre sie verschwunden und lediglich eine dumpfe Leere geblieben. Kronos' Werkzeug funktionierte.

„Das sollte auch nicht möglich sein", erwiderte Raphael mit schmerzverzerrter Miene, während er seine blutigen Fingerspitzen mit einem weißen Seidentuch abtupfte.

Ich hatte unmittelbar nachdem ich in meinen Gemächern angekommen war, nach ihm geläutet. Seine Wut über mein neuestes Souvenir war in Empörung umgeschlagen, nachdem auch er – erfolglos – versucht hatte, mir die Kette vom Hals zu reißen.

„Woher hat der Mistkerl dieses Ding?" Raphael sprach damit die Frage aus, die mich schon beschäftigte, seit Kronos mir das Schmuckstück angelegt hatte. Auch wenn Raphaels Stimme mehr ungläubig als unwissend klang.

„Ich weiß es nicht. Dazu hat er nichts gesagt. Aber ehrlich gesagt interessiert mich momentan viel mehr, wie so ein Objekt überhaupt funktionieren kann. Technologie? „Magie"?" Ich setzte letzteres bewusst in Anführungszeichen, da ich nicht recht glauben konnte, dass Kronos mit solch „unnatürlichen" Machenschaften etwas zu tun hatte.

Auch wenn nach wie vor unbestreitbar war, dass Kronos' Wachen ebenfalls sehr unnatürlich waren.

„Thia, ich muss gestehen, ich bin absolut ratlos. In den vielen Jahren, die ich schon auf diesem Planeten wandle, ist mir so etwas noch nie untergekommen." Raphael wirkte geradezu zerknirscht. Doch erneut färbte Ungläubigkeit seine Stimme. Nicht die heillose Unwissenheit, die mich erfüllte.

Raphael verschwieg mir etwas.

Dennoch tat es mir beinahe leid, dass ich ihn mit meinen Problemen belastete. Andererseits wusste ich auch nicht, an wen ich mich sonst wenden sollte.

„Lass es gut sein, Raphael. Egal, wie es funktioniert, es funktioniert. Meine Kräfte sind verschwunden. Im Moment bin ich nicht viel mehr als der Mensch, für den ich mich immer gehalten habe." Ich seufzte schwer – wie so oft – und lehnte mich entnervt gegen die zahlreichen Kissen auf meinem Bett. Normalerweise hätte ich mir Sorgen gemacht, dass man uns gemeinsam in meinem Schlafgemach erwischen könnte, doch momentan quälten mich ganz andere Gedanken.

Kaum hatte ich mich damit abgefunden mehr zu sein als ein Mensch, wurde mir dieser Teil – wie so vieles –, von meinem Mann geraubt.

Ich sollte eine Reise zu einem fremden Planeten antreten, um meinem wahren Wesen, meinen Erinnerungen, auf die Spur zu kommen und wusste nicht einmal, wohin diese Unternehmung genau führen sollte. Primus hatte mich orientierungs- und ratlos zurückgelassen.

„Wie soll ich das alles schaffen?", murmelte ich, mit Tränen in den Augen. Ich hatte gedacht, endlich Hoffnung schöpfen, endlich Antworten finden zu können. Doch immer wieder schaffte es mein unerträgliches Leben, mir Steine in den Weg zu legen und damit jeden Schritt nach vorne zu einem Kampf zu machen.

Raphael, der bis zu diesem Augenblick im Türrahmen gestanden hatte, kam eiligen Schrittes auf mich zu und kniete sich neben das Bett. Seine Augen waren von Mitgefühl, doch auch von Stolz erfüllt.

„Thia, du bist so stark, du hast schon so viel überlebt, so viel geschafft." Er nahm meine Hand in seine und strich mit dem Daumen über mein gezeichnetes Handgelenk. „Du wirst auch das jetzt überstehen. Diese Kette ändert nichts an der Tatsache, dass du eine großartige Persönlichkeit bist, voller Wärme und Herzensgüte. Doch vor allem kann sie dir nicht deine Willensstärke rauben." Mein tränenverschleierter Blick richtete sich bei diesen Worten gen Boden. Es war keine Verlegenheit, die mich den Blick abwenden ließ, es war Rührung.

Noch nie hatte jemand von mir solch ein wunderschönes Bild gezeichnet, noch nie hatte ich mich selbst in solch einem Licht gesehen. Mein Herz quoll beinahe über vor Dankbarkeit, doch Raphael war noch längst nicht am Ende.

„Ich weiß, du machst dir Sorgen, was dich auf der Erde erwarten wird, doch ich bin zuversichtlich, dass sich alles richten wird." Er wirkte unsicher, ob er fortfahren sollte, schien sich jedoch schnell zu fangen und lächelte mich aufmunternd an.

„Primus scheint wirklich ein Interesse daran zu haben, dir zu helfen. Wieso also sollte er dich hilflos auf diesem fremden Planeten herumirren lassen? Tu dir selbst einen Gefallen und lass einfach alles auf dich zukommen. Vergiss deine Bedenken und freu dich lieber über diese Chance, eine neue Welt kennenzulernen, doch vor allem freu dich darüber, endlich zu erfahren wer du bist." Raphaels Optimismus war beinahe ansteckend. Beinahe.

„Wie kannst du nur so voller Hoffnung und Zuversicht sein?" Es war mir unbegreiflich, wie er all meine Zweifel und Sorgen einfach so zur Seite wischen konnte.

„Ganz einfach, Thia. Ich vertraue auf deine Instinkte und diesen klugen Kopf, den du dort auf deinen Schultern sitzen hast."

Meine Hand nach wie vor zärtlich in seiner haltend, richtete sich Raphael zur vollen Größe auf.

„Und jetzt wird es Zeit für mich, zu gehen, so kannst du in Ruhe packen und dich auf den morgigen Tag vorbereiten." Mit einem Zwinkern ließ er meine Hand los und wandte sich zum Gehen. Kurz vor der Schlafzimmertür hielt er noch einmal inne.

„Natürlich gilt mein Angebot nach wie vor. Falls du irgendetwas brauchst, bin ich für dich da." Ohne meinen Dank abzuwarten, marschierte er davon und das Einzige, was ich noch hörte, waren die massiven Eichentüren, die ins Schloss fielen.

Erschöpft rieb ich mir die Augen. Was für ein Tag. Und morgen? Morgen würde vermutlich nicht viel besser werden.

Mir fehlte die Kraft, um über all das nachzudenken, was da kommen mochte.

Natürlich hatten mir Raphaels Worte Trost gespendet, natürlich hatte er viele meiner Zweifel zerstreut, doch meine aufgewühlten Emotionen kamen einfach nicht zur Ruhe. Ich hatte Angst. Angst vor dieser Reise, Angst vor Kronos' Wachen. Doch, was ich mir bisher nicht eingestehen konnte, war die überwältigende Angst vor meiner Vergangenheit, die sich nun bald offenbaren würde und ich hatte kaum noch Zeit, mich mit diesem Gefühl auseinanderzusetzen.

Resigniert schüttelte ich den Kopf und glitt von meinem Bett. Es war an der Zeit, alles für morgen vorzubereiten, zu packen und zu planen.

Egal, was der morgige Tag auch bringen mochte, ich würde bereit sein.

8

*Er würde mich nicht länger dem Wissen entfremden. Er hat
keine Kontrolle über sie. Kennt sie nicht, wie ich sie kenne.
Sie gehört mir. Ich werde siegen.*

Kronos

Ich stand schockiert in der riesigen Eingangshalle des Palastes. Zwölf Wachen betrachteten mich mit einem gleichgültigen Blick und ignorierten mein offensichtliches Entsetzen vollkommen.

„Kronos, ich bitte dich. Hältst du das wirklich für notwendig?", fragte ich mit lauter Stimme und zeigte auf meinen geschmückten Hals, achtete jedoch darauf, der Kette mit meiner Hand nicht zu nahe zu kommen.

Kronos wirkte vollkommen unberührt von der fehlplatzierten Autorität in meiner Stimme. Ihm schien die Situation viel zu sehr zu gefallen, um angesichts meines unangebrachten Tonfalls in Wut zu geraten.

„Ja, so ist es. Ich habe genug Wachen, ein Dutzend mehr oder weniger macht da keinen Unterschied, meine Liebe, und wie ich dir gestern bereits erklärt habe, passe ich sehr gut auf mein Eigentum auf." Er lächelte hämisch, bedeutete einer der Wachen, mein Gepäck zu nehmen und zog mich energisch an seine Seite. Seinen Griff um mein Handgelenk spürbar verstärkend, wandte er sich zur Treppe, die in den Keller führte.

Der Palast war klar strukturiert. Im Keller befand sich die wissenschaftliche Abteilung mit OP-Sälen, medizinischen und technischen Forschungszentren und natürlich den Teleportationskammern. Das Erdgeschoss war für größere Versammlungen gedacht wie formelle Bälle und dergleichen, obwohl ich mich nicht daran erinnern konnte, dass etwas Derartiges hier jemals stattgefunden hatte. Küchen, Esszimmer und Lagerräume befanden sich im ersten Stock. Alles rund um das Thema Wäsche und

Reinigung befand sich im zweiten Stockwerk. Der dritte Stock setzte sich aus dem sogenannten Dienstbotentrakt und zahlreichen Abstellkammern zusammen. Sowohl die königlichen Schlafgemächer als auch Kronos' Arbeitszimmer und die Palastbibliothek befanden sich im vierten Stock. Den Abschluss bildete der fünfte Stock. Dieser beinhaltete meine persönliche Bibliothek und einen wenig genutzten, riesigen Dachboden.

Unter anderen Umständen könnte dieser Palast für so viele Menschen ein luxuriöses Zuhause sein, doch so wie die Dinge lagen, glich dieser Ort eher einem klar getakteten Gefängnis.

Gehorsam folgte ich Kronos die zahlreichen Stufen hinab in den hell erleuchteten Forschungstrakt. Die weißen, sterilen Wände bildeten einen deutlichen Kontrast zu der ansonsten recht düsteren Gestaltung des Palastes.

Bis heute war es mir untersagt gewesen, diesen Ort zu betreten und ich war beinahe überfordert von den grellen Deckenleuchten, den reflektierenden Wänden und dem weitläufigen Flur, der zu beiden Seiten von einer Vielzahl an Türen gesäumt war. Das Zischen und Piepsen von unzähligen Gerätschaften, sowie das Murmeln leiser Stimmen drangen aus jeder Richtung an meine Ohren und ich staunte angesichts dieser fremden Welt, welche die ganze Zeit direkt unter meinen Füßen gelegen hatte. Dies musste der einzige Ort im Palast sein, der nicht an ein Grab erinnerte.

Kronos führte mich und seine Wachen zielstrebig den langen Flur entlang. Es war fast unheimlich, wie lautlos diese seltsamen Wesen hinter uns her schritten.

Als wir das Ende des Ganges erreichten, blieb Kronos stehen und wandte sich zur letzten Tür an der rechten Seite. „Transportwesen" stand in schwarzen Lettern an die metallene Tür geschrieben. Mit einem schnellen, kräftigen Klopfen verlautbarte Kronos' seine Anwesenheit und wartete ungeduldig, bis sich wenige Sekunden später die Tür öffnete.

„Eure Majestät", begrüßte ihn ein bebrillter, hochgewachsener Mann und verbeugte sich tief. Dies musste einer der legendären Ingenieure sein, die Kronos' in seinen unterbezahlten Diensten hatte.

„Carmical." Kronos Antwort war wie gewöhnlich pragmatisch und knapp.

„Ist alles vorbereitet?" Seine Stimme forderte Carmical regelrecht dazu heraus, die Frage zu verneinen.

Dieser nickte jedoch und ließ seinen Blick kurzzeitig in meine Richtung gleiten, bevor er sich wieder seinem König zuwandte.

„Die Maschine ist einsatzfertig, der Ingenieur auf der Erde wurde informiert und alles wurde nach Euren Wünschen kalibriert. Es wird kein Problem sein, dreizehn Personen zu überführen. Die Reise wird sich nur geringfügig verlängern", fasste der Ingenieur die Fakten zusammen.

„Irrelevant. Auf ein paar Minuten mehr oder weniger wird es nicht ankommen. Nicht wahr, Thia?" Es traf mich unvorbereitet, direkt angesprochen zu werden. Ich hatte nicht damit gerechnet, überhaupt zur Kenntnis genommen zu werden. Schließlich war ich nicht viel mehr als ein weiteres Gepäckstück.

Aus diesem Grund konnte ich lediglich zustimmend nicken.

Kronos störte meine Stille nicht, vielmehr schienen seine Augen mich gar nicht richtig wahrzunehmen. Ich war letztendlich nur Mittel zum Zweck, meine Zustimmung war nicht erforderlich und würde es nie sein.

„Nun gut, ich bin überzeugt davon, Ihr schafft das ohne mich, Carmical. Ich habe dringende Geschäfte, die meiner Aufmerksamkeit bedürfen." Kronos' Worte überraschten mich zutiefst. Ich dachte wirklich, er wäre das Letzte, was ich von diesem Planeten sehen würde. Dass er einfach verschwand, war wahrlich besorgniserregend.

Mit großen Augen blickte ich zu meinem Mann, doch dieser fokussierte sich voll und ganz auf den Ingenieur, der stocksteif vor ihm stand.

„Natürlich, Eure Majestät. Seid gewiss, dass Eurer Frau und Euren Wachen nichts geschehen wird." Dieser Mann konnte nicht wissen, dass Kronos höchstens besorgt war, dass sein Spielzeug kaputtgehen könnte und er sich ein neues besorgen musste.

„Da bin ich mir sicher, Carmical." Mit diesen Worten wandte er sich zu mir.

Mit einem Ruck lag ich in seinen Armen. Für andere mochte diese Umarmung zärtlich wirken, schlicht ein liebevoller Mann, der seine Frau für eine lange Zeit nicht sehen würde. Doch keiner sah, wie sich grobe Finger schmerzhaft in meine Seiten bohrten, keiner hörte, was Kronos leise in mein Ohr flüsterte: „Pass gut auf dich auf, meine Liebe. Wenn du wiederkommst – und du wirst wiederkommen – testen wir, ob auch deine Selbstheilungskräfte angesichts meines Schmuckstücks ihren Dienst quittiert haben." Eine Gänsehaut überzog meinen ganzen Körper. Wenn ich wiederkam, erwartete mich der Tod, davon war ich überzeugt und dennoch hatte ich keine andere Wahl, als zu ihm zurückzukehren. Das war doch kein Leben mehr!

Mit einem letzten kräftigen Druck in meine Rippen, ließ er mich los. Der Bastard hatte sogar noch die Dreistigkeit mir zuzuzwinkern, bevor er uns allen den Rücken kehrte und wieder in die Untiefen seines Heimes hinaufstieg.

Sein hämisches Gelächter hallte durch den ganzen Palast.

„Ich bitte Euch, Eure Hoheit, Ihr müsst das Schmuckstück ablegen. Es stört die Wellen, die zur Teleportation notwendig sind."

Ich seufzte schwer. Ich versuchte nun schon seit zehn Minuten diesem Menschen zu erklären, dass ich die Kette nicht abnehmen konnte. Wenn ich eine Wahl hätte, würde ich es tun, doch es war nicht möglich.

„Es tut mir leid, mein Herr, doch wie ich bereits wiederholt gesagt habe, ist das leider nicht möglich. Es muss doch auch so machbar sein, nicht?" Mit hochgezogenen Augenbrauen blickte ich den hochgewachsenen Mann lange an.

Dieser schüttelte entnervt den Kopf und schaute hilfesuchend zu den zahlreichen Wachen, die uns stumm umringten. Selbst ihm wurde jedoch schnell bewusst, dass er von den reglosen Gestalten keinerlei Unterstützung bekommen würde.

„Es könnte so vieles schief gehen", unternahm Carmical einen letzten Versuch und appellierte an meine Vernunft.

„Carmical, ich bin sicher Euer Intellekt findet eine zufriedenstellende Lösung für dieses Problem. Wir könnten natürlich auch meinen Mann bemühen, allerdings wirkte er doch sehr beschäftigt. Ich würde ihn ungern stören." Angst huschte über das ausgemergelte Gesicht des Ingenieurs. Angst davor, zu versagen. Angst vor Kronos' Reaktion.

Mein Selbsthass war beinahe unerträglich. Es widerte mich an, mit den Schwächen anderer Wesen zu spielen, doch was blieb mir für eine Wahl?

„Nein, das wird nicht nötig sein, Eure Hoheit! Ich bin mir sicher, das Störsignal wird marginal sein." Mit zittrigen Händen wandte er sich zum Armaturenbrett, betätigte einen kleinen Hebel und forderte uns mit einer kurzen Geste dazu auf, in die nun geöffnete Kammer einzutreten.

Die Teleportationskammer war durch eine transparente Wand vom Kontrollraum getrennt. Lediglich die meterdicke, metallene, automatische Tür deutete auf die enorme Bedeutung dieses Raumes hin. Der Raum selbst war mit weichem Schaumstoff ausgekleidet. Nur Decke und Boden bestanden aus einem merkwürdig dunklen Metall, dessen Name ich nicht kannte.

Carmical hatte ganz euphorisch versucht, uns die Funktionsweise dieses Wunderwerkes zu erklären, doch bei der ersten Erwähnung eines „riesigen Kondensators" hatte ich bewusst weggehört. Für Physik fehlte mir jegliches Verständnis.

Mit wackeligen Gliedern trat ich, gefolgt von einem Dutzend bewaffneter Wachen, in die Kammer ein. Ich stellte überrascht fest, dass wir alle bequem in den großen Raum passten, ohne uns im Mindesten zu berühren.

„Bitte stellt Euch in den ausgezeichneten kreisrunden Bereich in der Mitte der Kammer", erklang Carmicals Stimme aus verborgenen Lautsprechern.

Erst jetzt erblickte ich die schwarze Linie, die einen geringfügig herabgesetzten Bereich des Raumes vom Rest trennte. Der Kreis hatte in etwa einen Durchmesser von einem Meter und wirkte nicht, als könnte er mehr als ein oder zwei Personen fassen.

Carmical sprach das aus, was ich in meiner Skepsis dachte.

„Um alle dreizehn Personen zu überführen, Eure Hoheit, benötigen wir jemanden, der die notwendige Energie zentriert. Würdet Ihr Euch dazu bereit erklären? Oder soll einer Eurer Begleiter diese Aufgabe übernehmen?"

„Was genau müsste ich denn tun?" Mein entschlossener Tonfall sollte diesem Kerl zeigen, dass er trotz allem, was auch dagegensprechen mochte, nach wie vor mit seiner Königin sprach. Kronos mochte diese Tatsache gerne vergessen und es andere bevorzugt vergessen lassen, doch ich ließ mich von diesem angsterfüllten Feigling nicht wie eine drittklassige Persönlichkeit behandeln. Mein Mann tat das schon mehr als genug.

„Ihr würdet den Platz in der Mitte des Kreises einnehmen. Es handelt sich dabei um den Mittelpunkt der Schleuse. Dort wird der Großteil der Energie zentriert, der Rest wird von den umgebenen Wänden absorbiert.

Diese Energie würde ungebremst durch Euch hindurchfließen und Euch an den gewünschten Ort transportieren. Um zu gewährleisten, dass Eure Wachen mitkommen können, müssten diese Euch leicht berühren, um letztendlich einen Übersprung der Energie zu ermöglichen." Carmicals Ausführungen waren präzise und monoton, verschwunden war jedwede Arroganz und Geringschätzung.

Ich verstand das Prinzip hinter dieser Art des Transportes, ich konnte sogar seinen Erklärungen bezüglich des Energietransfers gut folgen. Doch, dass ich mich von diesen gruseligen Wesen berühren lassen musste … bekam mir nicht.

Zögerlich ließ ich meinen Blick durch den großen Raum schweifen und erfasste dabei die kleinsten Regungen meiner Gefängniswärter. Sie wirkten wie Statuen, völlig still und stumm standen sie an den Wänden und beobachteten jede meiner Bewegungen. Hätte ich nicht genau gesehen, wie sich ihr Brustkorb hob und senkte, hätte ich sie für Wachsfiguren gehalten.

„Nun, Eure Hoheit?" Ungeduld ließ Carmical fast unverständlich schnell reden.

„Ich werde es tun." Ich durfte keine Schwäche zeigen, mein Zögern war bereits zu lange gewesen.

„Tretet in die Mitte." Mit zügigen Schritten kam ich Carmicals Aufforderung nach. Mir stockte der Atem, als mein Fuß das seltsame Rondell berührte und mich eine unangenehme Hitze erfüllte.

„Was ist das?", fragte ich, mich leicht windend, nachdem ich auch den zweiten Fuß neben den anderen platziert hatte.

„Keine Sorge, Eure Hoheit, das ist völlig normal. Was Ihr da spürt, ist die Energie, die dauerhaft in den Kondensatoren gespeichert ist", erläuterte Carmical mit sachlicher Stimme.

Erleichtert nickte ich und wartete auf weitere Instruktionen des großgewachsenen Ingenieurs.

„Eure Wachen können nun nähertreten und eine bequeme Position für die Reise einnehmen. Bedenkt jedoch, dass sie Euch an irgendeinem Punkt berühren müssen." Ich ignorierte gekonnt, wie süffisant seine Stimme klang und bedeutete Kronos' Wachen den Ausführungen des selbstgefälligen Mannes Folge zu leisten.

Beinahe mechanisch kamen die schwarz gekleideten Wachen auf mich zu. Sie hatten sich wohl bewusst in recht „legere" Kleidung gehüllt, um auf der Erde weniger aufzufallen. Auch ich hatte mich dementsprechend gekleidet. Auf der Erde war gerade Sommer, hatte Kronos verlauten lassen, deshalb war es nicht weiter verwunderlich, dass ich mich in helle Shorts, ein weißes T-Shirt und beige Sandaletten gekleidet hatte. Ein breites Armband bedeckte mein verräterisches Handgelenk.

Dennoch machte mein Aufzug, die nun folgende Prozedur umso unerträglicher.

Zwölf bloße, fremde Hände berührten mich an den nackten Armen, Beinen, ja selbst am Hinterkopf. Es war beinahe unmöglich, Panik und Ekel zu unterdrücken, doch ich hatte eine Mission, eine Aufgabe und diese fremdartigen Wesen, diese neuerliche Herausforderung, würden mich nicht davon abhalten.

„Eure Hoheit, erschreckt Euch nicht. Ich werde nun mehrere kraftvolle Energieschübe durch Euch hindurchsenden. Ihr werdet ein leichtes Prickeln verspüren und merken, wie allmählich alles verschwimmt. Nach etwa zehn dieser Schübe werdet Ihr Eure Umgebung nicht mehr wahrnehmen können. Nach fünf weiteren Schüben wird die Energie auf Eure Wachen überspringen und sich zugleich ausbalancieren. Zu diesem Zeitpunkt werdet Ihr einen starken Ruck verspüren und der Transport beginnt. Gute Reise, Eure Hoheit."

Mit diesen Worten schaltete Carmical den Lautsprecher ab und ich beobachtete, wie er mehrere Knöpfe in beliebig wirkender Reihenfolge drückte.

Ich dachte, die Worte des Ingenieurs hätten mich auf die Prozedur vorbereitet, doch ich hatte mich geirrt.

Das angeblich leichte Prickeln glich einem brennenden Schmerz. Meine Umgebung konnte ich bereits nach fünf dieser Schübe nicht mehr wahrnehmen, doch das Schlimmste war der Energieausgleich. Der brennende Schmerz steigerte sich ins Unermessliche, bevor ich urplötzlich – der „Ruck" von dem Carmical gesprochen hatte – von einer gähnenden Leere erfüllt war. Ich spürte gar nichts mehr, sogar die Berührungen meiner Wachen waren verschwunden. Es war, als hätte ich jegliche Substanz verloren. Das Einzige, was mir geblieben war, waren meine Gedanken, selbst meine Emotionen waren kaum greifbar angesichts dieser seltsamen Schwerelosigkeit.

Minuten – ja, gar stundenlang, so schien es mir, trieb ich orientierungslos in diesem Nichts, bis mich ein erneuter Ruck durchfuhr. Die sensorische Belastung war beinahe zu viel, als ich mir meines Körpers wieder bewusstwurde. Fremde Hände, die mich überall bedeckten. Fremde Stimmen, die lauthals, jedoch unverständlich auf mich einredeten. Unbekannte Gerüche, die mir in die Nase krochen und seltsame Menschen in weißen Kitteln, die mich neugierig anblickten.

„Eure Hoheit", begrüßte mich ein freundlicher, junger Mann und verneigte sich tief. Er hatte schwarzes, kurzes Haar, haselnussbraune Augen, war von schmächtiger Gestalt und vergleichsweise klein. Seine schmalen Lippen waren zu einem höflichen Lächeln verzogen und seine Augen sprachen von einer aufgeschlossenen, offenen Persönlichkeit.

Zögerlich erwiderte ich sein Lächeln, bevor ich mich kurz umwandte und meinen Wärtern einen bedeutungsvollen Blick zuwarf. Unverzüglich ließen sie die Hände sinken und traten zwei Schritte zurück. Ich war überrascht, dass sie mir gehorcht hatten. Erleichtert blickte ich erneut zu dem netten Fremden.

„Ihr sprecht unsere Sprache?" Ich war bemüht sachlich.

Mit einer kleinen Geste deutete er erst auf seinen Kehlkopf und drehte anschließend leicht seinen Kopf, bevor er auf sein rechtes Ohr zeigte. Erst jetzt konnte ich die zwei kleinen metallenen Knöpfchen erkennen, die Hals und Ohrmuschel zierten.

„Ein Universalübersetzer, Eure Hoheit. Das Gerät wurde hier auf der Erde entwickelt, um den interstellaren Handel zu erleichtern. War Euch das nicht bekannt?" Seine Stimme klang verwundert.

„Nein, junger Mann. Das ist mir in der Tat neu. Eine sehr nützliche Technologie, wie ich jetzt erkenne." Gewöhnlich hätte ich meine Unwissenheit verborgen, doch ich war leicht abgelenkt, angesichts des Bildes, welches sich mir seit meiner Ankunft offenbarte.

Erstaunlich, wie wenig sich die Menschen hier von den Menschen Epsylons unterschieden.

Wie war es möglich, dass sich ein Wesen in unterschiedlichen Galaxien, auf unterschiedlichen Planeten mit unterschiedlichen Atmosphären beinahe identisch entwickelte? Ich vermochte keine Abweichungen in Aussehen oder Körperfunktionen zu erkennen, selbst die irdische Atmosphäre schien weder den Wachen noch mir selbst Probleme zu bereiten. Seltsam.

„Das ist wahrlich überraschend, Eure Hoheit. Angesichts des regen Handels zwischen unseren Planeten, hätte ich vermutet, Euch wäre diese Technologie bereits des Öfteren begegnet." Wäre es mir erlaubt gewesen, den Palast zu verlassen, dann hätte er wohl recht in seiner Annahme gehabt, dachte ich bitter.

Erneut haderte ich mit der Gewissheit, dass ich dorthin zurückkehren musste, doch ich durfte mich nicht in diesen Gedanken verbeißen. Ich hatte eine Aufgabe zu erfüllen.

„Wie heißt Ihr, mein Herr?", erfragte ich höflich.

„Ihr könnt mich Thomas nennen, Eure Hoheit." Thomas. Was für ein seltsamer Name.

„Es freut mich, Eure Bekanntschaft zu machen, Thomas."

„Die Freude ist ganz meinerseits, Eure Hoheit. Wir haben viel zu wenig Kontakt zu unseren epsylonischen Brüdern und Schwestern." Ich erkannte sofort, wie schwer es Thomas fiel, so förmlich und geschwollen zu sprechen. Er war sehr darum bemüht, mir zu gefallen. Das imponierte mir sehr, diese Mühe machte sich sonst niemand. Doch ich war nicht gekommen, um jungen Männern wie Thomas ihre Komfortzone zu rauben.

„Ihr könnt die Fassade nicht ewig aufrechterhalten, Thomas. Ich kann mir vorstellen, dass dies auf Dauer sehr anstrengend wird. Benehmt euch ganz natürlich, um meinetwillen, bitte." Thomas‘ Miene spiegelte Schock wider. Er hatte nicht damit gerechnet, dass ich ihn so schnell durchschaute. Er dachte vermutlich, dies sei ein Trick oder dergleichen, um mich an seinem Unbehagen zu erfreuen. Schließlich kannte er mich nicht, für ihn war ich eine Fremde beinahe königlichen Geblüts.

„Nur Mut, Thomas. Vor mir braucht Ihr Euch nicht zu fürchten." Ich lächelte beruhigend und bemerkte sofort, wie sich Thomas‘ Schultern entspannten.

„Gott sei Dank", murmelte Thomas leise und ich runzelte angesichts dieser seltsamen Floskel die Stirn. Stolz hielt mich davon ab, nachzufragen. Es war niemals klug, seine Unwissenheit zu offensichtlich zu zeigen.

„Ich nehme an, Ihr hattet eine lange, erschöpfende Reise. Wollt Ihr Euch etwas ausruhen, bevor Ihr uns den Grund für Euren Besuch nennt?", fragte Thomas, nach wie vor höflich, aber etwas weniger gezwungen.

Ungeduldig richtete ich den Blick nach innen und stellte fest, dass ich durchaus ziemlich erschöpft war. Es wäre fatal, müde und unvorbereitet in dieses Abenteuer zu starten, außerdem wusste ich immer noch nicht, wo ich beginnen sollte. Vielleicht wäre eine kurze Erholungspause genau das Richtige, um meine Gedanken zu sammeln und Pläne zu schmieden.

„Wieso nicht? Hättet Ihr eine Rückzugsmöglichkeit für mich und meine … Begleiter?" Erst jetzt schien Thomas die zwölf Männer hinter mir bewusst wahrzunehmen und runzelte angesichts dieser seltsamen Wesen rätselnd die Stirn.

„Ähm … ja, ja, natürlich. Ich nehme an, Ihr wünscht getrennte Zimmer?", fragte Thomas sichtlich zögerlich.

„Wenn Ihr so viele Räumlichkeiten erübrigen könnt. Wir wollen Euch nicht zur Last fallen, Thomas." Meine Freundlichkeit schien Thomas aus seiner Erstarrung zu lösen.

„Selbstverständlich, Eure Hoheit. Ihr befindet Euch hier in der deutschen Fakultät zur Erforschung von interstellaren Reisen. Es ist der größte Gebäudekomplex in ganz Berlin und bietet neben zahlreichen Forschungszentren auch unzählige Unterbringungsmöglichkeiten." Ehrerbietung schwang in jedem von Thomas' Worten mit und es war offensichtlich, dass er stolz auf seine Rolle an diesem Ort war, welche auch immer das war.

„Welche Funktion erfüllt Ihr an dieser beeindruckenden Örtlichkeit, wenn ich fragen darf?" Ich hatte in meiner Zeit bei Kronos gelernt, ein Gespräch so zu führen, dass das Gegenüber stets das Gefühl hatte die Kontrolle zu behalten.

„Ich bin der leitende Ingenieur im Bereich Teleportation und ich weiß bereits, dass ich viel zu jung für diese Position bin. Aber ich kenne die Materie besser als jeder andere auf der Welt." Diese ungefragte Rechtfertigung sprach für eine bodenlose Unsicherheit. Dieser junge Mann wurde für das, was er geschafft hatte, wohl zumeist mit Zweifeln belohnt.

Ich konnte ihn nur zu gut verstehen. Die Meinung anderer konnte so vieles kaputt machen.

„Eigentlich wollte ich sagen, dass es eine enorme Leistung war, so schnell so weit aufzusteigen. Euer Intellekt muss von bemerkenswerter Größe sein." Es mochte ein wenig dick aufgetragen sein, doch wenn es sonst keiner tat, wollte wenigstens ich ein wenig zu Thomas' Selbstvertrauen beitragen.

Thomas' Wangen färbten sich angesichts meines Komplimentes in einem zarten Rosa und er war bemüht, schnellstmöglich das Thema zu wechseln.

„Soll ich Euch nun Eure Räumlichkeiten zeigen, Eure Hoheit?"

„Nur zu, gerne. Und bitte nennt mich doch Elanthia." Ich wusste nicht, weshalb ich mich dazu berufen sah, aus diesem förmlichen Rahmen auszutreten, doch aus irgendeinem Grund wollte ich, dass dieser kluge junge Mann sich in meiner Gesellschaft wohl fühlte. Vielleicht lag es daran, dass ich in ihm einen Gleichgesinnten sah. Jemanden, der trotz seiner herausragenden Talente von anderen gnadenlos klein gehalten wurde.

Jemanden, der furchtbar unsicher war, obwohl er keinerlei Grund dazu hatte.

„Sehr wohl ... Elanthia. Bitte folgt mir." Mit diesen Worten wandte er sich um und verließ den riesigen Raum, den ich erst jetzt richtig wahrnahm.

Bis auf minimale Abweichungen glich diese Teleportationskammer der auf Epsylon. Der Raum selbst war ein wenig größer, war aber ebenso durch eine große Glaswand vom Kontrollraum getrennt. In diesem befanden sich jedoch – im Unterschied zum Palast – zahlreiche Menschen, die mich neugierig beobachteten. Als ich ihnen freundlich zunickte, wandten sie peinlich berührt den Blick ab. Innerlich schmunzelte ich wegen dieses typisch menschlichen Verhaltens.

Ich hatte nicht gemerkt, wie sehr ich getrödelt hatte, doch Thomas war schon fast am Ende des hell erleuchteten Ganges. Auch dieser erinnerte mich sehr an das epsylonische Forschungszentrum.

Dieser Eindruck verstärkte sich noch, als ich durch die automatische Tür der Teleportationskammer schritt, das Kontrollzentrum hinter mir ließ, und beinahe von den grellen Leuchtstoffröhren des Ganges geblendet wurde. Hastig schloss ich zu Thomas auf und besah mir nebenbei die zahlreichen Türen, die auch hier zu beiden Seiten den weitläufigen Flur säumten. Keine der Türen war beschriftet, doch hinter jedem Eingang erklang hektische Betriebsamkeit.

Unbeirrt lief Thomas bis zum Anfang des Ganges und klopfte dreimal kurz an die Tür. Nach ein paar Sekunden öffnete sie sich und ein weiterer in Weiß gekleideter Mann winkte uns durch.

Thomas klopfte ihm im Vorbeigehen freundschaftlich auf die Schulter, und lief schnellen Schrittes die lange Treppe hinauf, die sich unmittelbar neben dem Eingang befand, durch den wir gerade so zielstrebig geschritten waren. Meine zwölf Gefängniswärter folgten stumm und ließen nur gelegentlich den Blick über die anwesenden Menschen wandern.

Am Ende der Treppe erwartete uns eine Art kreisrunder Saal, von dem mehrere Treppenhäuser in verschiedene Richtungen abgingen. Ich hatte kaum Zeit, über die überaus geschmackvolle Gestaltung des Raumes zu staunen, bevor Thomas bereits weiterhastete.

Am gegenüberliegenden Ende des Saales, führte eine weitere Treppe in den ersten Stock. Auch diese erklommen wir eiligen Schrittes und ignorierten dabei die neugierigen Blicke der zahlreichen Menschen, denen wir begegneten.

Im ersten Stock angekommen, erwarteten uns drei Gänge. Einer führte nach links, einer nach rechts und einer geradeaus. Alle drei wurden von großzügigen Fensterfronten dominiert und ich jauchzte innerlich angesichts dieser einmaligen Chance, einen Blick auf den Planeten Erde zu werfen.

Thomas wandte sich unverzüglich nach links und winkte uns, ihm zu folgen. Als ich mir die Welt jenseits der riesigen Fenster besah, stockte mir der Atem.

Ein Gebäude reihte sich nahtlos an das nächste, so weit das Auge reichte. Sie waren rund um einen riesigen Garten angeordnet, dessen Schönheit mir die Tränen in die Augen trieb. Rosen, Tulpen, Narzissen – Blumen, von denen ich bis jetzt nur gelesen hatte. Kunstvolle Springbrunnen, raffinierte Labyrinthe. Wäre ich nicht so fasziniert gewesen angesichts dieser neuartigen Welt, so hätte ich mich vielleicht gefragt, wofür die Fakultät zur Erforschung interstellarer Reisen solch ein Naturschauspiel benötigte.

Ich hatte das plötzliche Bedürfnis, die Glasfront zu durchbrechen und durch die grünen Wiesen und blühenden Wunder der Natur zu tollen. Doch ich hatte Wichtigeres zu tun, Wichtigeres zu bedenken.

Widerwillig wandte ich den Blick von der Gartenanlage ab und erblickte das erste Mal in meinem Leben die Sonne. Allerdings wurde mir schnell bewusst, dass es äußerst ungesund war, zu lange in den großen Gasball zu blicken.

Die Sonne war Herezia sehr ähnlich, doch schon, als ich mit meinen Sinnen das erste Mal diese fremde Atmosphäre erspüren konnte, merkte ich den enormen Temperaturunterschied. Die Menschen hier nannten es Sommer, ich nannte es Eiszeit.

Auf dem riesigen Campus selbst schienen viele Menschen zu leben. Der Garten war beinahe überbevölkert von ihnen und auch die Gebäude schienen vor Menschen überzuquellen, ständig erschienen neue in den zahllosen Eingängen. Und alle trugen sie weiße Kittel. Ob das wohl gerade Mode war?

Wir hatten das Ende des Ganges beinahe erreicht, die Fensterfronten wichen kahlen, weißen Wänden und erneut war ich von der Außenwelt abgeschnitten. Thomas steuerte eine weitere Treppe zur rechten eines kleinen Rondells an und hechtete sie geradezu hinauf.

Ich fragte mich allmählich, ob er uns loswerden wollte. Ich könnte es ihm nicht übelnehmen, nicht in Anbetracht der Gesellschaft, mit der ich reise.

Dieses Mal wurden wir lediglich von einem einzelnen Flur empfangen, von dem mehrere Türen abgingen.

„Hier wären wir, Elanthia. Die Gästeunterkünfte. In Ausstattung und Gestaltung sind sich alle recht ähnlich, doch das größte Zimmer befindet sich gleich hier", erläuterte er und öffnete die Tür zu meiner Linken. Thomas legte seine Hand sanft an meinen unteren Rücken und führte mich in mein Zimmer. Ich versuchte, angesichts der ungebetenen Berührung nicht zusammenzuzucken.

„Eure Begleiter können sich beliebig auf die restlichen Räumlichkeiten aufteilen, doch ich dachte, diese hier stünden Euch zu."

Neugierig sah ich mich um und lächelte angesichts der fehlenden Dekadenz. Ein einfaches Doppelbett, ein kleines Nachtschränkchen, ein großer, weicher Teppich, ein separates kleines Badezimmer mit dem Notwendigsten und eine kleine Tischgruppe unweit des Eingangs. Doch das Schönste waren die großen Fenster, durch die das warme Sonnenlicht ungehindert hereinströmen konnte. Zum ersten Mal seit Jahren fühlte ich mich nicht wie eine Gefangene, sondern wie ein freier Mensch.

„Das ist wundervoll, Thomas. Wenn es Euch nichts ausmacht, würde ich mich sogleich zurückziehen." Nach wie vor überließ ich ihm die Kontrolle.

Thomas lächelte und ich wusste, es gefiel ihm, endlich einmal ernst genommen zu werden. Ich hatte meinen Draht zu ihm gefunden.

„Selbstverständlich, Elanthia. Falls Ihr irgendetwas brauchen solltet, neben dem Bett befindet sich eine Klingel. Drückt einfach darauf, es wird jemand kommen." Mit diesen letzten Worten verneigte er sich kurz und verließ zügig den Raum.

Erschöpft ließ ich das Lächeln fallen, welches ich die letzten Minuten aufrechterhalten hatte.

„Ihr könnt nun gehen", knurrte ich mürrisch.

„Wir haben den Befehl, Euch nicht aus den Augen zu lassen, Eure Hoheit", antwortete eine der namenlosen Wachen. Bis zu diesem Zeitpunkt war ich beinahe davon überzeugt gewesen, dass diese Wesen nicht zu eigenen Worten fähig waren.

„Das mag sein, doch ich glaube nicht, dass das bedeutet, dass ihr bei mir im Zimmer schlafen müsst. Die übliche Wacheinteilung sollte genügen. Zwei Wachen vor der Tür und vielleicht zwei unter dem Fenster." Ich wusste nicht, ob es möglich war, mit diesen Kreaturen zu feilschen, auch wenn mein Vorschlag durchaus vernünftig war.

„Wie Ihr wünscht, Eure Hoheit. Aber wir werden regelmäßig nach Euch sehen, seid Euch dessen bewusst." Sein Tonfall wurde zunehmend bedrohlicher, nichtsdestotrotz hatte ich keine Angst. Der Einzige, der Hand an mich legen durfte, war Kronos, das wusste jeder im Palast. Mein Leid sollte stets voll und ganz ihm gehören. Niemand wollte seinen Zorn heraufbeschwören, indem er diesem ungeschriebenen Gesetz zuwiderhandelte.

„Geht jetzt." Unnachgiebigkeit hallte in meiner Stimme wider und erleichtert sah ich zu, wie die dunklen Gestalten verschwanden. Als die Tür endlich ins Schloss fiel, sackte ich in mich zusammen.

Ich verstand nicht, weshalb die Wachen ihre Aufgabe so ernst nahmen. Immerhin war ich auf verschiedenste Art und Weise unwiderruflich an meinen Mann gekettet. Seien es meine Eltern, sei es das Gewicht an meinem Hals oder sei es schlichtweg Angst. Dieser Mann hatte mich schon längst in der Hand.

Müde schlurfte ich zu dem verhältnismäßig kleinen Doppelbett und schmiss mich bäuchlings in die weichen Laken. Selbst hier, Lichtjahre von diesem Bastard entfernt, kontrollierte er jeden meiner Schritte.

Mir war klar, dass es sinnlos war, mich darüber aufzuregen. Mir war klar, dass jeder Gedanke an dieses Scheusal Verschwendung war und dass es nun Wichtigeres gab, doch es fiel mir zunehmend schwerer, diese Ungerechtigkeiten zu akzeptieren, hinzunehmen. Ich wollte einfach nur noch ausbrechen, aber ich konnte es nicht.

Wütend schrie ich in die weißen Federkissen. Es half, Spannung loszulassen und meine Gedanken zu sammeln. Mich wieder auf meine Ziele zu konzentrieren.

Seufzend drehte ich mich auf den Rücken. Primus. Primus war jetzt wichtig, und ihn zu finden, war mein oberstes Ziel. Doch wo sollte ich beginnen?

Ich nahm das lästige Armband ab und blickte suchend auf Primus' Signatur, in der Hoffnung, dass sie irgendeinen Hinweis enthielt. Nichts.

Genervt verdrehte ich die Augen. Ich hatte es allmählich satt, dass die Männer in meinem Leben die absolute Kontrolle hatten und mir meine Existenz so schwer machen mussten, wie möglich.

Vielleicht half ein wenig Schlaf, um einen klareren Blick zu erlangen.

Vielleicht war mein müdes Hirn nicht fähig dazu, etwas zu erkennen, was mein wacher Geist sofort erfassen würde.

Kurzentschlossen stand ich auf und schritt zu den Koffern, die eine der Wachen am Zimmereingang hatte stehen lassen. Mit geübten Bewegungen zog ich mich um und genoss das Gefühl meines eleganten Nachtgewandes, dass seidig über meinen Körper glitt.

Hastig schlüpfte ich unter die dünnen Decken und begann fast sofort, mich zu entspannen.

Es dauerte nur wenige Minuten, bis meine Gedanken zur Ruhe kamen und mein Geist ins Reich der Träume entschwand. Träume, die mich wohl niemals loslassen würden.

Irgendetwas war diesmal anders. Ich konnte nicht so recht erkennen, was mich an der Vision störte, was sich verändert hatte.

‚La vie‘ war nach wie vor vollständig ausgetrocknet, die Ufer des Flusses waren von zahllosen Leichen gesäumt und ich sah noch immer keinen Weg, um die Erfüllung dieser dunklen Zukunftsvision aufzuhalten.

Was war es nur, was mich stutzen ließ? Was war es, was mir merkwürdig, geradezu fehl am Platz vorkam?

Verwirrt blickte ich mich neuerlich um und erstarrte. Dort, neben dem mir bekannten kahlen Baum, stand eine dunkle Gestalt und beobachtete mich. Erschrocken wich ich einige Schritte zurück, bis ich einen vertrauten Umriss erblickte, der sich über den Schulterblättern der Kreatur erhob. Erleichterung erfüllte mein rasendes Herz, als ich federbesetzte Schwingen ausmachte.

Doch auch an diesem Bild stimmte etwas ganz und gar nicht.

„Primus? Seid Ihr es?“, fragte ich hoffnungsvoll. Vielleicht war er gekommen, um mir endlich einen Treffpunkt zu nennen.

Mit langsamen Schritten trat die Gestalt aus dem dunklen Schatten des Baumes und ich konnte das leichte Keuchen nicht aufhalten, das sich meiner Kehle entrang. Das war nicht Primus.

Die Schwingen des Unbekannten waren durchaus so majestätisch wie Primus’. Doch statt eines tiefen, dunklen Schwarzes erblickte ich ein blendendes Weiß, von solch unvergleichlicher Reinheit, dass es mir beinahe Tränen in die Augen trieb.

Einen völligen Kontrast dazu bildeten die nachtschwarzen Haare des Unbekannten und die merkwürdig vertrauten, blauen Augen. Auch sein restliches Gesicht kam mir seltsam bekannt vor. Die vollen Lippen, die zu einem erfreuten Lächeln verzogen waren. Das kantige Gesicht, welches an Attraktivität kaum zu übertreffen war. Die starke – wie mir nun auffiel –, nackte Brust und die langen, kräftigen Beine, welche in eine schwarze, enganliegende Hose gekleidet waren.

Bei seinem Anblick regte sich etwas in mir. Es war beinahe wie ein magnetischer Sog, der mich zu diesem Mann zu ziehen versuchte. Die Verbindung war schwach, kaum greifbar. Doch ich glaubte, eine Art Band zu dieser fremden Kreatur wahrzunehmen. Bizarr.

So unerklärlich meine Reaktion auf seine Erscheinung auch war, nichts hätte mich auf den Klang seiner tiefen, samtenen Stimme vorbereiten können und auf die Emotionen, die drohten mich zu übermannen.

„Elanthia, mein Engel. Endlich habe ich dich gefunden." Mein Herz machte einen unerklärlichen Satz angesichts seiner liebevollen Worte, doch zugleich verspürte ich urplötzlich eine unbändige Traurigkeit, die mich zu verschlingen drohte. Wer war dieser Unbekannte, dass er solch eine widersprüchliche Reaktion in mir hervorrief?

„Wer seid Ihr, mein Herr?", meine Stimme war zögerlich, geradezu schwach. Dabei musste ich gerade jetzt Stärke beweisen. Nichts war gefährlicher als das Ungewisse.

„Elanthia, ich bitte dich, mein Engel. Sind wir über solche Spielchen nicht längst hinaus? Ich habe so lange auf diesen Moment gewartet." Jedes einzelne Wort war wie ein emotionaler Messerstich. Ich verstand nicht, weshalb ich so fühlte, ich verstand nicht, weshalb mir sein vertraulicher Tonfall solch einen intensiven Schmerz bereitete, doch ich vertraute meinen Instinkten seit jeher und bis jetzt hatten sie mich noch nie im Stich gelassen. Dieser Mann war gefährlich, vielleicht gefährlicher als alles, was mir bisher untergekommen war.

„Ich kenne Euch nicht und ich bitte Euch nur ein einziges Mal. Verlasst meine Träume, sofort." Ich zweifelte nicht daran, dass es schon wieder geschehen war, dass erneut jemand in meinen schlafenden Geist eingedrungen war.

Der Unbekannte blickte mich überrascht an, er erkannte wohl die Aufrichtigkeit in meiner Stimme.

„Elanthia, ich bin es. Lu …" Bevor er seinen Satz beenden konnte, weckte mich ein lautes Krachen aus meinen seltsamen Träumen. Ein trauriges Lächeln war das Letzte, was ich von dem Unbekannten sah, bevor ich meine Augen aufschlug.

Ich schluckte. Das sah nicht gut aus.

Der Körper des Fremden zitterte vor unbändiger Wut. Die Inkompetenz dieses nutzlosen Königs brachte seine Pläne zunehmend durcheinander und das ausgerechnet zu einem Zeitpunkt, an dem sich beinahe all seine Schachfiguren an ihrem angedachten Platz befanden.

So kurz vor dem Ziel seiner langen, langen Reise und dieser Mensch machte womöglich alles zunichte.

Mit geballten Fäusten beobachtete der Fremde den jungen König, wie er gedankenverloren durch den Palastgarten schlenderte.

In angemessenem Abstand folgten ihm drei Wachen, die in ihren schwarzen, glänzenden Rüstungen alles andere als unauffällig wirkten. Man musste ihnen zugutehalten, dass sie den Fremden beinahe sofort bemerkten.

Mit einer knappen Geste bedeutete der Fremde den Kreaturen, zu verschwinden.

Ohne Zögern folgten sie seinem wortlosen Befehl und wurden sogleich von den Mauern des Palastes verschlungen.

Kronos drehte sich neugierig um, als er ihre sich entfernenden Schritte vernahm und runzelte verwirrt die Stirn.

„Vergiss niemals, dass sie dir nur aus reiner Gefälligkeit gehorchen, kleiner König", spottete der Fremde leise.

Plötzlich sichtbar angespannt, wirbelte Kronos herum und erbleichte augenblicklich, als er den beißenden Zorn im Gesicht des Fremden erblickte.

Langsam trat der Fremde aus dem Schatten des großen Baumes, an dem er unauffällig gelehnt hatte. Er achtete darauf, dass seine Schwingen nicht über den steinigen Boden schleiften, um Verletzungen vorzubeugen.

Herezias letzte Strahlen ließen seine roten Federn sanft glühen und unterstrichen die bedrohliche Angriffsstellung, die der Fremde nun einnahm.

„Was führt Euch hierher, mein Herr?", Kronos Stimme zitterte leicht, wie der Fremde zufrieden bemerkte. Der falsche Respekt unterstrich noch die nackte Angst, die er in den Worten dieses Menschen wahrnehmen konnte.

„Man könnte annehmen, Kronos, dass unser letztes Gespräch nicht wirklich zu dir durchgedrungen ist. Oder wie lässt sich sonst erklären, dass Elanthia erneut verschwunden ist. Mit deiner Zustimmung!" Die letzten Worte brüllte der Fremde hinaus.

Kronos zuckte erschrocken zusammen, bevor auch er seine Hände wütend zu nutzlosen Fäusten ballte.

„Was hätte ich tun sollen?", begann er flüsternd. „Ihr wolltet mir nicht erzählen, wer oder was sie ist. Seit Ihr mir die Verantwortung für dieses Weib aufgebürdet habt, ist nichts geschehen, was meine Pläne antreiben würde. Nichts, was Euer Versprechen erfüllen würde. Ist es da nicht nur recht und billig, dass ich mein Schicksal selbst in die Hand nehme? Dass ich Elanthia für meine Zwecke benutze, indem ich sie selbst nach Antworten suchen lasse? Dank Euch in der Gewissheit, dass sie zu mir zurückkehren muss." Ein selbstgefälliges Grinsen spielte auf Kronos' Lippen, doch der Fremde schüttelte nur angewidert den Kopf. Dummer, dummer König.

„Deine Unbesonnenheit wird alles zerstören", der Fremde kniff sich schmerzhaft in den Nasenrücken. Er durfte diesen Sterblichen nicht töten, doch das Bedürfnis war beinahe überwältigend.

„Du hättest sie an beinahe jeden Ort schicken können. Die Halskette hätte in der Tat dafür gesorgt, dass sie nicht anders kann, als heimzukehren. Doch du, kleines Menschlein, hast sie zur Erde gehen lassen. Dort erlischt diese Gewissheit, Kronos!" Mit gemäßigten Schritten trat der Fremde auf Kronos zu und sah mit funkelndem Blick auf ihn herab. Er konnte die Rechtfertigung in dessen Augen lesen, bevor er die Worte überhaupt aussprach.

„Das hättet Ihr mir sagen müssen! Woher hätte ich das bitte wissen sollen?" So vorhersehbar.

„Hätte ich das? Habe ich nicht eindeutig zum Ausdruck gebracht, dass du sie nicht aus den Augen lassen darfst? Habe ich dir beim letzten Mal, die Konsequenzen deines Versagens nicht deutlich genug aufgezeigt? Ich habe dir diese Halskette nicht gegeben, damit du Elanthia auf eine verdammte Reise schicken kannst!" Mit mühsam kontrollierter Kraft umschloss der Fremde Kronos' mickrigen Hals und hob ihn hoch, bis sie auf Augenhöhe waren.

Auch wenn es ihn sichtlich schmerzte, versuchte Kronos, sich weiter aus seinen Fehltritten herauszureden.

„Ich habe ihr die Kette angelegt, niemand sonst kann sie ihr abnehmen. Mit dieser Kette ist sie beinahe machtlos. Sie muss zurückkehren." Seine Stimme wurde zu einem Krächzen, als der Fremde gegen Ende den Druck an Kronos' Hals erhöhte.

„Du scheinst mir nicht zuzuhören, Kronos. Herezia sei Dank, warst du wenigstens so geistesgegenwärtig, ihr die Kette selbst anzulegen, doch wenn es einen Ort gibt, an dem das absolut keine Rolle spielt, dann ist es die Erde und ich hoffe für dich, dass Elanthia am Ende nicht auf das einzige Wesen trifft, welches sie von ihren Fesseln befreien kann." Der Fremde seufzte innig.

Er glaubte nicht, dass das Gör frei sein würde. Selbst wenn sie ihre Erinnerungen wiederfand, so bestand ihre einzige Rettung darin, sich an die eine Person zu wenden, deren Anblick ihr die Seele vermutlich endgültig zerreißen würde. Dieser Konfrontation würde sie aus dem Weg gehen, davon war der Fremde überzeugt.

Dennoch, allein die Möglichkeit, dass die beiden im Guten aufeinandertrafen …

Nein, seine Pläne waren nicht in Gefahr. Sie würde zurückkehren. Sie musste einfach zurückkehren.

Aber es schadete ja nicht, etwas nachzuhelfen.

Mit einem leichten Lächeln im Gesicht, ließ er den kleinen König fallen.

Kronos hätte besser daran getan, dem Fremden zu gehorchen. Jetzt hatte der Fremde keine andere Wahl, als sein Versprechen zu brechen. Nicht, dass er jemals beabsichtigt hatte, es zu halten.

Doch für den Moment, war es klüger, Kronos noch eine Weile in dem Glauben zu lassen.

„Du hast mich enttäuscht, Kronos. Dennoch hast du mir in den vergangenen Jahren wertvolle Dienste erwiesen. Aus diesem Grund gebe ich dir noch eine letzte Chance. Wenn Elanthia zurückkehrt, möchte ich, dass du sie im Verlies wegsperrst und ihr unter keinen Umständen die Halskette abnimmst. Sie darf mir nicht in die Quere kommen." Zufriedenheit erfüllte den Fremden. Seine Wut hatte ihm den Geist vernebelt, doch jetzt erkannte er, dass er sich grundlos gesorgt hatte. Die Erreichung seiner Ziele war zum Greifen nah und nicht einmal das kleine Miststück konnte daran etwas ändern.

Niemand sah ihn kommen, niemand konnte ihn aufhalten.

Versunken im Gefühl des Triumphes, bemerkte er nicht den ungebetenen Beobachter, dessen saphirblaue Augen alles gesehen hatten und der nicht zögerte, bevor er sich eilig dematerialisierte.

9

Was sie gesehen, erlebt hatte. Es tut weh,
sie leiden zu sehen, doch ich brauche sie und ich brauche IHN.
Ihr Schmerz würde uns alle retten.
Primus

Fünf geflügelte Gestalten umringten mein Bett und blickten mich neugierig an. Fünf Gestalten mit federbesetzten, grauen Flügeln.

Ich seufzte, mein Leben wurde zunehmend komplizierter. Hektisch wich ich an das Kopfteil meines Bettes zurück und versuchte, jeden einzelnen der Eindringlinge gleichzeitig im Auge zu behalten.

„Wer seid Ihr und was wollt Ihr hier?" Ich ignorierte die offensichtliche Panik in meiner Stimme. Doch war es überraschend, dass ich so fühlte, wenn man das hellrote Blut auf den weißen Rüstungen dieser bedrohlichen Gestalten bedachte?

„Elanthia, es ist mir eine Ehre", erwiderte die Spitze des Quintetts und verneigte sich leicht. Ihre Kumpane lächelten bemüht freundlich und imitierten ihre Bewegung.

Es war nach wie vor Tag, deshalb war es mir ein Leichtes, die Gestalten deutlich zu erkennen.

Die Sprecherin der Truppe hatte dunkelblondes, langes Haar, welches sie in einem Pferdeschwanz nach hinten gebunden hatte. Ihre türkisen Augen wurden von einer geraden, schmalen Nase und vollen, wohlgeformten Lippen ergänzt. Ihre hochgewachsene, schlanke Form war von oben bis unten von einer weißen Rüstung aus glänzendem Metall bedeckt. Lediglich für die Flügel schien ein wenig Platz ausgespart worden zu sein.

Ihre Begleiter waren von ähnlich hochgewachsener Statur, auch die Rüstungen glichen sich bis ins kleinste Detail. Zwei der vier Männer hatten dunkelbraunes, kurzes Haar und haselnussbraune, warme Augen. Ihre ähnlichen Gesichtszüge sprachen dafür, dass es sich hierbei wohl um Brüder handelte, wenn auch unterschiedlichen Alters.

Die restlichen beiden Gestalten waren wie Tag und Nacht. Der eine hatte wasserstoffblondes Haar, violette Augen und eine aufgeschlossene, offene Miene. Der andere hingegen wirkte recht verkniffen mit seinen kohlrabeschwarzen Haaren und ebenso schwarzen Augen. Die Pupillen waren darin lediglich zu erahnen.

Während ich die Eindringlinge so eingehend betrachtete, wurde mir allmählich bewusst, dass auch ich genauestens analysiert wurde.

Ein türkisfarbener, stechender Blick war unverwandt auf meine bemüht verschlossene Miene gerichtet.

„Ich bin Nephariel. Dies ist Korim", erklärte die dunkelblonde Unbekannte und deutete auf den jüngeren der braunhaarigen Brüder. Dieser nickte mir freundlich zu.

„Daneben haben wir seinen Bruder Arel." Arel lächelte mir bei der Erwähnung seines Namens verschmitzt zu. Ich erwiderte das Lächeln zögerlich, wenn auch nur deshalb, weil ich Recht gehabt hatte, was die beiden Brüder betraf.

„Der schwarzhaarige, grimmige Miesepeter dort drüben ist Mordral", fuhr Nephariel amüsiert fort und ignorierte Mordrals genervtes Knurren.

Nichtsdestotrotz erwies mir der „schwarzhaarige, grimmige Miesepeter" dieselbe Höflichkeit wie die restliche Truppe und nickte mir knapp zu. Ich respektierte Mordrals Umgangsformen und erwiderte sein Nicken ebenso höflich.

„Und zuletzt hätten wir hier Tarok", beendete Nephariel die Vorstellungsrunde und deutete auf den wasserstoffblonden Haarschopf neben Mordral. Violette Augen fingen meinen umherschweifenden Blick auf und ein zaghaftes Lächeln erschien auf den Lippen des geflügelten Wesens.

Ich wusste nicht, woher ich das wusste, doch ich war absolut überzeugt davon, dass es Tarok − so unschuldig er auch wirken mochte − faustdick hinter den Ohren hatte.

„Es ist durchaus angenehm, Namen für meine ungebetenen Gäste zu haben, doch weshalb seid Ihr in meine Räumlichkeiten eingedrungen und was wollt Ihr von mir?" Meine Stimme hatte einen bedrohlichen Unterton angenommen. Keine Ahnung, woher ich den Mut nahm und wohin die Panik entschwunden war, doch ich hatte genug davon, dass mein waches Leben ebenso wie mein schlafender Geist zunehmend von Eindringlingen geprägt wurde.

„Primus schickt uns." Nephariel hatte angesichts meines Tonfalles eine förmlichere Haltung eingenommen und blickte mich nunmehr erwartungsvoll an. Auch die restlichen vier Gestalten beobachteten mich mit neutraler Miene und erwarteten gespannt meine Reaktion.

„Primus? Weshalb ist er nicht selbst gekommen?" Meine Frage war durchaus berechtigt, schließlich konnte Nephariel ihre Behauptung mit nichts und wieder nichts belegen. Dennoch musste ich zugeben, dass es mich schon überraschte, Primus' Namen aus dem Munde dieses Wesens zu hören. Hinzu kam noch, dass die ganze Truppe ebenso wie mein alter Bekannter geflügelt war.

Nichtsdestotrotz konnte ich Nephariels Wort nicht einfach für bare Münze nehmen, schließlich hatte ich bereits die Bekanntschaft eines weiteren geflügelten Wesens gemacht.

Welchen Namen hatte mir der Fremde wohl nennen wollen? Welche Verbindung hatte er mir wohl aufzeigen wollen, als er mich wiederholt „mein Engel" genannt hatte? Diese Fragen ließen mir einfach keine Ruhe. Beinahe war ich darüber erzürnt, von dem großgewachsenen Quintett geweckt worden zu sein.

Mürrisch schüttelte ich den Kopf. Für solche Gedanken war nun keine Zeit.

Fünf analytische Augenpaare waren auf mich gerichtet, als Nephariel mir eine versiegelte Pergamentrolle reichte.

Mit Aufregung im Herzen ergriff ich das Schriftstück und blickte auf das rote Siegelwachs. Ein großes, kringeliges „P" war in das Wachs gestanzt, doch das reichte mir als Beweis noch längst nicht. Mit schnellen Fingern brach ich das Siegel und rollte die Pergamentrolle neugierig auf.

In eleganter Handschrift stand dort folgendes geschrieben:

Meine liebe Elanthia,
erfreut durfte ich feststellen, dass du meiner Aufforderung gefolgt bist.
Natürlich bin ich mir bewusst, dass ich dich mit wenig Anhalts-
punkten bezüglich meines Aufenthaltsortes zurückgelassen habe.
Aus diesem Grund schicke ich dir die Anführerin meiner Heer-
scharen, Nephariel.
Mir war jedoch von Anfang an klar, dass du den schlichten Wor-
ten meiner Generalin keinen Glauben schenken würdest, deshalb
schreibe ich dir diesen Brief und befreie dich zugleich von der Sig-
natur, mit der ich dich auf Epsylon gezeichnet habe.
Bitte vertraue mir, wenn ich dir versichere, dass du in den Händen
Nephariels sicher und geborgen bist und dass sie dich schnellst-
möglich zu mir bringen wird.
Ich freue mich auf deinen Besuch und hoffe von Herzen, dass ich
dir endlich die Antworten geben kann, die du suchst.
Auf ein freudiges Wiedersehen
Primus

Erstaunt las ich den Brief erst einmal, dann zweimal und schließlich noch ein drittes Mal. Natürlich erkannte ich Primus' Signatur
am unteren Ende des Briefes. Nichtsdestotrotz erschien mir die
ganze Situation schlichtweg surreal. Konnte es wirklich so einfach
sein? Reichte mir endlich einmal jemand eine helfende Hand?

Ein leichtes Prickeln an meinem Handgelenk riss mich aus
meinen Überlegungen. Beinahe ängstlich blickte ich auf mein
Handgelenk und stutze überrascht, als ich die nackte, bloße Haut
sah. Verschwunden war Primus' Signatur und jedweder Beweis
dafür, dass er jemals in meinen Träumen erschienen war. Wie er
es in seiner Botschaft vorausgesagt hatte. Es war wirklich wahr.
Ohne ihn zu suchen, hatte ich Primus gefunden und mit ihm
womöglich meine verschollenen Erinnerungen.

Langsam richtete ich meine Aufmerksamkeit erneut auf die
fünf Wesen vor mir und besah mir insbesondere Nephariel etwas genauer. Ich war bei meinen ersten Betrachtungen dieser geflügelten, beeindruckenden Gestalt wohl nicht eingehend genug

gewesen, denn erst jetzt erblickte ich den Orden an ihrer Brust, der die Form von zwei sich überkreuzenden Klingen hatte und sie wohl als Generalin auszeichnete.

„Generalin, es ist mir eine Ehre", wiederholte ich Nephariels Respektbezeugung zu Beginn unserer Begegnung.

Die hübsche Frau lachte jedoch nur amüsiert und reichte mir ihre Hand. Zögerlich ergriff ich sie und ließ mich von ihr aus den weichen Kissen ziehen.

Die vier Männer wandten pikiert den Blick ab, als sie mich in meinem knappen Nachtgewand erblickten. Nephariel und ich wechselten einen belustigten Blick, als ich mich auf den Weg zu meinen Koffern machte und in etwas … Angemesseneres wechselte.

Nachdem ich mir eine gemütliche Jeans, ein enganliegendes, dunkelblaues Spitzenoberteil und meine Sandaletten übergezogen hatte, bedeutete ich den Männern mit einem leichten Räuspern, dass sie mich wieder anblicken durften. Mit roten Gesichtern sahen sie mich beschämt an. Selbst Mordral wirkte, als wäre ihm die ganze Situation schrecklich unangenehm.

Mein Lächeln wuchs, bevor es urplötzlich erlosch, als mir ein erschreckender Gedanke kam. Nach all den Entwicklungen der letzten Minuten hatte ich glatt die wohl wichtigste Beobachtung vergessen, die ich gemacht hatte, als ich diese geflügelten Wesen zum ersten Mal erblickt hatte.

Woher kam all das Blut, welches die weißen, glänzenden Rüstungen befleckte? Thomas … sie hatten doch nicht … oder doch?

Ängstlich sah ich zu den Kriegern und erkannte erst jetzt die Schwerter, die zwischen ihren Flügeln hervorspitzten. Eine Rückenscheide, wie ungewöhnlich. Kein Wunder, dass ich die Waffen zunächst übersehen hatte.

Keine Beteuerungen der Welt, seien sie nun von Primus oder von Nephariel selbst, konnten die Panik aufhalten, die ungehindert in mir aufstieg.

Die Generalin schien zu spüren, dass sich etwas verändert hatte und blickte verwirrt an sich und ihren Kumpanen herab. Offensichtlich überrascht erblickte sie das ganze Blut, das sie und die restlichen Krieger bedeckte.

Verständnis zeichnete sich auf ihrem Gesicht ab. Mit beruhigender Stimme begann sie, sich zu erklären.

„Es tut mir sehr leid, Elanthia. Ich hätte dir schon zu Beginn etwas mitteilen sollen." Angst schnürte mir die Kehle zu. All die Menschen. Thomas!

Es kostete mich größte Mühe, nicht panisch das Weite zu suchen. Wie sollte ich mich gegen diese Monster wehren? Die Halskette blockierte die einzigen Gaben, die mir womöglich eine Chance eingeräumt hätten.

„Du warst stark bewacht. Wir mussten uns dieser Kreaturen für den Moment entledigen, bevor wir zu dir vordringen konnten. Keiner von uns hatte damit gerechnet, hier auf Tremanen zu treffen." Nephariels Stimme klang verwirrt, angesichts dieser Entwicklung. Ich jedoch war schlichtweg erleichtert.

Um Kronos' Wachen war es mir nicht schade. Ich sollte wohl zurückschrecken angesichts dieser Kaltherzigkeit meinerseits, doch was hatten diese gruseligen Wesen je für mich getan? Sie hatten mich nicht ein einziges Mal vor Kronos' Zorn bewahrt, hatten seine Befehle blindlings ausgeführt, hatten meine Bedürfnisse vollkommen ignoriert. Sie waren Kronos' Fußvolk, mehr nicht. Meiner Meinung nach hatten sie nichts Besseres verdient.

Mir war nicht klar, was genau „Tremanen" waren. Vielleicht war dies lediglich eine Bezeichnung der geflügelten Wesen für Wachpersonal, vielleicht bedeutete es auch etwas vollkommen anderes. Letztendlich war es mir gleichgültig.

Ich war dieses ganze Vorgeplänkel leid. Es war an der Zeit, Antworten einzufordern. Antworten, auf die ich lange genug gewartet hatte.

Ich bemerkte, dass auch meine Eskorte bereit für den Aufbruch schien und lediglich auf meine Entscheidung wartete.

„Auch wenn ich wahnsinnig neugierig bin, wie fünf von euch gegen zwölf von diesen gruseligen Gestalten gewinnen konnten, befürchte ich, fehlt mir die Zeit, um mir diese Geschichte anzuhören." Kronos würde nicht ewig warten und auch ich hatte das Warten satt. Für den Moment schob ich selbst die Frage beiseite, wie ich Kronos das Verschwinden seiner Wachen erklären sollte.

„Ich verstehe, Elanthia. Dann lass uns aufbrechen. Es ist ein weiter Weg nach Hause." Erwartungsvoll breitete Nephariel die schlanken Arme aus. Ich blickte sie verwirrt an. Was genau wollte sie von mir?

Nachsichtig lächelnd, kam die Generalin einige Schritte auf mich zu. Tarok kicherte leise, Korim und Arel stimmten gut gelaunt ein. Nur Mordral bedachte die drei Männer mit einem missbilligenden Blick.

„Unser Weg zu Primus führt durch die Lüfte. Wir müssen dorthin fliegen." Nephariels Stimme war sanft, völlig befreit von jeglichem Urteil.

Fliegen. Das letzte Mal war ich mit Killian geflogen, ich erinnerte mich noch gut an diesen verhängnisvollen Tag. Es wurde zunehmend leichter, an den Dämon zu denken, der vor wenigen Jahren noch meine große Liebe gewesen war. Ich hatte das Gefühl vermisst, durch die Lüfte zu rauschen, die Welt aus einer ganz anderen Perspektive zu sehen und von Freiheit erfüllt zu sein.

Euphorisch überbrückte ich die letzten Schritte zwischen mir und den wartenden Armen der Generalin. Ohne zu zögern hob Nephariel mich auf ihre Arme, als wöge ich nicht viel mehr als eine ihrer grauen Federn.

Korim öffnete eines der riesigen Fenster und stellte sich auf das Fenstersims, bevor er sich ohne Vorwarnung in die Tiefe stürzte. Wenige Sekunden später schoss er mit weit gespreizten Flügeln wieder in die Höhe und hielt sich unweit des Fensters reglos in der Luft. Nur sporadisch ließ er seine Flügel nach vorne schnellen, um das Gleichgewicht zu halten.

Kurze Zeit später folgten Arel, Mordral und Tarok seinem beeindruckenden Beispiel. Es war ein unglaubliches Gefühl, Zeugin dieses überirdischen Schauspiels zu sein.

Erst im Licht der gelben Sonne wurde ersichtlich, wie unterschiedlich die Flügel der vier Männer letztendlich waren. Was ich für ein und denselben Grauton gehalten hatte, waren unterschiedlichste Schattierungen.

Korims Flügel erinnerten an edelsten Granit, wohingegen die seines Bruders den dunklen Wolken eines nahenden Sturmes ähnelten. Mordrals dunkle Erscheinung spiegelte sich auch in dem beinahe schwarzen Grauton seiner Flügel wider und Taroks Flügel waren nur eine Nuance dunkler als das strahlende Weiß seiner Rüstung.

Nephariels Schwingen setzten sich aus allen Grautönen zusammen, die man sich nur vorstellen konnte. Keine Feder glich der anderen und erst jetzt, da ich ihr so nahe war, spürte ich die samtene Beschaffenheit dieser starken, sehnigen Flügel.

Langsam begab sich die Generalin auf das Fenstersims und warf mir einen aufmunternden Blick zu, bevor auch sie einen Schritt in die absolute Leere machte.

Es war beängstigend, wie schnell der Boden auf uns zuraste und Nephariel sah es absolut nicht ein, die Flügel aufzuspannen, bevor der Tod zum Greifen nahe war. Als uns das Momentum erfasste und wir uns in die wartenden Lüfte erhoben, jauchzte ich. Dieses Gefühl war einfach unbeschreiblich.

Mit wenigen Flügelschlägen befanden wir uns auf derselben Höhe wie die anderen und ohne weitere Verzögerung stiegen wir gemeinsam weiter hinauf.

Neugierig blickte ich nach unten, doch der Aufstieg war so rasant, dass ich kaum etwas von Berlin erblicken konnte, bevor wir die Wolkendecke durchbrachen und mir die Sicht versperrt wurde. Meine Eskorte nahm unverzüglich eine horizontale Position ein und flog fortan parallel zur Wolkendecke.

„Sagt mir, Nephariel, habt Ihr keine Angst, von den Menschen gesehen zu werden?" Meine Frage war durchaus berechtigt. Ich nahm nicht an, dass die Erdlinge den Anblick von geflügelten Wesen gewohnt waren.

„Wir haben darauf geachtet, dass niemand in der Nähe gewesen ist, als wir gestartet sind. Ansonsten fliegen wir gewöhnlich oberhalb der Wolken, um keinesfalls entdeckt zu werden. Natürlich kommt es hin und wieder vor, dass uns Flugzeuge entgegenkommen, doch für solche Fälle können wir kurzzeitig einen Sichtschutz um uns errichten." Nephariel sah während ihrer Erklärung nicht ein einziges Mal auf mich herab. Ihre ganze Konzentration galt dem Weg vor ihr und möglichen Hindernissen, die sich ergeben könnten. Als ich einen Blick zurückwarf, fiel mir erstmalig auf, dass die Fünfertruppe in einer merkwürdigen Formation flog.

Wie üblich bildete die Generalin die Spitze. An ihrer rechten Seite, leicht nach hinten versetzt, flog Korim, parallel dazu – zur Linken der Generalin – befand sich sein älterer Bruder Arel. Mordral flog leicht versetzt hinter Korim, wohingegen sich Tarok in ähnlicher Position hinter Arel befand. Insgesamt erinnerten sie mich an einen Vogelschwarm. Wie die auf den Bildern in den Büchern über die Erde.

Plötzlich fing Arel meinen Blick ein und zwinkerte mir zu. Ich lächelte zaghaft.

„Ist dir kalt?", rief er über den tosenden Flugwind hinweg.

Ich dachte kurz darüber nach und stellte fest, dass dem seltsamerweise nicht so war. Trotz der enormen Geschwindigkeit, trotz des fehlenden Schutzes vor der Witterung und trotz der großen Höhe, fror ich keineswegs. Selbst der Temperaturunterschied zu Epsylon war in den Hintergrund getreten.

Ich sah überrascht zu Arel und schüttelte den Kopf. Dieser nahm meine stumme Antwort mit einem ebenso stummen Nicken zur Kenntnis, und warf seinen Kumpanen bedeutungsvolle Blicke zu. Nur Nephariel blieb dieser Austausch verborgen, da sie nach wie vor voll und ganz auf ihr Ziel fokussiert war.

Auch ich richtete meine Aufmerksamkeit wieder auf das, was mich erwartete und ließ mich noch tiefer in Nephariels Arme sinken.

Die Generalin verstärkte unmerklich ihren stabilen Griff und beruhigt hing ich meinen aufgeregten Gedanken nach. Ich war bereit.

Stundenlang, so schien es mir, flogen wir durch das Wolkenmeer. Keiner meiner Begleiter ließ auch nur einen Hauch Müdigkeit erahnen. Die ganze Zeit hielten sie diese irrsinnige Geschwindigkeit aufrecht und schafften es sogar noch, Witze zu reißen.

„Hey Mordral, wie kommt es, dass sogar die Wolken vor deiner grimmigen Miene zurückweichen?", scherzte Tarok vergnügt.

„Ich glaube vielmehr, dass dein Gestank sie aus deiner Reichweite verdrängt hat", konterte Mordral trocken und ich lächelte angesichts dieses subtilen Anzeichens eines vorhandenen Humors.

Es war weder zu übersehen noch zu überhören, dass diese Truppe sich sehr vertraut war. Ihr familiärer Umgang machte mich beinahe eifersüchtig.

Bis auf Raphael hatte ich niemanden, den ich auch nur ansatzweise als Freund bezeichnen könnte.

Dennoch trübte diese Erkenntnis meine Stimmung keineswegs. Ein einziger wahrer Freund war mehr wert als hunderte falsche Freunde. Ich wollte keinesfalls, dass sich die Leute bei mir so sehr einschmeichelten wie bei Kronos und das nur, um seine Gunst zu erlangen.

„Elanthia." Nephariels Stimme riss mich aus meinen Überlegungen.

„Ja?" Ich ahnte, was nun kommen würde. Der Moment, auf den ich die ganze Zeit gewartet hatte.

„Wir haben unser Ziel beinahe erreicht. In wenigen Minuten werden wir durch die Wolkendecke brechen und auf ein Portal zusteuern, welches uns zu Primus bringen wird."

„Ein Portal?" Es war Neugier und nicht Überraschung, die mich zu dieser Aussage bewegte. Ich hatte schon damit gerechnet, dass es nicht ganz so unproblematisch sein würde, in das Zuhause dieser geflügelten Wesen zu gelangen.

„So ist es. Unser Heim, unser Reich, liegt nicht auf derselben Ebene wie diese Welt." Nephariels vage Antwort ließ erahnen, dass deutlich mehr dahintersteckte. Doch ich weigerte mich, nachzubohren. Es gab Wichtigeres zu bedenken.

„Ist es mir möglich, dieses Portal einfach so zu durchschreiten?" Ich war keines dieser merkwürdigen Wesen. Was war, wenn es mir nicht gegönnt war, dieses fremde Reich zu betreten?

„Mach dir keine Gedanken, Elanthia. Ich denke nicht, dass es irgendwelche Probleme geben wird." Erleichtert nahm ich die beruhigenden Worte der Generalin in mich auf und lächelte zu ihr auf. Doch ihr Blick war nach wie vor nach vorne gerichtet.

„Männer, es wird Zeit", ließ Nephariel nach wenigen Minuten der Stille verlautbaren und legte ihre Schwingen eng an den Körper. Ohne Vorwarnung stürzte sich die Generalin vertikal und ungebremst Richtung Erde. Ihre Begleiter folgten, ohne zu zögern.

Trotz des schneidenden Windes versuchte ich, meine Umgebung zu erkennen. Doch mehr als Berge, Täler und weitläufige Wälder waren nicht zu sehen. Wir mussten fernab jedweder Zivilisation sein, denn die Natur wirkte noch vollkommen unberührt.

Erneut war ich völlig unvorbereitet, als Nephariel ihre Flügel wieder ausbreitete und in eine horizontale Position zurückkehrte.

In den letzten Minuten war ich mehrmals kurz vor einem Herzinfarkt gewesen, doch nichts, absolut nichts, war vergleichbar mit der Panik, die mich erfasste, als wir geradewegs auf eine massive Felswand zuflogen.

„Ähm, Nephariel?", versuchte ich die Aufmerksamkeit der Generalin einzufangen, doch diese behielt ihre gefährliche Richtung stoisch bei und ignorierte mich vollkommen.

Die Steilwand kam bedrohlich näher und zunehmend verzweifelt versuchte ich, wenigstens die anderen auf mich aufmerksam zu machen. Doch auch die restlichen vier Männer wichen keinen Zentimeter von dem tödlichen Kurs ab.

Ich hätte es besser wissen müssen. Meine Hoffnung, hier Antworten zu finden, stellte sich als grausamer Irrtum heraus. Stattdessen erwartete mich der Tod. Weshalb nur hatte ich in meinem kranken Ehrgeiz Primus so schnell und zweifelsfrei vertraut?

Es war nicht so, dass mich der Tod ängstigte, ich bedauerte nur, dass dies zugleich das Todesurteil für meine lieben Eltern sein würde. Doch daran konnte ich nun schlecht etwas ändern. Dafür war es schlichtweg zu spät.

Seufzend blickte ich meinem näherkommenden Ende entgegen. Fünf Meter, drei Meter, ein Meter.

Innerlich bereitete ich mich schon auf den grausamen Aufprall vor und schloss die tränenden Augen. Doch er kam nicht.

Stattdessen war es, als würden wir durch zähflüssigen Sirup waten, aber selbst dieses Gefühl dauerte nur wenige Sekunden an.

Schockiert öffnete ich meine Augen, als ich erneut luftige Leere um mich spürte und erstarrte in Nephariels Armen angesichts dessen, was ich erblickte.

Wie beschrieb man das Paradies mit den Worten, die der Menschheit bekannt waren? Wie beschrieb man Perfektion mit Worten, denen keinerlei Perfektion innewohnte? Wie beschrieb man eine fremde Welt, die an Reinheit und Schönheit nicht zu übertreffen war?

Ich versuchte es, versuchte, Worte zu finden für etwas, das nicht in Worte gefasst werden wollte.

Wenn ich ein Bild malen sollte, würde ich das satteste Grün wählen für die endlosen grasbewachsenen Weiten, das zarteste Blau für den wolkenfreien Himmel, den unzählige geflügelte Wesen bevölkerten.

Die Gebäude, die sich überall erhoben, besaßen einen Hauch Barock und waren dennoch vollkommen einzigartig in ihrer Erscheinung. Türen suchte man vergeblich, es sei denn, man blickte über den beschränkten, menschlichen Horizont hinaus und versetzte sich in eine Kreatur hinein, deren bevorzugte Form der Fortbewegung das Fliegen war. So erkannte man knapp unterhalb der beeindruckenden, stilisierten Dächer eine menschengroße, breite Öffnung, begleitet von einem breiten Fenstersims.

Der warme, sandfarbene Ton der Außenfassaden leuchtete in den untergehenden Strahlen der gelben Sonne und die großzügigen, umzäunten Gärten der Anwesen faszinierten mit zahllosen Pflanzenarten in allen Farben des Regenbogens.

Selbst die Gehwege, die das saftige Grün der Landschaft hin und wieder unterbrachen, erstrahlten in dem feinsten weißen Marmor, den ich je zu Gesicht bekommen hatte. Es überraschte mich, dass diese geflügelten Gestalten solche Pfade überhaupt benötigten.

Doch all diese Schönheit, all diese Kunstfertigkeit verblasste angesichts der Bewohner dieses überirdischen Ortes.

Frauen und Männer. Ob jung oder alt. Jede Entwicklungsstufe, die man sich nur vorstellen konnte, war in den Weiten der Lüfte vertreten.

Hellhäutig, dunkelhäutig, auffallend blass oder von tiefstem Caramel, jede Ethnie war zu finden. Und alle schienen sie in Harmonie und Friedfertigkeit miteinander zu leben.

Doch das war es nicht, was meine Blicke auf diese seltsamen Wesen zog. Das war es nicht, was meinen Atem stocken ließ und meine Aufmerksamkeit fesselte. Nein, es waren die Flügel.

So unterschiedlich jede einzelne dieser Gestalten in ihrer Erscheinung war, so unterschiedlich waren auch ihre federbesetzten Schwingen.

Ich sah große, majestätische Flügel, doch auch kleine, gar schwächliche Schwingen. Ich sah lange, spitze Federn, doch auch weiche, abgerundete Daunen. Und jedes Flügelpaar erleuchtete in den zarten Sonnenstrahlen in einer völlig individuellen Farbe.

Blau wie die Weiten des Himmels, gelb wie ein heller Sonnenstrahl, türkis wie Nephariels warme Augen, ja selbst braun wie die Rinde der vielen Bäume, die die marmornen Wege säumten.

Doch immer wieder erblickte ich verschiedenste Grautöne in der Menge dieser Wesen und das unverkennbare Weiß glänzender Rüstungen. Wie die meiner Begleiter.

Fragend sah ich zu Nephariel und dem Rest der Fünfertruppe, die, seit wir das Portal vor wenigen Minuten durchschritten hatten, beharrlich schwiegen.

„Die grauen Flügel weisen uns als Mitglieder der heiligen Heerscharen aus. Kämpfer kraft Geblüts, Kämpfer kraft Berufung." Die Stimme der Generalin klang ehrerbietig als sie die letzten

Worte murmelte und ganz leise vernahm ich wie Arel, Korim, Tarok, ja, selbst Mordral die Worte beschwörend wiederholten.

Nichtsdestotrotz warf Nephariels Antwort nur noch mehr Fragen auf. Was waren die heiligen Heerscharen? Was genau war ihre Berufung?

Doch ich hakte nicht weiter nach. Ich hatte das Gefühl, die Generalin hatte ihre Erklärung bewusst kryptisch formuliert, auch wenn mir nicht klar war, weshalb.

Kopfschüttelnd wandte ich den Blick wieder nach vorne und lächelte verträumt, während ich zusah, wie eine Gruppe Kinder in den Lüften Ball spielte. Unschuldig, unwissend. So musste ich auch einmal gewesen sein.

Vor Kronos.

Hektisch schob ich die düsteren Gedanken beiseite, was mir überraschend leicht fiel angesichts des Friedens, der jede Ecke dieser Welt erfüllte.

Zunächst schien es zumindest so.

Wir hatten vor wenigen Sekunden die letzten Gebäude hinter uns gelassen und flogen nun über grünes, offenes Land.

Ich fragte mich allmählich, wo uns unser Weg hinführen würde, denn es erschien mir, als hätten wir jegliche Zivilisation lange verlassen.

Doch, wie so oft, hatte ich mich geirrt.

Wir überflogen eine überaus hohe Hügelkette, die den Blick auf eine weite, kreisrunde Fläche freigab. Gepflastert und keineswegs verwaist, wie ich zunächst angenommen hatte.

Verwundert riss ich meine Augen auf, den brennenden Flugwind bewusst ignorierend.

Was ich erblickte, sprach nicht für Frieden, Harmonie und Einigkeit. Was ich erblickte, war nicht mit unschuldig herumtollenden Kindern zu vergleichen. Nein, was ich erblickte, schrie Krieg, Blut und Tränen.

Auf dem gepflasterten Ring – anders konnte man es nicht bezeichnen – traten tausende geflügelte Wesen im tödlichen Zweikampf gegeneinander an. Ich war nicht einmal überrascht, als ich die markanten weißen Rüstungen und grauen Flügel erkannte.

Stattdessen zählte ich eins und eins zusammen. Die heiligen Heerscharen waren nichts anderes als eine geflügelte, tödliche Armee und Nephariel war ihre oberste Befehlshaberin.

Nervös schluckend, besah ich mir das blutige Spektakel.

Schwerter, Fäuste, Äxte, selbst kunstvoll verzierte Speere kamen zum Einsatz. Schilder schienen für diese Wesen mehr Hindernis als Hilfe zu sein und waren achtlos in einer Ecke des riesigen Areals aufeinandergestapelt.

Ich war beinahe fasziniert von der Technik und dem Können, welche die beeindruckenden Kämpfer mit jedem ihrer Schläge und Schwertstreiche bewiesen. Vor allem, wenn man bedachte, dass sie wenige Meter über dem Boden schwebten, die Schwingen gekonnt ausbalanciert.

Ich verstand es nicht. Ich war durchaus in der Lage dazu, simples Training und die Vorbereitung auf eine Schlacht zu unterscheiden. Dafür benötigte man keineswegs spezielles Hintergrundwissen. Und diese Wesen? Diese Wesen, diese Krieger, waren bereit für einen Kampf, bereit für einen Krieg.

Doch wer sollte dieses Reich angreifen? Gegen wen kämpften die geflügelten Gestalten, dass sie es offensichtlich für notwendig erachteten, bis in den späten Nachmittag zu trainieren?

Seufzend schüttelte ich den Kopf. Natürlich hätte ich Nephariel fragen können, doch ich bezweifelte sehr, dass sie mir eine befriedigende Antwort gegeben hätte. Ungeachtet dessen, wollte ich mich nicht in Angelegenheiten einmischen, die mich nichts angingen.

Ich war hierhergekommen, um meine vermissten Erinnerungen wiederzufinden, nicht, um unnötige Fragen zu stellen.

Deshalb ignorierte ich die plötzliche Inaktivität der Krieger, als unsere Gruppe stumm über sie hinwegglitt. Ich ignorierte die verneigten Häupter und die schweigsamen Respektbezeugungen, in der Annahme, dass sie lediglich ihrer Generalin die Ehre erwiesen. Ich ignorierte das erneute Klirren von Metall auf Metall, als wir den Ring hinter uns ließen und konzentrierte mich voll und ganz auf den riesigen, weitläufigen Baum, der plötzlich vor uns erschien.

Ich besah mir die enormen, starken Wurzeln, die an ihrem höchsten Punkt einem dreistöckigen Gebäude Konkurrenz machen konnten. Ich betrachtete den dicken Stamm, der einen ganzen Wald hätte fassen können, ich bestaunte die unermessliche Höhe des Baumes, der sich bis in den Himmel zu erstrecken schien. Ich bewunderte das saftige, dunkle Grün der zahllosen Blätter und das warme, erdige Braun der rauen Rinde.

Ohne jeden Zweifel war ich mir sicher, dass dies unser Ziel war. Dort würde Primus auf uns warten.

Nephariel stieg vertikal den Stamm hinauf, gefolgt von ihren vier Kumpanen und kam lediglich zum Stillstand, als sie den Punkt erreicht hatte, an dem der Stamm in die Baumkrone überging. Wir befanden uns mittlerweile hunderte Meter über dem Erdboden, der Himmel fühlte sich tatsächlich zum Greifen nah an.

Überrascht blinzelte ich angesichts des Bildes, das sich mir bot.

Das Innere der Baumkrone war vollkommen ausgehöhlt, nur die äußeren, mit Blättern versehenen, Äste bildeten einen schützenden Käfig um das traute Heim, welches sich durch einen schmalen, unscheinbaren Eingang betreten ließ.

Ich lachte. Ein genialer Schachzug, das musste ich zugeben. Die kleine, vernachlässigbare Öffnung war nur aus diesem Winkel einsehbar, weder von weiter unten noch von weiter oben war dieser Eingang ausfindig zu machen. Es war unmöglich, Primus zu finden, es sei denn, dieser wollte gefunden werden. Wie in diesem Moment.

Schmunzelnd stand mir mein alter Bekannter gegenüber, seine nachtschwarzen Flügel eng an seinen Körper gepresst. Seine schlanke Gestalt war in weiße, weite Stoffhosen und ein flanellartiges, beigefarbenes Hemd gehüllt. Seine Füße waren frei von Schuhen oder Socken.

Mit einer knappen Handbewegung bedeutete er der Generalin, mich durch die Öffnung hindurch auf den hölzernen Boden zu stellen.

Nephariel verneigte ihr helles Haupt und tat, wie ihr geheißen.

Nach Stunden des Fliegens und fehlendem Bodenkontakt waren meine

Beine schwach und wackelig, deshalb war es nicht weiter verwunderlich, dass ich unbeholfen einige Schritte vorstolperte.

Kurz bevor ich vornüberfallen konnte, fing mich Primus in seinen langen Armen auf und setzte mich unverzüglich auf eine schwarze, weiche Ledercouch in der Mitte der enormen Aushöhlung.

Lächelnd ließ Primus mich los und wandte sich erneut zu Nephariel, den Bericht der Generalin gespannt erwartend.

Ich hingegen sah mich in der Zwischenzeit in Primus' ungewöhnlichem Zuhause um.

Neben der Ledercouch befanden sich mehrere schwarze Ledersessel um einen eleganten Eichenholztisch in der Mitte des großzügigen „Raumes".

Am linken äußeren Rand des Rondells erblickte ich ein großes, ebenfalls in schwarz gekleidetes Bett und einen riesigen Kleiderschrank aus massivem Eichenholz.

Eichenholz schien Primus bevorzugtes Material und Schwarz seine Lieblingsfarbe zu sein, denn neben dem hölzernen Kleiderschrank fand ich eine wunderschöne, mit stilisierten, schwarzen Schwingen bemalte Kommode, ein großzügiges, hölzernes Bücherregal und mehrere Hocker, deren Funktion sich mir leider nicht erschloss.

Die rechte Seite des Raumes wurde von einem enormen Schreibtisch – aus Eichenholz, wie überraschend – dominiert, der von oben bis unten mit Papieren und Schreibinstrumenten übersät war. Eine Küche und ein Badezimmer sah ich nicht, was die Frage aufwarf, ob und was diese Wesen aßen und wie sie ihre großgewachsenen Körper pflegten.

Als ich mich ein letztes Mal in dem riesigen Rondell umblickte, um auch wirklich nichts zu übersehen, erblickte ich eine große Falltür neben Primus' Bett, die wohl direkt in das Innere des gigantischen Baumes Einlass gewährte und unwillkürlich fragte ich mich, wohin diese Tür wohl führte.

Neugierig sah ich zu Primus und Nephariel und zog angesichts Primus' verwirrtem Stirnrunzeln die Augenbrauen hoch.

Mit gespitzten Ohren versuchte ich, den Inhalt des Gesprächs zu erfahren, hörte jedoch nur einzelne Worte heraus. Wiederholt sprach die Generalin von „verdammten Tremanen" und ich erinnerte mich dunkel daran, diesen Begriff schon einmal von ihr vernommen zu haben, doch so sehr ich es auch versuchte, ich konnte mich schlichtweg nicht an den konkreten Kontext erinnern.

Schulterzuckend ließ ich mich tiefer in die weichen Polster sinken und beobachtete die zwei geflügelten Gestalten aufmerksam. Im Hintergrund sah ich Arel, Korim, Mordral und Tarok erheitert lachen und ich wusste, dass für sie diese Mission erfolgreich abgeschlossen war und sie sich nun wieder ihrem Alltag widmeten, was immer das auch bedeutete.

Arel bemerkte meinen Blick und zwinkerte mir über Nephariels Schulter hinweg belustigt zu. Ich lächelte leicht. Was für ein merkwürdiger Haufen.

In diesem Moment legte Primus Nephariel eine starke Hand auf die Schulter, zufrieden nickend. Die Generalin sagte noch einige, leise Worte und nickte in meine Richtung. Primus hob überrascht die Augenbrauen, senkte jedoch zustimmend den Kopf.

Nephariel wirkte zufrieden und blickte ohne Umschweife zu mir.

„Viel Glück, Elanthia." Mit diesen Worten neigte sie ein letztes Mal ihr Haupt und flog, gefolgt von ihren Begleitern, die mir ebenfalls ein letztes Mal ihren Respekt bezeugten, davon.

Primus sah seinen Boten noch lange nach, obwohl sie vermutlich längst aus seiner Sichtweite entschwunden waren. Ich wusste nicht, was er dachte. Ich wusste auch nicht, was Nephariel ihm erzählt hatte, was ihn so verwirrt hatte, doch irgendetwas schien den blonden, blauäugigen Mann zu beschäftigen.

Mit einem knappen Kopfschütteln wandte sich Primus meiner sitzenden Gestalt zu, ein erfreutes Lächeln auf den schmalen, wohlgeformten Lippen.

„Elanthia, es freut mich, dich nach all der Zeit wieder zu sehen." Ehrliche Freude und Erleichterung schwangen in seinen Worten mit. Ich konnte weder die eine noch die andere Emotion wirklich verstehen. Schließlich waren wir uns erst vor wenigen Tagen in meinen aufgewühlten Träumen begegnet.

„Hattest du eine gute Reise?", fragte Primus weiter und ließ sich in einen der schwarzen Sessel sinken. Er saß mir nun genau gegenüber.

„Lassen wir die eitlen Gespräche, Primus. Ihr wisst, weshalb ich gekommen bin." Meine Stimme klang ungewohnt unnachgiebig und stur.

Ich hatte so vieles mitgemacht, um an diesem Punkt zu landen. Ich hatte gekämpft, hatte gelitten und niemals aufgegeben. War es da weiter verwunderlich, dass ich keine Geduld mehr hatte?

„Antworten. Ich möchte endlich Antworten bekommen."

„Und du wirst sie bekommen, meine liebe Elanthia. Doch bedenke, es könnte mehr sein, als du ertragen kannst." Primus' Warnung stieß auf taube Ohren. Es war zu spät, um mich von meinem Vorhaben abbringen zu lassen.

„Ich habe keine Angst. Es wird Zeit, mich meiner Vergangenheit zu stellen." Das war eine unverhohlene Lüge. Natürlich hatte ich Angst, natürlich lief mir ein kalter Schauer über den Rücken, wenn ich darüber nachdachte, was mich in meiner Vergangenheit erwarten könnte.

Doch ich war bereit, mich diesen Ängsten zu stellen und endlich meine Antworten einzufordern.

Primus ließ seinen analytischen Blick über mich wandern und dieser verharrte, als er die Kette erblickte, die meinen schmalen Hals zierte.

„Was ist das?" Primus schien sich lediglich versichern zu wollen, dass das, was er vermutete, auch zutraf.

„Ein Geschenk meines Mannes. Es neutralisiert meine „unnatürlichen" Fähigkeiten." Nickend nahm Primus diese Worte in sich auf, bevor er plötzlich erstarrte.

„Dein Mann?"

„Ja, mein Mann, Kronos. Aber lenkt nicht vom Thema ab, Primus. Ihr wusstet bereits, was dieses widerliche Objekt ist." Ich konnte den vorwurfsvollen Tonfall nicht unterdrücken.

Primus schien sich zu fangen und nickte erneut.

„Ich hatte es vermutet. Woher hat dein Mann eine Kette mit verstärktem Ametrin?" Ametrin. Endlich hatte ich einen Namen für meine unsichtbaren Fesseln.

„Ich weiß es nicht. Doch ohne diese Kette hätte er mich nicht gehen lassen."

Primus hatte wohl verstanden, dass ich mich weigerte, über Kronos zu sprechen und hielt die Fragen zurück, die ihm so offensichtlich auf der Zunge brannten.

„Woher er sie auch haben sollte, sie wird unzweifelhaft funktionieren. Nicht wahr?"

„So ist es." Traurig blickte ich gen Boden. Bis jetzt hatte ich meinen neuerlichen Käfig erfolgreich verdrängt.

„Das überrascht mich nicht. Verstärktes Ametrin ist das einzige Instrument, mit dem es möglich ist, un...", Primus unterbrach sich kurz, „ich meine natürlich: deine Gaben zu unterdrücken." Sein Zögern entging mir nicht, doch bevor ich dem nachgehen konnte, fuhr Primus bereits fort: „Fast niemand weiß von der Existenz dieser leicht abgewandelten Form des Edelsteines Ametrin. Verstärktes Ametrin oder Magitrin, wie es umgangssprachlich noch genannt wird, ist äußerst selten. Es ist kein Zufall, dass dein Mann über dieses Instrument gestolpert ist, meine Liebe."

Während Primus sein Wissen über dieses schreckliche Material preisgab, reifte zunehmend Hoffnung in meinem Herzen heran.

„Könnt Ihr mich von dieser Kette befreien, Primus?" Tränen standen mir in den Augen. Es war mir ein unglaubliches Bedürfnis, wenigstens eine meiner Fesseln zu sprengen.

Primus schien seine Antwort lange abzuwägen, bevor er schlussendlich langsam den Kopf schüttelte und meine Hoffnung zerplatzen ließ.

„Tut mir leid, Elanthia, nur der, der dir diese Kette gegeben hat, kann sie auch wieder entfernen. Jeder, der es sonst versucht, wird selbst von schrecklichen Schmerzen ereilt." Wie ich aus persönlicher Erfahrung wusste.

Wütend und enttäuscht presste ich die Lippen aufeinander und unterdrückte den aufkommenden Tränenstrom. Ich sollte aufhören, zu hoffen, so würde ich mich zumindest vor Enttäuschungen schützen.

„Ich verstehe", meine Stimme klang belegt. „Dann lasst uns nun wieder zu dem Grund meines Besuches zurückkehren." Ich lenkte meine Gedanken bewusst wieder auf mein eigentliches Ziel und verdrängte all die Emotionen, die aus mir herausbrechen wollten, bis lediglich ein Gefühl der Leere zurückblieb.

Ich würde meiner Vergangenheit begegnen, völlig frei von Hoffnung, völlig frei von jeder Erwartungshaltung.

Primus bedachte mich mit einem sorgenvollen Blick, erhob sich jedoch nichtsdestotrotz von seinem Ledersessel und ging langsamen Schrittes zu seinem riesenhaften Schreibtisch.

Er lief um den Tisch herum, bis sich dieser zwischen uns befand und beugte sich herab, bis er aus meinem Sichtfeld verschwunden war.

Ich hörte, wie er eine Schublade öffnete und nach etwas suchte. Das Rascheln von Blättern verwirrte mich, doch ich wartete geduldig ab.

Primus murmelte während der ganzen Prozedur leise vor sich hin.

Wiederholt hörte ich ein leises „Nein" oder „Das nicht", wenn er wieder einmal eines der zahlreichen Objekte zur Seite warf, welche er aus der Schublade hervorzauberte. Ich sah Blätter, Fläschchen und zahlreiche Siegellacke durch die Gegend fliegen. Dieses Fach musste enorm viel Stauraum haben.

Nach zehn Minuten, die mir vorkamen wie zehn Stunden, hörte ich Primus' triumphierendes „Ja!" und sein blonder Haarschopf tauchte hinter der Tischplatte auf. Die herumliegenden Gegenstände achtlos liegenlassend, kam er eilig auf mich zu.

„Man sollte meinen, die Unsterblichkeit hätte mir ein Gefühl für Ordnung beigebracht", witzelte Primus schmunzelnd. Ich jedoch riss nur die Augen auf.

Hätte ich mir ja eigentlich denken können. Kein Wesen konnte in einer menschlichen Lebensspanne so kryptisch und …

exzentrisch werden. Kopfschüttelnd erwiderte ich Primus' Lächeln und verbarg meinen Schock, den diese neue Entwicklung heraufbeschworen hatte.

„Was ist das?", fragte ich höflich und deutete auf das flakonartige Fläschchen in Primus' Hand.

„Das", setzte er an und ließ sich erneut in seinen Sessel sinken, „ist der Schlüssel zu deinen verschollenen Erinnerungen."

Genervt verdrehte ich die Augen. Er mochte ewig Zeit haben, doch meine Zeit hier war begrenzt. Kronos musste die Nachricht über mein Verschwinden bereits erreicht haben.

„Primus, ich bitte Euch", presste ich zwischen angespannten Kiefern hervor.

Schulterzuckend reichte er mir das gläserne, kleine Fläschchen, dessen Inhalt mich an reines Quellwasser erinnerte. Mit skeptisch erhobener Augenbraue sah ich den Unsterblichen an.

„Das, meine liebe Elanthia, ist Wasser aus dem Fluss der Erinnerung. Trink es und deine Erinnerungen sollten zu dir zurückkommen." Ich hatte keinen Zweifel an Primus' Vertrauenswürdigkeit. Ich konnte es nicht erklären, doch mir war, als würde ich dieses seltsame, geflügelte Wesen schon ewig kennen, dennoch zögerte ich.

„Elanthia, hätte ich dich töten wollen, hätte ich es längst getan." Primus schien zu denken, ich hätte Angst davor, dass das kleine Fläschchen Gift enthielt, doch meine Sorge war viel simpler begründet.

Wenn ich dieses Wasser trank, würde ich all die Antworten erhalten, die ich so lange ersehnt hatte. Die Antworten, die mein Leben vervollständigen würden. Doch was war, wenn ich diese Antworten nicht wollte? Was war, wenn sie das bewirken würden, was Kronos all die Jahre so zwanghaft versucht hatte? Was war, wenn mich meine Erinnerungen brechen würden?

Primus schien erneut ungebeten in meine Privatsphäre einzudringen und las unverhohlen meine düsteren Gedanken.

„Ich verstehe deine Angst, Elanthia. Doch stelle dir mal folgende Frage: Ist ein halbes, unvollständiges Leben, in dem dir immer ein Teil deines Selbst fehlen würde, lebenswerter als ein

Leben, das womöglich voller schmerzlicher Erinnerungen sein mag, doch wenigstens vollständig? Ein Leben, das auch Erinnerungen an sehr schöne Momente beinhaltet?"

Seine Worte erreichten mein Herz wie es sonst nichts konnte und zerstreuten gleichzeitig meine angsterfüllten Gedanken. In diesem Moment verzieh ich ihm sein neuerliches, ungebetenes Eindringen in meinen Geist.

Primus hatte recht. Ich war jetzt schon so weit gekommen, es wurde Zeit, auch noch den letzten Schritt zu gehen.

Mit einem letzten, entschlossenen Nicken entkorkte ich den kleinen Behälter und war prompt von zartem Rosenduft umgeben. Gierig sog ich den wohlriechenden Duft in mich auf, entspannte meine starren Schultern, hob das Fläschchen an meine zitternden Lippen und stürzte das Wasser meine Kehle hinab.

Es war seltsam, doch ich spürte geradezu, wie sich die Flüssigkeit einen Weg von meinem Mund zu meinem Magen bahnte und eine Spur brennender Wärme zurückließ.

Primus ließ mich während der ganzen Prozedur nicht aus den Augen. Er wartete, doch ich begriff zunächst nicht, worauf.

Wenige Sekunden später verstand ich es.

Vergessene Emotionen und schmerzhafte Bilder füllten meinen verschleierten Geist. Keuchend warf ich mich auf den harten Boden und krümmte mich nach vorne.

Doch nichts war vergleichbar mit der schrecklichen Pein, als sich nach all dieser Zeit meine goldenen, majestätischen Flügel aus ihrem Gefängnis befreiten.

Stolz erhoben sie sich über meine Schulterblätter und brachten ganz eigene, schreckliche Erinnerungen mit sich. Erinnerungen an IHN.

Ich schrie.

10

Was ist Liebe, als die völlige Aufgabe
der Seele an eine andere Person?
Was ist Liebe, als die Chance eines anderen,
dich unwiderruflich zu zerstören?
Was ist Liebe? Einst warst du es.
Thia

„Elanthia, beruhige dich!" Ich hörte die Stimme kaum, die aufgeregt versuchte, auf mich einzureden.

Der Schmerz war allumfassend, alles verzehrend. Jeder meiner Gedanken, jede meiner aufgewühlten Emotionen, war erfüllt von grausamer Pein. Es fiel mir schwer, mich daran zu erinnern, wer ich war und wo ich mich befand.

„Elanthia, es reicht!" Die unverhohlene Macht, die in der seltsamen Stimme mitschwang, brachte mich schließlich langsam zur Besinnung.

Zuerst wurde ich mir meiner merkwürdigen Position bewusst. Gekrümmt, auf dem Boden liegend, meine Flügel eng um meinen Körper geschlossen. Mein persönlicher Schutzschild.

Danach versuchte ich, meine Umgebung zu erfassen, Bedrohungen zu erkennen, bevor es womöglich zu spät war. Mühsam erhob ich eine meiner goldenen Schwingen und erblickte ein Dach aus unzähligen Ästen.

Endlich etwas, was ich problemlos einordnen konnte. „Zuhause" schien mir der Wind einzuflüstern, der durch die kleine Öffnung in die ausgehöhlte Baumkrone drang.

„Elanthia", murmelte eine sanfte Stimme zu meiner Linken. Erst jetzt spürte ich die Hand, die sich auf meine nackte Schulter gelegt hatte. Verwirrt blickte ich an mir hinab und sah, dass ich ein zerfetztes, merkwürdiges Oberteil trug.

„Elanthia", sagte die Stimme nochmals und ich hörte auf, mich über den Verbleib meiner Rüstung zu wundern, stattdessen lächelte ich sanft. Diese Stimme würde ich immer und überall erkennen.

„Allvater." Hastig ließ ich meine Flügel sinken und sah in das vertraute Gesicht meines ältesten Freundes. Respektvoll neigte ich das Haupt.

„Elanthia, meine Liebe, es freut mich, dass du mich endlich erkennst. Doch bitte, erinnere dich daran, was geschehen ist." Die Stimme des Allvaters klang beschwörend, geradezu flehend. Ich verstand nicht.

„Woran erinnern? Ihr verwirrt mich, Allvater." Angestrengt versuchte ich, seinen Worten einen Sinn zu entlocken, doch ich versagte. War etwas geschehen? War mein Sohn wohlauf?

„Stimmt etwas nicht? Ist etwas mit Raphael? Ist meinem Jungen etwas zugestoßen?" Panik schlich sich in mein verwirrtes Herz. Raphael war noch so jung. Er vergaß viel zu häufig, wie gefährlich die Welt für ihn sein konnte.

„Deinem Jungen geht es gut, meine Liebe. Möchtest du nicht wissen, was mit deinem Mann ist? Möchtest du mich nicht fragen, ob es Lucifer gut geht?" Ich begriff zunächst nicht, was der Allvater mit diesen Worten bezwecken wollte, bis er SEINEN Namen aussprach. Bis er den Namen des Mannes aussprach, der uns alle verraten und ins Unheil gestürzt hatte.

Lucifer.

Neuerlich überkam mich eine Welle des Schmerzes, unermesslich in seiner Intensität durchdrang er meinen Körper, meinen Geist und meine Seele. Es war zu viel.

Kraftlos sackte ich in mich zusammen.

Kurz bevor ich das Bewusstsein verlor, spürte ich, wie Primus, mein Allvater, mich zärtlich auffing.

Nur langsam kam ich wieder zu Bewusstsein.

Mühsam tasteten meine müden Sinne meine Umgebung ab.

In einer schon beinahe vertrauten Situation fand ich mich auf zahlreiche weiche Kissen gebettet, über mich eine dünne, warme

Decke ausgebreitet. Meine großen Schwingen erstreckten sich zu beiden Seiten meines Körpers und verließen nichtsdestotrotz zu keinem Zeitpunkt das riesige Bett.

Kreischend öffnete ich die Augen und sprang aus den samtenen Laken.

Er hatte es wirklich getan, er hatte mich in dieses verfluchte Bett gelegt. Ein Bett, welches mit unzähligen schönen Erinnerungen verknüpft war.

Schmerzhaft schön. Quälend schön.

Mit Tränen in den Augen blickte ich auf das enorme, für Engel konzipierte Schlaflager, das einst nicht einem, sondern zwei Engeln ein Zuhause geschenkt hatte.

Bitter lachend wischte ich mir die Augen.

So einfach war mir Killians Erklärung damals erschienen, so sinnvoll. Nie hatte ich an seinen Worten gezweifelt, doch jetzt kannte ich endlich die Wahrheit. Kein Dämon, ein Engel. Ein gefallener Engel.

Gefallen, um IHM zu folgen.

Ein schmerzhafter Stich fuhr in meine malträtierte Seele, schlimmer als alles, was mir Kronos je angetan hatte.

Angestrengt unterdrückte ich die grausamen Erinnerungen an IHN und die Emotionen, die in mir aufsteigen wollten. Ich wollte nichts fühlen, wenn ich an ihn dachte, wollte streng genommen nicht einmal an ihn denken. Selbst seinen Namen verbannte ich aus meinen chaotischen Gedanken.

„Du wirst nicht ewig vor ihm davonlaufen können, Elanthia", vernahm ich eine leise Stimme hinter meinem angespannten Rücken.

„Doch ich kann es zumindest versuchen", erwiderte ich monoton und drehte mich um.

„Allvater, es ist lange her." Respektvoll verneigte ich mich in einer tiefen Verbeugung.

„Vierzehntausend Jahre, wenn ich mich nicht irre." Ich wusste, was er mit dieser Aussage bezwecken wollte. Er wollte mich dazu zwingen, an diesen Tag zu denken. Dieser Tag, der alles verändert hatte.

Doch ich weigerte mich, den Schmerz zuzulassen. Ich weigerte mich, IHM so viel Macht zu geben.

„Sag mir, Elanthia, was wirst du tun, wenn du nach Epsylon – das ist doch richtig, oder?" Ich nickte stumm. „Wenn du dorthin zurückkehrst und das erste Mal seit langer Zeit bewusst in das Antlitz deines Sohnes blickst? Wirst du auch ihn verleugnen? Wirst du Raphael verleugnen, der das Ebenbild seines Vaters ist?" Die Stimme des Allvaters war eine formgegebene Herausforderung, doch ich zwang mich, nicht darauf einzugehen.

Stattdessen dachte ich an meinen Jungen, den ich all die Zeit, die er an meiner Seite war, für nichts weiter als einen guten Freund gehalten hatte.

Wie konnte es sein, dass ich meinen Sohn, dass ich Raphael, vergessen hatte? All die Zeit hatte er über mich gewacht, all die Zeit hatte er mich mit meinem Namen angesprochen und erst die Rolle des guten Freundes und schließlich die Rolle des Bediensteten perfekt gespielt. Mein lieber Junge. Tränen liefen mir über das Gesicht, doch ich schämte mich ihrer nicht länger. Ich würde mich niemals für die Liebe zu meinem Sohn schämen.

Es war unbegreiflich, wie Killians dämonische Form einen Teil meiner Erinnerung zurückgebracht hatte, während Raphaels Anblick mich kalt gelassen hatte. Hatte es an der jeweiligen Ursache für den Gedächtnisverlust gelegen? Oder daran, dass ich bereits vor dem Verlust meiner Erinnerungen die ersten Jahrtausende meiner Existenz so vollkommen in mir vergraben hatte?

Eine Frage, die mich wohl noch lange beschäftigen würde. Doch es minderte meine Überzeugung nicht, als ich Primus letztlich eine Antwort gab.

„Dieser Tag wird kommen, Primus", erwiderte ich fest und verwendete bewusst den Namen, mit dem er in diese Welt gekommen war und nicht seinen Titel. „Und an diesem Tag wird Freude mein Herz erfüllen. Freude darüber, meinen Jungen endlich wieder in die Arme schließen zu können, mit all dem Wissen, das ich jetzt habe." Unsere Blicke hielten sich während meiner Antwort unverwandt gefangen.

Ich wollte mich nicht in meinem früheren Zuhause umsehen. Auf die Erinnerungen, die das auslösen würde, konnte ich gut verzichten.

Erinnerungen und Bilder, die ich bewusst verdrängte.

Außerdem brannte mir eine Frage auf der Zunge, auf deren Antwort ich nur allzu gespannt war: „Und nun sagt mir, Allvater, weshalb habt Ihr mich zu Euch gerufen?" Es hatte einen Grund, weshalb dieser Mann mir meine Erinnerungen wiedergegeben hatte.

Sein Lächeln konnte mich darüber nicht hinwegtäuschen. Seine bewusst gewählte Erscheinung ebenso wenig.

Primus konnte beinahe jede männliche Gestalt annehmen, die ihm beliebte und es war kein Zufall, dass er mir in dieser Form gegenübertrat. Blond, blauäugig, weiche Gesichtsstrukturen. Man hätte ihn für meinen älteren Bruder halten können. Es handelte sich durchaus um eine Maske, die er schon früher häufig gewählt hatte, dennoch immer mit Hintergedanken.

Diese Vertrautheit hatte mein unwissendes Ich angelockt und ließ mich jetzt erahnen, dass mehr hinter seinem Wunsch steckte, mir zu „helfen". Ich wollte wissen, was es war.

„Ich bitte dich, Elanthia, mehrere tausend Jahre warst du für mich unauffindbar. Nach diesem verhängnisvollen Tag fehlte jedwede Spur von dir und Raphael. Erst vor wenigen Wochen habe ich dich wieder spüren können, habe spüren können, dass du noch lebst." Primus' Stimme stockte. Rührung und Erleichterung schwangen in seinen Worten mit, dennoch zweifelte ich an seiner Aufrichtigkeit.

„Ich bin mir nicht sicher, was es war, doch urplötzlich war ich von deiner unverkennbaren Kraftsignatur umgeben. Du musst eine enorme Menge Energie aufgewendet haben, dass selbst ich dich wahrnehmen konnte." Plötzlich schien ihm ein erschreckender Gedanke zu kommen, händewringend begann er unruhig auf und ab zu laufen. Ich ließ ihn keine Sekunde aus den Augen.

„Wenn ich dich spüren konnte, dann …"

„Sprecht nicht weiter", unterbrach ich Primus aufgebracht. Ich wusste bereits, worauf er hinaus wollte. Mittlerweile hatte auch ich meine Schlüsse aus seiner Schilderung gezogen. ER hatte mich zweifelslos auch wahrgenommen. ER wusste nun auch, wo er mich finden konnte, wie sein Erscheinen in meinen Träumen bereits bewiesen hatte.

Kopfschüttelnd vertrieb ich diese düstere Erkenntnis aus meiner aufgewühlten Gedankenwelt und gab Primus – bemüht das Thema zu wechseln – die Antwort, die er suchte.

„Ein unkontrollierter Dimensionensprung. Das war es, was Ihr gespürt habt. Ich habe in diesem Moment leider nicht die Geistesgegenwart besessen, mich vor Euch zu verbergen." Meine Stimme war völlig tonlos, beinahe emotionslos. Doch selbst ich hörte den kaum wahrnehmbaren Klang von unterdrückter Pein.

„Nichtsdestotrotz", kam ich auf meine ursprüngliche Frage zurück, „erklärt dies keinesfalls, weshalb Ihr mich in meinen Träumen aufgesucht habt. Warum habt Ihr mich nicht in Frieden gelassen? Warum musstet Ihr mein unwissendes Ich noch dazu ermutigen, nach Antworten zu suchen, die besser begraben geblieben wären? Es gibt einen Grund und ich möchte wissen, welcher es ist!" Primus kannte mich, kannte mich beinahe besser als jeder andere und wusste, dass er mich nicht mit leeren Zuneigungsbekundungen abspeisen konnte.

Er mochte der Allvater sein, mochte in der Hierarchie minimal über mir stehen, dennoch hatte er mich stets wie ein ebenbürtiges Wesen behandelt, hatte ein intensives Vertrauensverhältnis zwischen uns aufgebaut.

Nur deshalb vertraute ich auch jetzt darauf, dass er ehrlich zu mir sein würde. Er enttäuschte mich nicht.

„Du hast recht, es gibt durchaus eine Angelegenheit, die es erfordert hat, dich aus deinem neuen Leben zu reißen." Keineswegs überrascht verdrehte ich die Augen und wartete gespannt auf eine Erklärung.

Doch auch Primus begehrte Antworten. Antworten, die mein Versagen erklärten.

„Elanthia, bevor wir über eine äußerst … brenzlige Situation sprechen, würde ich gerne etwas von dir erfahren." Primus' ganze Haltung änderte sich. Er hörte damit auf hektisch hin und her zu hetzen und baute sich stattdessen direkt mir gegenüber auf.

Seine Botschaft war unmissverständlich, nun sprach nicht mehr mein alter Freund zu mir, sondern mein oberster Befehlshaber, mein Allvater.

„Was ist es, was Ihr wissen wollt, Allvater?" Seufzend nahm ich eine demütigere Körperhaltung ein und sah in die kalten, blauen Augen des Mannes, dessen Anordnungen stets meine oberste Maxime gewesen waren, des Mannes, den ich unendlich enttäuscht hatte.

„Was ist nach diesem Tag geschehen? Wie kam es dazu, dass du und dein Sohn plötzlich verschwunden wart und weshalb habe ich dich vor wenigen Tagen aufgefunden, frei von jedweden Erinnerungen? Beinahe menschlich in deinem Auftreten?" Seine Fragen waren berechtigt. Die Antworten waren erst vor wenigen Minuten oder Stunden – erst jetzt erkannte ich, dass ich keineswegs wusste, wie viel Zeit vergangen war, seit mir meine Erinnerungen wiedergegeben wurden – in meinen umnebelten Geist gelangt. Einen Geist, zu dem mein Allvater freien Zugang hatte, wie ich nur zu gut wusste.

„Ihr kennt meine Gedanken, also wisst Ihr um meine Geschichte. Weshalb also soll ich es laut aussprechen?" Ich blieb bewusst respektvoll, versuchte jedoch zwanghaft, diesem Gespräch auszuweichen.

„Weil ich es eben nicht sehen kann, meine liebe Elanthia. Bis zu dem Zeitpunkt, an dem diese zwei merkwürdigen Wesen dich in den Salzhöhlen aufgespürt haben, ist alles wie ein schwarzes Loch. Ich fühle jedoch eine fremde Kraftsignatur in deinen verborgenen Erinnerungen. Es ist zu vermuten, dass es eine bewusst verursachte Blockade gewesen ist, die deine Vergangenheit unterdrückt hat. Ich kann leider nicht erkennen, wer sie über dich gebracht hat, sie verhindert jedoch auch jetzt noch meinen direkten Zugang zu deinen Erinnerungen." Überrascht runzelte ich die Stirn. Es war mir unbegreiflich, wer außer Primus eine solche Tat vollbringen konnte. Ich war mir nicht einmal sicher, ob der Allvater überhaupt solch mächtige Telepathie besaß.

Primus ignorierte meine spekulativen Überlegungen und fuhr schmunzelnd fort.

„Dir bleibt also keine andere Wahl, als darüber zu sprechen. Es sei denn, du möchtest dich einem direkten Befehl verweigern." Ich knurrte, angesichts dieses offensichtlichen Appels an mein ausgeprägtes Ehrgefühl. Der Allvater wusste, dass ich ihm stets gehorchte, nicht aus Angst, sondern aus Respekt. Das, was ihn wohl am meisten von Kronos unterschied. Er hatte sich meine Loyalität – im Gegensatz zu meinem Ehemann – durch seine Handlungen und Taten verdient.

Seufzend wich ich einige Schritte zurück, bis meine Kniekehlen auf Widerstand trafen. Langsam ließ ich mich auf die verfluchten Laken sinken, mich seelisch auf eine schmerzhafte, doch vor allem lange Geschichte vorbereitend.

„Ich weiß, es fällt dir schwer, Elanthia. Lass dir Zeit." Mit diesen trostspendeten Worten kam Primus, der seine autoritäre Fassade fallenließ, auf mich zu und setze sich neben mich.

Er hielt Abstand. Abstand, der, wenn man meine emotionale Situation betrachtete, auch durchaus angebracht war.

Hinzukam dieses Zimmer, dieses Bett, diese Atmosphäre. Ich wollte von niemandem berührt werden, nicht hier. Außer von IHM.

Innerlich schrie ich wütend auf und verwarf meinen letzten, pathetischen Gedanken sogleich wieder. Diese Zeiten lagen in der Vergangenheit.

Eine Vergangenheit, die ich nun gezwungenermaßen wieder ausgraben musste. Mit stockender Stimme begann ich zu erzählen.

„Es geschah kurz nachdem ich IHM, begleitet von unserem Sohn, zur Erde gefolgt war." Quälend langsam drangen die Bilder in meinen Geist. Bilder, die ich am liebsten wieder vergessen würde.

Vierzehntausend Jahre zuvor, kurz nach Lucifers Fall.

Ich konnte es immer noch nicht fassen.

Schmerz saß wie ein unlösbarer Knoten in meiner Brust und nur Raphaels tröstende Gesellschaft hielt mich davon ab, in bodenlosem Selbstmitleid zu versinken.

Natürlich war ich mir dessen bewusst, dass auch mein Sohn in seiner unendlichen Empfindsamkeit still litt. Litt, weil sein Vater freiwillig gegangen war, uns freiwillig verlassen hatte. Doch wie sollte ich ihm eine Stütze sein, wenn ich mich selbst kaum zusammenhielt?

Nichtsdestotrotz hatten wir nun eine Aufgabe. Unmöglich in ihrer Erfüllung.

Versagen und Enttäuschung beinahe vorprogrammiert.

Wir sollten Lucifer von seinem wüsten Pfad abbringen, ihn zur Rückkehr in die heiligen Gefilde bewegen und so das Gleichgewicht, doch vor allem den Frieden in unserem Zuhause wiederherstellen.

Allerdings war es mir ein Rätsel, wie Primus so etwas von uns verlangen konnte, von mir verlangen konnte. Waren wir nicht schon daran gescheitert, Lucifer zum Bleiben zu bewegen? Reichte es nicht, dass dieser engstirnige Engel seinem Sohn und seiner Seelengefährtin bereits einmal das Herz gebrochen hatte? Mussten wir diesen Schmerz neuerlich erleiden?

Die Erfolgschancen dieses Vorhabens waren mehr als gering, dennoch keimte ein kleines Fünkchen Hoffnung in mir auf, als wir das Portal zu Erde durchschritten. Hoffnung, dass Lucifer sich eines besseren besinnen würde. Hoffnung, dass sich mein Geliebter an seine Familie, an seine Frau und seinen Sohn erinnerte und dass er erkannte, wie leer und lieblos ein Leben ohne uns sein würde.

Natürlich war diese Hoffnung irrational und fehlgeleitet. Natürlich erinnerte ich mich an die kalten, blauen Augen meines Mannes, bevor er uns verlassen hatte, auch wenn ich angestrengt versuchte, diese letzten Momente mit ihm zu vergessen und die schreckliche Pein, die gefolgt war.

Doch wie sollte ich tausende von Jahren, die wir Seit an Seit verbracht hatten, einfach wegwerfen? Ich, die ich unsterblich war und schon zu viel Leid und Qual gesehen hatte? Ich, die den Schmerz lediglich durch den Halt meines Seelenpartners ertragen hatte? Wie sollte ich ihn jemals loslassen?

Ich konnte und wollte es einfach nicht. Wollte solche Fragen nicht einmal stellen, wollte diesen Ängsten nicht entgegentreten.

Aber der Strudel an negativen Gedanken zog mich zunehmend in die Tiefe, sodass ich mir meiner Umgebung kaum noch bewusst war. Ich sah nichts mehr, hörte nichts mehr, außer mein wild pochendes Herz und die schwarzen Gedanken einer gebrochenen Frau.

„Mutter, pass auf!", durchbrach eine panische Stimme meinen vernebelten Geist.

Verwirrt kam ich wieder im Hier und Jetzt an und riss erschrocken die tränenden Augen auf. Verzweifelt versuchte ich, meinen halsbrecherischen Flug abzubremsen, doch nur Raphaels schneller Reaktionsgeschwindigkeit war es zu verdanken, dass ich nicht mit der vor uns aufragenden Steilwand kollidierte. Hektisch packte er mich an den Füßen, breitete seine majestätischen Schwingen in den Farben des Sonnenuntergangs weit hinter sich aus und machte sich so den enormen Luftwiderstand zu Nutze. Nichtsdestotrotz kamen wir lediglich wenige Zentimeter vor dem harten, gräulichen Felsen zu stehen. Nur mit Mühe schaffte es Raphael, uns beide gleichzeitig in der Luft zu halten.

Mit extremer Vorsicht und geübter Schnelligkeit griff er mich an den Hüften und brachte mich in eine aufrechte Position. Meine Flügel hatten jeglichen Auftrieb verloren und waren in diesem Moment völlig nutzlos, deshalb zog ich sie langsam ein. Raphael hingegen balancierte uns mit wenigen, starken Flügelschlägen aus und blickte sich konzentriert um, bis sein Blick auf einen Felsvorsprung wenige Meter über uns fiel. Die Bewegung seiner Schwingen nahm langsam zu, wurde stärker, schneller und innerhalb weniger Sekunden hatte er uns sicher auf die steinerne Plattform manövriert.

Zittrig und voller Adrenalin, ließ ich mich zu Boden sinken. Tränen der Verzweiflung, der Trauer und der Scham liefen mir über die von der Kälte betäubten Wangen.

Da war dieser eine Gedanke, dieser düstere Gedanke, der mich nicht mehr losließ. Der Schmerz hätte ein Ende haben können.

Engel waren unsterblich. Das war kein Geheimnis. Selbst in den fehlerhaften Überlieferungen der Menschen steckte dieses Körnchen Wahrheit.

Wir alterten nicht, wurden nicht krank und je nach Rang und Gaben, war es beinahe unmöglich, uns auf herkömmlicher Weise, beispielsweise durch Waffengewalt, dauerhaft zu schaden.

Doch, entgegen der landläufigen Meinung, war unsterblich nicht mit unverwundbar gleichzusetzen.

Es gab drei Möglichkeiten für einen Engel meines Ranges, den Tod zu finden. Zum einen konnten wir durch den Verlust von Lebensenergie durchaus verwundbarer werden als das schwächste Glied unserer

*Gemeinschaft. Natürlich waren wir dann immer noch schwer zu töten,
doch es war nicht länger unmöglich.*

*Ich musste allerdings zugeben, dass ich in den nunmehr elftausend
Jahren meiner Existenz noch keinem Wesen untergekommen war, das auf
diese Art und Weise der Sterblichkeit einen Schritt nähergekommen wäre.*

*Es gab nicht viele Engel, die ich als ebenbürtig betrachten würde. Sehr
selten wurde ein Engelskind geboren, welches mir in Macht und Begabung beinahe das Wasser reichen konnte. Letztendlich konnte ich jedoch
voller Überzeugung sagen, dass es neben Primus, Raphael und Lucifer –
mein Herz zog sich bei diesem Namen schmerzhaft zusammen – niemanden gab, der mir wirklich und wahrhaftig gleichzustellen war. Und
dieser recht kleine Kreis an erstrangigen Engeln war auf dem Höhepunkt
seiner Macht. So schien es mir zumindest.*

*Die zweite Möglichkeit war, meines Erachtens nach, die wohl er-
schreckendste. Sollte der Tag kommen, an dem Raphael, Lucifer oder ich
entschieden, der Hass auf unsere Familie sei stärker als unsere Liebe, so
konnten wir uns gegenseitig töten. Eine Vorstellung, die mir bis vor wenigen Stunden noch völlig abwegig erschienen war, doch nun zur grausamen Realität werden konnte.*

*Primus stand noch eine Stufe über uns. Aus diesem Grund konn-
te er uns nicht unser Leben nehmen. Das war das unumstößliche Gesetz des Universums.*

Ein Engel durfte – außer in Zeiten des Krieges – kein Wesen niedrigeren Ranges töten.

*Erhoben wir in Tötungsabsicht die Hand gegen ein schwächeres We-
sen, so bestrafte uns das Universum auf eine Art und Weise, wie es sich
ein Engel nicht einmal in seinen schlimmsten Albträumen vorstellen wollte.*

*Es stutze uns die Flügel, nahm uns die Fähigkeit zu fliegen und
kettete uns somit an den Boden. Doch, als wäre dies nicht Strafe genug,
so musste der betroffene Engel den Schmerz jeden Tag erneut durchleben. Es war, als würde man ihm seine Schwingen jeden Tag neuerlich
vom Rücken schneiden. Und das für die Unendlichkeit seiner Existenz.*

*Diese effektive Methode des Universums uns daran zu erinnern, wer
oder was uns mit unseren Gaben und Schwingen gesegnet hatte, war auch
der Grund für die vielen Fußwege in den heiligen Gefilden, welche dem
Betrachter auf den ersten Blick wohl als recht sinnlos erschienen.*

Es gab nicht wenige Engel, die diesem harten Schicksal bereits begegnen mussten. Denn obwohl wir alle eine große Familie waren, waren wir auch emotionale, ungeduldige Wesen. Unsere Unbeherrschtheit ließ die mangelnde Kontrolle der Menschen beinahe harmlos erscheinen. Wenn ich allein bedachte, wie oft die Mitglieder der Heerscharen mit den niederrangigen Engeln aneinandergerieten.

Es war traurig, doch wie ich wussten viele der anderen Engel nicht, wie wir den Weg in die Existenz gefunden hatten und das belastete sie sehr. Nur wenige unseres Volkes wurden wie Raphael geboren. Wir anderen waren ein „Geschenk" des Universums, erklärte Primus immer ausweichend. Unsere Existenz, unsere Gaben, die Farbe unserer Flügel – die unseren Rang mehr oder minder diktierte – waren alles Geschenke des Universums.

Das Universum. Es gab und es nahm. Es segnete und strafte. Doch die Gestraften dachten nicht länger an das, was ihnen gegeben wurde. Sie dachten nur noch an das, was ihnen genommen, geradezu entrissen, wurde.

In solch einer Situation war es keine Überraschung, dass viele Unsterbliche ihrer Existenz müde wurden und der Gedanke an den Tod immer verlockender erschien.

Sie wählten dann oft den dritten und letzten Weg, zu sterben. Durch ihre eigene Hand.

Sollte sich jemals die Überzeugung in unserem Innersten verankern, dass wir nicht länger leben wollten, so konnten wir freiwillig in den Tod gehen. Eine weitere Gabe des Universums.

Im Gegensatz zum ‚Ewigen Schlaf' – einem Zustand, in den sich ein Unsterblicher bis zu mehrere tausend Jahre versetzen konnte, um Geist und Körper zur Ruhe zu bringen – war dieser Freitod endgültig und unwiderruflich. Aus diesem Grund reichte ein einfacher Gedanke nicht aus. Das Wesen des Engels musste vollkommen mit dieser Welt abgeschlossen haben, sonst funktionierte es nicht.

Allerdings konnte es das Universum nicht erlauben, dass sich Gestrafte ihrer Existenz entzogen und so wurde denjenigen, die das oberste Gesetz gebrochen hatten, dieser Ausweg verwehrt.

Engel niedrigeren Ranges waren verwundbarer als Raphael, Lucifer oder ich, und konnten aus diesem Grund auch einen gewaltsamen Tod durch die Kraft ebenbürtiger oder schwächerer Wesen finden.

Im Krieg wären sie uns höherrangigen Engeln unterlegen, falls sie auf der falschen Seite des Schlachtfeldes stünden und würden ohne Zweifel qualvoll sterben. Doch ich konnte mir kein Szenario ausmalen, in dem dies der Fall sein könnte.

Krieg im eigentlichen Sinne war nicht möglich. Wer sollte uns schon angreifen? Die Menschen? Die Sterblichen wussten nicht um unsere Existenz, auch wenn viele an uns glaubten. Selbst wenn sich das ändern würde, welche Chance hätten sie gegen uns?

Und ein „Bürgerkrieg"? Aus welchem Anlass? Der Gedanke allein war vollkommen lächerlich.

Für uns war der Tod keine Notwendigkeit. Doch für viele lag in ihm ein verheißungsvolles Versprechen. So wie für mich, in diesem Moment.

Mein Herz glich einem schwarzen Loch, das jegliches Licht verschlang.

„Mama, ich kann mir nicht vorstellen, wie schrecklich die Pein sein muss, die dich seit dem Zerreißen des Seelenbandes quält. Doch wir müssen unsere Aufgabe erfüllen. Vielleicht … wendet sich noch alles zum Guten." Raphaels Worte berührten mein Herz wie es sonst nichts mehr vermochte. Auch, wenn er sich irrte.

Das Seelenband zwischen Lucifer und mir mochte zerschlissen und kaum spürbar sein, doch es war durchaus noch existent. Dennoch wog der Schmerz nach viertausend Jahren Kameradschaft, Verständnis und Liebe schwer.

Ich fühlte, wie mein Mann seine Gefühle am anderen Ende des beinahe zerstörten Seelenbandes vor mir verbarg. Das verletzte mich fast mehr, als seine Entscheidung, uns zu verlassen.

Ich hatte gedacht, diese Mauern hatte ich vor langer Zeit eingerissen.

So konnte man sich täuschen.

Wie viel hatte er wohl noch vor mir versteckt? So tief verborgen, dass ich es nicht länger wahrnehmen konnte?

Doch ich durfte mich nicht länger in meinem Leid vergraben. Mein Sohn und Primus verließen sich auf mich.

„Du hast recht, Raphael. Es tut mir leid. Lass uns weiterziehen. Es ist jetzt nicht mehr weit." Mit diesen Worten stand ich langsam auf, breitete meine goldenen Flügel aus und hob ab, in der Gewissheit, dass mein Junge mir folgen würde.

Ein vertikaler Aufstieg erforderte Können und Übung, doch er sparte auch Zeit. Innerhalb weniger Sekunden hatten wir die Wolkendecke durchbrochen.

Gebadet in dem sanften Licht des Erdenmondes führten wir unsere Reise fort und erblickten kurze Zeit später bereits den Gipfel des riesigen Berges, der den Eingang zum Dunklen Reich beherbergte. Dort würden wir Lucifer finden und dort würde der Schmerz hoffentlich endlich ein Ende nehmen.

„Mach dich bereit zum Abstieg, Raphael", rief ich meinem Sohn über die Schulter knapp zu. Mit wenigen, kurzen Flügelschlägen schloss Raphael zu mir auf.

Seine facettenreichen Schwingen leuchteten sanft im Schein des Mondes und erinnerten mich daran, was mein Junge in sich vereinte. Die besten Eigenschaften seines Vaters und von mir.

Kopfschüttelnd vertrieb ich diesen ziellosen Gedanken und ließ mich durch die Wolken hinabfallen, bis ich einen breiten Felsvorsprung erkennen konnte.

Nur in dieser Höhe war die schwarze Öffnung erkennbar, die zu einer verlassenen Höhle führte und zu dem Portal, welches uns zu Lucifer bringen sollte.

Entschlossen steuerte ich auf den dunklen Eingang zu und bremste erst wenige Meter vor der Öffnung ab, bevor ich mich langsam in der Luft aufrichtete und mit wenigen, gezielten Schlägen meiner Schwingen in der Höhle landete.

Aus dem Augenwinkel beobachtete ich, wie Raphael es mir nachmachte und wenige Sekunden später neben mir zum Stehen kam.

Finsternis umgab uns, kaum erhellt durch das hereinströmende Mondlicht.

Seufzend hob ich den rechten Arm und öffnete die Hand. Eine kleine zarte Flamme bildete sich auf meiner Handfläche und erleuchtete Raphaels angespannte Miene.

Mit einer knappen, gezielten Geste entsandte ich das kleine Licht in die undurchdringliche Finsternis und entzündete die zahllosen Laternen, die in regelmäßigen Abständen in der Höhle positioniert waren.

Wir befanden uns noch nicht in der Haupthöhle, sondern in einem kleineren Vorzimmer, welches am gegenüberliegenden Ende einen weiteren Durchgang offenbarte.

Ich zögerte kurz. Bodenlose Angst umschloss mein Herz. Was würde uns erwarten, wenn wir das Portal im Hauptraum durchschritten? Würde er mit seinen eiskalten Augen auf uns warten und uns unvollendeter Dinge zurückschicken oder hatte ihm der Abstand Zeit zum Nachdenken gegeben und er würde zu uns zurückkehren? Ein bitteres Lächeln umspielte meine Lippen. Ich war zu alt für diese Art von Wunschdenken.

Raphael umfasste beruhigend meine Hand und lächelte mich aufmunternd an. Ich wusste, dass er meine aufgewühlten Emotionen las und mir signalisieren wollte, dass ich nicht allein war.

Dankbar drückte ich seine langen Finger und gemeinsam setzten wir unseren Weg fort.

Am Eingang zur Haupthöhle angekommen, erwartete uns neuerlich schwarze Dunkelheit.

Dieses Mal war Raphael schneller als ich und entzündete mit seinem eigenen Feuer die abertausenden Lichter, die benötigt wurden, um die natürliche Höhle zu erleuchten. Ein selbstgefälliges Lächeln spielte um seine Lippen.

Ein Anflug von Heiterkeit legte sich über meine Angst und ich zog spottend eine Augenbraue hoch. Doch noch bevor ich etwas sagen konnte, erblickte ich, was uns in der einst dunklen Höhle begrüßte. Ich erstarrte.

Raphael wich einige schnelle Schritte zurück und zog mich mit sich.

Tremanen. Es mussten Tausende sein, die den Eingang zum Portal versperrten. Bewaffnet und offensichtlich kampfbereit.

Verdammt. Was sollten wir nun tun?

„Mama, wir müssen verschwinden", begann Raphael flüsternd. „Du weißt, dass wir sie nicht vernichten dürfen und selbst wenn wir uns den Weg freikämpfen wollten, weiß ich nicht, ob wir … momentan stark genug sind." Ich seufzte schwer, auch wenn ich wusste, dass Raphael recht hatte.

Die Intensität unserer Fähigkeiten und die Stärke unserer Körper standen in direktem Verhältnis zu unserer mentalen Stabilität.

Nach Lucifers Fall war etwas in uns zerbrochen, in Raphael und in mir. Es war fraglich, wie viel unserer Kraft uns momentan überhaupt zur Verfügung stand.

Es war simpel, ein Wesen nicht zu töten und es trotzdem außer Gefecht zu setzen, solange man die Oberhand hatte. Doch nicht nur befanden wir uns gnadenlos in der Unterzahl, sondern waren auch abgeschnitten von unserem vollen Potential.

Für den Augenblick blieb uns nur die Flucht.

Mit zittrigen Beinen wandte ich mich dem Ausgang und dem wartenden Mondlicht zu, in der Überzeugung, dass Raphael mir unaufgefordert den Rücken deckte.

Erneut erstarrte ich.

Auch dieser Weg war uns versperrt. Wie waren diese Kreaturen hinter uns gelangt?

„Raphael", murmelte ich eindringlich und spürte, wie sich die Hand meines Sohnes verkrampfte, als er erkannte, was ich bereits wusste. „Wir müssen springen."

Ein Sprung aus diesen Höhlen war gefährlich. Die Schwingungen des Portals erzeugten ein Störsignal. Es war nicht gewiss, dass man an dem Ort ankam, zu dem man ursprünglich springen wollte.

Doch wir hatten keine Wahl.

Mit einem letzten traurigen Blick besah ich mir das schimmernde Portal in weiter Ferne, als ich meine Gedanken auf Zuhause richtete und zum Dimensionensprung ansetzte.

Ich spürte noch, wie Raphael es mir nachtat, bevor meine Umgebung langsam verschwamm.

Als ich langsam meine körperliche Form verlor, hörte ich, wie eine vertraute Stimme meinen Namen rief.

Eine stumme Träne rann mein beinahe transparentes Gesicht hinab.

Sei verdammt, Lucifer.

„Als wir uns wieder materialisierten, fanden wir uns auf einem völlig fremden Planeten wieder. Epsylon", erklärte ich Primus zittrig und wischte mir über die tränennassen Wangen.

Der Engel war mittlerweile an mich herangerückt und hatte einen tröstenden Arm um meine Schultern gelegt.

Ausnahmsweise schreckte ich nicht vor der Berührung zurück. Die Erinnerung hatte mich innerlich kalt zurückgelassen.

Und die Geschichte war noch längst nicht am Ende.

„Ich wusste, dass wir versagt hatten. In unserer Aufgabe waren wir gescheitert. Zurückzukehren hätte nicht nur bedeutet, dass wir mit unserem Versagen konfrontiert, sondern auch, dass wir in jedem weiteren Moment unseres Daseins an unseren Verlust erinnert werden würden. Deshalb hatten wir entschieden, auf diesem zunächst tristen und öden Planeten zu bleiben." Zögerlich hob ich den Blick und besah mir Primus' Reaktion, doch dessen Miene war vollkommen ausdruckslos.

Eilig versuchte ich, unseren Entschluss zu rechtfertigen.

„Ihr müsst verstehen, dass dieses selbst auferlegte Exil keineswegs mit Euch zu tun hatte. Wir waren angesichts unseres Schmerzes so unglaublich schwach gewesen und hatten die Hoffnung gehegt, dass wir mit der Zeit wieder an Stärke gewinnen würden." Ich unterbrach mich, als ich Primus' sanftes Lächeln erblickte. Ich konnte weder Wut noch Ablehnung in seinem Blick erkennen.

„Elanthia", begann Primus leise, „glaube mir bitte, wenn ich dir sage, dass ich keinerlei negative Gefühle für dich und Raphael empfinde. Natürlich habt ihr mir über die vergangenen Jahrtausende viele Sorgen bereitet, insbesondere, nachdem ihr eure Kraftsignatur so gekonnt vor mir verborgen habt. Doch tief im Innersten, habe ich immer gewusst, dass ihr am Leben seid und dass ihr euch bewusst von Zuhause ferngehalten habt." Er zögerte kurz, bevor er überzeugt weitersprach.

„Nichtsdestotrotz bin ich froh, endlich eine Erklärung für euer Verschwinden zu haben. Ich bin nur erleichtert, dich endlich wiederzusehen." Ein plötzliches Grinsen erhellte seine perfekten Gesichtszüge. „Jetzt können wir endlich unsere endlose Partie Feuerball beenden."

Ich verdrehte gespielt genervt die Augen. Vierzigtausend Jahre alt und dennoch benahm sich Primus noch immer wie ein kleines Kind.

„Das habe ich gehört", murmelte Primus und tippte sich zwinkernd an die Schläfe.

Ich konnte nicht anders, als erheitert aufzulachen. Primus hatte schon immer diese Wirkung auf mich gehabt.

Er hatte es seit jeher geschafft, selbst die schlimmste Situation durch seinen Humor aufzulockern.

Als mein Lachen langsam erstarb, ergriff Primus erneut das Wort.

„Es tut mir leid, dass ich dich alles erneut durchleben lassen muss, Elanthia. Doch nur, während du die Worte aussprichst, kann ich die Geschichte in deinem Geiste sehen. Fühlst du dich bereit, fortzufahren?" Seine Stimme klang beschwörend.

Nein, ich fühlte mich nicht bereit, doch ich würde meine Geschichte dennoch zu Ende erzählen.

Ich wusste nicht, woran es lag, doch auch wenn die Erinnerungen schmerzhaft waren, so war es beinahe befreiend, nach all der Zeit darüber zu sprechen.

„Meine herausragende Gabe, die Schöpfung, war von meiner mentalen Schwäche natürlich beeinflusst worden. Für Kreationen, die mich zuvor nur Wochen oder Monate gekostet hatten, brauchte ich plötzlich Jahre. Meine Schlagkraft war beinahe nicht mehr existent." Jeder Engel höheren Ranges besaß eine herausragende Gabe, die mächtiger und ausgeprägter war als jede andere Fähigkeit. Allerdings war die Nutzung dieser Gabe mit dem Verlust von Lebensenergie verbunden.

Wir Engel hatten einen Energiespeicher, aus dem wir die Fähigkeit bezogen, unsere Gaben einzusetzen. Dieser Speicher unterschied sich nach Schlagkraft und Ausdauer.

Da die obersten Engel wie Primus und ich von einem beinahe endlosen Speicher zehren konnten, hatte das Universum einen Ausgleich geschaffen, um die Balance zu gewährleisten.

Tatsächlich teilten Primus und ich dieselbe herausragende Gabe und jedes Mal, wenn wir die Macht der Schöpfung nutzten, um Leben zu erschaffen oder zu beeinflussen, schrumpfte unser Speicher durch Verlust von Lebensenergie. Wir verblieben unsterblich, doch die Ausdauer unserer Kräfte schwand.

Dasselbe geschah, wenn etwas verging oder starb, was wir erschaffen hatten. Die Energie kehrte keinesfalls zu uns zurück, sondern nahm sogar noch etwas Lebensenergie von unserem Speicher mit sich. Im Umkehrschluss hieß das erfreulicherweise, dass wir für jedes neu hinzukommende Leben, welches auf unserem Einfluss beruhte, ein wenig Kraft hinzugewannen. So glich sich der Energieaustausch häufig aus.

Wie so oft, gab es eine Ausnahme von der Regel. Primus und ich konnten beispielsweise leblose Objekte erschaffen, ohne den Verlust von Lebensenergie zu befürchten. So blieb die Ausdauer unseres Energiespeichers unberührt.

Die Schlagkraft wurde im Gegensatz zur Ausdauer nicht durch den Verlust von Lebensenergie vermindert, jedoch durch eine Instabilität des mentalen Zustandes.

Die Nutzung unserer anderen Fähigkeiten wirkte sich nicht auf diese Art und Weise aus, ließ unseren Energiespeicher nicht schrumpfen. Jedoch wurden auch diese Gaben durch unsere mentale Stärke und den Verlust von Lebensenergie beeinflusst. Dies betraf insbesondere unsere Selbstheilungskräfte.

Ich seufzte traurig, als ich meinem verminderten Energiespeicher nachspürte. Verwundbarkeit, Schwäche.

Die Narben auf meinem Rücken pochten bestätigend, als ich meine Flügel ausbreitete, um mich tiefer in die Matratze sinken lassen zu können. Gemächlich erzählte ich weiter.

„Ihr müsst wissen, Epsylon ist vollkommen leblos gewesen. Lediglich ein breiter Fluss hat die Ödnis der Landschaft durchbrochen. Damals habe ich noch nicht gewusst, wie besonders und wichtig ‚La vie' einmal sein würde." Bilder aus meinen Träumen schoben sich vor mein inneres Auge und Panik erfüllte mich bei dem Gedanken, was diese Visionen bedeuten könnten. Doch für den Moment schob ich auch diese Ängste beiseite.

Ich wollte meine Geschichte einfach nur zu ihrem unausweichlichen Ende bringen.

„Wir hatten beschlossen uns auf diesem tristen Planeten niederzulassen, doch in seinem damaligen Zustand war dieser Ort nicht lebenswert gewesen. Über die nächsten Jahre erschuf ich eine Atmosphäre, die vor Herezias tödlichen Strahlen schützen sollte. Ein Vielfaches größer als die Sonne, ist Herezia ein Hindernis für jedwedes Leben gewesen. Für Raphael und mich ist sie natürlich ungefährlich. Unsere Affinität zum Feuerelement und unsere Unsterblichkeit haben uns beschützt." Bitterkeit erfüllte mich, als ich an die völlige Leere Epsylons zurückdachte. Welch ein Kontrast es zu unserem Zuhause gewesen war.

„Es ist anstrengend gewesen, unsere Kraftsignatur vor Euch zu verbergen, doch nachdem ich die für andere Engel abweisende Atmosphäre erschaffen hatte, ist es leichter geworden. Ich bin gezwungen gewesen, die Atmosphäre an den Fluss ‚La vie‘ zu ketten, um die Stabilität zu gewährleisten. Das Wasserelement hilft heute noch dabei, die Wärme Herezias in einem erträglichen Maß zu halten." Erneut war ich erfüllt von Verzweiflung, als ich daran dachte, wie katastrophal es sein würde, wenn ‚La vie‘ tatsächlich austrocknete. Es wurde zunehmend mühsamer, diese schmerzlichen Emotionen auszublenden.

„Als es endlich möglich gewesen ist, Leben zu erschaffen, habe ich begonnen Flora und Fauna zu kreieren. Ich habe mich daran orientiert, was wir damals auf der Erde angestoßen haben." Primus und ich teilten ein melancholisches Lächeln.

Vor zwanzigtausend Jahren hatten wir Menschen, Tieren und Pflanzen der Erde einen kleinen Evolutionsschub geschenkt, welcher sie mehrere tausend Jahre in die Zukunft geworfen hatte. Damals war ich ‚Hüterin der Menschen‘ geworden. Ein Titel, der mich noch lange verfolgen würde.

„Doch selbst nachdem hunderte Jahre vergangen waren, es wollte kein weiteres Leben entstehen. Raphael und ich sind zunehmend von Einsamkeit und Rastlosigkeit heimgesucht worden. Wir haben eine Aufgabe gebraucht, um uns von unserem Schmerz ablenken zu können. Unseren Erinnerungen entfliehen zu können. Also habe ich die Lebendigkeit der vier irdischen Elemente genutzt, die mir innewohnen und habe eine neue Rasse erschaffen. Sterblich, doch voller Leben. Dämonen." Wieder schmeckte ich das Salz meiner Tränen auf den weichen Lippen. Es hätte alles so schön sein können.

„Etwa zwölfhundert Jahre ist alles wundervoll gewesen. Die Dämonen haben sich prächtig entwickelt und selbst eine Affinität für die vier Elemente gezeigt. Raphael hatte es sich zur Aufgabe gemacht, ihnen die Engelssprache beizubringen und sie im Kampf zu unterweisen. Ich bin zufrieden damit gewesen, diese schönen Wesen einfach nur auf ihrem Weg zu begleiten, ihnen mit Rat und Tat zur Seite zu stehen. Frieden, wie ich ihn seit Lucifers Fall nicht mehr empfunden hatte, hat mein Herz erfüllt." Müde strich ich mir über die Stirn und atmete tief durch.

„Dann sind die Menschen gekommen, haben unseren Planeten überrannt und was haben sie mitgebracht? Waffen, Angst und Tod. Raphael hatte die Dämonen im Kampftraining unterwiesen, doch gegen diese Waffen hatten sie keine Chance. Und uns sind die Hände gebunden gewesen. Uns ist nur die Flucht geblieben, um die Rettung dieser jungen Rasse zu gewährleisten." Ich war so voller Zorn auf das Universum gewesen. Weshalb waren wir gezwungen, selbst in solch einem Augenblick die Balance zu wahren? War die rücksichtslose Handlung der Menschen nicht kriegerisch genug gewesen? Unterbewusst hatte mir das Universum zugeflüstert, das dem leider nicht so war.

Die Menschen hätten uns mit ihren Waffen niedergestreckt und auch wenn es uns vermutlich nicht getötet hätte, so hätten sie während unserer langen Heilung alle Dämonen vernichtet. Das hatte ich nicht riskieren wollen.

„Wir haben die Überlebenden um uns versammelt und ich schenkte ihnen Unsterblichkeit, soweit es eben in meiner Macht gestanden hat. Wie Ihr wisst, kann nur das Universum wahre Unsterblichkeit gewähren, wie wir sie besitzen. Doch immerhin sind sie so der Bürde des Alterns entkommen und haben an Stärke hinzugewonnen." Ich hatte damals nicht bedacht, dass die Dämonen mit dieser Wandlung einen neuen Rang bekleiden würden, der den niederen Engeln gleich war und die Menschen für sie somit unantastbar machen würde.

Davon war ich zumindest ausgegangen. Bis heute gab es für diese Annahme keinen Beweis, auch wenn tödliche Auseinandersetzungen innerhalb der Dämonenspezies wohl nicht vom Universum bestraft wurden.

Dämonen waren keine Engel. Wer wusste schon, ob sie demselben Gesetz unterworfen waren wie wir?

Dennoch hatte Angst vor dem Zorn des Universums meine Handlungen damals gelenkt.

Dieses Wissen hatte ich vor den Dämonen verborgen und ihnen für meine nächsten Schritte einen anderen Grund genannt.

Ich wollte ihnen ein Zuhause schenken, das auf ewig nur ihnen gehören würde. Ein Reich, das sie nicht teilen müssten.

„Um meine Schöpfung zu beschützen, um ihnen Frieden bringen zu können, habe ich die Dämonenebene kreiert. Klein, düster, kaum Flora und Fauna. Mir hat schlichtweg die Kraft gefehlt, um es Epsylon gleich zu tun, denn mittlerweile war mein Energiespeicher beinahe zu einem Nichts verkommen. Da der Fluss ‚La vie‘ in dieser Dimension nicht existiert, habe ich die Atmosphäre dieses Mal an eine der unsterblichen Dämonenfamilien gebunden, die zugleich Hüter der Ebene sein sollten. Bevor sich die Frequenz des Reiches endgültig einschwingen konnte, habe ich die Dämonen überführt und bin mit Raphael gefolgt. Es ist ein Glücksfall gewesen, dass sich die Frequenz so völlig anders als die Frequenz Epsylons eingependelt hat, sodass die Menschen und die Dämonen nicht länger aufeinandertreffen können, es sei denn eine der beiden Welten wird zerstört." Es war ein tiefgehender Eingriff in die Dynamik des Universums gewesen. Durch meine unbedachte Tat hatte ich ein Ungleichgewicht geschaffen, welches nur durch die Zusammenführung der beiden Dimensionen wieder aufgehoben werden konnte. Die Dimensionenschleuse, über welcher Raphael vor langer Zeit sein Haus errichtet hatte, war vollkommen selbstständig entstanden und ein Beweis dafür, dass die beiden Welten eigentlich zusammengehörten.

An diesem Punkt unterbrach ich mich schluckend, als ein Schluchzen meine Brust erbeben ließ. Jedes Mal, wenn ich gedacht hatte, dass endlich alles gut werden würde …

Primus nahm meinen schlotternden Leib in die starken Arme und drückte mich fest an sich. Das Ende meiner Erzählung murmelte ich in seine breite Brust.

„Danach ist der unterdrückte Schmerz erstmalig über mich hereingebrochen. Nicht nur die sinnlos verlorenen Leben, sondern auch die Erkenntnis, dass die Menschen, über die ich so lange gewacht hatte, mich in dieser Art und Weise verraten hatten. Es ist einfach zu viel gewesen und so habe ich beschlossen, mich dem ‚Ewigen Schlaf‘ zu ergeben. In der Zwischenzeit würde Raphael über meinen ruhenden Leib wachen und die Dämonen und Menschen im Auge behalten. Als zusätzliche Sicherheit habe ich mein Aussehen transformiert, bis ich nicht mehr gewesen bin als ein kleines, unschuldiges Kind. Meine Flügel habe ich vor aller Augen verborgen." Nach wie vor zittrig atmete ich Primus' vertrauten Geruch ein und sprach etwas lauter weiter: „Doch irgendetwas ist schief gegangen. Statt wenigen Jahren, die ich mich ursprünglich zur Ruhe legen wollte, habe ich beinahe zwölftausend Jahre geschlafen und ich kann Euch ehrlich nicht sagen, was mich letztendlich aus meinem endlosen Koma erweckt hat und selbst als ich endlich erwacht bin, sind jegliche Erinnerungen an mein vergangenes Leben verloren gewesen." Erschöpft angesichts der emotionalen Achterbahn der vergangenen Stunden hob ich meinen Kopf von Primus' Brust und blickte dem Allvater in die glänzenden, blauen Augen.

Er war sichtlich bewegt, unser Leidensweg schien ihn tief zu treffen. Dennoch konnte ich nicht anders, als langsam aufzustehen und mich weiter von ihm zu entfernen, auch wenn ich meinen Blick nicht für einen Moment von seiner ungewohnt offenen Miene abwandte.

Allmählich drang die Gegenwart wieder in meinen müden Geist ein und ich wurde mir meiner Umgebung schmerzlich bewusst.

Unser altes Schlafzimmer beherbergte neben dem enormen, für Flügel konzipierten Bett, einen großen, weißen Kleiderschrank, der die komplette gegenüberliegende Seite einnahm und der, wie ich wusste, Lucifers und meine Rüstung, sowie meine Gewänder beinhaltete. Seine restliche Kleidung hatte Lucifer vor all der Zeit mitgenommen, als er uns endgültig verlassen hatte.

Ich zuckte innerlich zusammen. Es wurde zunehmend leichter, an ihn zu denken, auch wenn der Schmerz nicht wirklich nachlassen wollte.

Vom Schlafzimmer führte eine Tür zum angrenzenden Badezimmer aus weißem Marmor, durchzogen mit goldenen Adern. Die Badewanne umspannte die Hälfte des großen Badezimmers und war ebenfalls für Engel ausgelegt. Zwei Waschbecken, ein großer Spiegel und eine begehbare Dusche vervollständigten diesen Raum, der einst unserer Entspannung gedient hatte.

Wenn man das Schlafzimmer verließ, gelangte man in den Salon, der neben einer L-förmigen grauen Couch, einen massiven Couchtisch aus weißem Marmor und einige Bilder unserer Familie beinhaltete.

An den Salon grenzte eine große, hell gehaltene Küche mit einem anschließenden, weitläufigen Esszimmer ausgestattet mit stabilen Kirschholzmöbeln.

Streng genommen mussten wir Engel nicht essen. Doch hin und wieder waren Lucifer und ich zur Erde gesprungen, hatten dort entsprechende Lebensmittel gekauft und hatten gemeinsam gekocht.

Oft hatten wir die Speisen anschließend bedürftigen Menschen gebracht, statt sie selbst zu uns zu nehmen. Wir hatten lediglich diese so menschliche Erfahrung teilen wollen.

Traurigkeit füllte meine Augen erneut mit Tränen, als ich an diese schönen Zeiten zurückdachte. Und wie so oft, beschäftigte mich erneut die Frage, wie alles solch eine grausame Wendung hatte nehmen können.

Ich war mir bewusst, dass Primus meinen Gedankengängen aufmerksam folgte. Seine blauen Augen musterten mich erwartungsvoll.

Zumeist wartete Primus darauf, dass sein Gegenüber Sorgen und Ängste durch Worte kommunizierte und antwortete eher selten direkt auf unausgesprochene Gedanken. So auch in diesem Moment.

Müdigkeit machte meine Bewegungen schlaksig und träge, dennoch saß ich wenige Sekunden später wieder am Rand des Bettes, das so viele dunkle Erinnerungen hervorrief.

Ein angemessener Abstand zwischen Primus und mir gab mir ein falsches Gefühl der Kontrolle und so sprach ich aus, was mich auch vierzehntausend Jahre später nicht loslassen wollte: „Von dem Zeitpunkt als wir Euch verlassen haben, um unsere Aufgabe zu erfüllen bis zu dem Moment, als mir der ewige Schlaf die Erinnerungen geraubt hat, hat mich nur eine Frage gequält. Wieso?

Weshalb hat er uns im Stich gelassen und sein Herz verschlossen? Er war doch einst so gütig und herzlich gewesen." Meine Stimme war hörbar belegt und es fiel mir zunehmend schwer, meine Emotionen im Zaum zu halten.

11

Zuhause ist, wo dein Herz wohnt
oder wo es bald wieder wohnen wird.
Thia

Primus legte mir tröstend die Hand auf die Schulter und lächelte mich traurig an.

„Du weißt vermutlich besser als irgendjemand sonst, dass Lucifer vor allem voller Schmerz war. Er hat es oft hinter einer heiteren Fassade verborgen, doch innerlich wurde er von seinen tiefen Schuldgefühlen gepeinigt." Er zögerte sichtlich, bevor er weitersprach.

„Das Universum war zweifellos grausam darin gewesen, ihn als einziges Wesen dazu zu befähigen als Bestrafer zu fungieren." Bestrafer. Ich verabscheute diesen Titel, wurde er doch Lucifers Gaben und der daraus resultierenden Bürde nicht annähernd gerecht.

Lucifers Fähigkeiten waren in der Tat einzigartig, da sie ihm einen tiefen Einblick in die Dynamik des Universums schenkten.

Jedes Lebewesen, jeder Himmelskörper, jede Dimension besaß eine eigene Frequenz.

Während grundsätzlich alle Lebewesen auf derselben Frequenz schwangen, besaß jeder Engel die Gabe, seine Frequenz temporär zu verschieben, sodass wir zum Dimensionenwandeln befähigt waren. Nur die Obersten wie Primus und ich konnten diese Fähigkeit über unbegrenzte Distanzen nutzen. Niederrangige Engel mussten sich unmittelbar in der Nähe eines Portals befinden.

Eine neue Frequenz zu erspüren, konnte Jahrzehnte dauern, was für gewöhnlich jedoch kein Problem darstellte. Zum einen waren Engel unsterblich, zum anderen verschoben sich Frequenzen nicht von selbst und waren somit unveränderlich. Das hieß, war die Frequenz einmal erspürt, war ein Dimensionensprung jederzeit möglich. Eine bewusste Verschiebung der eigenen Frequenz war zu diesem Zeitpunkt für einen Engel nicht länger notwendig.

Lucifers herausragende Gabe übertraf diese grundlegende Fähigkeit jedoch bei Weitem. Nicht nur erkannte er fremde Frequenzen beinahe augenblicklich, sondern konnte diese auch beliebig verschieben. Sei es ein Lebewesen, ein Himmelskörper oder gar eine Dimension.

Dies führte unglücklicherweise dazu, dass es letztlich nur ihm möglich war, sich um die verstorbenen Seelen zu kümmern.

Entsprungen aus den Seelenfeldern, die schon lange existiert hatten, bevor Engel durch das Universum wandelten, hauchten Seelen jedem Wesen Leben ein.

Als Engel war es seit Anbeginn unserer Existenz unsere Aufgabe, für diese Seelen zu sorgen. Der Kreislauf aus Geburt, Leben, Tod und Wiedergeburt musste gewahrt bleiben.

Seelen hatten eine Frequenz, die für Engel nicht erspürbar war. Sie waren körperlos und konnten sich frei zwischen den Dimensionen bewegen. Die Engel sollten ihnen lediglich den Weg zurück zu den Seelenfeldern weisen.

Doch es kam vor, dass wir Seelen nicht sofort frei lassen konnten und ihnen eine haptische Form geben mussten. Nur Lucifer war dazu fähig, den substanzlosen Seelen durch Verschiebung ihrer Frequenz körperliche Form zu geben, sobald sie die materielle Ebene verlassen hatten.

Nur aus diesem einfachen Grund fiel ihm die undankbare Aufgabe als Bestrafer zu.

Ich lachte bitter auf. Hätte das Universum doch nur Gnade walten lassen, ihn diese Bürde teilen lassen.

Es war deutlich, dass der Plan des Universums gescheitert war.

Der Kreislauf war nicht länger gewahrt, wie die Existenz der Tremanen bewies, die einst Raphael und mich vertrieben hatten.

Primus beobachtete mich voller Mitgefühl und ich wusste, dass er meinen Gedanken gefolgt war. Hätte ich noch die emotionale Kapazität besessen, wäre ich womöglich wütend geworden. Doch mein Herz war bereits bis zum Zerbersten gefüllt.

„Ich hatte viel Zeit, über das Geschehene nachzudenken", sagte Primus plötzlich. Seine Stimme klang merkwürdig hohl. Ich hatte beinahe Angst vor seinen nächsten Worten.

„Erinnerst du dich noch an Ralph Carlsen?" Kälte durchströmte meinen Körper bei dieser Frage.

Ja, ich erinnerte mich wieder an ihn, auch wenn ich fast wünschte, dem wäre nicht so. Ich ahnte auch, weshalb Primus ihn so unvermittelt erwähnte.

„Ihr denkt, dass er der Auslöser für Lucifers Taten gewesen ist?", fragte ich voller Zweifel und Ungewissheit.

Mein Freund schüttelte leicht den Kopf. Nicht als Antwort auf meine Frage, wie ich wusste, sondern als Reaktion auf die Erinnerungen und Gefühle, die ihn, ähnlich wie mich, in diesem Moment übermannen mussten.

Langsam glitt Primus' Hand von meiner Schulter und landete mit einem dumpfen Schlag auf meinen im Schoß gefalteten Händen. Bevor er mit seinen Überlegungen fortfuhr, umgriff er die Finger meiner linken Hand und drückte sie leicht.

„Ich weiß nicht, ob es der Auslöser gewesen ist, aber es hat sich sicherlich um eine der Hauptursachen gehandelt." Primus' Blick richtete sich ziellos in die Ferne, verloren in einer Situation, die vor fünfzehntausend Jahren geschehen war.

Mir war unbegreiflich, weshalb er das Bedürfnis hatte, diese Geschehnisse nach all dieser Zeit in Worte zu fassen, waren wir doch beide damals zugegen gewesen.

Vielleicht wollte er nur den bodenlosen Schmerz teilen, der plötzlich in seiner Stimme mitschwang, als er leise zu erzählen begann.

„Lange Zeit sind wir nicht mehr mit einer solch malträtierten Seele konfrontiert gewesen. Ich muss dir sicherlich nicht sagen, wie schwierig es gewesen ist, den Tremanen aus Ralphs Seele zu entfernen."

Nein, das musste er nicht. Ich hatte oft genug zugesehen.

Seelen waren in ihrem Aufbau alle gleich. Die Essenz aus den Seelenfeldern war unveränderlich und der einzige Bestandteil, der wiedergeboren wurde.

Während eines Lebens sammelte jedes Wesen gute und schlechte Erfahrungen, entwickelte positive und negative Charaktereigenschaften. Für gewöhnlich waren diese Anteile in einer Balance beziehungsweise leicht in die eine oder andere Richtung geneigt.

Es kam jedoch vor, dass sich durch eine grausame Tat oder durch ein schmerzhaftes Erlebnis ein dunkler Schatten auf der Seele manifestierte.

Ein Tremane. Ein Wesen, welches von den negativen Emotionen der betroffenen Person lebte.

Ein Tremane war nicht im klassischen Sinne böse oder gar unnatürlich. Wie ein dunkler Zwilling besaß der Tremane alle Charaktereigenschaften seines Wirtes und auch dessen Überzeugungen. Jedoch wurde er angetrieben von der einen Emotion, durch die er entstanden war. Sei es Mordlust, Hass, Wut, Rache. Der Tremane färbte die zukünftigen Taten seines Wirtes mit diesem einen schrecklichen Gefühl.

Einen Tremanen aus der Seele zu entfernen, gestaltete sich unterschiedlich beschwerlich. Ralph hatte es damals beinahe die Seele zerrissen, als Lucifer den Tremanen entfernen wollte. Letztlich war es Lucifer gelungen, doch die Seele musste sehr darunter gelitten haben.

„Alles ist so gewöhnlich, so normal verlaufen, nachdem das Schlimmste überstanden gewesen war. Lucifer hat den Tremanen fixiert, ihm eine körperliche Form gegeben und ihn ins Dunkle Reich gebracht", fuhr Primus sinnierend fort.

Das Dunkle Reich, für die Menschen dem Fegefeuer gleich, war der Ort, an dem Lucifer seiner Rolle als Bestrafer nachgekommen war und der Ort, an den er vor all dieser Zeit geflohen war.

Ein Stich fuhr mir durch die Brust, als ich mich daran erinnerte, was nun folgen würde.

„Xorus hat uns einige Tage später zu sich gerufen. Er hat sich Sorgen gemacht, da sich Ralphs Tremane nicht bekehren lassen wollte, Lucifer jedoch keine Anstalten gemacht hat, ihn zu vernichten." Das war der zweite Grund, weshalb Lucifer als einziges Wesen als Bestrafer in Frage kam. Nachdem er ihnen eine körperliche Form gegeben hat, bekleideten Tremanen einen ähnlichen Rang wie die schwächsten Engel unserer Sippe, auch wenn Tremanen deutlich stärker waren als die Engel des niedrigsten Ranges. Schnelligkeit, erhöhte körperliche Kraft und schwach ausgeprägte Telepathie waren Gaben, die sie durch die Transformation unerklärlicherweise erhielten.

Ich stutzte und erinnerte mich wieder an Nephariels genervte Worte bei unserer Ankunft in den Heiligen Gefilden.

Mit einem Mal löste sich das Rätsel um Kronos' seltsame Wachen, die mich all die Jahre stoisch ignoriert hatten. Doch was hatte Tremanen nach Epsylon geführt? Konnte es sein, dass er …?

Nein, Lucifer hatte meinen Aufenthaltsort nicht kennen können. Doch wie hatten die Tremanen sonst den Weg zu mir gefunden? Es gab schlichtweg keine andere Erklärung.

Bevor Lucifer gefallen war, war jeder Tremane, der nicht bekehrt werden konnte, von ihm ausgelöscht worden. Da Tremanen niederen Engeln gleich waren, hätte diese Tat zu einem Bruch der fundamentalen Regel des Universums führen und das Machtgleichgewicht stören müssen. Doch das Universum „segnete" Lucifer mit einem Freifahrtsschein, sodass er ohne Furcht vor Vergeltung seiner Aufgabe nachkommen konnte.

Ein Trauerspiel, denn der Segen hatte sich als Fluch erwiesen und die größte Strafe war der Verlust eines Teils seiner selbst.

Beinahe freute es mich für ihn, dass er von dieser Bürde befreit war. Beinahe.

Denn die Tremanen in dieser Art und Weise zu benutzen, wie er es nun tat, war unverzeihlich.

Wieder durchfuhr mich ein schmerzhafter Stich. Ich hätte ihn irgendwie aufhalten müssen.

Und die Überzeugung, dass er mich all die Zeit beobachtet hatte, ohne Anstalten zu machen sich mir zu offenbaren? Neuerlich brach mein schwaches Herz.

Primus schien meinen inneren Tumult nicht wahrzunehmen, als er meinen Handrücken sanft streichelte. Eine freundschaftliche Geste, die ihm wohl unbewusst Trost spendete, in mir jedoch Unbehagen auslöste.

Sieben Jahre in Kronos' Klauen, ein Tropfen im Meer der Ewigkeit und doch spürte ich nach wie vor diesen Widerwillen, diese Furcht, jedes Mal, wenn mich ein anderes männliches Wesen berührte.

Dennoch ließ ich Primus gewähren. Ich konnte den Schmerz in seinen blauen Augen deutlich sehen.

Vielleicht war es ein Entgegenkommen seinerseits. Er teilte seine Pein, so wie ich die meine geteilt hatte.

„Raphael ist nicht begeistert gewesen, als du ihn gebeten hast, der Konfrontation mit seinem Vater fernzubleiben. Über ein Millennium alt und du hast trotzdem immer noch versucht, ihn vor allem und jedem zu schützen." Ich lächelte sanft, als ich mich dieser fernen Tage entsann.

Tatsächlich dauerte es ungefähr tausend Jahre, bis geborene Engel ihren endgültigen Reifegrad erreichten. Raphael war diesem Punkt damals erst wenige Jahre entwachsen und als mein einziger Sohn hatte er meinen ungebremsten Mutterinstinkt ertragen müssen.

Wer hätte ahnen können, dass Raphael irgendwann mit mir die Rollen tauschen würde?

Mein Lächeln erstarb langsam, als eine bewusst verdrängte Erinnerung ihr hässliches Haupt erhob. Wäre Kronos nicht gewesen, hätte Raphael noch lange Zeit in der Rolle des Beschützers verweilen können.

Mit meiner freien Hand strich ich mir zitternd über den flachen Bauch und schluckte schwer.

Nein, ich durfte jetzt nicht daran denken.

Mühsam drängte ich die schmerzvollen Gedanken zurück und konzentrierte mich mit geschlossenen Augen auf Primus' Schilderungen.

„Ralphs Tremane ist unglaublich stark gewesen. Viele Ketten waren von Nöten gewesen, um ihn zu bändigen. Lucifer hat ihm in der kleinen Zelle gegenübergestanden, als wir nach dem Rechten gesehen haben. Sein Blick ist so … zerrissen gewesen. So voller Verwirrung. Ich habe keines seiner Worte je vergessen." Langsam schlug ich die Augen auf und blickte zu Primus'

unbeweglicher Gestalt. Stille Tränen liefen über Primus' schönes Gesicht und mir stockte erstaunt der Atem. Selten hatte ich
Primus' Schmerz so deutlich gesehen wie in diesem Moment, als
er sich an die Qualen seines ehemals besten Freundes erinnerte.

Auch ich erinnerte mich an jede einzelne Silbe von Lucifers
Geständnis.

*„Ich habe mich oft gefragt, weshalb nur sterbliche Seelen von Tremanen
befallen werden. Sind wir Engel nicht in der Lage, so tief zu empfinden? So sehr zu lieben, dass Verlustängste uns quälen? So sehr zu hassen, dass Dunkelheit uns erfüllt? So sehr nach Rache zu dürsten, dass
unser Herz versteinert?" Seine saphirblauen Augen hatten mich dabei
unverwandt angeblickt.*

*„Doch das kann es nicht sein, nicht wahr? Denn ich weiß genau,
ich würde Leid und Schmerz über alle bringen, die versuchen dich oder
Raphael zu verletzen, mein Engel. Vielleicht sind unsere Seelen bereits
verdammt. Vielleicht empfinden wir in unserer Unsterblichkeit noch tiefer, noch umfassender als ein Mensch es je könnte. Vielleicht sind wir bereits mehr Monster als es ein Tremane je sein könnte."*

Die Verbitterung und der Selbsthass dieser Worte waren damals
unbegreiflich gewesen. Ich erinnerte mich an meine absolute Machtlosigkeit angesichts der inneren Qualen, die Lucifer an
diesem Tag offenbart hatte.

Schnellen Schrittes war ich auf ihn zugeeilt und hatte ihn
tröstend in meine Arme geschlossen, während der Tremane vor
mir höhnisch gelacht hatte. Auch sein giftiges Versprechen würde für immer in meiner Seele eingebrannt sein.

*„Liebe ist so ein nutzloses Gefühl. Seht euch nur an, wie ihr an eurer
eigenen Schwäche festhaltet. Es wird der Tag kommen, an dem ihr dieser
Schwäche erliegen werdet und ihr werdet an meine Worte denken, wenn
der Schmerz eure Seele zerreißt."*

Und er hatte recht behalten. An dem Tag, an dem Lucifer gefallen war, war etwas in mir zerrissen und die daraus resultierende

Schwäche hatte mich mehr gekostet, als ich für möglich gehalten hatte.

Dieses Versprechen war das Letzte gewesen, was jemals über Ralphs Lippen kommen sollte.

Wenige Sekunden später, hatte Lucifer ihn bereits mit einem einzigen Schwerthieb enthauptet und der Tremane war zerborsten. Nichts war geblieben, um an seine Existenz zu erinnern, bis auf die Dunkelheit in Lucifers tristem Blick.

Niemand wusste so recht, worüber Lucifer und Ralphs Tremane in den vorangegangenen Tagen gesprochen hatten, doch mein Mann war nach diesem Ereignis nie wieder derselbe gewesen.

Nervös blickte ich in Primus' Gesicht, doch er trug bereits wieder die gleichgültige Maske des Allvaters und entzog mir seine warme Hand.

„Wie dem auch sei. Du wolltest doch wissen, weshalb ich dich zurückgeholt habe. Weshalb ich dich nicht in seliger Unwissenheit habe weiterleben lassen." Bei dem plötzlichen Themenumschwung drehte sich mir der Kopf. Er ließ mir kaum Zeit, meine Emotionen zu ordnen, bevor er weitersprach.

„Das Universum schenkte mir eine Vision der nahen Zukunft." Ich runzelte überrascht die Stirn.

Der Blick in die nahe Zukunft war bisher immer eine meiner sekundären Gaben gewesen, wohingegen Primus der Blick in die ferne Zukunft geschenkt worden war. Das Universum hatte wohl versucht, einen Ausgleich für meine Abwesenheit zu schaffen.

Die nächsten Worte des Allvaters verbannten diese banalen Überlegungen jedoch augenblicklich.

„Krieg manifestiert sich am dunklen Horizont. Wir haben nicht mehr viel Zeit, bevor er uns erreicht. Ich brauche meine stärksten Kämpfer an meiner Seite. Dich als meine Strategin, Raphael als mein Gewissen und Lucifer als meinen General." Bei Lucifers Namen versagte seine Stimme kaum merklich, bevor er sich wieder fing.

„Ich möchte, dass du deine Mission, die du vor vierzehntausend Jahren begonnen hast, zum Abschluss bringst." Ich ahnte bereits, was er als Nächstes sagen würde.

„Hol Lucifer zurück nach Hause!" Seine Worte waren ein direkter Befehl, vollkommen humorlos. Erschreckend in ihrer Ernsthaftigkeit.

Und dennoch blickte ich den Allvater nur kopfschüttelnd an, brach in schallendes, hysterisches Gelächter aus und stand unwirsch auf, bevor ich eiligen Schrittes das Schlafzimmer verließ, die Falltür hinaufstieg und durch die kleine Öffnung in der riesigen Baumkrone sprang, um davonzufliegen.

Das war zumindest die Idee.

Ich musste schnell erkennen, dass mir nach über zwölftausend Jahren vernachlässigter Nutzung meiner Schwingen die nötige Muskelkraft fehlte, um mich in den Lüften zu halten und so erfasste mich wenige Sekunden nach Verlassen der Sicherheit des Heiligen Baumes die Schwerkraft.

Panik erfüllte mich, als ich begann, in den Abgrund zu stürzen.

Verfluchte Halskette. Sie blockierte meine Fähigkeit, mich auf dem grasbewachsenen Boden, mehrere hunderte Meter unter mir, zu materialisieren.

Es war überraschend, dass ich das Portal in die Heiligen Gefilde überhaupt hatte durchschreiten können. Offenbar war die Frequenz meiner früheren Heimat so tief in mir verwurzelt, dass nicht einmal dieser verdammte Edelstein den Übergang in Primus' Reich verhindert hatte.

Fraglich war jedoch, ob ich wieder zur Erde zurückkehren konnte, solange ich die Halskette trug. Die Frequenz des Planeten war mir durchaus vertraut, doch es war nicht die Welt, in die ich geboren worden war.

Mir blieb keine andere Wahl, ich schrie.

Der Boden kam immer näher und ich zweifelte zunehmend daran, dass mich jemand retten würde, als mich zwei starke Arme an der Taille packten und den Fall bremsten.

Ich zog meinen Retter durch mein Gewicht noch wenige Meter hinab, bevor er uns langsam ausbalancierte.

Gemächlich ließ er uns hinunter sinken, bis ich das weiche grüne Gras an meinen Füßen spüren konnte.

Erleichtert atmete ich auf und löste mich aus dem festen Halt meines unbekannten Helfers.

Dankbar wirbelte ich herum, um in das Antlitz meines Retters zu blicken und erstarrte, als ich die vertrauten, saphirblauen Augen sah.

Unwillkürlich sprangen Tränen der Freude in meine müden Augen.

„Raphael." Ein Schluchzen erschütterte meine zierliche Form, als ich das erste Mal seit zwölftausend Jahren bewusst in das Gesicht meines Sohnes blickte. Er hatte sich in all der Zeit kaum verändert.

Sein kurzes, schwarzes Haar wehte sanft in der leichten Brise, die uns umgab. Seine saphirblauen Augen besaßen nach wie vor ein spitzbübisches Glitzern, welches ihm die Jahrtausende nicht rauben konnten. Sein nackter Oberkörper sprach dafür, dass er sein Kampftraining niemals vernachlässigt hatte, selbst dann nicht, als er mich rund um die Uhr hatte beschützen müssen.

Seine Schwingen erstrahlten noch immer in allen Nuancen des Sonnenuntergangs, dominiert von einem leuchtenden Goldgelb.

Doch ich erkannte auch die Dunkelheit und den Schmerz, welche sich in seinem Blick verbargen und einige kleine Narben in seinem weichen Gesicht, die er nicht haben sollte. Narben, die für seine mentale Instabilität sprachen.

Dennoch, nach all dieser Zeit sah ich meinen Jungen an und erkannte Spuren seines Vaters, Spuren von mir. Denn Raphael war unser Sohn. Kein Diener, kein Dämon, kein einfacher Freund. Mein Fleisch und Blut.

Beschämt sank ich auf die Knie. Wie hatte ich ihn nur vergessen können?

Weinend vergrub ich das Gesicht in den Händen, als Trauer mein Herz umschloss. Trauer, um all die verlorene Zeit.

„Es tut mir so leid, mein Junge", flüsterte ich bekümmert.

Ich spürte, wie Raphael vor mir in die Knie ging und mir sanft die Hände vom Gesicht zog.

Seine ausdrucksstarken Augen waren liebevoll und voller Wärme.

„Es gibt nichts, wofür du dich entschuldigen müsstest, Mama." Beim letzten Wort brach seine Stimme, Tränen bildeten sich in seinen Augenwinkeln, doch er erlaubte ihnen nicht, zu fallen. Mein kleiner Kämpfer.

Mit langsamen Bewegungen nahm er meine Hände in die seinen und zog mich wieder auf die Beine, bevor er mich herzlich in die starken Arme schloss.

Ich vergrub mein Gesicht an seiner warmen Brust und genoss dieses so vertraute Gefühl, das mir verloren gegangen war. Wahre Geborgenheit. Ohne Wenn und Aber. Bedingungslos. Frei von Ketten.

Seufzend legte Raphael sein Kinn auf meinem Kopf ab.

„Ich habe vergessen, wie umständlich eine Umarmung mit Flügeln ist. Obwohl du so klein und zierlich bist." Er lachte vergnügt, doch ich konnte die Erleichterung in seiner Stimme hören.

Gespielt genervt, knuffte ich ihm in den Rücken und lächelte leicht.

„Ich bin mir fast sicher, du wolltest mir eigentlich einen Hieb gegen die Schulter geben, doch sie war einfach zu weit entfernt", scherzte Raphael weiter. Lachend löste ich mich von seiner Brust und griff stattdessen erneut nach seinen Händen. Ausnahmsweise tatsächlich bemüht, den Körperkontakt zu erhalten, zu bewahren. Ich wollte die Verbindung noch nicht wieder abbrechen lassen.

„Kein Respekt vor älteren Menschen. Wer hat dir beigebracht, so frech zu sein?", fragte ich schmunzelnd.

„Das warst dann wohl du, im Umgang mit jedem anderen außer dem Allvater." Das spitzbübische Glitzern in Raphaels Augen nahm an Intensität zu, als er mir lächelnd zuzwinkerte.

Mein Herz quoll beinahe über vor Freude angesichts dieser so vertrauten Leichtigkeit, die sich auch nach all der verlorenen Zeit mit meinem Sohn nicht verändert hatte.

Dennoch war ich überrascht, Raphael hier anzutreffen, hatte ich doch aus gutem Grund nicht damit gerechnet, ihn vor meiner Rückkehr nach Epsylon wiederzusehen.

„So sehr ich mich darüber freue, dich in den Armen halten zu können, frage ich mich nichtsdestotrotz, was dich zurück in die Heiligen Gefilde führt", sprach ich meine Überlegungen daher unvermittelt laut aus.

Raphaels Lächeln erstarb und wich einem ernsten, verschlossenen Gesichtsausdruck. Langsam ließ er sich auf den grasbewachsenen Boden sinken und zog mich sanft an den Händen mit sich, bis ich ihm im Schneidersitz gegenübersaß.

Leise begann Raphael zu berichten.

„Ich weiß, es sollte mir eigentlich nicht möglich sein, hierher zurückzukehren. Wir haben schließlich nie die Gelegenheit gehabt den Schwur aufzuheben, den wir uns damals so kopflos auferlegt haben." Er runzelte genervt die Stirn und ich konnte es ihm kaum verübeln.

Der Schwur. Auch dieses bindende Versprechen hatte ich vollkommen vergessen. Erst bei Raphaels plötzlichem Erscheinen waren mir diese unbedachten Worte wieder in den Sinn gekommen.

Bevor ich mich dem ‚Ewigen Schlaf' ergeben hatte, war ich von Angst und Sorge um das Schicksal meines Jungen gequält worden.

Nicht, dass ich wirklich eine Wahl gehabt hätte. Ich hatte kaum noch gelebt, höchstens existiert und der ‚Ewige Schlaf' war unausweichlich gewesen.

Doch es war mir unendlich schwergefallen, Raphael allein zurückzulassen, insbesondere, da ich um dessen Temperament wusste. Es war nicht leicht zu entfachen, aber einmal entbrannt, glich Raphaels Zorn einem Inferno.

Also hatte ich ihn gezwungen, einen Schwur abzulegen, der unter anderem auch ihn beschützen sollte.

Einen solchen Schwur zu brechen, bedeutete für alle Beteiligten den Tod.

Raphael war es folglich bis zu dessen Aufhebung nicht möglich gewesen, diesem Versprechen zu entkommen.

Du darfst Fremden niemals deine wahre Identität und deine Fähigkeiten offenbaren, es sei denn, du wirst ohne Provokation angegriffen und musst dein Leben schützen. Die Fähigkeit, zwischen den Dimensionen zu wandeln, stellt insofern eine Ausnahme dar, insoweit du diese Gabe brauchst, um über Epsylon, die Dämonenebene und über meinen ruhenden Körper zu wachen.

Du wirst unter keinen Umständen in die Heiligen Gefilde zurückkehren, es sei denn, dies steht deiner Aufgabe entgegen Epsylon, die Dämonen, dich oder mich zu beschützen.

Ein kopfloser Schwur, wie Raphael bereits deutlich zum Ausdruck gebracht hatte. Und ungerecht noch dazu, war es ihm doch durch den Schwur niemals möglich, sich selbst in den ‚Ewigen Schlaf' zu versetzen.

Ich war damals so blind gewesen. Mein Schmerz hatte mich selbstsüchtig gemacht und ich würde meinem Sohn seine selbstlosen Taten niemals vergelten können.

Die vorangegangene Konfrontation mit den Menschen hatte mir meine eigenen Grenzen aufgezeigt und ich hatte tatsächlich geglaubt, dass Raphael nur durch ein ruhiges, kampfloses Leben Erfüllung finden könnte.

Selbst die überlebenden Dämonen hatte ich durch einen Eid an ewiges Schweigen gebunden. Niemals würden sie den kommenden Generationen unsere Geschichte aufzeigen können. Wer hatte schon gewusst, ob ein Engel auf ewig einen Platz unter den Dämonen gefunden hätte?

Dennoch war der Schwur wohl nicht umfassend genug gewesen. Immerhin hatten die ursprünglichen Dämonen das Wissen um Epsylon und die Verbindung der beiden Dimensionen geteilt.

Es war tröstlich zu wissen, dass zumindest Raphaels Identität von dem Eid beschützt worden war.

Ich hatte mir so sehr gewünscht, dass Raphael Frieden findet.

Wäre ich bei klarem Verstand gewesen und hätte ich geahnt, dass ich so viele Jahrtausende schlafen und ohne Gedächtnis erwachen würde, hätte ich Raphael einen solchen Schwur niemals abverlangt.

Doch Reue war eine nutzlose Emotion. Man konnte die Vergangenheit nicht ändern, wie ich nur zu gut wusste.

Nichtsdestotrotz ließ Raphaels Erscheinen angesichts seiner unsichtbaren Fesseln nur einen Schluss zu.

„Welche drohende Gefahr ließ dich den Schwur umgehen?"
Angst erfüllte mich bei der Frage, welcher Umstand eine Heimkehr in die Heiligen Gefilde unausweichlich gemacht hatte.

Raphaels ernste Miene versteinerte sichtlich und Wut trat aus jeder seiner Poren.

„Ich möchte diese Angelegenheit gerne in Anwesenheit des Allvaters besprechen. Nur so viel: Die Bewohner Epsylons, die Dämonen und alle Engel dieses Reiches sehen dem Tod entgegen."

Verwirrt runzelte ich die Stirn. Konnte es sich womöglich um ein Anzeichen des Krieges handeln, den der Allvater vorhergesehen hatte?

Doch wie sollte es möglich sein, dass alle drei Spezies darin verwickelt sein würden?

„Wo befindet sich Primus gerade? Wir müssen uns dieser Situation schnellstmöglich annehmen." Raphaels Stimme war erfüllt von Tatendrang, doch ich konnte nur an die letzten Worte des Allvaters denken. Der Auftrag, der den Schmerz neu entfachen würde. Ohne Garantie auf Erfolg.

Doch ich wollte Raphael noch nicht damit konfrontieren. Wollte ihn noch nicht mit der Erinnerung an seinen Vater belasten.

Außerdem würde er darauf bestehen, mitzukommen, wenn ich mich dafür entscheiden sollte, Primus' Befehl Folge zu leisten. Nicht, dass ich mich dem wirklich verweigern konnte. Zumindest nicht, wenn ich mir meine eigene Illusion der Rechtschaffenheit erhalten wollte.

„Vielleicht erzählst du mir erst mal, was ich versäumt habe, seit ich Epsylon verlassen habe", bat ich bewusst ausweichend.

Raphael schien nichts Ungewöhnliches an meiner Äußerung zu finden und antwortete ohne lange zu zögern.

„Du hast dich vorgestern auf die Reise begeben." Ich ließ es mir nicht anmerken, doch ich war erschüttert, dass ich doch so viele Stunden verloren hatte. „Die Kunde über dein Verschwinden hat den Palast gestern zur Mittagsstunde erreicht, wenige Stunden nachdem man dein Bett leer vorgefunden hatte. Ich habe mich bewusst rar gemacht und mich zur Dämonenebene begeben.

Kronos hätte mich sonst sicherlich ins Visier genommen." Er hielt kurz inne und sah mich aufmerksam an, bevor er weitersprach.

„Killian ist noch immer sehr aufgebracht gewesen. Insbesondere, nachdem sich wenige Stunden nach deiner Flucht zurück nach Epsylon überall an seinem Körper Hämatome gebildet hatten und ich ihm wochenlang aus dem Weg gegangen war, sodass ihm Antworten versagt geblieben waren."

Erneut zeichnete sich ein verwirrtes Stirnrunzeln auf meinem Gesicht ab.

Diese körperliche Verbindung zwischen Killian und mir war vollkommen neu und unbegreiflich.

Nicht nur war unsere emotionale Bindung zerborsten, sondern sie war auch nie eine wahre Seelenbindung gewesen.

Die Seelenfelder zeichneten sich durch ein besonderes Phänomen aus.

Es kam vor, dass aus einem einzigen Samen zwei Seelenblüten entsprangen. Fanden beide Seelen ein Zuhause im Körper eines Lebewesens so galten diese beiden Existenzen fortan als seelenverbunden. Sie wurden zu Seelenpartnern.

Das geschah extrem selten und sogar noch seltener fanden die betroffenen Lebewesen zueinander.

Das Band zwischen zwei Seelenpartnern war einzigartig und jedes Seelenpaar entwickelte sich unterschiedlich.

Seelenpartner waren nicht zwingend ein Liebespaar, tatsächlich konnte sich diese Beziehung auf verschiedenste Art und Weise entwickeln.

Dennoch wurde jede Seelenbindung durch eine starke emotionale Verknüpfung dominiert.

Es hatte sieben Jahrtausende benötigt, bis Lucifer und ich unsere Rivalität beiseitelegen konnten und erkannt hatten, dass wir Seelenpartner waren.

Doch es hatte nur einen Augenblick gedauert, unser Seelenband zu zerstören. Eine emotionale Wunde, die so tiefgreifend war, dass es schon schmerzte, auch nur daran zu denken.

Lucifer und ich hatten nie eine körperliche Komponente zu unserer Seelenbindung entwickelt. Verletzungen, die sich einer von uns zugezogen hatte, waren nicht plötzlich bei dem anderen aufgetreten, auch wenn wir den Schmerz durch das Seelenband durchaus hatten spüren können.

Umso merkwürdiger, bizarrer war diese Entwicklung mit Killian.

Mein unwissendes Ich hatte ihn geliebt. Daran bestand kein Zweifel. Auch jetzt empfand ich noch tief für diesen Dämon, der mich einst aus reiner Güte bei sich aufgenommen hatte.

Dennoch war unsere Verbindung nichts im Vergleich zu der Hingabe, zu der Verbundenheit, die ich einst für meinen Seelenpartner empfunden hatte.

Weshalb also, hatten wir eine solch sinnlose körperliche Bindung entwickelt?

Ich verstand es einfach nicht, und auch wenn die Wege des Universums unergründlich waren, so hielt ich diesen Beweis einer vergangenen Liebe einfach nur für einen geschmacklosen Scherz.

Insbesondere, da ich nie zu Killian zurückkehren würde.

Nicht nur, weil die Erinnerungen an meinen Seelenpartner mich nie loslassen würden und ich mich mit Killian niemals vollständig fühlen würde – was ich, wie ich nun begriff, auch nie wirklich getan hatte –, sondern auch, weil Killian zu sehr von seiner Obsession übermannt worden war, von seinem Wunsch, mich zu beschützen, indem er mich an sich kettete.

Vielleicht hatte er diese tiefe Bindung zwischen uns selbst geschaffen, immerhin war sie einseitig. Wer konnte das letztlich wirklich sagen?

Es war unausweichlich, dass er mich losließ, sonst würde er niemals glücklich werden. Womöglich bekam ich eines Tages die Chance, ihm das selbst zu sagen und mich von diesem Teil meiner Vergangenheit zu verabschieden.

Momentan fürchtete ich die Zukunft beinahe mehr als die dunklen Schatten meiner vergangenen Tage.

Raphael schien von meinen inneren Gedanken nichts mitzubekommen, auch wenn er meinen emotionalen Tumult spüren musste.

„Insgesamt verhalten sich die Dämonen sehr ruhig, was für gewöhnlich kein Anlass zur Sorge wäre, doch nach dem, was ich jetzt weiß …" Hastig ließ er meine Hände los und sprang auf die Füße.

„Es bleibt keine Zeit. Wir müssen mit Primus sprechen." Als Raphael sich seines ursprünglichen Anliegens entsann, blickte er mich mit wütend funkelnden Augen an.

„Ich weiß nicht, weshalb du so sehr versuchst, dieses Gespräch zu verhindern. Doch vergiss für einen Moment deine vermutlich unbegründeten Sorgen und bring mich zu Primus." Unbegründet. Das glaubte ich zwar nicht, doch es wurde zunehmend deutlich, dass sich das Unausweichliche nicht weiter hinauszögern ließ. Nicht, dass meine Versuche wirklich von Erfolg gekrönt waren.

Seufzend stand ich von dem weichen, grasbewachsenen Boden auf, gewillt meinem Sohn die Gründe für mein ausweichendes Verhalten selbst zu erklären, bevor Primus es konnte.

„Raphael, ich …" Meine Beichte wurde jäh unterbrochen, als Raphael ein schmerzerfülltes Keuchen ausstieß.

Erschrocken blickte ich meinen Sohn an und erbleichte, als ich das Schwert sah, dass aus seinem Abdomen herausragte und den starken, männlichen Arm, der die Klinge führte. Ein Tremane. Wie hatte ich ihn nicht sehen können?

Hastig wich ich einige Schritte zurück. Ein instinktiver Reflex.

Mit einem widerlich schneidenden Geräusch riss der Tremane die Klinge aus Raphaels Eingeweiden wieder heraus.

Mein Sohn konnte den kleinen Aufschrei des Schmerzes nicht unterdrücken, als er zitternd auf die Knie fiel, die Hände auf seinen Bauch gepresst.

Hellrotes, arterielles Blut trat aus der klaffenden Wunde, tränkte den grasbewachsenen Boden. Entsetzliche Angst schnürte mir die Kehle zu, als ich sah, wie die Grashalme langsam abstarben, die von Raphaels Blut berührt wurden. Blut, das scheinbar arm an Lebensenergie war und versuchte, sich die Kraft aus der Umgebung zu ziehen.

Mein Junge war dem Tode nah, niedergestreckt von einem einzigen Schwerthieb.

Ich verstand es nicht. Raphael konnte seine herausragende Gabe doch nicht in einem solchen Maße eingesetzt und seine mentale Stabilität nicht so gelitten haben, dass er nun so verwundbar war.

Hastig schüttelte ich den Kopf. Für solche Überlegungen war nun keine Zeit.

Raphaels Gesicht wurde zunehmend weißer und fahler. Er brauchte dringend einen Heiler.

Doch solange der Tremane weiterhin niederträchtig schmunzelnd hinter ihm stand, das Schwert zum Kampf erhoben, konnte ich meinem Sohn nicht helfen.

Das Gewicht meiner verfluchten Halskette zog mich förmlich hinunter, als ich mir meiner eigenen Unfähigkeit bewusstwurde, Raphael zu beschützen.

Der Tremane zwinkerte mir scheinbar wissend zu.

„Wer hätte gedacht, dass ich meinen Meister mit einem Streich von seinen beiden größten Problemen befreien könnte. Er wird sehr zufrieden mit mir sein." Sein Meister. Ich wollte mir nicht eingestehen, auf wen er anspielte. Wollte es nicht wahrhaben.

Stattdessen versuchte ich zwanghaft, einen Weg aus dieser unmöglichen Situation zu finden, auch wenn es sinnlos erschien. Meiner Kräfte beraubt, unbewaffnet, allein.

Was konnte ich tun?

Die Augen meines Sohnes waren voller Schmerz, als er mir mit einem kurzen Nicken bedeutete, zu verschwinden. Seine Hände übten weiter Druck auf die offensichtlich nicht heilende Wunde aus.

Stolz auf meinen kleinen Kämpfer erfüllte meine zerrissene Seele und ich schüttelte verneinend den Kopf. Ich würde ihn nicht nochmal im Stich lassen. Ich würde nicht mehr fliehen.

Mir wurde klar, dass es durchaus Fähigkeiten gab, die mehr auf Training als Begabung zurückzuführen waren und so ließ ich kurzerhand meine geistigen Mauern fallen, sodass ich einen verzweifelten Hilferuf entsenden konnte.

Primus! Ich brauche Euch! Begleitet wurde die knappe Botschaft von einigen Bildern, welche die schreckliche Situation zusammenfassten, ihm verständlich machten, dass es sich nicht um einen Scherz handelte.

Halte ihn hin, Thia. Hilfe ist unterwegs. Primus' mentale Stimme war eindringlich, doch ruhig. Sein indirekter Appell, mich zusammenzureißen.

In diesem Moment erkannte ich, dass es einen Zeitpunkt gab, an dem jedes Wesen seinen Stolz beiseitelegen musste, um nach der helfenden Hand zu greifen, die einem gereicht wurde.

Ich hatte vergessen …, dass es Freunde, Familie gab, auf die man sich verlassen konnte. Ich hatte verlernt, zu vertrauen, nur weil mich eine einzige Person betrogen hatte.

Ich war nicht allein, war es niemals gewesen, wie der Blick in die saphirblauen Augen meines Sohnes bewies.

Zorn, wie ich ihn seit Ewigkeiten nicht mehr empfunden hatte, durchströmte meine Adern, überzog mein Sichtfeld mit einem roten Schleier.

Der Tremane wählte diesen Augenblick, um über die gekrümmte Gestalt meines sterbenden Sohnes zu springen und auf mich zuzueilen.

Hätte ich mich nicht rechtzeitig geduckt, hätte der folgende Schwerthieb meinen Hals glatt durchtrennt.

Stattdessen brachte ihn sein eigener Schwung aus dem Gleichgewicht. Ich nutzte seine Unachtsamkeit und warf mich gegen seine ohnehin wackeligen Beine, sodass er endgültig den Halt verlor.

Ich löste mich eilig von seiner hochgewachsenen Gestalt, bevor er mit einem dumpfen Aufschlag auf dem Boden auftraf. Als er mit dem Ellbogen seines Schwertarmes aufkam, ließ er die Klinge reflexartig los.

Dennoch wagte ich es nicht, mich erneut zu nähern. Ich war nach wie vor unbewaffnet und das Schwert für ihn noch immer in Reichweite. Was nun?

„Elanthia!", rief eine vertraute, weibliche Stimme. Ich wagte es nicht, meine Augen von der bedrohlichen Gestalt zu nehmen, die sich bereits wieder aufrichtete und nach der langen, scharfen Klinge griff.

Dennoch beobachtete ich aus den Augenwinkeln, wie Nephariel wenige Meter neben mir landete, die grauen Schwingen vollständig entfaltet, die weiße Rüstung erneut sauber und strahlend im Licht der gelben Sonne.

Nephariel erfasste die Situation innerhalb weniger Sekunden, behielt jedoch eine gleichgültige Miene bei, als sie mir mit einem knappen „Fangt!" ihr elegantes Kurzschwert zuwarf.

Muskelgedächtnis ließ mich die Klinge problemlos aus der Luft greifen. Sobald meine Finger den weichen, mit Leder umwickelten, Griff umfassten, erfüllte mich ein Gefühl der Ruhe. Die Kriegerin in mir erwachte aus ihrem langen Schlummer und schenkte mir den notwendigen Fokus, den ich im kommenden Kampf brauchen würde. Ich verdrängte Angst, Sorge, Wut und wurde eins mit der eisigen Konzentration, die nur durch hartes Training und Zeit erlernt werden konnte.

Der Tremane war mittlerweile vom Boden aufgestanden und hatte erneut eine Angriffshaltung eingenommen.

Mit leicht geneigtem Kopf analysierte ich in einem Sekundenbruchteil Statur, Haltung, vermeintliches Training. Er war gut zwei Köpfe größer als ich, sehr breit in den Schultern und muskulös. Mit seinen blonden Haaren und grünen Augen erinnerte er mich ein wenig an Kronos, doch anders als mein Mann hatte er seine Mimik nicht vollkommen unter Kontrolle.

Seine Augen verrieten seine nächsten Bewegungen lange bevor er sie in die Tat umsetzte. Sein Umgang mit dem Schwert und der doch recht stabile Stand sprachen für ein gewisses Basistraining, doch ihm fehlte die Kampferfahrung. Ein Anfänger. Ich lächelte.

„Dein Lächeln wird dir gleich vergehen, Miststück." Beleidigungen und Drohungen waren bekanntlich die niederste Form der Kampfkunst, verrieten sie doch die Unsicherheit des Gegners. Mein Lächeln wuchs.

Noch armseliger war lediglich ein Möchtegern, der sich von seinem Gegner zum Angriff provozieren ließ.

Mit einem wütenden Aufschrei und erhobenem Schwert rannte der Tremane auf mich zu. Sein Ziel war erneut meine baldige Enthauptung.

Auch er führte ein Kurzschwert und musste mir sehr nahekommen, um diesen Plan zu realisieren.

Doch ich blockte seinen Angriff problemlos ab. Auch wenn die Halskette meine wahre Stärke momentan unterdrückte, fiel es mir leicht, mich gegen den Tremanen zur Wehr zu setzen.

Augenrollend verwarf ich meine ursprüngliche Annahme. Der Tremane mochte schon einmal ein Schwert geführt haben, doch richtiges Training hatte er nicht erfahren. Er verschwendete seine Kraft, verriet jeden seiner Schritte und geriet schnell aus dem Gleichgewicht.

Mit einem genervten Seufzen blockte ich auch seinen nächsten Hieb mit meinem Schwert ab, verhakte meinen Fuß hinter dem seinen, sorgsam darauf bedacht mein Gewicht so zu verlagern, dass mein eigenes Gleichgewicht nicht litt und zog seinen Fuß unter ihm weg, während ich ihn zugleich mit unseren gekreuzten Klingen von mir wegdrückte. Er fiel, erneut.

Mit einem gezielten Tritt brach ich ihm das rechte Handgelenk, sodass er seine Klinge mit einem schmerzerfüllten Brüllen loslassen musste.

Doch das war noch lange nicht genug.

Das Ende des armseligen Kampfes brachte die brodelnde Wut zurück und die Ängste, die ich verdrängt hatte.

Den Tremanen weiterhin im Auge behaltend, hob ich seine Klinge vom Boden auf. Meine Arme ließ ich mit den beiden Schwertern locker neben meinem Körper hängen und fixierte dieses Wesen mit meinem funkelnden Blick.

Der Tremane hielt sich sein gebrochenes Handgelenk und erwiderte meinen Blick mit einer gespielt arroganten Miene, doch ich konnte den Schmerz in seinen Augen sehen.

„Und was nun? Was willst du mit mir machen? Dein Sohn wird sterben." Ich unterdrückte die Panik, die mich bei dieser Möglichkeit übermannen wollte. „Wie fühlt es sich an, dass du dich dafür nicht revanchieren darfst? Dass du mich nicht vernichten darfst?" Seine Stimme triefte vor Selbstgefälligkeit.

Ich schüttelte angewidert den Kopf. Was für ein Narr. Es gab weitaus Schlimmeres als den Tod.

„Dein Meister", ich spie ihm diesen Titel förmlich ins Gesicht, „hat dir wohl die eine oder andere Information über mich unterschlagen, Tremane." Ich lachte bitter auf, als ich ihm die zwei Klingen in die Oberschenkel rammte und er erneut vor Schmerz schrie.

Er würde durch diese Wunden nicht sterben. Ich wusste nur zu gut, wie man verletzte, ohne zu töten.

Als die Heerscharen vor achtzehn Jahrtausenden entstanden waren, hatte Primus plötzlich die Verantwortung für das Leben tausender Engel getragen. Tausende temperamentvolle Wesen, die neue Engel hervorbringen sollten. Engel verschiedenster Ränge.

Ein Konflikt zweier Mitglieder der Heerscharen, die sich im Rang nur minimal unterschieden hatten, hatte uns aufgezeigt, wie das Universum geordnete Machtverhältnisse garantierte.

Als der höherrangige Engel seinen Gegner aus Versehen getötet hatte, wurde er durch den Verlust seiner Schwingen und den ewigwährenden Schmerz bestraft. Er war zum ersten Erdgebundenen geworden.

Und als wäre dies nicht Strafe genug, war die Fähigkeit zum Dimensionenwandeln eng mit der Kraft unserer Flügel verbunden. Den Erdgebundenen blieb somit nicht nur die Freiheit des Himmels für immer versagt, sondern sie waren auch auf ewig dazu verdammt, in den Heiligen Gefilden ihr Dasein zu fristen.

Um möglichst zu verhindern, dass so etwas erneut geschah, hatte Primus mir die Aufgabe zuteilwerden lassen, über die uns unterlegenen Engel zu wachen. Ich war ‚Hüterin der Engel' geworden, lange nachdem ich zur ‚Hüterin der Menschen' ernannt worden war.

Doch dieser Titel, diese Aufgabe hatte dunkle Schattenseiten mit sich gebracht, die ich noch immer verdrängen wollte. Schattenseiten, die dazu führten, dass ich genau wusste, wo ich ein anderes Wesen verletzten konnte, wie sehr ich ein anderes Wesen quälen konnte, ohne dass es starb. Meine goldenen Schwingen bewiesen, dass ich nicht ein einziges Mal versagt hatte. Ich hatte diesen Teil meiner Existenz zutiefst verabscheut, tat es noch immer.

Als der Tremane versuchte, mich voller Verachtung anzuspucken, beugte ich mich erneut hinunter und drehte die Klingen in

seinen Oberschenkeln. Das Gesicht des Tremanen wurde asch-
fahl, bevor er, überwältigt von Pein, das Bewusstsein verlor.

War es sein Geist oder sein Körper, der versagt hatte? Mit geballten Fäusten richtete ich mich auf und wagte es endlich, zu
Raphael zu blicken.

Tränen sprangen mir in die Augen, als ich seine bewusstlose
Form erblickte, die mittlerweile regungslos auf dem Boden lag.
Der Bereich, um seinen Körper war von totem Gras gezeichnet.

Nephariel war zwischenzeitlich zu ihm geeilt und drückte
fest auf seine nach wie vor blutende Wunde, während sie leise
auf ihn einsprach. Doch selbst aus der Entfernung erkannte ich,
dass sein überschattetes Gesicht ausdruckslos war, sein Geist verloren in der Ohnmacht.

Ich wollte an der Seite meines Sohnes sein, doch ich konnte
nicht riskieren, dass der Tremane entfloh.

Glücklicherweise trafen in diesem Moment Tarok und Mordral ein.

Mordrals schwarzer Blick richtete sich gezielt auf meinen nie-
dergestreckten Gegner und mit wenigen, langen Schritten war
er an meiner Seite.

Er kniete sich neben die reglose Gestalt und fühlte nach einem Puls, der, wie ich wusste, stark und ebenmäßig war.

Mit einem knappen Nicken bedeutete er mir, dass er sich des
Tremanen annehmen würde.

Einer weiteren Aufforderung bedurfte es nicht, bevor ich los-
rannte und mich innerhalb weniger Sekunden an Raphaels Seite zu Boden sinken ließ.

Nephariel warf mir über den Körper meines Sohnes einen
besorgten Blick zu, Tränen standen ihr in den Augen. Verlustangst, wie ich mich nun wieder erinnerte.

Tarok war mir gefolgt und stand nun hinter Nephariels knie-
ender Gestalt. Seine violetten Augen waren wild, sein wasserstoffblondes Haar zerwühlt.

„Wo ist der Heiler?", fragte ich verzweifelt, als ich mir Raphaels Zustand zunehmend bewusstwurde. Das Blut, das immer langsamer floss. Die Haut, die immer fahler wurde und die

ungebremsten Emotionen, die plötzlich auf mich einschlugen. Ich stutze überrascht.

Ich ließ den Tränen freien Lauf, als ich erkannte, was Raphael so enorm geschwächt hatte, als mir Raphaels Opfer wahrlich bewusstwurde.

Er würde sterben, weil er mir ein Leben ermöglicht hatte.

Ein lautes Schluchzen drang aus meiner Kehle. Meine Schuld, alles meine Schuld.

Tarok sah mich mit einem bekümmerten, vorsichtigen Blick an.

„Sie sollte gleich hier sein." Seine Stimme klang unsicher.

„Weshalb braucht sie so lange? Eine solche Distanz kann in einem Sekundenbruchteil überbrückt werden." Verwirrung legte sich über die Angst, den Schmerz.

„Nicht, wenn man zu Fuß unterwegs ist", antwortete plötzlich eine sanfte, weibliche Stimme hinter mir.

Beschützend legte ich eine Hand auf den Arm meines Sohnes und drehte meinen Oberkörper, bis ich die Person sehen konnte, die so unverblümt gesprochen hatte.

Keine Schwingen zierten ihre schmale Gestalt und langsam wurde ich mir der Bedeutung ihrer Worte bewusst.

Eine Erdgebundene.

12

Ich sollte sie hassen, sollte sie verabscheuen. Doch ihr Lächeln ist so sanft, ihre Stärke so berauschend und ihr Wille zu überleben so übermächtig.
Raphael

Ich ließ die Erdgebundene nicht aus den Augen, während ich an Raphaels Krankenbett wachte. Die Hand meines Sohnes fest umklammert, saß ich unruhig auf einem unbequemen, gepolsterten Hocker und beobachtete die flügellose Heilerin mit Skepsis und Misstrauen.

Ich kannte ihre Geschichte nicht, wusste nicht, weshalb sie vom Universum bestraft worden war, doch ich konnte nicht anders, als das Schlimmste zu vermuten.

Nichtsdestotrotz musste sie sehr begabt sein, wenn Primus nur ihr diese Aufgabe zutraute. Ich konnte nicht ausschließen, dass sie einst ein höherrangiger Engel gewesen war, mit der herausragenden Begabung der Heilung. Erdgebundenen wurden alle Fähigkeiten wieder entrissen, bis auf die stärkste Gabe. Eine Gabe, die jedoch mit dem Verlust der Schwingen auch an Macht verlor.

Trotz meines Misstrauens würde ich für das Wohl meines Sohnes meine Fragen hinunterschlucken. Das hieß jedoch keineswegs, dass ich sie mit meinem Jungen allein lassen würde.

Mein alter Freund stand im Türrahmen des sterilen Krankenzimmers und verfolgte das Geschehen mit besorgt gerunzelter Stirn. Seine schwarzen Schwingen schleiften trist über den weiß gefliesten Boden, ein Zeichen für Primus' emotionale Unausgewogenheit. Er hatte wahrlich Angst um das Leben meines Sohnes.

Ich schluckte schwer, als ich kurz zu meinem Jungen blickte. Es war kaum zu ertragen.

Raphaels Haut stand der Farbe der weißen Laken in nichts nach. Kalter Schweiß zeichnete sich auf seiner Stirn ab und machte seine Handflächen klamm. Seine Atmung war flach, der Herzschlag weiterhin schwach. Doch am meisten sorgte mich, dass er nicht einmal aufgewacht war, seit wir ihn vor zwei Stunden in das Herz des Heiligen Baumes gebracht hatten. Nicht einmal, als Kira, die erdgebundene Heilerin, seine Wunden versorgt hatte.

Die Blutung war längst gestillt worden, doch seine Wangen färbten sich nicht in diesem lieblichen, rosigen Farbton, der von Leben sprach.

Was würde ich nur tun, wenn er niemals erwachte, wenn er gar starb? Wie sollte ich damit leben, dass der Tod meines Sohnes meine Schuld war?

Ich besah mir neuerlich die Heilerin an der hellen Arbeitstheke am anderen Ende des Raumes. Im Augenblick zerstieß sie verschiedenste Kräuter mit einem Mörser in einer Schüssel, um eine Tinktur herzustellen, die Raphaels Heilung beschleunigen sollte. Ihre langen, schwarzen Haare hatte sie zu einem hohen Pferdeschwanz zusammengebunden, die sonnengelben Augen waren konzentriert zusammengekniffen.

„Ihr müsst nicht hierbleiben, Thia. Raphael wird noch lange schlafen, selbst wenn die Tinktur wirken sollte. Ihr seht selbst etwas blass aus, vielleicht solltet Ihr Euch einen Moment ausruhen. Ich werde mich gut um Euren Sohn kümmern." Kiras Worte waren sanft gesprochen und geprägt von Aufrichtigkeit, doch in mir kochte Wut hoch. Dass sie auch nur für einen Moment denken konnte, dass ich meinen Sohn allein lassen würde. Mit ihr.

Bevor ich meinem Zorn Luft machen konnte, sprach Kira energischer weiter.

„Eure Anwesenheit wird ihm mehr schaden als helfen. Seine restliche Lebensenergie drängt zu Euch, möchte Raphaels Körper verlassen, um dessen herausragende Gabe nutzen zu können." Als sie meine überraschte Miene sah, ergänzte sie: „Ja, ich weiß genau, was er für Euch getan hat."

Meine Wut verrauchte vollkommen, als ich die traurige Wahrheit in ihren Erläuterungen erkannte. Solange Raphael bewusstlos war, handelte sein Körper rein instinktiv und obwohl sich seine Lebensenergie ursprünglich zur Heilung in ihn zurückgezogen hatte, war sie nun wieder versucht, ihre jahrtausendelange Aufgabe zu erfüllen.

Mit zögerlichen Bewegungen erhob ich mich von dem niedrigen Hocker, beugte mich über meinen Sohn und gab ihm einen sanften Kuss auf die Stirn.

„Ich liebe dich, mein kleiner Kämpfer. Bleib bei mir, bitte", flüsterte ich in sein weiches Haar und richtete mich langsam auf.

Widerstrebend wandte ich mich von seiner bewusstlosen Form ab und schritt auf die Heilerin zu, die noch immer an der Tinktur arbeitete.

Meine goldenen Flügel raschelten leise, als ich sie mit schmerzenden Muskeln leicht anhob, damit sie nicht auf dem Boden schleiften. Ich durfte nicht schwach erscheinen.

Als ich neben Kira zum Stehen kam, hielt sie in ihren Vorbereitungen inne und blickte mich fragend an.

Die Heilerin wich ein wenig vor mir zurück, als sie sich meiner grimmigen Miene bewusstwurde.

Primus machte einige Schritte auf uns zu, die Hände beschwichtigend erhoben.

„Thia …", begann er langsam, doch ich unterbrach ihn sogleich, meine Stimme bedrohlich sanft.

„Ich sage dir das nur einmal, kleine Heilerin. Wenn Raphael durch deine Taten weiter zu Schaden kommen oder gar sterben sollte, wird der ewige Schmerz des Universums nichts im Vergleich zu dem sein, was ich mit dir tun werde. Und dieses eine Mal, wird es mir eine Freude sein." Ich war selbst erschrocken, angesichts der ehrlich gemeinten Kaltherzigkeit dieser Worte. Doch Raphael war mein Leben, meine Rettungsleine.

Ich mochte ihn vergessen haben, doch selbst in der Zeit, als ich nicht Elanthia, der Engel gewesen war, sondern Thia, der Dämon und Thia, der Mensch, war Raphael immer für mich dagewesen. Ich durfte ihn nicht verlieren, nicht so kurz nachdem ich ihn wiedergefunden hatte.

Kira schien meine Worte durchaus ernst zu nehmen, doch ich erkannte schnell, dass sie ein Rückgrat aus Stahl hatte.

„Ich verstehe Eure Angst, Thia. Raphael ist bei mir in den besten und fähigsten Händen, das kann ich Euch versichern. Sobald er erwacht ist, hält Euch niemand davon ab, Euch selbst davon zu überzeugen. Doch im Augenblick gefährdet Ihr selbst sein zerbrechliches Leben. Also geht nun bitte endlich." Respektvoll und dennoch voller Überzeugung. Ich hätte sie vielleicht gemocht, wäre sie keine Erdgebundene gewesen.

Mit einem knappen Nicken und einem letzten funkelnden Blick in Kiras Richtung, eilte ich an der Heilerin und Primus vorbei und verließ das deprimierende Krankenzimmer. Verlustangst war ein beinahe greifbarer Schleier in meinen Gedanken, doch je mehr ich mich vom Herzen des Heiligen Baumes und damit von den Qualen meines Sohnes entfernte, desto mehr drang eine andere Emotion in den Vordergrund. Schmerz.

Ich stieg die zahllosen Treppenstufen zu Primus' Räumen hinauf, umgeben vom sanften Leuchten zahlreicher Laternen und dem erdigen Geruch des Bauminneren. Ich bemühte mich so sehr, den Schmerz zurückzudrängen, ihn auszublenden, wie ich es früher schon getan hatte, doch ich musste erkennen, wie wenig Macht ich über diese Emotion besaß und wie sehr mir Raphael tatsächlich geholfen hatte.

Es war nicht schwer gewesen, zu realisieren, dass Raphael all die Jahre das wahre Ausmaß der Pein blockiert hatte, die in mir herangewachsen war, als das Seelenband zu Lucifer beinahe zerrissen war. Der Schmerz, der mich eigentlich hätte lähmen sollen, war von ihm so weit zurückgedrängt worden, dass ich einigermaßen funktionieren konnte. Die schwache Verbindung zwischen Lucifer und mir hatte Raphael bewusst verborgen, sodass mich das andere brennende Gefühl nicht quälen würde, welches nun in mir aufstieg. Sehnsucht nach meinem Seelenpartner, der uns verraten hatte.

Raphael hatte Unmengen an Lebensenergie verbraucht, nur um mir ein Leben zu ermöglichen. Wenn er nun sterben sollte, verdankte er dies einzig und allein meiner unermesslichen Schwäche.

Gefühle zu manipulieren, zu verbergen, zu entschlüsseln und zu verstärken war Raphaels herausragende Gabe als Empath. Er überflügelte Killian bei Weitem, da die Fähigkeit des Dämons nicht annähernd so umfänglich und mächtig war. Dennoch hatte Raphael den Nachteil, dass er Lebensenergie verlor, wenn er diese Gabe nutzte. Nicht bei dem reinen Erspüren von Emotionen, jedoch bei allem, was darüber hinausging.

Er musste gewusst haben, dass er sich verwundbar machte, wenn er mich in diesem Maße schützte und er hatte es dennoch getan.

Seine Selbstlosigkeit, seine Überzeugung, dass mein Leben wertvoller war als sein Wohl, würde sein Tod sein.

Als ich unter der Falltür zum Stehen kam, die zu Primus' Räumlichkeiten führte, zögerte ich.

Mit tränennassen Wangen wandte ich mich von der eleganten, schmalen Treppe ab, die zum Eingang in der hohen Decke führte und besah mir mein altes Wohnzimmer.

Schattenhafte Erinnerungen befielen meinen Geist. Raphael, der mit seinen ersten Flugversuchen als Kleinkind eine Vase umstieß und fröhlich lachte. Raphael, der als Teenager mit Stift und Papier auf der Couch saß und sich im Zeichnen versuchte, jedoch schnell die Geduld verlor. Raphael, der als junger Mann stolz seine erste Rüstung präsentierte.

Ein Schluchzen erschütterte meinen Körper und mit zittrigen Beinen steuerte ich auf die graue Couch zu. Langsam ließ ich mich auf den vertrauten Stoff sinken, meine Flügel hinter der niedrigen Lehne platziert und ließ den Tränen freien Lauf.

Ich weinte aus altem und neuem Schmerz zugleich. Um verlorene und wiedergewonnene Erinnerungen. Um das Leben, das ich hätte haben können und das Leben, das mir letztlich geschenkt wurde. Um das Opfer meines Sohnes und die Untaten seines Vaters.

„Er hätte es nicht tun müssen, keiner hat ihn dazu gezwungen. Dich zu schützen, war seine freie Entscheidung. Getroffen aus Liebe, Thia. Wieso beharrst du so sehr darauf, dir für jede fehlgeleitete Tat, selbst die Schuld zu geben?" Primus' Stimme war voller Tadel, doch seine Hand war sanft, als er mir die Tränen aus dem Gesicht strich. Ich zuckte widerwillig zusammen. Primus schien nicht beleidigt, als er seine Hand fallen ließ. Er wusste schließlich um meine Zeit mit Kronos, auch wenn er es wiederholt zu vergessen schien.

Ich hatte nicht gemerkt, wie sehr ich in dem emotionalen Sturm aufgegangen war, der mich umfangen hielt. Dass Primus ungesehen den Raum betreten und neben mir Platz nehmen konnte, ohne, dass ich es realisierte, ließ meine innere Kriegerin mahnend den Kopf schütteln.

„Dass er die Notwendigkeit gesehen hat, mich vor meinen Emotionen zu beschützen, spricht nur dafür, dass ich zu schwach gewesen bin, sie angemessen zu beherrschen. Hätte er mein Leben nicht für mich leben müssen, hätte der Tremane ihn nicht überraschen können und er würde nun nicht in Lebensgefahr schweben." Erneut stiegen mir Tränen in die Augen. Mit einer Hand rieb ich mir über die schmerzende Brust, in der mein Herz noch immer vor Sehnsucht schrie.

Doch ... der Schmerz und die Sehnsucht lähmten mich nicht. Raphaels Blockade war verschwunden und dennoch wurde ich nicht vollkommen von meinen Emotionen aufgefressen. Ich runzelte verwirrt die Stirn.

Primus verdrehte die Augen.

„Zeit, Thia. Du magst zwölf Jahrtausende geschlafen haben, doch dein Unterbewusstsein hat gearbeitet und letztlich verarbeitet." Primus' Hochnäsigkeit änderte nichts an der Wahrheit seiner Worte und für einen Moment erfüllte mich Erleichterung. Vielleicht würde ich wirklich irgendwann frei von Lucifer sein.

Aber dieses schöne Gefühl war von kurzer Dauer, denn mit dem Gedanken an meinen Seelenpartner, kehrte eine schreckliche Erkenntnis zu mir zurück.

„Er hat versucht, seinen eigenen Sohn zu töten." Hass und Wut stiegen in mir auf, so plötzlich und so verzehrend, dass ich kaum atmen konnte.

Primus nahm sich ein schwarzes Zierkissen von der Couch und legte es auf den weißen Marmortisch, bevor er seine nackten Füße darauf ablegte und tief seufzte. Die Frau in mir, die diese Räumlichkeiten einst ihr Zuhause genannt hatte, runzelte genervt die Stirn.

„Alles mag darauf hindeuten, doch wir können uns nicht sicher sein." Primus' Nonchalance machte mich nur noch wütender, doch er ließ mich gar nicht erst zu Wort kommen.

„Die Frage, die du dir stellen musst, ist, was er davon hätte, Raphael zu töten. Oder dich." Ich konnte diese logische Überlegung durchaus nachvollziehen, doch für rationales Denken war in meiner Welt gerade kein Platz.

„Ein Tremane hat meinen Sohn mit einem Schwert durchbohrt und mich sollte dasselbe Schicksal ereilen. Die Tremanen unterstehen Lucifer und gehorchen seinem Befehl, auch wenn sie auf Epsylon so getan haben, als unterstünden sie Kronos. Ich weiß nicht, was er von unserem Tod hätte, ich habe ihn seit vierzehn Jahrtausenden nicht zu Gesicht bekommen." Ich unterdrückte die Erinnerung an den Traum, in dem er mir erschienen war und brachte meine Ausführungen zu Ende: „Doch der Umstand, dass es ein Tremane gewesen ist, der uns angegriffen hat, lässt keinen anderen Schluss zu. Lucifer will unseren Tod." Das Gefühl des schmerzlichen Verrates, welches in mir aufsteigen wollte, schob ich problemlos beiseite. Zu übermächtig war der Hass in diesem Moment. Primus schüttelte nur den Kopf, seine Zweifel waren ihm deutlich anzusehen.

„Dem mag so sein, Thia. Vielleicht ziehst du aber auch voreilige Schlüsse basierend auf dem Misstrauen, welches seit Lucifers Verrat in dir herangewachsen ist." Ich knirschte angesichts dieser Kritik an meinem Urteilsvermögen mit den Zähnen und funkelte meinen alten Freund wütend an.

Doch Primus ignorierte mein Missfallen vollkommen, geistig bereits wieder mit seinen Plänen beschäftigt.

„Du kannst ihn gerne mit deinen Anschuldigungen konfrontieren, wenn du ihn zu uns zurückholst. Allerdings darf dein emotionaler Zustand die Erfüllung deiner Aufgabe nicht gefährden." Eine Warnung des Allvaters, gepaart mit der selbstverständlichen Annahme, dass ich seinem Befehl Folge leisten würde. Ich war versucht, Primus von dem weichen Sofa zu stoßen.

„Ihr würdet darauf bestehen, dass ich ihn zur Rückkehr bewege, selbst wenn er für Raphaels Verletzungen verantwortlich ist?", meine Stimme war erfüllt von Unglauben.

„Ich bin davon überzeugt, dass du dich irrst, was Lucifers Intentionen betrifft. Doch selbst wenn du Recht haben solltest, wir brauchen Lucifer auf unserer Seite im kommenden Krieg. Wenn du ihn mit Gewalt überzeugen musst, dann sei es so." Primus' Worte ließen keinen Raum für Widerrede und dennoch …

„Was in Eurer Vision hat Euch davon überzeugt, dass wir in diesem ominösen Krieg ohne Lucifer nicht siegen könnten?" Eine andere Erklärung gab es für Primus' Beharrlichkeit schlichtweg nicht. Immerhin hatte Lucifer ihn ebenso verraten wie Raphael und mich.

„Das ist nicht weiter relevant, Thia. Sei gewiss, dass kein Zweifel daran besteht, dass wir ohne Lucifer verloren sind." Und das erste Mal, seit ich Primus kannte, hörte ich nackte Furcht in dessen Stimme.

Deshalb verwunderte es mich auch nicht, als er unvermittelt das Thema wechselte. Bemüht, seine Sorgen zu verbergen.

„Was hat Raphael eigentlich in die Heiligen Gefilde geführt? Soweit ich es deinen Erinnerungen entnehmen konnte, hätte es ihm nicht möglich sein dürfen, zurückzukehren, nicht wahr?" Primus hätte die Antworten problemlos meinen Gedanken entnehmen können, doch wie schon vor vierzehntausend Jahren, war er bemüht echte, greifbare Gespräche zu führen, um sein Gegenüber nicht zu benachteiligen.

„Der Schwur bindet Raphael nicht vollumfänglich." Es war dennoch unabdingbar, ihn von diesem Versprechen zu entbinden. „Raphael hat von einer Bedrohung für alle drei Spezies berichtet, bevor er … niedergestreckt worden ist." Gegen Ende versagte mir die Stimme.

„Engel, Dämonen und Menschen, nehme ich an?", fragte Primus sinnierend. Ich nickte nur bestätigend.

„Es könnte durchaus mit meiner Vision zusammenhängen, doch sicher können wir erst sein, wenn Raphael aus seinem tiefen Schlaf erwacht." Nachdenklich rieb sich Primus die Nasenwurzel, die Stirn in konzentrierte Falten gelegt.

„Falls er erwacht", murmelte ich, erfüllt von Schuldgefühlen und Angst.

Primus richtete seinen intensiven Blick auf mein Gesicht.

„Es war ein langer Tag und du bist sichtlich erschöpft, Thia. Warum ruhst du dich nicht etwas aus? Du kannst gerne in Raphaels Gemächern schlafen, wenn du dich damit wohler fühlst." Primus' Fürsorge war beinahe zu viel für meine zerbrechliche Kontrolle und ohne Zögern zog ich Primus in eine innige Umarmung, den körperlichen Kontakt für den Augenblick nicht fürchtend.

„Danke, mein Freund." Ich war nicht sicher, wofür ich ihm dankte. Vielleicht für sein willkommenes Mitgefühl, vielleicht für seine Verlässlichkeit oder vielleicht dafür, dass er mir meinen Jungen zurückgegeben hatte, auch wenn seine Motive eigennützig gewesen waren.

Primus schien der Grund für meine Dankbarkeit nicht wichtig zu sein, als er mir lediglich sanft den Rücken streichelte, bevor er sich langsam von mir löste und mit einem leichten Lächeln aufstand, um über die elegante Leiter in seine eigenen Räumlichkeiten hinaufzusteigen.

Bevor sein Körper vollkommen durch die Öffnung verschwunden war, rief er mir noch zu: „Nephariel hat ein Auge auf Kira und Raphael. Du brauchst dir also keine Gedanken zu machen." Ich nickte erleichtert, auch wenn Primus es nicht mehr sehen konnte, weil in diesem Moment die Falltür hinter ihm zufiel.

Ich seufzte schwer. Ich war wirklich versucht, sein Angebot anzunehmen und in Raphaels Räumlichkeiten zu nächtigen, die sich eine Ebene tiefer befanden. Doch ich hatte mir versprochen, mich nicht länger von den Erinnerungen an Lucifer beherrschen zu lassen, wie widersprüchlich diese auch sein mochten.

Folglich stand ich mit schwerfälligen Bewegungen von der weichen Couch auf und realisierte erst in diesem Moment, dass ich noch immer Jeans und Spitzenoberteil trug.

Mit einer Grimasse registrierte ich den lädierten Zustand meiner Kleidung, insbesondere die dunklen Blutflecke trieben mir wieder Tränen in die Augen, die ich sogleich wieder wegwischte. Raphaels Blut.

Wir hatten meine Garderobe in Berlin belassen, doch ich ahnte, dass Primus meine alte Kleidung nicht entsorgt hatte.

Ein kurzer Blick in den Schlafzimmerschrank bestätigte meine Annahme und ich lächelte ein wenig, als ich ein lavendelfarbenes Seidennachthemd herauszog.

Ohne länger darüber nachzudenken, entledigte ich mich meiner befleckten Kleidung und schlüpfte in den kalten Stoff, der zwei wiederverschließbare Öffnungen für meine Schwingen besaß.

Als ich in die großen Spiegeltüren blickte, seufzte ich resigniert auf.

Ich war wieder dort angekommen, wo alles seinen Anfang genommen hatte.

Primus besah sich die Berichte seiner Generalin und seiner Patrouillen.

Er wusste nicht, was er mit den Informationen anfangen sollte, bestätigten sie doch Thias Vermutung, dass Lucifer hinter dem Angriff auf Raphael steckte.

Seit Lucifers Fall hatte sich die Anzahl der von Tremanen befallenen Seelen deutlich vermehrt. Jede dritte Seele war mittlerweile betroffen.

Nicht, dass die Tremanen zum Zeitpunkt des Seelentodes überhaupt noch den Weg in die Heiligen Gefilde fanden.

Durch Lucifers Verrat hatte sich in der Dynamik des Universums etwas verändert und die Seelen kamen bereits bereinigt in den Heiligen Gefilden an. Nur ein leichter Schatten erinnerte an die Tremanen, die in ihnen gelebt hatten.

Die Tremanen selbst flohen ungesehen ins Dunkle Reich, wo Lucifer und dessen Gefolge bereits auf sie warteten.

Nur Xorus, der mittlerweile als Lucifers General diente, und dessen gespaltener Loyalität war es zu verdanken, dass die Engel so viel über die Tremanen wussten. Und dennoch hatte er Primus unterschlagen, dass Lucifer Tremanen nach Thia ausgesandt hatte. Weshalb?

Den Tremanen haftete ihre alte Seelensignatur an, weshalb sie sich frei zwischen den Dimensionen bewegen konnten.

Über die letzten vierzehntausend Jahre hatte es wiederholte Infiltrationsversuche in die Heiligen Gefilde gegeben, die jedoch in den meisten Fällen von Primus' Heerscharen vereitelt wurden. Heerscharen, die Primus nur geschaffen hatte, weil er vor all dieser Zeit Lucifers Fall vorhergesehen hatte. Wissen, welches er Thia verschweigen musste. Sie hätte nicht verstanden, dass dieses Ereignis unausweichlich gewesen war und am Ende etwas viel Schlimmeres ankündigen würde.

Wie die Vernichtung und Versklavung von drei Spezies.

Das Universum entsandte seine Visionen nicht zufällig, es war dennoch oft schwierig, die Zusammenhänge zu erkennen.

Wie die Erkenntnis, dass Lucifers Fall der Auftakt zu dem kommenden Krieg gewesen war und dass nur seine Rückkehr den sinnlosen Tod und die Zerstörung verhindern konnte, die ein unbekannter Widersacher mit sich bringen würde.

Nichtsdestotrotz war es ermüdend, an so vielen verschiedenen Fronten zu kämpfen.

Primus hatte zunächst nicht verstanden, weshalb Lucifer seine Schergen in die Heiligen Gefilde entsandte und damit riskierte, seine Kampfkraft zu reduzieren.

Bis die ersten Kinder verschwanden.

Engelskinder waren selten, ein wahres Geschenk in der endlosen Unsterblichkeit. Noch seltener war es jedoch, dass das Kind einer Vereinigung zweier Mitglieder der Heerscharen entsprang, die ihr Leben der Verteidigung des Reiches und der Überwachung der Menschheit widmeten. Dennoch hatte es in den letzten Jahrtausenden zunehmend eben solche Geburten gegeben. Die Babys, deren Flügel erst nach wenigen Jahren wuchsen, würden mit großer Wahrscheinlichkeit ebenfalls Mitglieder der Heerscharen werden, noch begabter als ihre Eltern.

Lucifer wusste selbstverständlich um dieses Phänomen und dennoch war es unbegreiflich, dass er Tremanen entsandte, um diese Babys zu entführen. Der Zweck dahinter vollkommen unbekannt. Xorus hatte sich zu diesem Thema ebenfalls in Schweigen gehüllt.

Doch all das, besorgniserregend wie es auch war, weckte in Primus nicht den Verdacht, dass sich Lucifer selbst auf sehr permanente Art und Weise seiner einzigen emotionalen Schwäche entledigen wollte.

Nein, diese Überlegung begründete sich auf Beobachtungen, die Primus' Patrouillen seit Thias Ankunft gemacht hatten.

Zwei Tage waren vergangen, seit Thia wieder einen Fuß in die Heiligen Gefilde gesetzt hatte und die Anzahl der Infiltrationsversuche durch Tremanen hatte sich beinahe verzehnfacht.

Lucifer wusste, dass Thia hier war und er versuchte mit allen Mitteln, zu ihr zu gelangen, ohne selbst zu erscheinen. War dies wirklich ein Beweis für seine Absicht, ihr zu schaden? Seinem Sohn zu schaden, der ganz unverhofft aufgetaucht war?

Auch wenn auf den ersten Blick alle Indizien gegen Lucifer sprachen, machte es keinen Sinn. Was hätte der gefallene Engel davon?

Primus schüttelte frustriert den Kopf. *Lucifer, was machst du nur? Was planst du?*

Sein einstiger bester Freund war im Zentrum so vieler Schicksale, bestimmte so viele Leben und dennoch hatte ihn seit vierzehn Jahrtausenden keiner mehr gesehen. Nicht mal die Boten, die Primus regelmäßig entsandte, um zu verhandeln und seine verlorenen Freunde nach Hause zu holen.

Ein trauriges Lächeln stahl sich auf Primus' Lippen. Thia war ihre letzte Chance, das Blatt zu wenden und Lucifer zur Rückkehr zu bewegen.

Das Universum hatte ihm diese Gewissheit geschenkt. Ohne Lucifer würden sie den kommenden Krieg verlieren.

Eine geradezu ironische Wendung, wenn man bedachte, dass Lucifer seit langer Zeit seinen eigenen Krieg gegen die Engel führte. Ohne Blutvergießen, ohne Verluste, dennoch … jeder spürte die Last des ewigwährenden Kampfes um die Seelen der Menschheit.

Seufzend verbarg Primus die Berichte in einer seiner zahllosen Schubladen, noch nicht bereit, Thia mit dem Ausmaß von Lucifers Verrat zu konfrontieren. Immerhin hatte sie eine Aufgabe zu erfüllen, deren emotionale Bürde Thia auch ohne dieses zusätzliche Wissen bereits in die Tiefe ihrer Albträume herunterzog.

Als Primus sich den Untersuchungsprotokollen zuwandte, die ausführlich über den mentalen Zustand der Erdgebundenen berichteten, schritt Nephariel plötzlich durch den versteckten Eingang, der direkt mit dem ausschweifenden Tunnelsystem des Baumes verbunden war und Thias Gemächer umging. Die schmale Tür war kaum zu sehen, getarnt durch hölzernes Furnier, das dem Bauminneren glich.

Das tränenüberströmte Gesicht seiner Generalin war ernst und Primus schluckte schwer.

Nephariels Stimme zitterte, als sie leise zum Sprechen ansetzte. „Raphael … er …"

Ich war umgeben von Dunkelheit, schwamm im Nichts der Unendlichkeit und genoss für einen Moment den Frieden dieser absoluten Schwärze.

Doch ich ahnte, dass diese Stille und Geborgenheit die Vorboten einer schmerzhaften Begegnung sein würden.

Nur einmal hätte ich mich gerne geirrt.

„Elanthia, Hüterin der Engel, Beschützerin der Menschheit, Botin meines Willens, ich grüße dich." Mein Körper erschauderte beim Klang dieser machterfüllten Stimme, die männlich und weiblich, jung und alt, fern und nah zugleich war.

Widersprüchliche Gefühle erfüllten mich in den unterschiedlichsten Nuancen. Liebe und Hass, Geborgenheit und Terror, Glück und Trauer.

Diese Stimme verkörperte Alles und Nichts. Die Stimme des Universums.

Bis zum heutigen Tag hatte das Universum niemals direkt das Wort an mich gerichtet, sondern nur durch Visionen mit mir kommuniziert.

„Dein Geist ist verwirrt, deine Emotionen sind im Chaos versunken. Meine Visionen können dich nicht erreichen, doch es ist unerlässlich, dass du den vor dir liegenden Weg erkennst, mein Kind." Ich versuchte, mich auf die Worte dieser allumfassenden Macht zu konzentrieren, doch es war unglaublich schwer, nicht in den gegensätzlichen Eindrücken zu ertrinken.

„Das erste unschuldige Blut wurde voller Bewusstsein vergossen. Der Krieg hat begonnen. Ein Krieg, der womöglich ganze Welten zerreißen wird. Es ist an der Zeit, dass du das Gewand der Kriegerin anlegst und dich von den Fesseln deiner Vergangenheit befreist, um im Kampf für die Zukunft bestehen zu können. Versammle deine Verbündeten, versöhne dich mit deinem Seelenpartner und tretet gemeinsam dieser Gefahr entgegen, die am Horizont lauert. Für die kommende Schlacht möge die fundamentale Regel aufgehoben werden, die deine Schwerter bis jetzt gebunden hat. Keine Strafe ereilt jene, die für Freiheit kämpfen. Doch bedenke, ich kann nicht eine Seite bevorzugen und die andere strafen. Ihr müsst aus eigener Kraft den Sieg erringen, sonst werden zahlreiche Welten ins Unglück gestürzt." Ich wünschte, ich könnte die Emotionen in den Worten des Universums lesen, doch die Vielzahl an Botschaften versagte mir, ein Urteil zu fällen.

Meine Emotionen wurden hingegen zunehmend klarer, wobei ein einziges Gefühl dominierte. Wut.

Auch in einer solch skurrilen Situation konnte ich meinen altbekannten Trotz nicht hinunterschlucken. Nicht einmal Kronos hatte mir diesen Funken Stärke austreiben können. Jeder musste für seine Überzeugungen geradestehen.

„Ich fühle mich geehrt, Eure Stimme hören zu dürfen. Seid gewiss, dass meine folgenden Worte nicht aus Respektlosigkeit, sondern aus Schmerz geboren sind." Mit geballten Fäusten blickte ich in die undurchdringliche Finsternis und gab meinem Herzen eine Stimme.

„Über zwölf Jahrtausende sind vergangen, seit die Menschen nach Epsylon gekommen sind und meine Freunde abschlachteten, doch der Schmerz hat mich nie verlassen. Weshalb durfte ich damals nur zusehen? Weshalb habt Ihr uns von Euren unsichtbaren Ketten nicht befreit, um das Leben meiner Dämonen schützen zu können? Und warum ist es jetzt anders?" Mein Herz brach erneut, als ich mich an jene schrecklichen Tage erinnerte und dennoch fürchtete ich die Reaktion des Universums, dessen Geschenk ich so haltlos kritisierte.

Doch meine Angst war unbegründet. Eine Woge der Trauer überkam meinen Geist und es war kein Gefühl, das meiner Seele entsprang. Es war eine Emotion, die von außen in mich eindrang. Ich stutzte überrascht.

„Deine Dämonen sind unschuldig gewesen, mein Kind, doch auch die Menschen hat keine Schuld getroffen. Eine andere Hand hat ihr Schicksal gelenkt." Mir schien, als machte das Universum bewusst eine Pause, bevor es fortfuhr: „Sei dir gewiss, dass ihr Tod nicht sinnlos gewesen ist. Seit diesem Tag haben sich die Dämonen prächtig weiterentwickelt. Dank dir, Elanthia. Deine Opfer haben Menschen, Engeln und Dämonen gleichermaßen ein besseres Leben ermöglicht, auch wenn du das jetzt vielleicht noch nicht sehen kannst. Dennoch verstehe ich deine Wut, mein Kind. Deine Wut wird ein Ziel finden und wenn du deinen Weg weitergehst, werden dich deine Opfer in eine glückliche Zukunft führen. Doch das alles hängt von dir und deinen Entscheidungen ab. Denke stets daran, nichts ist, wie es scheint und Hass ist eine ziellose Emotion. Befreie dich von deiner Vergangenheit und lebe, damit wir gemeinsam Frieden für all meine Kinder schaffen können." Tränen stiegen mir in die Augen angesichts dieser hoffnungsvollen Botschaft, dennoch hatte ich nun nur noch mehr ungeklärte Fragen.

„Wer ist der Feind, der uns allen schaden möchte? Was ist sein Plan und wie können wir ihn aufhalten?" Ich ignorierte wie flehend meine Stimme klang. Die Macht des Universums wusste um meine Ängste und Sorgen, um meine Stärken und Schwächen.

„Ich kann dir keine Antworten geben, mein Kind. Ich kann dir lediglich den Weg weisen und das habe ich bereits getan. Du weißt, was dein nächstes Ziel sein muss, um in diesem Kampf als

Sieger hervorzugehen." Ich meinte, ein Lächeln in der facettenreichen Stimme zu hören, doch das bildete ich mir vermutlich ein.

Mein Kopf war erfüllt von Bildern einer qualvollen Vergangenheit und der Gewissheit, dass ich wohl nie frei von IHM sein würde.

„Lucifer", knurrte ich und wurde von bestätigender Stille umfangen.

„Er hat versucht, Raphael zu töten. Darüber kann ich nicht hinwegsehen."

Ein Seufzen erfüllte die schwarze Dunkelheit.

„Nichts ist, wie es scheint. Befreie dich von deiner Vergangenheit", wiederholte die verstummende Stimme des Universums ein letztes Mal und verklang in der Finsternis.

Mit einem Mal wurde ich von weißem Licht geblendet.

Schützend hielt ich mir einen Arm vor die schmerzenden Augen, bis ich gewiss war, dass das Licht erloschen war.

Als ich meinen Arm senkte, erblickte ich ein mir bekanntes Bild.

Ich seufzte. Scheinbar hatte das Universum einen Weg gefunden meinem verwirrten Geist eine letzte wegweisende Vision zukommen zu lassen.

‚La vie' lag vor mir, ausgetrocknet, die Ufer von Leichen übersät. Ein vertrauter, wenn auch erschreckender Anblick.

Doch ich erkannte, dass ich mich an einem anderen Abschnitt des Flusses befand. Ein Abschnitt, der durch mein Heimatdorf Hela führte.

Und plötzlich bekam die gesichtslose Aneinanderreihung von Leichen vertraute Züge. Alte Freunde, Bekannte und mir direkt gegenüber ... meine toten Eltern. Trauer durchfuhr mich wie ein schneidendes Schwert, auch wenn es nur eine mögliche Version der Zukunft war und ich mit diesen liebenswerten Menschen nicht blutsverwandt war.

Es entwickelt sich ein einzigartiges Band, wenn einen andere Lebewesen aus reiner Güte bei sich aufnehmen, ohne Bedingungen daran zu knüpfen. So war es mit Killian und Cara und so war es mit meinen Eltern.

Liebe nahm die unterschiedlichsten, wunderschönen Formen an. Erneut wurde mir bewusst, dass ich nie wirklich allein gewesen war.

Nichtsdestotrotz würde mir das Universum diese Vision nicht schenken, wenn sich nicht ein Wegweiser darin befand.

Mit schwerem Herzen blickte ich mich um, versucht, die vertrauten, erstarrten Gesichter nicht zu sehen.

Stirnrunzelnd erkannte ich die selbstgemachten Girlanden mit Lampions, die das Dorf schmückten. Schock durchfuhr mich.

Das epsylonische Jahr hatte fünfhunderteins Tage mit je einunddreißig Stunden. Am zweihunderteinundfünfzigsten Tag feierten wir das Gründungsfest. Alle Bewohner Hermeloniens blieben den vollen Tag wach, aßen und tanzten, um das langjährige Bestehen unseres Königreiches zu zelebrieren.

Das königliche Wappen, ein Schild und ein Schwert auf blauem Grund, zierten die zahlreichen Lampions und bestätigten meine Annahme.

Zum nächsten Gründungsfest würden alle Bürger Hermeloniens den Tod finden.

Bis dahin waren es nur noch knapp zwei Wochen. Ich schluckte.

Wie sollte ich diese Tragödie aufhalten, wenn ich die Ursache nicht kannte?

Was konnte ich tun, um all die Menschen zu retten?

Frustriert schrie ich meine Angst heraus und schauderte, als meine Stimme in der Ferne widerhallte.

Plötzlich merkte ich, wie die Temperatur drastisch anstieg und ich beobachtete mit aufgerissenen Augen, wie die leblosen Körper Feuer fingen, bevor auch die Häuser, die Pflanzenwelt und die wenigen sichtbaren Tiere in Flammen aufgingen. Eine übertrieben dramatische Darstellung, um mir zu zeigen, was passieren würde, wenn ich versagte.

Es dauerte nicht lange, bevor Epsylon vor mir lag, wie Raphael und ich es damals vorgefunden hatten. Öd und trist. Ohne Leben.

Durch das Austrocknen von ,La vie' war die Atmosphäre zusammengebrochen.

Doch damit nicht genug.

Stumm beobachtete ich, wie das Portal zur Dämonenebene sich öffnete und die Dimensionen begannen, sich zu überlagern, bis nicht mehr klar erkennbar war, wo die eine Welt anfing und die andere endete. Das Ungleichgewicht, welches ich einst geschaffen hatte, löste sich durch die Rückkehr Epsylons in dessen ursprünglichen Zustand, auf. Die Dämonen traten über den aufgelösten Übergang von einer Welt in die nächste, in Erwartung eines neuen Lebens. Stattdessen sah ich zu, wie sie innerhalb weniger Sekunden verbrannten.

Zwei unabhängige Völker innerhalb weniger Augenblicke ausgelöscht. Und ich wusste nicht, wie ich es verhindern und zugleich noch in einem Krieg bestehen sollte.

Auch wenn natürlich zu vermuten war, dass die zwei Katastrophen zusammenhingen. Sonst hätte mir das Universum die Vision nicht so kurz nach unserem Gespräch gesandt.

Was sollte ich tun? Weniger als zwei Wochen, um eine Antwort auf diese Frage zu finden.

Und, um Lucifer gegenüberzutreten.

Auch wenn es so schien, als würde mein Seelenpartner nicht so lange warten wollen.

Neuerlich veränderte sich meine Umgebung.

Mir stockte der Atem, als ich die Lichtung erkannte, in der Lucifer und ich Raphael das erste Mal gemeinsam im Arm gehalten hatten. Der Heilige Baum war klein in der Ferne zu erkennen, über mir erstrahlte ein makelloser Sternenhimmel und ein kleiner Teich schmückte das satte Grün des Grases.

Und dort neben dem mondbeschienenen Teich, auf einer weichen, schwarzen Decke saß Lucifer und verschlang mich mit seinen saphirblauen Augen.

Ich erschauderte. Ich wünschte, ich könnte sagen, es war Hass, der mir einen Schauer den Rücken hinabjagte.

„Lucifer", wisperte ich, bemüht emotionslos, die Sehnsucht unterdrückend.

Lucifer lächelte erfreut, als er erkannte, dass ich mich wieder an ihn erinnerte.

Ein Lächeln, welches mir beinahe den Atem stahl.

„Mein Engel." Seine samtene Stimme umfing mich wie eine längst vergessene Umarmung und eine einzelne Träne lief mir über das Gesicht, bevor ich sie wütend wegwischte.

Ich würde mich nicht von ihm beherrschen lassen.

Zehn Minuten zuvor in Raphaels Krankenzimmer.

Raphael ächzte, sein ganzer Körper ein pochendes, schmerzendes Chaos, seine Erinnerungen bestenfalls lückenhaft.

Mühsam öffnete er die schweren Augenlider und wurde sofort vom weißen Deckenlicht geblendet, welches in dem weiß gehaltenen Raum noch greller wirkte.

Raphael versuchte, sich schützend einen Arm über das Gesicht zu legen, wurde jedoch durch den ziehenden Schmerz in seinem Bauch davon abgehalten. Er keuchte schmerzerfüllt auf.

Sofort wurde das grelle Licht ausgeschaltet und stattdessen eine kleine Nachttischlampe neben seinem Kopf aktiviert.

Er versuchte, seinen Kopf so weit zu drehen, dass er die Person sehen konnte, die sich mit ihm in dem sterilen Raum befand, doch alles fühlte sich so unfassbar schwer an.

„Bemüht Euch nicht, Raphael. Es wäre besser, Ihr bewegt Euch nicht allzu sehr. Eure Wunden heilen noch immer aus, auch wenn es durchaus ein gutes Zeichen ist, dass Ihr endlich erwacht seid", erklärte eine leise, feminine Stimme am anderen Ende des Raumes bestimmt.

Erneut versuchte er, seinen Blick auf den Raum zu erweitern, um der unbekannten Stimme ein Gesicht zu geben, doch er war schlichtweg zu schwach.

„Du bist so unglaublich stur, Raphael", vernahm er eine weitere weibliche Stimme, offensichtlich schmunzelnd. Und direkt neben seinem Bett.

Er lächelte leicht. Dieses selbstgefällige Timbre erkannte er natürlich.

„Nephariel." Türkisfarbene Augen schoben sich in sein Sichtfeld und die wunderschöne Kriegerin mit dem ungewöhnlichen Namen lächelte ihn sanft an.

Auch wenn die geröteten Augen das vertraute Bild etwas zerstörten.

„Geht es dir gut?", fragte Raphael besorgt.

„Ob es mir gut geht? Du bist so ein Idiot, Raphael. Tu sowas gefälligst nie wieder." Nephariels Stimme zitterte und auch wenn er noch sehr geschwächt war, spürte er die Welle der Erleichterung, die Nephariel erfasste.

„Ich werde mich bemühen, zukünftig am anderen Ende des Schwertes zu sein", scherzte Raphael bemüht heiter. Er wollte die Schatten aus ihrem Blick vertreiben.

„Wenn du nicht sowieso schon invalide wärst, würde ich dich für diese Bemerkung ins nächste Jahrhundert prügeln", konterte sie auf eine dermaßen vertraute Art und Weise, dass Raphael pure Freude erfüllte. Zuhause. So fühlte sich Zuhause an.

„Wenn ich wieder auf den Beinen bin, zeige ich dir, wie sehr sich meine Fähigkeiten im Ring in den letzten Jahrtausenden verbessert haben." Zugegeben, er hatte in der Vergangenheit nicht ein einziges Mal gegen die geborene Kriegerin gewonnen, doch die Zeiten änderten sich.

Nephariel lachte ehrlich amüsiert auf.

„Träum nur schön weiter, Raphael, während ich Primus von deinem Erwachen berichte." Mit diesen Worten strich sie ihm sanft über das Haar und machte sich auf den Weg zur Tür.

„Warte", rief er unwillkürlich, „was ist mit meiner Mutter?" Das Wiedersehen mit Nephariel ließ ihn erst verspätet erkennen, dass seine Mutter nicht hier war und freiwillig hätte sie seine Seite niemals verlassen. War sie ebenfalls verwundet worden?

„Thia geht es gut, sie schläft gerade", mit dieser knappen Erklärung verschwand Nephariel in die Eingeweide des Heiligen Baumes. Raphael konnte fühlen, wie aufgewühlt Nephariel war und dass sie nicht wollte, dass er ihre Emotionen las. Zu spät.

Dennoch wunderte er sich über die Abwesenheit seiner Mutter und wenn er ehrlich zu sich selbst war, war er auch ein wenig verletzt, dass sie gegangen war.

„Ich habe Thia weggeschickt", meldete sich plötzlich die fremde, weibliche Stimme und kam mit jedem Wort einen Schritt näher. „Seid Euch gewiss, dass sie bei Euch bleiben wollte, doch Euer Zustand ließ das nicht zu. Ihr habt Thia so lange von Ihren Emotionen abgeschirmt, dass Eure herausragende Gabe sich im Schlaf verselbständigt hat und zu Thia hin drang. Wäre Thia geblieben, hättet Ihr nicht genug Lebensenergie gehabt, um Euch zu heilen." Raphael seufzte. Er hätte wissen müssen, dass seine Mutter ihn niemals im Stich gelassen hätte. Vor allem nicht jetzt, da sie ihre Erinnerungen wiedergefunden hatte.

Doch wenn sich seine Blockade wirklich gelöst hatte …

Er wollte sich nicht vorstellen, welche Schmerzen seine Mutter gerade ereilen mussten.

„Es ist erfreulich, dass Ihr Euch so zügig zu erholen scheint. Seit die Verbindung zu Eurer Mutter gekappt worden ist, erholt sich Euer Energiespeicher zunehmend. Es ist sehr unbedacht von Euch gewesen, Euch so zu verausgaben." Als die Gestalt der fremden Frau langsam in sein Sichtfeld rückte, erstarrte Raphael vollkommen. Abscheu stieg in ihm auf wie eine siedende Woge. Erdgebundene.

Raphael wusste durchaus um die Aufgabe, die seine Mutter vor all diesen Jahren zu erfüllen hatte, auch wenn sie so sehr versucht hatte, es vor ihm zu verbergen.

,Hüterin der Engel' war sie genannt worden. Bemüht, die leidenschaftlichen Kreaturen von ihren eigenen zerstörerischen Tendenzen zu beschützen, hatte sie sich nach und nach immer mehr aufgegeben. Jeder erdgebundene Engel war zum Symbol ihres Scheiterns geworden.

Auch wenn sie so viele Engel vor diesem verfluchten Schicksal gerettet hatte, war die Angst zu versagen ihr ständiger Begleiter geworden.

Raphael besah sich die erdgebundene Frau eingehend. Schwarzes, langes Haar, welches zu einem hohen Pferdeschwanz zusammengefasst war. Leuchtende, goldgelbe Augen, volle Lippen, eine gerade Nase und eine hochgewachsene, aber kurvenreiche Gestalt. Ein weißes Heilergewand umhüllte ihren Körper in einem geradlinigen Schnitt und goldene Armbänder zierten ihre Handgelenke.

Er erkannte sie nicht, demnach musste sie nach seinem Verschwinden geboren worden sein. Er konnte also nicht sagen, wann sie gen Boden gefallen war.

Mit einem Seufzen schüttelte die Heilerin den Kopf.

„Es sollte mich kränken, dass Ihr mich mit einem solch angewiderten Blick bedenkt, obwohl ich Euch das Leben gerettet habe. Doch mein Status hat mich an diese Reaktion gewöhnt." Nicht Trauer, sondern Akzeptanz erklang in ihrer weichen Stimme und Raphael runzelte verwirrt die Stirn.

Ihr Verstand schien so klar, ihre Emotionen so rein, obwohl Schmerz sie beherrschen müsste.

Der ewige Schmerz brachte für gewöhnlich jeden Erdgebundenen innerhalb weniger Jahre um den Verstand, machte sie aggressiv und ungezähmt, sodass sie wie tollwütige Tiere weggesperrt werden mussten.

Doch diese Frau war so vollkommen im Reinen mit sich selbst.

Raphael erkannte, dass wenn er auch tiefen Schmerz bei ihr spüren konnte, es rein emotionaler Schmerz war, gekoppelt an eine dunkle Vergangenheit. Der ewige Schmerz schien ihr nicht auferlegt worden zu sein. Ein Umstand, der vollkommen befremdlich und unerwartet war.

„Ich weiß, dass Ihr in meinen Emotionen lest, Empath. Ich bin anders als andere Erdgebundene, befreit von dem dunklen Schicksal meiner Leidensgenossen." Verbitterung legte sich über ihre Worte und Raphael wusste, dass die Heilerin sich keineswegs frei fühlte.

„Welches Verbrechen hat dich an den Boden gekettet, Heilerin? Und wie konntest du der Strafe entgehen?" Neugier war eine von Raphaels ewigen Schwächen.

„Das geht Euch nichts an!", knurrte die Erdgebundene energisch. „Und mein Name ist Kira, verdammt!" Gegen Ende brüllte sie Raphael an. Keineswegs aus Wut, sondern weil sie vom Schmerz ihrer Erinnerungen übermannt wurde. Ein Verhalten, welches er bei seiner Mutter auch des Öfteren beobachtet hatte. Niemals Schwäche zeigen.

„Nun gut, ‚Kira verdammt‘, es freut mich, deine Bekanntschaft zu machen", versuchte Raphael die Situation zu entschärfen. Bewusst zu verletzen, war nicht seine Art. Er hatte sich für einen Moment vergessen.

Kira verdrehte genervt die Augen.

„Das man Euch nur ansatzweise amüsant finden kann, ist mir wahrlich ein Rätsel." Doch ein leichtes Lächeln verriet ihre gespielt sarkastische Haltung.

Ein warmes Gefühl stieg in Raphaels Brust auf und er erwiderte ihr Lächeln unwillkürlich.

Er wusste, er sollte sie für ihre reine Existenz hassen. Für das, was sie symbolisierte.

Doch sie war so anders als die anderen Erdgebundenen, denen er begegnet war und er konnte nicht anders, als anzunehmen, dass mehr hinter ihrer Geschichte steckte als das Offensichtliche.

Raphael war beeindruckt von ihrer Stärke und ihrem Willen, das Gegebene zu akzeptieren.

Vielleicht würde er, wenn er die Informationen überbracht hatte, die ihn in die Heiligen Gefilde gebracht hatten, ein wenig Zeit mit ihr verbringen.

Hastig schüttelte er den Kopf, was sogleich einen stechenden Schmerz durch seinen Körper sandte. Zu früh.

Dennoch hatte er keine Zeit, das Rätsel um diese schöne Frau zu lösen, wenn so viele Existenzen auf dem Spiel standen.

Mühsam versuchte er, sich aufzurichten, doch sogleich drückten zwei kleine Hände ihn sanft zurück in die Kissen.

„Wo gedenkt Ihr, hinzugehen, Raphael?", fragte Kira energisch, ihn weiterhin festhaltend.

„Ich muss Primus sprechen, sofort. Und meine Mutter." Erneut versuchte er, sich trotz Kiras Griff aufzurichten, doch die kleine Heilerin hatte mehr Kraft als vermutet oder er war einfach nach wie vor zu schwach.

„Die Generalin erstattet dem Allvater in diesem Moment Bericht. Ich bin sicher, er wird schnell hierhereilen und Thia mit sich bringen." Kira seufzte leise, bevor sie fortfuhr: „In der Zwischenzeit solltet Ihr Euch noch ein wenig ausruhen. Ihr seid noch sehr schwach." Mit diesen abschließenden Worten richtete sie sich auf und warf einen Blick auf Raphaels Bauch, der mit Mullbinden umwickelt war.

Sanft ließ sie ihre Hände darüber wandern, während ein warmes, goldenes Licht aus ihren Poren zu entströmen schien.

Raphael wurde zunehmend müde und bevor er wusste, wie ihm geschah, war er bereits in der Dunkelheit verschwunden.

Doch Kiras Worte verfolgten ihn selbst in die Schwärze des Schlafes.

„Manchmal muss man sich gegen ein Monster wehren, indem man selbst zum Monster wird."

„Lucifer, erneut dringst du ungefragt in meine Träume ein und auch wenn du mir nun nicht mehr fremd bist, wünschte ich, du würdest einfach wieder gehen." Meine Stimme bebte vor Wut, auch wenn selbst ich den sehnsüchtigen Unterton vernehmen konnte. Es war zum Verzweifeln. Viertausend Jahre Liebe und Kameradschaft ließen sich wohl doch nicht so leicht verdrängen.

„Warum so feindselig, mein Engel? Ich wollte dich einfach sehen. So viel Zeit ist vergangen, seit du verschwunden bist und ich dich verloren habe." Er klang aufrichtig traurig und dennoch waren seine Worte leere Worthülsen für meinen träumenden Geist, auch wenn mein Herz vor Freude überfließen wollte. Doch diesmal würde der Verstand obsiegen.

„Du hast scheinbar vergessen, wer wen verlassen hat. Du hast uns verraten. Mich, Primus und Raphael." Bei dem Namen meines Sohnes stahl sich neuerlich Hass in mein Herz. Hass auf diesen Mann, der unserem Sohn schaden wollte.

„Unser Band ist so zerschlissen, dass ich sehr viel Kraft aufbringen musste, um dich zu erreichen. Glaubst du, das habe ich nur getan, um dich zu verhöhnen? Nur, um diesen beißenden Hass in deinem Blick zu sehen?" Ich lachte bitter auf, als ich realisierte, dass er tatsächlich gekränkt war.

Lucifer ignorierte mein falsches Gelächter vollkommen und fuhr fort, ohne seinen stechenden Blick von mir abzuwenden.

„Ich habe wirklich gedacht, ihr würdet mir folgen, mir beistehen. Doch bei dem ersten Anzeichen von Gefahr seid ihr geflohen, dabei habe ich noch nach dir gerufen. Ich hätte niemals zugelassen, dass sie euch verletzen." Erneut klang seine Stimme aufrichtig und für einen verschwindend kurzen Moment wollte ich ihm glauben, doch dann stieg Raphaels fahles Gesicht in meinem Geist auf. Voller Abscheu wandte ich mich von Lucifer ab, ging sogar so weit, ihm meinen Rücken zuzudrehen. In meinen Träumen konnte er mich nicht verletzen. Nicht mehr, als er es mit seinem reinen Anblick bereits tat.

„Ich habe meine Gründe gehabt, Thia. Ich hätte dir alles erklärt, wärst du nur geblieben. Doch ich komme heute zu dir, bemüht, die Wogen zu glätten, auch wenn ich weiß, dass meine Taten dich sehr verletzt haben. Ich verstehe das, aber … würdest du mich bitte ansehen, Thia?!", schrie er plötzlich. Ich schüttelte verneinend den Kopf. Ich konnte es einfach nicht ertragen, zu sehr erinnerte mich sein Gesicht daran, was ich alles verloren hatte. Durch die Taten, die er so leicht beiseite wischen konnte.

„Bin ich in deinen Augen ein solches Monster geworden, dass ich es nicht mehr verdient habe, in dein wunderschönes Antlitz zu blicken?", fragte Lucifer voller Demut.

Wütend wirbelte ich herum, meine Augen auf seine sitzende Gestalt fixiert, meine Hände zu Fäusten geballt. Ich hasste es, wie er sich in Unschuld badete, obwohl er so viel Leid über uns gebracht hatte. In diesem Moment wollte ich ihn verletzen.

„Weißt du noch, was ich immer zu dir gesagt habe, wenn du von Selbsthass übermannt wurdest?", murmelte ich leise.

Lucifer wirkte angesichts dieser Frage überrascht, doch ich spürte durch unsere zerschlissene Verbindung, dass es ihn freute, dass ich mit ihm sprach. Die Nähe machte unsere Seelenbindung wieder präsenter und ich verabscheute diese falsche Verbundenheit.

„Wie könnte ich das vergessen? So oft hast du die Worte für mich wiederholt. ‚Wir werden nicht als Monster geboren. Wir werden nicht von anderen zu Monstern gemacht. Unsere Taten bestimmen, wer wir sind und was wir zukünftig sein werden.‘ Du hast stets versucht, meine Zweifel zu zerstreuen. Du hast mir Kraft gegeben." Seine sanften Worte prallten wirkungslos an mir ab.

„Dennoch haben dich die Zweifel gepeinigt. Zweifel an deiner Aufgabe und was sie aus dir machen würde. Und immer wieder habe ich versucht, deine Sorgen zu beschwichtigen. ‚Du verletzt die, die verletzt haben. Bestrafst die, die unberechtigt gestraft haben und bekehrst die, die das Licht verloren haben.‘ Ich habe dich so gut verstanden, haben mich doch dieselben Zweifel ständig heimgesucht." Er hatte mir meine eigenen Worte in meinen dunkelsten Stunden stets als ungewollten Rat zitiert und ich hatte gelacht, angesichts seiner schlechten Imitation meiner Stimme. Sein Humor war mir stets mehr willkommen gewesen als seine gestohlene Weisheit.

Doch alles hatte sich verändert, und nun …

„Ich habe damals so sehr an das Gute in dir geglaubt", flüsterte ich schmerzerfüllt.

„Und wie ist es jetzt?", fragte er und Antizipation erfüllte seine samtene Stimme.

„Jetzt habe ich nur eine einfache Frage an dich: Welches Verbrechens hat sich unser Sohn schuldig gemacht, dass du ihn zum Tode verurteilt hast?!", brüllte ich hasserfüllt. Meine Augen beobachteten Lucifers Reaktion konzentriert, um auch die kleinste Regung wahrzunehmen. Selbst wenn mein Körper vor negativen Emotionen bebte.

Schock verzehrte Lucifers Miene und ich konnte weder sehen, ob das Gefühl echt war, noch erspüren, was er wirklich fühlte, denn in diesem Moment begann meine Umgebung erneut zu verschwimmen. Ich wurde geweckt.

Ich schrie frustriert auf.

„Ich werde meine Antwort kriegen, Lucifer, und ich schwöre hier und heute, solltest du schuldig sein, werde ich dich eigenhändig töten." Ich ignorierte die Verlustangst, die aufkeimen wollte. Die Liebe zu meinem Sohn band mich an dieses Versprechen.

„Thia, ich …", doch seine Worte verschwammen im undurchdringlichen Nebel des Erwachens.

In diesem Augenblick erkannte ich, dass es verschiedene Wege gab, mich von Lucifer zu befreien.

Versöhnung schien ein sinnloser Traum, zu tief waren die Narben, die er geschlagen hatte und zu sehr wog seine Schuld.

Doch eine Konfrontation war unvermeidbar und ich stand zu meinem Wort. Sollte er für Raphaels Verletzungen verantwortlich sein, würde er sterben. Durch meine Hand. Immerhin das war ich meinem Seelenpartner angesichts der vielen guten Jahre schuldig.

Sollte er wahrlich unschuldig sein, was ich bezweifelte, würde ich versuchen, ihn zu tolerieren. Lange genug, um den kommenden Krieg abzuwenden.

Und danach würde ich einen Weg finden, unser Band endgültig zu durchtrennen.

Mit dieser Gewissheit kehrte ich ins Bewusstsein zurück.

Ich erwachte keineswegs ausgeruht. Wie so oft waren meine Träume gekapert worden.

Die Ironie entging mir natürlich nicht. Mein menschliches Ich hatte sich so sehr gewünscht, träumen zu dürfen. Man sollte wirklich vorsichtig sein, was man sich wünschte.

Primus war über meine liegende Gestalt gebeugt und bedachte mich mit einem besorgen Blick.

„Raphael?", fragte ich sofort.

„Deinem Sohn geht es den Umständen entsprechend gut. Er ist kurz aufgewacht, schläft jetzt aber wieder. Ich mache mir eigentlich mehr Sorgen um dich." Erleichterung erfüllte mein pochendes Herz. Raphael würde wieder gesund werden. Ich dankte dem Universum für dieses Geschenk.

Allerdings folgte schnell Verwirrung, als ich mir Primus' abschließender Worte bewusstwurde.

Primus, der erneut meinen Gedanken lauschte, antwortete auf meine unausgesprochene Frage: „Deine Räumlichkeiten waren von einer undurchdringlichen Barriere umgeben, so stark, dass ich sie nicht durchbrechen konnte. Erst vor wenigen Minuten hat sie sich selbstständig aufgelöst." Primus runzelte konzentriert die Stirn.

„Ich sehe, dass du unerwarteten Besuch hattest, aber selbst Lucifer ist nicht mächtig genug, eine solche Barriere zu errichten. Was ist vor Lucifers Erscheinen geschehen?" Überrascht verbarg ich die Erkenntnis, dass das Universum seine Worte und meine Vision vor Primus bewusst verschleierte, in den Tiefen meines Geistes.

Gleichzeitig verstand ich, dass mir das Universum damit ein weiteres Geschenk gewährte. Ein erstes Ziel für meine Wut.

„Wann kann ich meinen Sohn sehen?", wechselte ich das Thema abrupt. Primus zog skeptisch eine Augenbraue hoch, doch für den Moment beließ er es dabei.

„Er wird noch einige Stunden ruhen. Ich denke nicht, dass du dich ihm schon nähern solltest, Thia." Enttäuschung machte sich in mir breit, auch wenn ich mit dieser Antwort gerechnet hatte.

Mühsam darauf bedacht, meine oberflächlichen Gedanken unschuldig erscheinen zu lassen, nickte ich stumm.

„Dann werde ich mich ebenfalls noch ein wenig ausruhen. Aus irgendeinem Grund finde ich im Schlaf momentan keine Erholung", scherzte ich lachend.

Primus schmunzelte leicht und berührte sanft mein Haar, bevor er nickend das Schlafzimmer verließ, um in seine eigenen Räumlichkeiten zurückzukehren.

„Wenn du wieder wach bist, können wir gerne über deine Begegnung mit Lucifer sprechen, Thia. Es war sicher nicht leicht", rief mir Primus noch zu, bevor ich hörte wie die Falltür ins Schloss fiel.

Nicht leicht. Die Untertreibung des Jahrtausends.

Dennoch war es nicht Lucifer, der meine Gedanken beschäftigte.

Mit neuem Tatendrang sprang ich aus dem Bett und schritt zielstrebig auf den Kleiderschrank zu. Meine schmerzenden Muskeln und die nur langsam verheilenden Narben auf meinem Rücken ignorierte ich dabei vollkommen.

Dieses Mal öffnete ich einen anderen Abschnitt des enormen Schrankes, mich wappnend vor dem vertrauten und zugleich schmerzvollen Anblick.

Meine weiße Rüstung erstrahlte makellos und ich realisierte, dass sich jemand in meiner langen Abwesenheit gut darum gekümmert hatte. Vermutlich Nephariel.

Mit lange vergessenen, doch routinierten Bewegungen hüllte ich mich in das Gewand der Kriegerin.

Aus einer großen Eichentruhe, die sich in den Eingeweiden des Schrankes verbarg, zog ich mein Schwert und zwei Dolche.

Das Kurzschwert hatte einen stilisierten Griff mit Verzierungen in der Form von Engelsflügeln, ein Paar golden und ein Paar weiß. Die Klinge war berühmt für ihre schneidende Schärfe, die wahrscheinlich auch heute noch ihresgleichen suchte. Das Schwert war optimal ausbalanciert und unzerbrechlich. Einst war es ein Geschenk von Lucifer gewesen.

Ich lächelte böse. Heute würde ich unseren Sohn damit rächen.

Mit einem letzten Handgriff befestigte ich die Klinge und deren einfache, schwarze Scheide an meinem Schwertgürtel.

Ein Blick in den Spiegel verriet mir, dass ich meiner Rolle in dieser Welt noch immer gerecht wurde.

Ich war die ‚Hüterin der Engel‘, würde es wohl immer sein.

Und an diesem Tag würde ich meine Aufgabe mit Freuden erfüllen. Niemand würde gen Boden fallen, niemand würde gestraft werden, denn das erste unschuldige Blut war bewusst vergossen worden.

Die Engel befanden sich nun im Krieg und der Krieg brachte den Tod.

Der Krieg brachte mich.

13

Rache ist ein leeres Gefühl. Sie bringt dir keine Freude, während
du danach dürstest und erst recht nicht, wenn du sie gestillt
hast.
Mordral

Es war keine Option, den Heiligen Baum durch Primus' Räumlichkeiten zu verlassen. Nicht nur hätte mein alter Freund unwillkommene Fragen für mich, denen ich mich nicht stellen wollte. Nein, das größere Problem stellte die Schwäche meiner Rückenmuskulatur dar und die daraus resultierende Nutzlosigkeit meiner Schwingen.

Doch der Heilige Baum verbarg viele Geheimnisse, darunter ein umfangreiches Tunnelsystem in den enormen Wurzeln. Wurzeln, deren Ausläufer sich durch Primus' gesamtes Reich zogen.

Mit einem Lächeln strebte ich auf den Eingang meiner Gemächer zu, welcher direkt in das Innere des Heiligen Baumes führte.

Die Rüstung war ein solch vertrautes Gewicht in diesen aufgewühlten Zeiten, dass ich für einen Moment von einem tiefen Gefühl der Nostalgie erfüllt wurde.

Lange bevor die Heerscharen entstanden waren, als Lucifer und ich noch Rivalen gewesen waren, hatte uns Primus täglich in der Kampfkunst unterwiesen. Er hatte nie gesagt, weshalb er es an einem solch friedvollen Ort für notwendig hielt, uns die Tücken des Kampfes beizubringen und er hatte auch nie offenbart, wie er selbst ein solch umfassendes Wissen über Krieg und Kampfkunst besitzen konnte.

Dennoch war es eine willkommene Ablenkung gewesen, um für einige Stunden die Eintönigkeit der Unsterblichkeit zu vergessen. Es gab Zeiten, da war ich beinahe mit meiner Rüstung verwachsen.

Ich hatte mehr trainiert, als Primus es je von uns verlangt hatte. Nicht, weil ich unbegabt gewesen war, sondern, weil ich um jeden Preis besser sein wollte als Lucifer.

Unsere Rivalität hatte mich stärker gemacht, mich nach Höherem streben lassen. Und dennoch hatte ich nicht einen Kampf gegen ihn gewonnen. Als Primus die Heerscharen erschaffen hatte, geborene Kämpfer, deren Talent unserem langen Training in nichts nachstand, musste ich zunehmend erkennen, dass meine Stärke nicht im direkten Kräftemessen lag, sondern im Entwickeln von Strategien und Taktiken.

Aus diesem Grund war Lucifer Primus' General geworden, wohingegen ich fortan als seine Strategin dienen sollte.

Mit einem traurigen Lächeln strich ich über das glatte Metall der eleganten Rüstung. Wer hätte gedacht, dass ich nach all dieser Zeit tatsächlich mal die Möglichkeit bekam, mich in der Rolle der Strategin zu beweisen. Und Lucifer würde erneut in das Gewand des Generals schlüpfen. Mein Lächeln schwand.

Dieser Ort ließ mich wiederholt meinen Hass und meine Wut vergessen, dabei wünschte ich mir nichts mehr, als die guten Erinnerungen an meinen Seelenpartner auszumerzen.

Ich würde meine Vergangenheit nicht loslassen. Ich würde sie auslöschen. Und mit dem widerlichen Tremanen, der meinen Jungen verletzt hatte, würde ich beginnen.

Kopfschüttelnd vertrieb ich die letzten Gedanken an vergangene Tage und trat in den schwach erleuchteten Gang hinter meinen Gemächern.

Ich würde das Geschenk des Universums nicht verschwenden.

Primus stand erneut in dem schmalen Türrahmen zu Raphaels Krankenzimmer und lächelte leicht, als er erkannte, dass die Gesichtsfarbe des Jungen wieder deutlich gesünder wirkte und dass Raphael ruhig und friedlich schlief.

Die erdgebundene Heilerin befand sich wie üblich an der langen Arbeitstheke und fertigte Kräutertinkturen an. Sie hatte nur kurz von ihrem Mörser aufgesehen, als Primus erschienen war und sich schnell wieder ihrer Aufgabe gewidmet.

„Wie geht es ihm?", fragte Primus sanft. Er wusste um Kiras traumatische Vergangenheit und hegte keinerlei Groll gegen die junge Heilerin. Sie hatte sich dieses Schicksal nicht ausgesucht.

„Es wird vielleicht noch ein oder zwei Tage dauern, bis er das Krankenzimmer verlassen kann, doch er wird wieder vollkommen gesund. Auch wenn ich nicht ausschließen kann, dass Narben zurückbleiben werden." Kira warf Raphael einen neugierigen Blick zu, als sie ihre Ausführungen beendete.

Primus konnte die Gedanken von Erdgebundenen nicht lesen. Ein Weg des Universums, um die gestraften Engel noch mehr von ihrer Sippe abzuschneiden.

Dennoch vermutete er, dass Kira sich fragte, was zu Raphaels mentaler Instabilität geführt hatte. Nur diese Unausgewogenheit des Geistes verursachte bleibende Narben. Und Raphael besaß viele versteckte Narben, die sein Körper längst hätte heilen müssen.

„Raphael hat viel durchgemacht, Kira. Die Zeit, die er weit weg von Zuhause verbringen musste, ist nicht spurlos an ihm vorbeigegangen. Du wärst überrascht, wie viel euch verbindet." Beide trugen sie tiefe seelische Wunden in sich, geschlagen von Verrat und Schmerz.

Primus hatte schon lange den Glauben an Zufall verloren und seine Gedanken dem Schicksal zugewandt. Dass sich diese beiden Leidenden ausgerechnet jetzt trafen …

Primus lächelte verschmitzt.

Doch Kira schien seine Überzeugung nicht zu teilen.

„Dem mag so sein, Allvater. Doch meine ersten Momente mit ihm haben mir gezeigt, dass er dasselbe Bild von Erdgebunden in sich trägt, wie es die restlichen Engel tun." Resignation schwang in ihrer Stimme mit. Dieselbe Resignation, die Primus bereits bei anderen Erdgebundenen vernommen hatte, bevor sie ihren Verstand verloren hatten.

Er hatte nicht gewusst, wie schlecht Kira behandelt wurde. Gerade Kira, deren Geschichte so einzigartig und tragisch war.

Sobald wieder Frieden im Universum eingekehrt war, würde er sich der Situation annehmen.

Bevor Primus Kira seine Unterstützung zusichern konnte, sprach sie jedoch bereits weiter: „Und selbst wenn er nicht so voreingenommen wäre, spricht so vieles gegen ihn." Kira rümpfte die Nase und Primus lachte. „Er hält sich für lustig, obwohl er Humor nicht mal erkennen würde, wenn er ihm direkt ins Gesicht fliegt. Er ist stur, weiß einfach nicht, was gut für ihn ist. Er ist viel zu direkt und hat offensichtlich noch nie was von Manieren gehört. Er …"

„Ist ja schon gut, Kira. Ich habe verstanden", unterbrach Primus die Heilerin noch immer lachend. Er hatte in der Tat verstanden, denn er erinnerte sich an zwei andere Engel, die sich nicht eingestehen hatten wollen, wie viel sie verband. Die nicht erkennen hatten können, dass sie füreinander geschaffen waren, weil sie zu sehr in ihrer Rivalität gefangen gewesen waren. Bis sie sich ihre Gefühle letztlich doch eingestanden hatten.

Und vielleicht machte es Primus zu einem verträumten Romantiker, doch dieses Potenzial sah er auch in Kira und Raphael.

Kira errötete leicht, als sie sich offensichtlich ihrer Tirade bewusstwurde.

„Bitte, Allvater. Dieses Gespräch hat nie stattgefunden", murmelte sie verschämt.

„Ich werde mich in Schweigen hüllen, junge Heilerin", Primus zwinkerte ihr schmunzelnd zu und war erfreut, als Kira das Lächeln erwiderte.

Man merkte es der hübschen Frau oft nicht an, doch sie hatte erst vor wenigen Jahren ihren endgültigen Reifegrad erreicht. Etwas über ein Millennium alt und doch wirkte sie zumeist Jahrtausende älter. Als hätte ihre persönliche Tragödie die Unschuld ihres Lebens geraubt.

Mit einem Nicken wandte sich Kira wieder ihrer Arbeit zu und Primus, neugierig wie er war, trat etwas näher, um ihr über die Schulter schauen zu können.

300

Als sich die junge Frau versteifte, stellte sich Primus jedoch stattdessen mit großzügigem Abstand neben sie. Diese Reaktion hatte er oft genug bei Thia beobachtet und wenn er ehrlich zu sich selbst war, hätte er dieses Verhalten vorhersehen müssen. Es war keine Überraschung, dass Kira körperliche Nähe scheute.

Eilig setzte er zu einer Entschuldigung an, doch in diesem Moment eilte Mordral mit gehetzter Miene in den Raum. Primus hatte den Engel noch nie so besorgt gesehen.

„Allvater, es geht um Thia", murmelte Mordral panisch, die schwarzen Augen sorgenvoll aufgerissen.

Ein kurzer Blick in die aufgewühlten Gedanken des dunklen Engels, ließ Primus unwirsch fluchen. Kira sah erstaunt von ihren Kräutern auf und runzelte die Stirn.

„Ich habe gewusst, dass sie irgendwas vor mir verbirgt. Sie weiß doch am besten, was geschehen wird, wenn sie ihrem Rachedurst nachgibt und den Tremanen tötet." Kopfschüttelnd rieb sich Primus den steifen Nacken. Er würde sie erneut verlieren … Warum war er nicht bei ihr geblieben? Warum hatte er sich so leicht vertreiben lassen? Er hätte ahnen müssen, dass sie die Situation für den Moment nicht ruhen lassen konnte. Nicht einmal lange genug, um dem Tremanen Antworten zu entlocken.

Als Mordral langsam begann, sich in der Stille des weißen Raumes zu fangen, trat ein analytisches Funkeln in seinen Blick.

„Ihr kennt Thia natürlich besser als ich, Allvater, dennoch bezweifle ich sehr, dass sie gerade jetzt solch eine überstürzte und verhängnisvolle Entscheidung treffen würde. Vor allem, wenn das wahre Ziel ihrer Wut sicherlich nicht der Tremane ist." Sondern Lucifer, beendete Primus Mordrals Gedankengang im Geiste.

Der erfahrene Krieger hatte natürlich recht. Doch, dass Thia das Gefängnis der Heiligen Gefilde in ihrer Rüstung und bewaffnet betreten hatte, sprach nicht dafür, dass sie lediglich mit dem Tremanen sprechen wollte.

Noch beunruhigender war jedoch, dass sie alle Wachen weggeschickt hatte. Wachen, die sich eines direkten Befehls eines übergeordneten Engels niemals verwehren würden.

Es war gut, dass Mordral Primus unverzüglich aufgesucht hatte, um ihn über die Situation aufzuklären. Leider besaßen die Mitglieder der Heerscharen nicht die Fähigkeit, eine telepathische Verbindung mit Primus zu initiieren. Diese Gabe konnte nur von höherrangigen Engeln erlernt und auch nur nach langem harten Training wahrlich gemeistert werden. Thia, Lucifer und Raphael waren die einzigen Engel, die es je vollbracht hatten, diesen Funken an Telepathie in sich zu finden und auch zu nutzen.

Dennoch war Primus der einzige Engel, der Telepathie als sekundäre Gabe besaß. Thia, Lucifer und Raphael konnten lediglich einen mentalen Pfad zu Primus öffnen.

Dafür waren die drei erstrangigen Engel mit anderen sekundären Fähigkeiten gesegnet, um die Primus sie noch immer beneidete.

„Ihr müsst sie aufhalten", erklang plötzlich eine schwache Stimme aus dem hinteren Teil des Krankenzimmers und Primus blickte überrascht in Raphaels stürmische, blaue Augen.

„Sei dir gewiss, Raphael, dass das meine Absicht ist. Thia würde ein Schicksal als Erdgebundene wohl nicht lange ertragen. Nicht jetzt, da sie ihre Erinnerungen wiederhat und so viel verlieren könnte." Noch bevor Primus seine letzten Worte sprach, begann Raphael, hektisch den Kopf zu schütteln, auch wenn es ihm sichtlich Schmerzen bereitete.

Aus dem Augenwinkel beobachtete Primus, wie Kira dem bettlägerigen Mann einen besorgten Blick zuwarf. Und trotz der verfahrenen Situation, stahl sich ein kurzes Lächeln auf Primus' Lippen. Potential.

Doch Raphaels nächste Worte, machten seine heitere Stimmung augenblicklich zunichte.

„Ich glaube nicht, dass meine Mutter so dumm wäre, die ewige Strafe auf sich zu ziehen. Wenn sie den Tremanen wirklich töten möchte, dann nur mit dem Segen des Universums." Eine Macht, die zweifellos stark genug wäre, Thias Gedanken vor Primus zu verbergen.

Primus fluchte erneut, auch wenn ihn Erleichterung erfüllte, als er erkannte, dass Thias Schicksal nicht länger am seidenen Faden hing.

„Eure Erleichterung ist verfrüht, Primus", murmelte der Empath plötzlich leise. „Meine Mutter ist keine Mörderin. Ihr fehlt die Blutrünstigkeit, um mit einer solchen Tat leben zu können. Ihr habt doch selbst gesehen, wie sehr es sie belastet hat, die ‚Hüterin der Engel' zu sein. Wie es sie nach und nach gebrochen hat. Was denkt ihr, wird geschehen, wenn meine Mutter, deren Gabe dem Leben zugeneigt ist, den Tod über ein Wesen bringt?" Primus sah, dass Raphael damit kämpfte, wach zu bleiben. Doch Raphaels sichtbare Erschöpfung, minderte die Wirkung seiner Worte keineswegs.

Und dennoch …

„Aber ein Tremane ist kein echtes Lebewesen und nach dem, was dieser Feigling dir angetan hat …", begann Primus hitzig zu widersprechen, doch der Empath unterbrach ihn abrupt.

„Es macht keinen Unterschied. Sie mag es jetzt gerade nicht sehen, doch sie möchte keine Existenzen beenden. Sie hat doch selbst miterlebt, wie sehr mein Vater darunter gelitten hat, die Tremanen zu zerstören. Und Ihr denkt, ihr eigenes, sanfteres Wesen käme besser damit zurecht?" Raphaels Stimme gewann gegen Ende zunehmend an Kraft, bevor er plötzlich in sich zusammenfiel und erneut das Bewusstsein verlor.

Kira eilte schnell an seine Seite und überprüfte seinen Puls. Sie atmete erleichtert auf und wandte sich Primus mit wütend funkelndem Blick zu.

„Ein Leben zu beenden, verändert das eigene Selbst unwiderruflich. Lasst sie diese Bürde nicht auf sich nehmen, selbst wenn ihr die ewige Strafe erspart bleiben sollte. Es ist fast schlimmer, einen Teil seiner Seele durch eine solche Tat zu verlieren." Selbsthass schwang in ihrer Stimme mit. Selbsthass und Sorge.

Ihre nächsten Worte verrieten, wem diese Sorge wirklich galt.

„Und nun, bei allem Respekt, verlasst diesen Raum und bringt Thia von diesem selbstzerstörerischen Weg ab. Ihr belastet meinen Patienten mit Eurer Engstirnigkeit." Mit einem letzten genervten Blick wandte sie sich wieder Raphael zu und ließ ihre heilenden Hände über dessen Körper wandern, die ungewöhnlichen Augen unverwandt auf sein schlafendes Gesicht gerichtet.

Seufzend blickte Primus zu Mordral. Der dunkle Engel erwiderte seinen Blick mit gerunzelter Stirn.

Du verstehst vermutlich besser als jeder andere, wie Thia sich gerade fühlt. Glaubst du, du kannst sie von ihrem Vorhaben abbringen?, sprach Primus eindringlich in Mordrals Geist.

Wärt Ihr nicht besser geeignet ihr entgegenzutreten? Ich kenne sie doch kaum. Zweifel schwangen in der mentalen Stimme des Engels mit. Zweifel, die Primus leicht zerstreuen konnte.

Nein, nicht in diesem Fall. Sie braucht jemanden, der ihren Schmerz teilt. Auch wenn Mordral nicht derjenige war, der für diese Aufgabe geboren worden war.

Verdammt, Lucifer. Siehst du nicht, was du ihr mit deinen Taten antust?

Kopfschüttelnd kehrte Primus wieder ins Hier und Jetzt zurück. Thia brauchte Hilfe, auch wenn sie es nicht sehen wollte.

Beeile dich, Mordral. Wer weiß, ob es nicht schon zu spät ist. Mit diesen abschließenden Worten begab sich Primus auf den Weg in die Tiefen des Heiligen Baumes, wo seine privaten Gemächer lagen, die noch nie jemand außer ihm betreten hatte. Sein Rückzugsort, wenn die Verantwortung für all diese Leben zu viel wurde.

Es war ein Leichtes gewesen, in das Gefängnis der Heiligen Gefilde zu gelangen.

Der Weg durch die finsteren Tunnel war von Stille erfüllt gewesen. Stille, die nach den vielen Eindrücken der letzten Tage sehr willkommen gewesen war. Dennoch war ich froh gewesen, als ich das Licht am Ende des verwobenen Tunnelgeflechts entdecken konnte und schließlich unweit des Gefängniseinganges in die Freiheit getreten war.

Der riesige, triste Komplex aus grauem Stein befand sich mehrere Meilen nördlich von der weitläufigen Stadt, welche die Engel ihr Zuhause nannten. Ein weiter Fußmarsch, den ich jedoch in einer leicht angehobenen Geschwindigkeit schnell überwunden hatte.

Das Gefängnis beherbergte neben einigen sterilen Verhörräumen, unzählige kahle Zellen für all die Erdgebundenen, die dem Wahnsinn verfallen waren. Wie ich trugen sie in irgendeiner Form Magitrin am Körper, um die wenigen Gaben zu unterdrücken, die ihnen geblieben waren.

Da der mutierte Edelstein schon in kleinen Mengen seine Wirksamkeit entfaltete, und die Anzahl der Erdgebundenen systematisch niedrig gehalten wurde, war es nicht notwendig, das seltene Material regelmäßiger als alle fünf oder sechs Jahrhunderte aus Einrichtungen der Erde zu entwenden.

So war es zumindest noch vor vielen Jahrtausenden gehandhabt worden.

Magitrin war äußerst wirkungsvoll. Es unterdrückte herausragende Gaben, wenn vorhanden, übermenschliche Stärke und alle anderen Fähigkeiten, die zum Kampf oder zur Flucht genutzt werden konnten. Ich glaubte nicht, dass sich die Menschen bewusst waren, was sie erschaffen hatten.

Primus und ich hatten einst versucht, Magitrin mit der Gabe der Schöpfung herzustellen. Doch auch wenn wir Erscheinungsbild und Struktur kopieren konnten, hatte es unserer Kreation immer an der magischen Komponente gefehlt.

Trotz dieser Vorkehrungsmaßnahmen war der Gefängniskomplex stark bewacht, um eine Flucht wahrlich unmöglich zu machen.

Als ich unangekündigt vor den hohen Mauern erschienen war, die das Gebäude im Zentrum umringten, wollten mich die Wachen sogleich wieder fortschicken.

Doch einem übergeordneten Engel den Zutritt zu verwehren, glich einer Befehlsverweigerung. So war es mir möglich gewesen, ohne lange Diskussionen das Innere des enormen Käfigs zu betreten und alle Wachen in einen frühen Feierabend zu entlassen.

Ich wusste, dass mich mein Status nicht lange schützen würde. Irgendeiner der zahlreichen bewaffneten Engel würde Primus von meinem Erscheinen berichten und der Allvater würde seine eigenen Schlüsse daraus ziehen. Ich musste mich beeilen, sonst würde ich mein Vorhaben nicht in die Tat umsetzen können.

Mir war klar, dass sich der Tremane nur in diesem Gebäude befinden konnte und nach seinen abscheulichen Taten würde er zweifellos in einer der weniger wohnlichen Zellen aufzufinden sein.

Natürlich war es möglich, dass sich der Aufbau des Gefängnisses verändert hatte, seit ich es vor über vierzehntausend Jahren zuletzt betreten hatte, doch ich bezweifelte es.

So sehr wir Engel Eintönigkeit verabscheuten, schätzten wir unsere Konstanten.

Außerdem war dieses triste Ungetüm eine meiner vielen, leblosen Kreationen. Ich hatte es einst geschaffen, um den Rest meiner Sippe vor dem Wahnsinn der Erdgebundenen zu beschützen. Eine Aufgabe, die ich als ,Hüterin der Engel' sehr ernst genommen hatte.

Primus würde es nicht wagen, auch nur einen einzigen Ziegelstein daran zu verändern.

So wusste ich, wenn es auch von außen nicht sichtbar war, dass das Gebäude mehrere Tiefgeschosse besaß. Die Zellen im untersten Gefängnistrakt waren verkommen und in vollkommene Dunkelheit gehüllt. Gedacht für die schlimmsten Verbrecher meiner Spezies. Dort würde ich den Tremanen antreffen.

Mit einem zunehmend mulmigen Gefühl im Bauch schlich ich die grauen, schwach erleuchteten Gänge entlang und ignorierte die Rufe, die aus den mit Stahltüren verstärkten Zellen an meine Ohren drangen, als ich schnellen Schrittes die Treppenstufen hinabeilte, die am Ende eines jeden Ganges auf mich warteten.

Je tiefer ich in die Abgründe des tristen Kolosses hinabstieg, desto verzweifelter wurde das Wehklagen der Wahnsinnigen. Ich schluckte.

Einige dieser Wesen waren dank meines Versagens hier eingesperrt.

Als ich schließlich das letzte Tiefgeschoss erreichte, empfing mich undurchdringliche Finsternis. Zitternd nahm ich eine der Fackeln am Eingang zu dem Isolationstrakt in die Hand.

Ich hatte nicht bedacht, wie sehr mich der Klang der gequälten Seelen in diesen Hallen schmerzen würde.

Dennoch ließ ich mich nicht von meinem Weg abbringen. Mit geübtem Fokus sank ich wieder in die Arme meiner inneren Kriegerin und machte mir ihre Gefühlslosigkeit zunutze.

Meine Muskeln hörten auf, zu zittern, meine Atmung beruhigte sich und mein Geist schärfte sich. Ich war bereit, dem Monster entgegenzutreten.

Zielstrebig stürzte ich mich in die Dunkelheit, die vergitterten Zellen links und rechts ignorierend. Nur vergittert, da jede Zelle lediglich einen einzelnen Insassen in sich barg. Anders war es in den oberen Stockwerken, wo mehrere Erdgebundene gemeinsam eingesperrt wurden, angekettet in ihren Einzelbetten. Grausam, wohl wahr, doch ein notwendiges Übel.

Doch auch wenn sich die Zellen hier unten glichen, würde ich den Tremanen keineswegs in einem der seitlichen Käfige finden.

Nein, der Tremane würde im Zentrum auf mich warten. Ich konnte bereits hören, wie er sich in der Finsternis wand. Ich lächelte.

Erwartungsvoll beschleunigte ich meine Schritte und kam wenige Sekunden später vor seinem Käfig zum Stehen.

Die Zelle war so klein, dass das wenige Licht der Fackel reichte, um sie komplett zu erleuchten. Wenn ich meinen Arm durch die Gitterstäbe schob, könnte ich den Tremanen problemlos berühren.

Die letzten Stunden waren nicht freundlich zu ihm gewesen. Seine Wunden waren nur nachlässig verbunden worden, seine Kleidung war dreckig von dem erdigen Zellenboden, seine Haare hatten bereits begonnen, aufgrund der hohen Luftfeuchtigkeit zu verfilzen und seine Augen waren herrlich schmerzerfüllt.

Der Anblick dieses Wesens brachte wahrlich meine schlimmsten Seiten hervor.

„Ich bin fast versucht, dich einfach hier verrotten zu lassen. Deine gestohlene Existenz wird dich beizeiten in den Wahnsinn treiben." Meine Stimme war hohl, tonlos.

Der Tremane erwiderte meinen funkelnden Blick mit einer emotionslosen Miene.

„Ob ich nun hier zu Grunde gehe oder mit der Erkenntnis meines Scheiterns zu meinem Meister zurückkehre. Der Tod ist mir gewiss." Ich runzelte überrascht die Stirn. Dieses Wesen hatte so vollkommen mit dem Leben abgeschlossen, dass in seinen Worten nicht einmal mehr Resignation mitschwang.

„Ich bezweifle sehr, dass Lucifer dir eine zweite Chance verwehren wird." Immerhin war mein Seelenpartner selbst schuld, wenn er so einen Schwächling entsandte.

Der Tremane lächelte bitter.

„Du hast keine Ahnung, wer mein Meister ist." Der Blondschopf schüttelte nur lachend den Kopf.

Vermutlich hatte er recht. Ich wusste wahrlich nicht mehr, wer Lucifer eigentlich war.

Doch eines wusste ich mit absoluter Überzeugung: Meine Rache würde er mir nicht rauben.

Mit diesem Gedanken nahm ich die Fackel in die linke Hand und zog mit der anderen mein geliebtes Schwert.

„Wenn es dir so gleich ist, können wir es hier und jetzt beenden", rief ich laut und blendete aus, wie meine Stimme in dem dunklen Gang widerhallte.

„Tu es. Wenn es dir die Strafe wahrlich wert ist, meine verdammte Existenz zu beenden, werde ich dich nicht davon abhalten." Erneut erfüllte mich Überraschung. Noch vor wenigen Stunden war der Tremane von Kampfeslust erfüllt gewesen und nun …

Mit einem Kopfschütteln vertrieb ich das Mitleid, welches in mir aufsteigen wollte und hob mein Schwert.

Doch bevor ich die Klinge durch die Gitterstäbe in die Eingeweide des Tremanen stoßen konnte, fühlte ich eine leichte Berührung an der Schulter.

Kampfbereit wirbelte ich herum und erstarrte, als ich Mordral im Schein der Fackel erkannte. Der dunkle Engel selbst trug kein Licht bei sich.

„Thia, ich bitte Euch. Rache wird Euch nicht von dem Schmerz befreien", flüsterte der hochgewachsene Mann eindringlich.

„Was weißt du schon? Du hast keine Ahnung, wie es ist, fast den eigenen Sohn zu verlieren." Wütend nahm ich eine entspanntere

Haltung an und ließ meinen Schwertarm sinken, der noch immer in Erwartung eines Angriffs erhoben war. Ich glaubte nicht, dass von Mordral eine Gefahr ausging.

„Das mag so sein, doch ich weiß, wie es ist, eine Tochter zu verlieren. Vermutlich für immer." Schock erfüllte mich bei Mordrals Geständnis.

„Primus wollte es vor Euch eigentlich verbergen, doch angesichts Eures Vorhabens, ist in diesem Fall die Wahrheit wohl dienlicher als die Lüge", fuhr Mordral gequält fort. „In den letzten vierzehn Jahrtausenden haben Lucifers Tremanen die Heiligen Gefilde wiederholt infiltriert. Uns ist zunächst nicht bewusst gewesen, was ihr Ziel gewesen ist. Oft sind sie von selbst wieder verschwunden, wenn sie nicht von uns vertrieben worden sind. Und dann vor etwa sechs Jahrtausenden …" Der dunkle Engel musste sich sichtlich fangen, bevor er weitersprach und ich war versucht, ihn vom Fortfahren abzuhalten, auch wenn ich noch nicht wusste, worauf er hinauswollte.

„Meine Frau und ich sind beide Mitglieder der Heerscharen, dennoch haben wir uns seit jeher nichts sehnlicher gewünscht als ein eigenes Kind. Wir haben es lange erfolglos versucht, doch vor sechstausend Jahren wurde uns vom Universum endlich eine Tochter geschenkt." Bei der Erinnerung lächelte der Engel traurig. Ich ahnte Schreckliches.

„Eines Tages, wenige Wochen nach der Geburt von Laia, bin ich wieder zur Patrouille eingeteilt worden. Ich wollte nicht gehen, wollte meine Frau nicht allein lassen, doch, wie auch heute noch, bin ich mir meiner Pflichten als Mitglied der Heerscharen durchaus bewusst gewesen. Und so bin ich am anderen Ende der Stadt gewesen, als mehrere starke Tremanen meine Familie im Park überfallen, meine Frau bewusstlos geschlagen, und meine Tochter entführt haben."

Tränen liefern mir ungehindert übers Gesicht. Mordrals Schmerz war beinahe greifbar im Schein der Fackel und Hass erfüllte neuerlich mein Herz. Wie konnte Lucifer, der selbst Vater war, einem anderen Mann so etwas antun?

Eine belanglose Frage, wenn man bedachte, was er seinem eigen Fleisch und Blut angetan hatte. Ich seufzte, genervt von meiner eigenen beharrlichen Gutgläubigkeit.

Mordrals schwarze Augen sahen durch mich hindurch, seine Gedanken verloren in dunklen Erinnerungen.

„Meine Frau Maya und ich sind entgegen des Befehls unseres Allvaters direkt zum Portal ins Dunkle Reich geflogen. Doch Lucifer verschiebt die Frequenz seines Versteckes immer wieder, sodass niemand dort eindringen kann." Tiefe Verbitterung sprach aus Mordrals Stimme. Ich hingegen speicherte für den Moment diese wertvolle Information, die mir so viel mehr verriet, als Mordral beabsichtigt hatte.

„Nichtsdestotrotz schützen Tremanen diesen Eingang und haben auch damals über das Portal gewacht. Maya und ich sind so erfüllt gewesen von Zorn und Angst, dass wir sie alle niedergestreckt haben. Uns ist es nicht gestattet gewesen, sie zu vernichten, doch der Tod ist in diesen Stunden sehr nahe gewesen. Und glaubt mir, danach ist es uns keinesfalls besser gegangen. Man bezahlt mit einem Teil seiner Seele, wenn man ein Leben beinahe auslöscht. Auch wenn es gerechtfertigt erscheint."

Mordral sah mir tief in die Augen, als er seine nächsten Worte kaum merklich flüsterte.

„Wie viel Eurer Seele werdet Ihr aufgeben, wenn Ihr diesen Tremanen wahrlich vernichtet?" Ich schluckte schwer, als ich hörte, wie Mordral aussprach, was ich all die Jahre bei Lucifer beobachtet hatte. Wie er sich nach und nach selbst verloren hatte, als er wiederholt fremde Existenzen beenden musste. Vielleicht hatte es ihn letztlich in den Wahnsinn getrieben.

Ich wusste, dass Raphael lebte, dass er gesund werden würde. Wie musste es sich anfühlen, nicht zu wissen, ob die eigene Tochter noch am Leben war?

Als ich einen Blick zu dem heruntergekommenen Tremanen warf, realisierte ich, dass es wahrlich nicht helfen würde. Denn er war nicht das Problem, er war nur ein Symptom.

Langsam versenkte ich mein Schwert in meiner Scheide und zog stattdessen einen meiner Dolche.

Mit einer schnellen Bewegung zog ich mir die Klinge über die Handfläche und legte mir die nun blutende Hand über mein wild pochendes Herz.

„Ich schwöre dir, dass ich herausfinden werde, was mit deiner Tochter geschehen ist und dass ich Lucifer leiden lassen werde, wenn er Laia etwas angetan hat." Ich würde Mordral und mir keinen echten Schwur auferlegen. Ich hatte aus den Geschehnissen mit Raphael meine Lehre gezogen. Doch ich hoffte, Mordral würde die Geste zu schätzen wissen. Unsterbliches Blut vergoss man nicht leichtfertig.

Ich erstarrte, als Mordral leise anfing, zu weinen. Keine Reaktion, mit der ich gerechnet hatte, war er doch ein Krieger der Heerscharen.

„Eure Worte bedeuten mir viel, Thia, doch dies ist nicht Eure Bürde, nicht Eure Verantwortung", murmelte der sonst so undurchsichtige Engel bedrückt.

„Lucifer ist mein Seelenpartner und er hat euch allen Unrecht getan, während ich mich in Selbstmitleid gesuhlt habe. Auch wenn ich mir den späteren Gedächtnisverlust nicht ausgesucht habe, habe ich euch im Stich gelassen. Ich werde die grausamen Taten meines Seelenpartners nicht vergessen und selbst wenn er in dem kommenden Krieg ein notwendiges Übel sein mag, ändert dies nichts an meiner Entscheidung. Tatsächlich möchte ich nicht an der Seite eines Wesens kämpfen, dem ich nicht vertrauen kann." Mit meiner unverletzten Hand griff ich nach Mordrals Unterarm. Dieser erwiderte die Geste ohne Zögern, während seine Tränen langsam versiegten. Eine Respektbezeugung unter Kriegern.

Mit geneigtem Kopf sprach ich weiter.

„Danke, dass du gekommen bist, um mich von diesem sinnlosen Pfad abzubringen. Du hast meine Sinne für das eigentliche Ziel geschärft und bei der kommenden Konfrontation mit Lucifer wird mir das von großem Nutzen sein." Auch wenn das Schicksal Epsylons für mich erstmal Vorrang hatte. Die Zeit spielte gegen uns. Ein Umstand, der einem unsterblichen Wesen selten Sorge bereitete.

*Wenn ihr dann fertig seid mit der Gefühlsduselei, kannst du in Ra-
phaels Krankenzimmer kommen, Thia. Dein Sohn ist wieder erwacht
und hat uns einiges zu berichten,* ertönte in diesem Moment Primus' genervte Stimme in meinem Kopf. Doch ich meinte auch,
einen Anflug von Erleichterung zu fühlen.

Ich lächelte leicht. Er würde es wohl nie lernen.

Zögerlich ließ ich Mordrals Arm los und trat einen Schritt zurück. Anschließend besah ich mir skeptisch meine blutgetränkte
Handfläche. Keine Wunde, nur eine leichte Narbe.

Meine Selbstheilungskräfte litten unter meinem verminderten Energiespeicher, auch wenn kleine Verletzungen scheinbar
noch gut heilten.

Ich war nicht überrascht, die Narbe zu sehen. Ich konnte mir
kaum vorstellen, dass meine mentale Stabilität in diesem Moment
ansatzweise gegeben war.

Seufzend blickte ich erneut in die verwahrloste Zelle und zu
der Kreatur, die mich so an Kronos erinnert hatte. Sollte er hier
doch verrotten.

Gleichgültig wandte ich mich ab, auch wenn meine innere
Kriegerin wütend nach Blut schrie. *Bald*, versprach ich.

„Primus ruft mich zu sich. Möchtest du mich begleiten?",
fragte ich Mordral etwas ratlos. Mir fiel es schwer, wieder einen
normalen Umgang mit ihm zu finden.

„Nein, danke. Ich werde mich wieder auf Patrouille begeben.
Gebt gut auf Euch Acht, Thia." Mit diesen letzten Worten verschwand er plötzlich wieder in der Dunkelheit. Wie sehr musste es ihn geschmerzt haben, seine Geschichte mit einer Fremden
zu teilen? Ich schüttelte dankbar den Kopf.

Ohne weiter Zeit in diesem dunklen Loch zu verschwenden, folgte ich dem Pfad zurück, den auch Mordral genommen
hatte.

Der dunkle Engel war nirgends zu sehen.

Mit klopfendem Herzen eilte ich die grauen Gänge hinauf
an die Oberfläche. Jetzt, da meine Gedanken nicht länger von
sofortiger Rache erfüllt waren, wollte ich einfach nur meinen
Sohn in die Arme schließen.

Dennoch musste ich zugeben, dass es etwas sehr Befriedigendes hatte, als der Tremane panisch begann, meinen Namen zu rufen.

Ein schnelles Ende wäre ihm wohl doch lieber gewesen.

Ich lächelte.

Ich schluchzte erleichtert in Raphaels weiches, schwarzes Haar. Seinen Kopf an meine Brust gedrückt, ließ ich den Tränen freien Lauf.

Mein Sohn lachte leise und strich mir sanft über den Rücken.

„Dachtest du wirklich, du wirst mich so leicht los, Mama?", scherzte er, wie immer vollkommen unangemessen.

Meine tief empfundene Erleichterung versagte mir, über diesen recht schwachen Witz zu lachen, auch wenn meine Tränen langsam versiegten. Unbedacht verstärkte ich den Griff meiner Umarmung, bis Raphael schmerzerfüllt keuchte.

Eilig ließ ich von ihm ab und stand auf. Beschämt sah ich zu Boden.

„Es tut mir so unendlich leid, mein Junge. Hätte ich meine Emotionen nur besser im Griff gehabt … Ich habe dich im Stich gelassen und ich weiß nicht, wie ich das jemals wieder gut machen kann." Gegen Ende brach meine ohnehin dünne Stimme.

Trotz meines gesenkten Hauptes sah ich, wie Raphael sich leicht aufrichtete, bis er eine beinahe sitzende Position eingenommen hatte.

Ein schweres Seufzen hinter mir, erinnerte mich daran, dass wir nicht allein waren. Seit ich vor wenigen Minuten in den Raum gestürmt war und in die müden Augen meines Sohnes geblickt hatte, hatte ich meine Umgebung vollständig ausgeblendet.

„Ihr sollt Euch noch nicht aufrichten, Raphael", folgte die genervte Stimme auf das vorangegangene Seufzen. Kira.

Die Heilerin hatte es wirklich nicht leicht mit ihrem sturen Patienten.

Ich hob meinen Blick gerade noch rechtzeitig, um das verschmitzte Zwinkern zu sehen, welches Raphael der Erdgebundenen zuwarf. Ich konnte die Reaktion der Heilerin nicht sehen, doch ich hörte Primus' leises Lachen. Irgendetwas war mir in meiner Abwesenheit entgangen.

Mein Junge ignorierte meine fragende Miene vollkommen, als er sich erneut meiner bedrückten Gestalt zuwandte. Seine Augen waren traurig, sein Gesichtsausdruck ernst.

„Es ist meine Entscheidung gewesen, Mama. Warum möchtest du das nicht verstehen? Ich würde es jederzeit wieder so handhaben, wenn ich dir damit einen solch unermesslichen Schmerz ersparen kann", er seufzte traurig, bevor er leise fortfuhr: „Ich habe alles gespürt. Für einen kurzen Moment, Mama, hattest du dein Leben aufgegeben. Ich konnte nicht zulassen, dass du mich auch noch verlässt." Tränen füllten seine blauen Augen und dieses Mal ließ er sie fallen.

Ich wusste, dass auch mein Gesicht erneut tränennass war.

„Da wir das nun geklärt haben, könnten wir uns ja dringlicheren Themen zuwenden. Für einige in diesem Raum ist die Situation gerade etwas unangenehm", durchbrach Primus' hörbar gerührte Stimme die Stille. Es war mir ein Rätsel, wie er nach vierzig Jahrtausenden seiner Existenz noch immer so taktlos sein konnte.

Dennoch entrang ein abgehacktes Lachen meiner Kehle und auch Raphael lächelte breit.

Als ich den glänzenden Blick meines Sohnes einfing, teilten wir einen Moment der absoluten Klarheit. So fühlte sich Zuhause an.

Es war nicht der richtige Ort oder der richtige Zeitpunkt, der ein Zuhause ausmachte, sondern es waren diese gemeinsamen Augenblicke mit Familie und Freunden, mit denjenigen, die man liebte.

Raphael und ich wären auf lange Sicht weder auf der Dämonenebene noch auf Epsilon glücklich geworden. Nicht ohne Primus' Taktlosigkeit, ohne Nephariels Herzlichkeit und sicherlich nicht ohne dieses Gefühl der Zugehörigkeit, welches der Anblick zahlloser Engel am Horizont stets in mir geweckt hatte.

Mit oder ohne Erinnerungen, ich hätte immer gespürt, dass ein Teil meiner selbst verloren war. Doch nun waren Raphael und ich endlich wieder dort, wo wir hingehörten.

Und dennoch … fehlte etwas. Etwas, das ich nicht benennen wollte.

Plötzlich schob sich Primus in mein direktes Sichtfeld. Er bedachte mich mit einem traurigen Lächeln, bevor er sich auf Raphaels Bettkante niederließ.

„Also, mein Freund, du bist einen weiten Weg gekommen, um dich mit einem Schwert durchbohren zu lassen. Ich nehme nicht an, dass das dein ursprüngliches Ziel gewesen ist." Ich verdrehte angesichts der neuerlichen Taktlosigkeit die Augen, doch tief innendrin schätzte ich diesen Anflug von Humor.

Raphael runzelte besorgt die Stirn und ließ sich etwas tiefer in die Kissen sinken, bevor er mit seiner unglaublichen Erzählung begann.

„Es ist wenige Stunden nach Mamas Abreise geschehen. Ich bin Kronos gefolgt, um zu sehen, was er wirklich plante. Mir ist absolut schleierhaft gewesen, weshalb er meine Mutter so leicht gehen lassen hat." Als Raphael meinen ängstlichen Gesichtsausruck sah, lächelte er leicht.

„Keine Angst, Mama. Er hat mich nicht gesehen, niemand hat das."

Erneut hatte ich vergessen, dass Raphael ein versierter Kämpfer war und auch verschiedenste Techniken der verdeckten Informationsbeschaffung beherrschte.

„Die erste Zeit ist nicht wirklich viel geschehen", fuhr Raphael leise fort. „Kronos ist ziellos durch den Garten spaziert, vollkommen in seinen Gedanken versunken. Doch dann …" Ich erstarrte, als Raphael offenbarte, was geschehen war und auch Primus' Gesicht war von Erstaunen und Schock gezeichnet.

Ein fremder Engel, der die Tremanen befehligte, als wäre er Lucifer höchstpersönlich, verantwortlich für mein Schicksal durch Kronos' Hände?

Ein fremder Engel, der Kronos mit Magitrin ausstattete, um mich wehrlos zu machen?

Ein fremder Engel, der mich für immer wegsperren wollte?
Konnte es vielleicht sogar dieser Engel gewesen sein, der den
Tremanen auf Raphael angesetzt hatte?

Nein, so leicht wollte ich meinen Seelenpartner noch nicht
von dem Verdacht des Verrates an seinem Sohn befreien. Für den
Moment war es einfacher, Lucifer zu hassen.

Dennoch ließen mich Raphaels Worte keineswegs kalt.

Bodenlose Wut ließ meinen Körper erbeben, auch wenn ich
bemüht war, mich zu beherrschen. Um Raphaels Willen.

„Ich habe lange überlegt, weshalb mir seine Gestalt so vertraut vorkam", durchdrangen Raphaels Worte den Nebel aus
wütenden Gedanken, der meinen Geist umhüllte. „Während
Mama dem ‚Ewigen Schlaf' erlegen ist, habe ich mich häufig
mit den dämonischen Clanführern der roten Wüste getroffen.
Sie gehören zu den ursprünglichen Dämonen, die Mama einst
unsterblich gemacht hat. Ich bin überzeugt gewesen, dass sie
den ihnen auferlegten Schwur niemals brechen würden, doch
ich wollte sichergehen, dass sie sich weiterhin in Schweigen
hüllten. Wenige Jahre bevor Mama erwacht ist, habe ich diesen fremden Engel mit den Clanführern sprechen sehen. Diese roten Schwingen sind unverkennbar. Das zweite Mal habe
ich ihn gesehen, als er mit Nate gesprochen hat. Kurz bevor
der Bürgerkrieg unter den Dämonen ausgebrochen ist." Ein
Bürgerkrieg, in den sich die Clanmitglieder der roten Wüste allerdings nicht eingemischt hatten, wie Raphael abschlie-
ßend erklärte.

Ich schüttelte verwirrt den Kopf. Wer war dieser Engel, der
drei Spezies miteinander verband?

„Denkst du, er ist derjenige, der einen Krieg über uns alle
bringen wird?", fragte ich skeptisch. Wir hatten noch zu wenige Beweise für diese Annahme.

„Ich bin überzeugt davon. Sein Hass und dieses absolute Tri-
umphgefühl sind so allumfassend, seine ganze Gefühlswelt wird
von nichts anderem geprägt. Wenn der Allvater einen Krieg vorhergesehen hat, wird diese Kreatur im Zentrum davon stehen."
Raphaels Stimme war befreit von jeglichen Zweifeln, doch ich

konnte meine Verwirrung einfach nicht abschütteln. Ich hatte noch nie einen Engel mit roten Schwingen gesehen.

„Das kannst du auch gar nicht, Thia", antwortete Primus tonlos auf meine stummen Gedanken. Ich sah den Allvater nur fragend an.

Ich spürte, wie sich die Aufmerksamkeit aller in dem sterilen Raum auf Primus richtete.

Erst jetzt erkannte ich, dass Nephariel irgendwann während Raphaels Bericht zu der kleinen Gruppe hinzugestoßen war. Ihre schöne Gestalt lehnte wortlos an der Wand neben Raphaels Bett.

„Es wird Zeit, dass ich euch ein wenig mehr über meine Entstehung und meine Aufgabe in diesem Universum erzähle." Primus' Blick war gesenkt, seine Hände in die Laken von Raphaels Bett gekrallt, die gesamte Haltung geradezu demütig. So hatte ich Primus noch nie erlebt.

„Als ich vor vierzig Jahrtausenden den Weg in die Existenz gefunden habe, bin ich mit umfangreichem Wissen ausgestattet worden. Wissen über die Dynamik des Universums, dessen Aufbau, selbst über die bereits existenten Lebensformen wie die Menschen. Innerhalb weniger Augenblicke habe ich einen Prozess durchlaufen, für den gewöhnliche Lebewesen Jahrtausende bräuchten." Ich zog überrascht die Augenbrauen hoch. Das erklärte natürlich auch, wie Primus zahlreiche Kampftechniken beherrschen konnte. Der Allvater hatte noch nie in diesem Maße über seine Vergangenheit erzählt.

Lucifer und ich waren ihm als Babys vom Universum übergeben worden. Ganz allein hatte er sich unserer Erziehung angenommen, unsere Kindheit geformt und uns sicher durch das erste Jahrtausend geführt.

Obwohl er selbst diese Meilensteine nie erlebt hatte.

Mich erfüllte ein ganz neues Verständnis für Primus' teilweise kindliche Anwandlungen, die er früher niemals ausleben konnte, weil ihm dieser Teil seiner Existenz vollkommen fehlte.

Es musste ihn wahrlich viel Überwindung gekostet haben, den ersten Mitgliedern seiner Heerscharen dasselbe Schicksal aufzubürden.

Doch immerhin wussten die Krieger, woher sie kamen, auch wenn ihre Funktion bis vor vierzehn Jahrtausenden variabel gewesen war. Lehrer, Beschützer der Menschen, Wachpersonal. Erst durch Lucifers Fall war es den geborenen Kriegern möglich gewesen, ihre Gaben zielgerichtet einzusetzen. Ironie des Schicksals, wie ich fand.

Lucifers und meine Entstehungsgeschichte war keineswegs einzigartig. Über die Jahrtausende hatte das Universum wiederholt kleine, engelsgleiche Geschenke auf unserer Türschwelle hinterlassen. Der Grund ungewiss, ihre Existenz ein Rätsel.

„Das Universum ist sehr weitläufig, beherbergt zahlreiche Lebensformen und besteht in einem empfindlichen Gleichgewicht", fuhr Primus gedankenverloren fort. „Um diese Balance zu schützen, erschuf das Universum sieben Heptantenherrscher. Einer davon bin ich." Primus hob den Blick und sah uns alle abwechselnd an, bevor seine Aufmerksamkeit schließlich bei mir hängen blieb.

„Jedem Heptantenherrscher ist ein Heptant zugeordnet, ein Bruchteil des Universums, über den wir zu wachen haben. Verbunden mit dieser übergeordneten Aufgabe sind andere Herausforderungen. In meinem Fall ist es beispielsweise zu gewährleisten, dass die Seelen den Weg in die Seelenfelder finden. Seelenfelder, die es nur in meinem Heptanten gibt und die das gesamte Universum mit Leben beschenken." Da sie keinen Körper besaßen, sahen alle Seelen grundsätzlich gleich aus. Selbst ein formgegebener Tremane nahm die Gestalt an, die seinem Schöpfer vertraut war. Bis zum heutigen Tag war mir nie bewusst geworden, dass Lucifer den Tremanen wohl unabsichtlich eine menschliche Form schenkte.

Immerhin hasste mein Seelenpartner die Menschen fast ebenso sehr wie die Tremanen, die aus ihren Seelen entsprangen.

Tremanen, die teilweise womöglich gar keinen menschlichen Ursprung hatten.

Hätte Lucifer das Erscheinungsbild der Kreaturen nicht unterbewusst beeinflusst, hätten wir dann schon viel früher erfahren, dass es neben den Menschen, Dämonen und Engeln noch andere Lebewesen gab?

Primus' Stimme durchbrach meine verworrenen Überlegungen.

„Ich kann euch nicht sagen, mit welchen Aufgaben die anderen Heptantenherrscher betraut sind, da ich nur wenige Informationen über sie erhalten habe und wir über die Jahrtausende friedlich koexistiert haben, was ein persönliches Treffen sinnlos erscheinen ließ. Dennoch ist mir bekannt, dass wir Heptantenherrscher uns in zwei Lager unterteilen. Diejenigen, deren Schwingen schwarz gefärbt sind, beziehen ihre herausragende Gabe aus den Kräften von Leben und Tod. Hierzu zählt auch die Gabe der Schöpfung, über die ich gebiete. Rote Schwingen weisen diejenigen aus, deren herausragende Gabe aus der Union von Körper und Geist entspringen. Das wäre beispielsweise Empathie oder Telepathie. Wie ihr wisst, ist Thias Gabe dieselbe wie die meine und Raphael ist ein herausragender Empath. Während die Farbe unserer Schwingen also unsere Fähigkeiten definieren, sind diese Gaben nicht den Heptantenherrschern vorbehalten. Dennoch sind wir den gewöhnlichen Engeln übergeordnet, deshalb werdet ihr keinen anderen Engel finden, dessen Federkleid schwarz oder rot gefärbt ist." Als Primus seine Ausführungen zu Ende brachte, stand er langsam auf. Ich konnte nicht hören, was er den anderen mit Worten mitteilte, da mich in diesem Moment seine mentale Stimme erreichte.

Es war dir vielleicht nicht bewusst, aber als du die Dämonen erschaffen hast, Leben erschaffen hast, hast du dich nach den Seelenfeldern ausgestreckt und die Dämonen auf ewig mit deinem Zuhause verbunden. Wir waren immer bei dir, Thia, ich hörte das Lächeln, welches in seiner Stimme mitschwang.

Warum habt Ihr uns all das so lange verschwiegen?, fragte ich ausweichend. Ich wollte mich den Gefühlen meiner Vergangenheit nicht stellen, wenn unsere Zukunft so ungewiss war.

Es war nicht notwendig, dass ihr davon erfahrt. Bis heute ist nie eine Gefahr von den anderen Heptantenherrschern ausgegangen, rechtfertigte Primus sein gedankenloses Verhalten. Doch er konnte die Demut in seiner Stimme nicht verbergen. Er wusste, dass er einen Fehler gemacht hatte.

Seine entschuldigende Haltung war wohl auch der einzige Grund, weshalb ich keinerlei Wut auf meinen alten Freund empfand. Ich war einfach überrascht von den Erkenntnissen des heutigen Tages und besorgt angesichts der Herausforderungen, die daraus erwuchsen.

Was nun? Wenn unser Gegner wahrlich ein Heptantenherrscher war, wer war er und weshalb beschwor er einen Krieg herauf?

Als ich einen kurzen Blick in die Gesichter meiner Freunde warf, erkannte ich dieselbe hilflose Verwirrung, die sich auch in meinen Zügen widerspiegeln musste.

„Können wir mit Sicherheit sagen, um welchen Heptantenherrscher es sich handelt?", sprach Nephariel die Frage aus, die ich mir schon selbst gestellt hatte.

„Nein, dazu weiß ich zu wenig über die anderen Heptantenherrscher. Ich könnte euch nicht einmal sagen, wie viele dieser Engel rote oder schwarze Schwingen besitzen, geschweige denn ihr Geschlecht oder ihr bevorzugtes Erscheinungsbild." Frustration schwang in Primus' Stimme mit und ich verstand ihn nur zu gut. Wofür war sein umfangreicher Wissensschatz gut, wenn er nicht mal seinen Freunden helfen konnte?

Doch auch er vergaß, wie ich es oft tat, dass er nicht allein war.

Die Strategin in mir wusste, wie wir mehr Informationen über unseren unbekannten Feind sammeln konnten.

„Es ist unerlässlich", begann ich energisch und zog damit die gesammelte Aufmerksamkeit auf mich, „dass wir unseren Gegner kennen. Auch wenn ich nicht weiß, wie er die toxische Atmosphäre Epsylons umgehen kann, befinden sich dort die meisten Anhaltspunkte bezüglich seiner Identität und seiner Pläne. Sowohl die Dämonen als auch Kronos …" Ungebetene Angst durchflutete mich beim Aussprechen des Namens meines sterblichen Mannes. „… wissen vermutlich mehr über diesen Heptantenherrscher, als wir es in diesem Moment tun." Als alle zustimmend nickten, fuhr ich unnachgiebig fort. Es fiel mir schwer, mein Unbehagen und die Scham meiner fehlgeleiteten Angst auszublenden, als ich meine nächsten Worte sprach: „Ich werde dorthin zurückkehren und Antworten einfordern." *Und nebenbei noch eine Katastrophe verhindern, die scheinbar unmittelbar mit diesem Heptantenherrscher zusammenhängt,* fügte ich stumm hinzu.

Es war eine gute Strategie, wie ich fand. Doch meine Freunde schienen nicht überzeugt.

Nephariel war die Erste, die ihre Zweifel lautstark äußerte.

„Ihr seid die Letzte, die nach Epsylon zurückkehren sollte, Thia. Immerhin hat es diese Kreatur auf Euch abgesehen." Bevor ich etwas erwidern konnte, erhob Raphael mit kräftiger Stimme das Wort.

„Nephariel hat recht, Mama. Und selbst wenn es eine gute Idee wäre, wie würdest du unauffällig nach Epsylon zurückkehren wollen? Das Magitrin an deinem Hals unterdrückt deine Fähigkeit, durch Dimensionen zu springen, deine Schwingen tragen dich auch nicht länger und der einzige Weg, der schnell genug wäre, würde dich direkt in die stark bewachte Teleportationskammer führen, die sich im Palast befindet. Ein Palast, der von Tremanen bevölkert wird." Enttäuscht erkannte ich die Ernsthaftigkeit in Raphaels Miene und auch wenn seine Überlegungen durchaus Sinn ergaben, konnte ich nicht anders, als mich betrogen zu fühlen. Weshalb fiel er mir so in den Rücken?

„Niemand fällt dir in den Rücken, Thia", ergriff Primus nahtlos das Wort.

„Ich stimme dir zu, dass kein Weg daran vorbeiführt, auf Epsylon nach Antworten zu suchen. Doch du bist keineswegs die richtige Person für diese Aufgabe. Eine Aufgabe, die einer wichtigeren Mission nachgestellt sein sollte, wie ich dich erinnern möchte." Mit wütend funkelnden Augen blickte ich den Allvater an.

„Ich habe sehr wohl verstanden, wie wichtig es ist, Lucifer in diesem Krieg für unsere Seite zu gewinnen." Ich verschwieg meinen Entschluss, Lucifer zu töten, falls er uns erneut verraten hatte. Es fiel mir nicht schwer meine Gedanken stattdessen mit Bildern der grausamen Vision zu füllen, die das Universum mir geschenkt hatte.

„Doch welchen Sinn hat es, wenn ich im Dunklen Reich diesem Hirngespinst nachgehe, wenn bei meiner Rückkehr alle Dämonen und Menschen auf Epsylon den Tod gefunden haben?"

Ich spürte Raphaels drängenden Blick auf meinem Gesicht, doch ich wollte nicht sehen, was meine Worte in ihm auslösten. Ob er bereits gewusst hatte, mit welcher Aufgabe mich Primus betraut hatte? Ob die Erinnerungen an seinen Vater ihn innerlich auffraßen, wie sie es mit mir taten?

„Thia, du weißt so gut wie ich, dass man diese Visionen nicht zwingend wörtlich nehmen darf. Mir scheint es vielmehr so, als wäre der Fluss zum Zeitpunkt der Vision gerade erst ausgetrocknet. Sag mir, wie lange kann deine Atmosphäre ohne ‚La vie‘ bestehen?“ Die Verwirrung im Raum war deutlich zu spüren. Ohne die Bilder der Vision, die Primus in meinen Gedanken gesehen hatte, zu kennen, wusste niemand so recht, worüber wir sprachen.

Primus’ Frage weckte in mir Zweifel bezüglich des zweiwöchigen Zeitfensters, welches ich anhand der Vision gesetzt hatte.

„Die Atmosphäre ist so konzipiert, dass sie immer ein wenig von ‚La vies‘ kühlender Energie speichert. Ich würde also sagen, im besten Fall zwei Monate.“ Besser als zwei Wochen, dennoch verschwindend wenig Zeit. Und die Menschen wären dennoch verdammt ohne ihre einzige Nahrungsquelle.

Primus, der meinen letzten Gedanken gekonnt auffing, runzelte konzentriert die Stirn.

„Als ein Mann, der selbst die Verantwortung für so viele Leben trägt, bin ich überzeugt davon, dass die zwei Könige, die über Epsylon herrschen, einen Plan für einen solchen Fall in der Hinterhand haben.“ Soweit es Eric Jones betraf, konnte ich Primus’ Annahme weder bestätigen noch abweisen. Doch Kronos besaß vermutlich ein Wasserreservoir, irgendwo auf dem riesigen Palastgrund, wenn auch nur, um sein eigenes Leben im Fall der Fälle zu retten.

Als ich Raphael mit dieser Überlegung konfrontierte, schüttelte dieser nur ratlos den Kopf. Er hatte auf dem gesamten Palastgrund nichts dergleichen gesehen und dank seiner Gabe durch die Dimensionen zu wandeln, war er überall problemlos hingelangt.

Hoffnungslos fiel ich in mich zusammen.

Primus schüttelte seufzend den Kopf und lächelte.

„Wir haben noch mindestens zwei Wochen, Thia. Genug Zeit, um dieses Problem vor Ort zu lösen." Seine Zuversicht überraschte und wärmte mich zugleich.

„Dann bleibt uns wohl keine Wahl", meldete sich Raphael zu Wort. „Ich werde mich der Situation auf Epsylon annehmen." Sein Entschluss schien unwiderruflich zu sein und ich erkannte, dass er genug verstanden hatte, um die Vision selbstständig zusammenzufügen oder sich zumindest der Gefahr gewahr zu werden, in der Epsylon schwebte.

Sorge schlich sich in mein Herz, als ich die Entschlossenheit in seiner Miene wahrnahm.

„Raphael, du bist verletzt. Du kannst nicht …", begann ich hastig zu widersprechen, doch mein Sohn blieb stur wie eh und je, und unterbrach mich sogleich.

„Ich kann diese Aufgabe tatsächlich als Einziger übernehmen. Die toxische Atmosphäre hält alle anderen fern, niemand sonst kann Epsylon betreten." Er schluckte bedrückt, bevor er fortfuhr: „Und wenn du dich Vater stellen kannst, kann ich sicherlich mit diesem kleinen Kratzer unsere Freunde beschützen und nach Antworten suchen. Ich werde die Möglichkeit nutzen und auch gleich nach deinen Adoptiveltern sehen, Mama." Trauer und Schmerz legte sich über sein schönes Gesicht, während mich erneut Stolz erfüllte.

Ich nickte widerstrebend, ein leichtes Lächeln auf den Lippen.

Raphael hatte natürlich recht und selbst wenn ich es wirklich wollte, könnte ich ihn nicht von seinem Vorhaben abbringen. Das konnte ich deutlich spüren.

Dennoch war dieses Unterfangen sehr riskant und ich ahnte, dass meine Gedanken die kommenden Wochen von Angst geprägt sein würden.

Angst, die andere scheinbar teilten.

„Ich glaube einfach nicht, dass Ihr diesen Wahnsinn tatsächlich in Erwägung zieht." Kiras Stimme überschlug sich beinahe. Aus Wut oder Sorge, ich konnte es nicht mit Sicherheit sagen.

„Es ist schon in Ordnung, Kira, ich werde frühestens morgen Abend aufbrechen. Es wäre töricht, schwach wie ich bin, unseren Plan in die Tat umzusetzen." Das Lächeln in Raphaels Stimme war kaum zu überhören und erneut fragte ich mich, was mir entgangen war.

„Plan? Das ist kein Plan. Das ist eine hirnrissige Idee, mehr auch nicht." Spott schwang in Kiras Worten mit und ich verstand die Vehemenz ihrer Reaktion einfach nicht.

Auch Nephariel ließ ihren Blick verwirrt zwischen den beiden Engeln hin- und herwandern.

Primus schien die ganze Situation zu amüsieren. Als er meinen fragenden Blick einfing, zwinkerte er mir zu. Ich seufzte genervt.

„Plan, das ist ein wahrlich gutes Stichwort. Wir haben durchaus noch eine weitere Quelle, die uns mehr über die Pläne des Fremden verraten könnte", unterbrach Primus das anhaltende Gezanke zwischen Heilerin und Patient, die ihre Umgebung scheinbar vollkommen ausgeblendet hatten.

Primus' plötzlich ernste Miene verhieß nichts Gutes.

„Dieser Tremane, der Raphael verwundet hat … Ich könnte mir gut vorstellen, dass der Fremde sich des einzigen Zeugen entledigen wollte, der sein Gesicht gesehen hat." Auch wenn ich selbst schon mit diesem Gedanken gespielt hatte, kochte Wut in mir hoch.

„Wir haben uns doch darauf geeinigt, dass es Lucifer gewesen ist", knurrte ich aufgebracht.

„Wir haben gar nichts, Thia. Du hast beschlossen, dass er es gewesen ist, obwohl es keinerlei Sinn macht. Wieso beharrst du so sehr darauf, dass er schuldig ist?", rief Primus, seine Stimme ebenfalls von Wut und Unverständnis erfüllt.

„Er hat uns schon mal verraten, weshalb sollte es diesmal anders sein?", schluchzte ich unwillkürlich. „Noch einmal ertrage ich das nicht." Der Schmerz dieses Geständnisses zwang mich beinahe in die Knie.

Im Raum herrschte plötzlich Totenstille, dennoch war das Mitleid der anderen beinahe greifbar.

Primus trat langsam auf mich zu und legte seine Hände tröstend auf meine Schultern.

„Wenn es einfacher ist, ihn zu hassen, dann tu das, Thia. Genug Gründe dafür gibt es. Doch lass dich durch diesen Hass nicht blenden, lass dich durch den Schmerz nicht verwirren. Es ist durchaus möglich, dass dieser Tremane uns wertvolle Informationen geben kann, um diesen starken Feind aufzuhalten und um unsere Familie zu beschützen. Wenn dem so ist, müssen wir diese Chance nutzen." Sanft zog mich Primus in die Arme und ausnahmsweise wehrte ich mich nicht. Dieses Mal hatte ich keine Angst.

„Du musst dich deinen inneren Dämonen endlich stellen", flüsterte mein Freund beschwörend in mein Haar.

„Dann lasst mich es tun. Lasst mich mit dieser abscheulichen Kreatur sprechen", erwiderte ich leise.

„Einverstanden, doch nur wenn du dich nicht von deinen Emotionen leiten lässt. Wir brauchen echte Antworten, Thia." Stolz erklang in Primus' Worten, auch wenn seine Warnung nicht zu überhören war.

Bis ich einen zwingenden Beweis in den Händen hielt, dass Lucifer unschuldig war, würde ich wohl an meinem Hass festhalten. Denn die Vorstellung, dass er wahrlich zu mir gekommen war, weil er mich vermisst hatte und nicht, weil er mich mit der Schande seiner Taten verhöhnen wollte, weckte in mir ein anderes, viel gefährlicheres Gefühl. Hoffnung.

Seine anderen Missetaten wogen schwer. Sei es sein ursprünglicher Verrat, die Entführung dieser Kinder oder das Festhalten der Tremanen in der materiellen Ebene.

Dennoch wusste ich, dass ich ihm irgendwann verzeihen würde können, wenn es für alles eine vernünftige Erklärung gäbe.

Doch der Verrat an unserem eigenen Sohn wäre unverzeihlich und dafür hätte Lucifer wahrlich den Tod verdient.

Dieser Weg wäre so viel einfacher als der Weg der Hoffnung.

Denn nichts zerstörte die Seele mehr als enttäuschte Wünsche und Hoffnungen.

Ich würde ihn weiterhin hassen, mich an den Schmerz erinnern, den er unserer Familie zugefügt hatte. Und dennoch würde ich nach Antworten suchen. Echte Antworten, wie Primus es genannt hatte. Ungetrübt von meinen Emotionen.

Ich badete in dem wohligen Gefühl, endlich einen Schritt in die richtige Richtung gemacht zu haben. Nach vorne.

14

Du kannst rennen, du kannst fliehen, doch du wirst mir niemals entkommen. Weißt du weshalb, Thia? Weil du der andere Teil meiner Seele bist.
Lucifer

Ich saß an einem einfachen Holztisch, meine Hände locker auf der Tischplatte verschränkt und ein leichtes Lächeln auf den Lippen. Höflich, freundlich, bemüht, Abscheu und Wut zu unterdrücken.

Der gepolsterte Hocker war deutlich gemütlicher als dessen Pendant in Raphaels Krankenzimmer, dennoch konnte ich wirklich nicht behaupten, dass der kahle Verhörraum viel Komfort bot.

Seit geschlagenen zehn Minuten starrte ich mein Gegenüber schweigend an. Der Tremane war von zwei bewaffneten Engeln aus den Untiefen des Gefängnisses in diesen ebenerdigen Verhörraum gebracht worden. Im Boden verankerte Ketten, deren Enden an Hand- und Fußgelenken des Tremanen befestigt waren, machten eine Flucht unmöglich. Seine gekrümmte Gestalt saß in einem stabilen Metallstuhl, dessen Beine ebenfalls fest mit dem harten, grauen Steinboden verbunden waren.

Wir hatten die Versammlung in Raphaels Krankenzimmer erst vor einer knappen Stunde aufgelöst, als zunehmend offensichtlich wurde, dass Raphael mit seiner Erschöpfung zu kämpfen hatte. Kira hatte bis zur letzten Minute darauf beharrt, dass mein Sohn nicht in der Verfassung wäre, seine gefährliche Aufgabe auf Epsilon zu erfüllen.

Doch Raphael war hartnäckig geblieben und schließlich hatte die Heilerin nachgeben müssen. Die beiden Streitenden hatten sich darauf geeinigt, dass Raphael gehen dürfte, sobald die Wunde nicht mehr zu sehen war. Für den mentalen Zustand meines Sohnes hieß das, er dürfte aufbrechen, sobald sich Narbengewebe gebildet hatte.

Ich hatte die Dynamik zwischen der Erdgebundenen und Raphael noch immer nicht durchschaut, doch vielleicht wollte ich schlicht nicht sehen, was direkt vor meinen Augen war.

Nach einem letzten, warnenden Hinweis meines Allvaters war ich erneut zum Gefängnis aufgebrochen, meine Emotionen fest im Griff. Auf dem Weg zu dem riesigen Komplex hatte ich immer wieder überlegt, wie ich das Gespräch mit dem unkooperativen Tremanen angehen sollte.

Schnell war mir bewusst geworden, dass ich meine bisherigen Methoden nicht anwenden konnte. Bedrohung, Gewalt, Einschüchterung.

Angst würde mich in diesem Fall nicht weiterbringen, da der Tremane bereits offenbart hatte, dass ich stets das kleinere von zwei Übeln war.

Deshalb würde ich es mit einer weniger offensiven Methodik versuchen.

Mein beharrliches Schweigen war lediglich der Auftakt zu mehreren neuartigen Winkelzügen.

Die grünen Augen des Tremanen erwiderten meinen konzentrierten Blick mit wachsender Neugier und ich wusste, dass die Stille nicht viel länger andauern würde. Ich konnte mir nicht vorstellen, wie sehr ihn meine freundliche Miene verwirren musste.

Meine steifen Gesichtszüge fingen langsam an, zu schmerzen, doch ich ließ das Lächeln nicht fallen. Es gehörte alles zum Spiel.

Als der Tremane leise knurrend das Schweigen brach, wurde das Grinsen in meinem Gesicht breiter.

„Was soll das hier werden? Bist du gekommen, um zu beenden, was du begonnen hast?" Verunsicherung ließ den blonden Mann beinahe über die hastig gesprochenen Worte stolpern.

Das würde einfacher werden, als ich zunächst angenommen hatte.

Weiterhin lächelnd legte ich den Kopf schräg.

„Keineswegs. Ich bin nur hier, um mit Euch zu sprechen." Indem ich eine respektvollere Ansprache wählte, suggerierte ich diesem heruntergekommenen Wesen, dass er mir übergeordnet war. Dass er die Kontrolle hatte.

Schon bei unserer allerersten Begegnung hatte ich geahnt, dass dieser Tremane nicht der Klügste war.

Als er sich angesichts meiner Äußerung selbstbewusst aufrichtete, wurde meine Annahme nur bestätigt.

Ich wusste nicht, wessen Seele er entsprungen war und ich konnte auch nicht sagen, welches Gefühl ihn im ersten Schritt hervorgebracht hatte, doch ich war absolut überzeugt davon, dass er noch recht neu in dieser Welt war. Allmählich begann ich selbst daran zu zweifeln, dass Lucifer ihn gesandt hatte. Mein Seelenpartner hätte eine solch wichtige Aufgabe niemals einem Anfänger anvertraut.

Eilig verwarf ich diese Überlegung wieder, bevor erneut Hoffnung ihr hässliches Haupt heben konnte.

Meine Gedanken durften sich keinesfalls in meiner Miene widerspiegeln, ansonsten fiel mein ganzer Plan in sich zusammen. Konzentriert schob ich alle Gefühle und Eindrücke beiseite, die mich in der aktuellen Situation nur behinderten und fokussierte mich vollkommen auf das zunehmend heitere Gesicht meines Gegenübers.

„Worüber sollten wir beide denn bitte sprechen? Ich habe dir nichts zu sagen." Verunsicherung war Selbstsicherheit gewichen. Damit hatte ich ihn genau dort, wo ich ihn haben wollte.

Wer dem Gefühl des Triumphes zu nahe war, wurde unvorsichtig.

„Wisst Ihr, nachdem ich erkannt habe, dass mein Sohn überleben wird, habe ich meinen Groll gegen Euch abgelegt. Immerhin seid Ihr für Euren Meister nicht viel mehr als ein Werkzeug." Ich beobachtete, wie Wut die Züge des Tremanen verfinsterte und sprach mitfühlend weiter: „Ich kann mir gar nicht vorstellen, wie es sein muss, nur Mittel zum Zweck zu sein. Ihr wirkt auf mich wie ein Mann, der selbst herausragende Führungsqualitäten besitzt." Als der Tremane stolz die Schultern nach hinten zog, erkannte ich, dass ich meine Karten richtig ausgespielt hatte.

Da diese Kreaturen per Definition nicht einmal echte Lebewesen waren, musste es ihm sehr schmeicheln, dass ich an seinen ‚männlichen' Charakter appellierte.

Es überraschte mich keineswegs, als der Tremane sich in einer verärgerten Tirade erging.

„Endlich sieht mich mal jemand für das, was ich bin." Innerlich verdrehte ich die Augen. Leichtgläubiger Abschaum. „Ich meine, auch wenn wir Tremanen die Portale zwischen den Dimensionen problemlos durchschreiten können, ist es keineswegs einfach gewesen, in dieses Reich zu gelangen. Der Eingang in die Heiligen Gefilde ist stark bewacht und obwohl dieser erdgebundene Idiot für Ablenkung gesorgt hat, musste ich ja dennoch auf eigene Faust an den Patrouillen vorbeigelangen, um überhaupt in die Nähe des Heiligen Baumes zu kommen. Noch dazu …" Der Tremane blinzelte erschrocken, als er erkannte, was er getan hatte.

Mich hingegen überfiel glühender Zorn.

Wir hatten einen Verräter in unserer Mitte. Einen Erdgebundenen.

Ich fluchte unwirsch und stand hastig auf, meine Flügel ein beruhigendes Gewicht an meinem Rücken.

Ich hätte es wissen müssen. Diese Verbrecher dürften nicht frei herumlaufen, auch nicht, wenn sie noch bei Verstand waren. Wie man nun sah, waren sie dann umso gefährlicher.

Welche gestrafte Kreatur war dafür verantwortlich, dass ich beinahe meinen Sohn verloren hatte?

Mit zusammengekniffenen Augen sah ich zu dem neuerlich zusammengekauerten Blondschopf.

Es würde nicht einfach werden, den Namen des Verräters aus dem Tremanen herauszubekommen. Da der Tremane streng genommen kein Lebewesen war, konnte Primus seine Gedanken nicht lesen, weshalb dieses lächerliche Verhör überhaupt erst notwendig geworden war.

Ich bezweifelte, dass mein vorgetäuschtes Mitgefühl mich noch viel weiterbringen würde. Wie sollte ich nun weiter vorgehen? Primus um Rat fragen? Es vielleicht doch mit Gewalt versuchen? Oder lieber mit leeren Versprechungen der Freiheit?

Glücklicherweise war mir das Universum gewogen und der Tremane verlor sich zunehmend in Selbstgesprächen, seine Stimme erfüllt von Todesangst.

„Ich hätte mich einfach an den Plan halten sollen. Raphael töten und wieder verschwinden. Ich hätte nicht versuchen sollen, sie auch loszuwerden. Er hat es mir doch verboten, sie zu töten. Er braucht Elanthia noch, hat er gesagt. Aber sie ist noch zu stark, hat er gesagt. Sie darf nicht noch stärker werden. Der Verlust ihres Sohnes wird sie schwächen, hat er gesagt. Warum habe ich nicht auf ihn gehört? Ryuk wird mich foltern, bis ich meiner Existenz selbst ein Ende mache. Er hat mir ein neues Leben versprochen, aber ich habe versagt. Wer versagt, wird bestraft, hat er gesagt." Auch wenn es unmöglich schien, sackte der Tremane noch mehr in sich zusammen.

Das meiste seines Gefasels verwarf ich sogleich wieder, doch ein kleines Detail sprang mich beinahe an.

„Wer in Herezias Namen ist Ryuk?"

„Es ist also nicht Lucifer gewesen, der den Tremanen entsandt hat, um Raphael zu töten", fasste Primus meinen Bericht erleichtert zusammen.

Der Allvater saß hinter seinem chaotischen Schreibtisch und lehnte sich entspannt gegen die niedrige Rückenlehne seines Stuhles. Seine Augen waren von vorsichtiger Hoffnung erfüllt, weshalb ich seinem Blick nicht lange standhalten konnte.

Seit mir der Tremane vor wenigen Stunden sein Herz ausgeschüttet hatte, war es fast unmöglich gewesen, dieses unnütze Gefühl zu vertreiben.

Nun verstand ich auch, weshalb der Tremane damals gesagt hatte, dass ich nicht wüsste, wer sein Meister wäre.

Ehrlicherweise wusste ich es noch immer nicht.

Der Tremane war am untersten Ende der Nahrungskette und konnte mir nicht mehr sagen, als dass sein wahrer Meister Ryuk hieß, rote Schwingen besaß und unfassbar grausam war. Bis auf den Namen hatten wir demnach nichts Neues erfahren.

Aber diese kleine Information brachte einen ganzen Sturm an Emotionen mit sich. Angst vor diesem unbekannten Gegner, der überall seine Finger im Spiel zu haben schien. Wut, weil mir der Tremane nicht den Namen des erdgebundenen Verräters sagen konnte. Ungebetene Hoffnung, dass Lucifer doch nicht das Monster war, für das ich ihn noch immer hielt.

Primus räusperte sich kurz, um meine Aufmerksamkeit zu erregen und ich hob vorsichtig den Blick, bis ich die Sorge in den Augen meines Freundes sehen konnte.

„Es macht den Anschein, dass Ryuk dich lebend, aber geschwächt in die Hände kriegen möchte. Ich kann nicht anders, als mich zu fragen, weshalb er solch einen Aufwand dafür betreibt. Noch erschreckender finde ich nur, dass du durch Kronos die ganze Zeit in Ryuks Einflussbereich gewesen bist und wie du weißt, glaube ich nicht an Zufälle." Ich stutzte überrascht.

„Möchtet Ihr andeuten, dass dieser fremde Heptantenherrscher vor dreizehn Jahren dafür gesorgt hat, dass ich die Dämonenebene verlassen musste?" Unglauben sprach aus meinen Worten, auch wenn zwischen Ryuk, Kronos und den Dämonen nachweislich eine Verbindung bestand.

Primus schüttelte leicht den Kopf.

„Nein, Elanthia. Ich möchte andeuten, dass er womöglich schon viel früher seinen Einfluss geltend gemacht hat. Aber das sind nur Spekulationen, gedacht für einen anderen Tag." Primus runzelte die Stirn, bevor er sinnierend fortfuhr: „Dennoch ist es unbestreitbar, dass er mit den Dämonen vertraut ist. Es ist demnach nicht ausgeschlossen, dass er damals für diese fatalen Unruhen gesorgt hat und dich damit direkt in die Arme von Kronos getrieben hat." Lähmende Angst schnürte mir die Kehle zu. Wie abgebrüht musste eine Kreatur sein, um solch einen perfiden Plan in die Tat umzusetzen? Doch auch wenn unsere Überlegungen und Gedankengänge durchaus logisch und nachvollziehbar waren, quälte mich eine Ungewissheit.

„Wenn sich die Heptantenherrscher so fremd sind, woher weiß Ryuk dann so viel über uns?" Wie viele Verräter existierten an diesem sonst so friedvollen Ort wirklich?

„Ich kann es dir nicht sagen, Thia, doch wir werden es herausfinden. Du hast noch einige Tage, bevor du zu Lucifer aufbrechen wirst." Ich schluckte angesichts der Selbstverständlichkeit in seinen Worten. „In der Zwischenzeit bitte ich dich, dich der Erdgebundenen anzunehmen. Wir wissen zumindest von einem Verräter mit absoluter Sicherheit. Da es sich laut des Tremanen wohl um einen Mann handelt, grenzt das die Auswahl etwas ein." Primus bedachte mich mit einem wütenden Funkeln.

„Finde ihn, Thia. Wir werden keine Verräter tolerieren." Die machtvolle Stimme des Allvaters ließ mich für einen Moment erstarren, doch …

„Weshalb muss ich diese Aufgabe übernehmen? Da Ihr scheinbar beschlossen habt, dass ich Lucifer schon in wenigen Tagen gegenübertreten werde, sollte ich mich auf mein Training, insbesondere auf mein Flugtraining konzentrieren", widersprach ich, meines Erachtens nach, sehr rational.

Als ich diesmal in Primus' Augen blickte, waren sie erfüllt von Dringlichkeit.

„Du bist die ‚Hüterin der Engel', Thia. Mit deiner Rückkehr in dieses Reich und dem Anlegen deiner Rüstung, hast du erneut deine alten Aufgaben an dich genommen. Deine Pflichten. Du bist für die Erdgebundenen verantwortlich und täusche dich nicht, seit deinem Verschwinden ist ihre Anzahl ins Unermessliche gestiegen, weil jeder, der dich in deiner Abwesenheit vertreten wollte, selbst gen Boden gefallen ist. Diese wahrlich gefallenen Engel sind deine Verantwortung." Schuldgefühle vernebelten mir den Geist und ich brach unter dem Gewicht dieser vertrauten Last beinahe zusammen.

Primus sprach ungerührt weiter. Mehr Allvater als Freund.

„Wenn du Lucifer gegenübertrittst, wirst du bereit sein. Nicht, weil du trainiert hast oder dich innerlich darauf vorbereitet hast, sondern, weil du weißt, was auf dem Spiel steht, wenn du dieses Mal versagst."

Noch Stunden danach wanderte ich ziellos durch die Gänge des Heiligen Baumes. Mein Geist erfüllt von heillosem Chaos.

Die Verantwortung wog so schwer und ich wusste nicht, wie Primus mit diesem stetigen Gefühl der Überforderung leben konnte.

Ich seufzte. Es brachte nichts, mich selbst in den Wahnsinn zu treiben. Ich brauchte meine Stimme der Vernunft, meinen Anker in all diesen Unwägbarkeiten.

Ich änderte meine Richtung abrupt und bog links ab, wo mich zahllose Treppenstufen erwarteten, die mich näher zum Herzen des Heiligen Baumes führen würden.

Raphael würde wissen, was zu tun war. Außerdem würde einzig und allein sein Anblick mir ein Gefühl von innerer Ruhe schenken.

Ich war froh, dass wir kurz vor dem Ende unserer Strategiebesprechung mit Nephariel, Primus und unerklärlicherweise Kira, endlich unseren Schwur aufgehoben hatten, sodass Raphael sich nun wieder frei von unsichtbaren Ketten im Universum bewegen konnte. In Anbetracht seiner kommenden Aufgabe war dies unerlässlich.

Dennoch hatten ihn sowohl das Gespräch als auch das kurze Ritual sehr geschwächt. Es war demnach fraglich, ob er mittlerweile überhaupt wieder erwacht war.

Wenn er schlief, würde mich die Heilerin wahrscheinlich sogleich wieder herauswerfen. Obwohl Raphael in der Zwischenzeit soweit geheilt war, dass er seine Gaben auch unterbewusst wieder besser steuern konnte.

Diese Frau, Kira, war ein Enigma, aber sicherlich keines, das ich lösen wollte.

Als ich auf den Eingang von Raphaels Krankenzimmer zusteuerte, drang eine leise Stimme an mein Ohr.

Ich konnte weder hören, was gesagt wurde, noch das Timbre genau benennen. Dennoch schlich sich ein tiefes Unwohlsein in mein Herz.

Meine Seele fühlte sich an, als würde sie leise vibrieren und mein ganzes Selbst zog sich schmerzhaft zusammen.

Mit einem schweren Schlucken blieb ich unweit der türförmigen Öffnung stehen, mein Rücken gegen das kantige Holz des Bauminneren gelehnt.

Nun konnte ich das leise Wispern besser hören, doch auch wenn ich nun erkannte, dass es sich um eine männliche Stimme handelte, konnte ich sie noch immer nicht zuordnen.

Vorsichtshalber zog ich einen Dolch aus einer kleinen Scheide, die sich an meiner Hüfte befand. Die Schwertscheide hatte ich mittlerweile entlang meiner Wirbelsäule befestigt, wie es auch eigentlich gedacht war.

Mit einem tiefen Atemzug versank ich erneut in der Umarmung meiner inneren Kriegerin, doch mein pochendes Herz wollte schlichtweg nicht zur Ruhe kommen.

Kopfschüttelnd vertrieb ich das aufkeimende Gefühl der Vertrautheit und löste mich von der hölzernen Wand neben dem Eingang zu Raphaels Krankenzimmer.

Mit einer schnellen Drehung stand ich in der breiten Öffnung und erkannte entsetzt, was solch starke Gefühle in mir ausgelöst hatte.

Der kampfbereit erhobene Dolch fiel mir unwillkürlich aus der Hand, als ich in ein Paar saphirblaue Augen blickte, die ich hier nicht erwartet hatte.

„Lucifer", wisperte ich schockiert.

„Mein Engel", begrüßte mich mein Seelenpartner liebevoll.

Als das zerschlissene Seelenband in meiner Brust anfing, zufrieden zu summen, wusste ich, dass ich keineswegs träumte.

Und wie könnte es auch ein Traum sein, wenn sein Anblick in der Realität so viel atemberaubender war?

Lucifer trug sein schwarzes, dichtes Haar beinahe schulterlang. Nur wenige Strähnen fielen ihm in die tiefblauen Augen, die von schmerzhafter Sehnsucht erfüllt waren. Eine gerade Nase und volle Lippen zierten das männliche, kantige Gesicht, welches mir so vertraut war. Ein leichter Bartschatten unterstrich die bestechende Männlichkeit dieser wunderschönen Kreatur. Seine weißen Schwingen erstrahlten im Schein des grellen Lichtes des Krankenzimmers und wirkten beinahe surreal in ihrer Reinheit.

Sein trainierter Oberkörper war entblößt. Wie üblich, wenn er keine Rüstung trug. Seine muskulösen Beine waren in eine graue, enganliegende Stoffhose gekleidet.

Ich wünschte, ich könnte sagen, sein Anblick ließ mich kalt. Doch es war sinnlos, sich selbst zu belügen. Lucifer besaß eine männliche Schönheit, die ihres gleichen suchte. Und einst war ich ihr vollkommen verfallen. Damals, als ich noch geglaubt hatte, dass sein Charakter von ähnlicher Schönheit wäre.

Der letzte Gedanke riss mich aus dem lähmenden Schockzustand, in den ich gefallen war, als ich Lucifer das erste Mal erblickt hatte.

Mit einer geübten Bewegung zog ich mein Schwert aus der schwarzen Rückenscheide und nahm eine offensivere Körperhaltung ein.

Lucifer zog skeptisch eine Augenbraue hoch, hüllte sich jedoch in Schweigen.

„Was tust du hier, Lucifer? Was hat dich dazu gebracht, nach all der Zeit aus deinem dunklen Loch zu kriechen?", knurrte ich aufgebracht.

„Das ist ungerecht, Thia. Wir haben in den letzten Jahrtausenden viel umgebaut. Das Dunkle Reich ist jetzt viel wohnlicher", scherzte der gefallene Engel vergnügt.

Wütend kniff ich die Augen zusammen, den Funken Geborgenheit ignorierend, den sein unpassender, doch vertrauter Humor in mir weckte.

Als Lucifer sich gewahr wurde, dass ich keineswegs zu Späßen aufgelegt war, fiel er seufzend in sich zusammen, seine Miene bedrückt.

„Du hast mir gesagt, Raphael wäre dem Tode nah. Hast du wirklich gedacht, ich würde nicht nach meinem Jungen sehen?" Lucifers Stimme hatte erneut einen gekränkten Unterton, der mich zur Weißglut brachte.

Erst jetzt erkannte ich, wie nah mein Seelenpartner bei Raphael stand, der friedlich schlief. Von Kira fehlte jede Spur.

Eiligen Schrittes durchlief ich das sterile Zimmer und baute mich zwischen meinem Jungen und seinem verräterischen Vater auf.

Lucifer erkannte meine beschützende Haltung und wich ein wenig zurück. Mein Schwert brachte erheblichen Abstand zwischen uns. Abstand, den ich dringend brauchte, denn für einen kurzen Augenblick hatte ich Lucifers wundervollen Geruch wahrgenommen. Pathetisch.

„Ich verstehe nicht, Thia", begann Lucifer leise, „wie du wirklich denken kannst, dass ich unseren Sohn verletzen würde?" Ich spürte grausamen Schmerz über das schwache Seelenband, das ungebeten wieder an Kraft gewann.

Doch ich würde mich von Lucifer nicht beeinflussen lassen.

„Weil du ihn schon einmal verletzt hast, Lucifer. Und auch wenn du die Narben nicht sehen kannst, sind sie sehr wohl da", erwiderte ich schlicht. Er konnte die Wahrheit meiner Worte nicht bestreiten, doch das versuchte er auch gar nicht.

„Ich habe dir schon einmal gesagt, dass ich um meine Fehler weiß. Gib mir doch bitte wenigstens die Möglichkeit, mich zu erklären." Er klang so aufrichtig, so beschwörend. Und dennoch durfte ich nicht nachgeben.

Hoffnung war pures Gift.

„Keine Rechtfertigung, die du vorbringst, wird mich von deiner Unschuld überzeugen." Meine Stimme war unnachgiebig, stark. Obwohl mein Innerstes bebte.

„Es ist nicht meine Unschuld, von der ich dich überzeugen möchte. Immerhin sind meine Taten unbestreitbar." Lucifer seufzte schwer und ließ nachdenklich seinen Blick über meine weiße Rüstung wandern. Ganz kurz blieb sein Blick an der unverkennbaren Halskette hängen, bevor er mir plötzlich lächelnd in die Augen sah.

„Du magst es leugnen, mein Engel, doch ich kenne dich sehr gut. Du wirst mir niemals ohne Weiteres vergeben, dir meine Seite der Geschichte anhören. Nicht so, wie deine Loyalitäten liegen. Aber wir sind unsterblich. Die Zeit wird es richten." Mit diesen Worten verschwand er plötzlich und materialisierte sich direkt hinter mir.

Bevor ich auch nur daran denken konnte, zu reagieren, hatte er mich entwaffnet und hielt meine Handgelenke mit seiner Hand hinter meinem Rücken umfangen.

Mir war zunächst nicht bewusst, was genau er plante, doch als meine Umgebung begann, zu verschwimmen, realisierte ich, dass Lucifer meine Frequenz verschob, um einen Dimensionensprung zu vollführen. Eine forcierte Verschiebung, die nur er vollbringen konnte.

Ich begann, mich zu winden, um seinem Griff zu entkommen, doch es war zwecklos. Lucifer war schon immer kräftiger als ich gewesen.

Raphaels Stimme, die panisch nach mir rief, war das Letzte, was ich hörte, bevor sich mir der Anblick des Krankenzimmers entzog. Wenigstens würde ich nicht spurlos verschwinden und meinen Freunden unnötig Sorgen bereiten.

Auch wenn die Situation aussichtslos war, hatte Lucifers Handeln einen positiven Nebeneffekt.

Durch die Frequenzverschiebung verließ ich für einen Augenblick die materielle Ebene und die verfluchte Halskette fiel aufgrund ihrer fremdartigen und unnatürlichen Eigenschaften endlich ab.

Ryuk hatte gewusst, dass Lucifer dazu fähig wäre, mich von dem Magitrin zu befreien. Deshalb war er so zornig gewesen, dass Kronos mich zur Erde entsandt hatte. In Lucifers Reichweite.

Und auch wenn eine Begegnung zwischen meinem Seelenpartner und mir nicht wahrscheinlich gewesen war, hatte ihm der Gedanke unserer Wiedervereinigung Sorgen bereitet. Weshalb? Nur wegen der unsichtbaren Ketten, die der Edelstein mir anlegte?

Ich seufzte innerlich. Ryuk wusste zu viel und wir wussten nichts.

Als Lucifer und ich uns in einem großzügigen Saal materialisierten, erkannte ich augenblicklich, dass wir uns im Dunklen Reich befanden, doch ich blendete meine Umgebung vollkommen aus, und fokussierte mich stattdessen auf meine wiedererwachten Fähigkeiten.

Mit einem leisen Lächeln ließ ich der brodelnden Wut in mir freien Lauf. Feuer umfing meine Hände, sodass Lucifer keine andere Wahl blieb, als mich loszulassen.

Mit einem zornigen Aufschrei wirbelte ich herum. Meine Waffen hatte Lucifer in Raphaels Krankenzimmer liegenlassen.

Doch meine herausragende Gabe war die Schöpfung, weshalb es mir ein Leichtes war, ein exaktes Duplikat meines geliebten Schwertes in meiner rechten Hand erscheinen zu lassen. Dafür reichte die Schlagkraft meines Energiespeichers noch.

Selbstbewusst nahm ich eine vertraute Kampfhaltung ein. Stabiler Stand, erhobener Schwertarm, ungebrochener Fokus.

Lucifer war ein besserer Kämpfer als ich, daran bestand kein Zweifel. Doch es war beruhigend zu wissen, dass seine Fähigkeiten ebenso kraftlos sein würden wie die meinen.

Mordrals Information, dass Lucifer regelmäßig die Frequenz des Dunklen Reiches verschob, hatte mir einen wertvollen Einblick in Lucifers Stärke gegeben. Diese umfassende Nutzung seiner herausragenden Gabe hatte auch seinen Energiespeicher enorm dezimiert.

Auch so war Lucifer ein gefährlicher Gegner. Dennoch hatte er früher gerne seine Schwertkunst und sekundäre Gaben kombiniert. Das war ihm nun nur noch bedingt möglich.

Mein Seelenpartner beobachtete mein Schauspiel mit einem amüsierten Kopfschütteln und ich runzelte verwirrt die Stirn.

„Du hättest lieber fliehen sollen. Es hätte nichts gebracht, aber es wäre die klügere Wahl gewesen", lachte Lucifer leise.

Als sich ein kaum merkliches Gewicht um mein Fußgelenk legte, blickte ich betreten nach unten. Gerade rechtzeitig, um das mechanische Klicken zu hören, als das Fußkettchen aus Magitrin sich schloss.

Resigniert spürte ich wie meine Kräfte mich erneut verließen. Wie hatte ich vergessen können, dass Lucifer Telekinese beherrschte?

Nun wusste ich auch, weshalb er die Halskette so interessiert gemustert hatte.

Ihm war bewusst gewesen, dass sie abfallen würde, wenn er mit mir die Dimensionen wechselte. Dennoch hatte er es gewagt, in dem Wissen, dass an unserem Ziel noch mehr von dem verdammten Edelstein auf uns warten würde.

Dass ich nicht einfach geflohen war …

Verbitterung stieg in mir hoch.

Ich hätte ihn die kommenden Tage sowieso konfrontieren müssen, doch es wäre unter meinen Bedingungen geschehen. Ich hätte die Kontrolle gehabt.

Nun war mir diese Fähigkeit über mein eigenes Leben erneut geraubt worden.

Und wofür?

„Glaubst du wirklich mit solchen Methoden, könntest du mich von deinem guten Charakter überzeugen?", fragte ich hasserfüllt.

Ich hatte es satt, der Spielball machthungriger Männer zu sein.

„Ich werde dir das Magitrin abnehmen, wenn du dir meine Geschichte angehört hast, mein Engel. Danach darfst du gehen, wohin auch immer du möchtest", sagte Lucifer beschwichtigend. „Anders hättest du mir doch niemals dein Gehör geschenkt."

Ich schüttelte nur ungläubig den Kopf.

Ein unbekannter Feind beschwor einen Krieg herauf, vermutlich in diesem Augenblick und ich durfte mich stattdessen mit dem Größenwahn meines Seelenpartners auseinandersetzen.

Doch was blieb mir übrig?

Wenn ich schnellstmöglich zu meinen Pflichten zurückkehren wollte, musste ich Lucifer seinen Willen lassen. Ich musste mich einfach darauf verlassen, dass meine Freunde in der Zwischenzeit die nötigen Vorkehrungen trafen.

Und Raphael … Er würde zurechtkommen. Daran musste ich glauben, denn anders würde ich die vorliegende Aufgabe nicht erfüllen können.

Ich würde mir Lucifers Geschichte anhören, ihm unsere Erkenntnisse mitteilen, und mit oder ohne ihn nach Hause zurückkehren.

Wir mussten die Vernichtung und Versklavung dreier Spezies verhindern.

Was machte es da schon, dass ich erneut eine Gefangene war.

Fortsetzung folgt

DANKSAGUNG

Sechs lange Jahre ist es nun her, dass ich begonnen habe, dieses Buch zu schreiben und in all dieser Zeit habe ich mich stets auf die Menschen verlassen können, die mir am nächsten stehen.

Danke an meine Freundin Alina, die mich davon abgehalten hat aufzugeben, wenn Zweifel mich geplagt haben.

Danke an meinen besten Freund Flo und meine beste Freundin Andrea, die immer an mich geglaubt haben, selbst wenn ich mein Selbstvertrauen verloren habe.

Natürlich auch ein herzliches Dankeschön an den novum Verlag, der diesem Buch und mir eine echte Chance gegeben hat.

Doch vor allem danke ich meiner Familie, die mir immer den Rücken gestärkt hat und meine Träume unterstützt hat, egal wie unrealistisch diese auch scheinen mochten.

Ohne euch würde es dieses Buch nicht geben und ich freue mich darauf, euch auch in Zukunft an meiner Seite zu wissen.

EIN HERZ FÜR AUTOREN A HEART FOR AUTHORS À L'ÉCOUTE DES AUTEURS MIA ΚΑΡΔΙΑ ΓΙΑ ΣΥΓΓΡΑ
FÖR FÖRFATTARE UN CORAZÓN POR LOS AUTORES YAZARLARIMIZA GÖNÜL VERELIM SZÍV
AUTORI ET HJÄRTE FOR FORFATTERE EEN HART VOOR SCHRIJVERS TEMOS OS AUTOR
SERCE DLA AUTORÓW EIN HERZ FÜR AUTOREN A HEART FOR AUTHORS À L'ÉCOUT
ВСЕЙ ДУШОЙ К АВТОРАМ ETT HJÄRTA FÖR FÖRFATTARE A LA ESCUCHA DE LOS AUTORE
ΜΙΑ ΚΑΡΔΙΑ ΓΙΑ ΣΥΓΓΡΑΦΕΙΣ UN CUORE PER AUTORI ET HJÄRTE FOR FORFATTERE EEN HA
INKÉRT SERCE DLA AUTORÓW EIN HERZ FÜR A
ВСЕЙ ДУШОЙ К АВТОРАМ ETT HJÄRTA FÖR F

Die Autorin

Lena Grünbaum wurde 1997 in Fürth, Deutschland, geboren. Sie lebt und arbeitet im schönen Mittelfranken. Hauptberuflich ist sie als Vertriebsassistentin im Bereich der Industrieversicherung tätig. Neben dem Verfassen prosaischer Texte begeistert sie sich auch für das Schreiben von Gedichten, für das Lesen und für die Malerei.

Ihren Charakteren Leben einzuhauchen, gemeinsam mit ihnen zu lachen und zu weinen und sie bei jedem Schritt ihres Weges zu begleiten, macht das Schreiben noch heute zu ihrer größten Leidenschaft.

„Elanthia – Ruf der Vergangenheit" ist Grünbaums erster Roman und der erste Band einer Fantasy-Reihe rund um die Titelheldin Elanthia.

Die Autorin veröffentlichte bereits das Gedicht „Luna und Solas" in der Anthologie „Stiller Mond – Gefährte der Nacht" sowie den Gedichtband „Momentaufnahmen eines Lebens" (beides im Pohlmann Verlag).

Der Verlag

Wer aufhört besser zu werden, hat aufgehört gut zu sein!

Basierend auf diesem Motto ist es dem novum Verlag ein Anliegen neue Manuskripte aufzuspüren, zu veröffentlichen und deren Autoren langfristig zu fördern. Mittlerweile gilt der 1997 gegründete und mehrfach prämierte Verlag als Spezialist für Neuautoren in Deutschland, Österreich und der Schweiz.

Für jedes neue Manuskript wird innerhalb weniger Wochen eine kostenfreie, unverbindliche Lektorats-Prüfung erstellt.

Weitere Informationen zum Verlag und seinen Büchern finden Sie im Internet unter:

w w w . n o v u m v e r l a g . c o m